한국 불교문학의 기둥을 찾아서

한국 불교문학의 기둥을 찾아서

이승하

국학자료원

서_문

평론집 원고를 정리하면서 인연의 소중함에 대해 새삼스레 생각해보았다. 옷깃을 스치는 정도의 인연이 아니라 옷을 바꿔 입을 정도의 인연들이 있어서 이 책의 17편 원고를 쓸 수 있었다.

내 유년기와 성장기 때의 놀이터가 있었으니 김천 직지사였다. 온 가족이 매년 봄과 가을에 놀러 가는 곳이 직지사였다. 입구에 있는 사천왕상을 나와 누이동생은 무서워했고 작고 귀엽게 만든 천불상을 좋아했다. 경내 이곳저곳을 돌아다니면서 시간을 보내는 것도 즐거웠지만 계곡에서 물장구치며 노는 것이 제일 재미있었다. 절 앞 가게에서 군것질거리를 사먹어도 누가 뭐라 하지 않았고 등긁개 같은 이곳에서만 파는 장난감도 살 수 있는 날이었다. 내가 불교에 친숙하게 다가갔던 것은 직지사가 내 어린 날의 놀이터였기 때문이다.

교수가 된 지 10년쯤 되었을 때 신달자 선생님이 전화를 주셨다. 최동호 교수님이 고전 읽기를 중심으로 하는 '시사랑협의회'를 조직하고 있는데 나와서 매주 고전을 함께 공부하는 게 어떻겠냐고 권유하는 것이었다. 약속장소인 찻집에 갔더니 유안진 선생님도 계셨다. 성신여대 근처에 있는 계간 『서정시학』 편집부 사무실에 나가 10년 넘게 매 주말 고전을 공부했다. 선생님들과 동문수학하게 된 것 자체가 내게는 큰 공부였다.

첫 번째 강사님이 마츠오 바쇼의 하이쿠를 연구한 일본인이었다. 그리스 신화, 중국의 당시, 사마천의 사기, 중국 고전, 신소설, 번안소설, 선시, 불교문학, 박경리의 소설……. 한 주만 하는 선생님도, 여러 주 하는 선생님도 계셨다. 평생 연구한 것을 핵심만 강의하니 알짜배기 공부였다. 총무를 맡아서 수강료를 거둬 강사분께 전해드리는 일과 근처에 있는 식당 예약하는 일을 3년 정도 했다. 이때 만난 학문 중 하나가 이 땅의 불교문학이었다. 마침 그 모임을 주재했던 최동호 교수가 달마와 선시에 대해 관심이 지대하여 많은 것을 배울 수 있었다. 수업 후 유안진, 신달자, 최유찬, 서상만, 황봉구, 이은봉, 나기철, 안덕상, 최진자, 박미산, 신월철 등 여러 선생님과의 음주는 항상 즐거웠다.

혜관 스님이 요청하여 계간 『불교문예』 편집위원을 4년 동안 한 인연도 소중하게 생각한다. 여름에 백담사 만해마을에 가서 세미나 주제발표를 두 번 했던 것도 얼마나 소중한 인연이었는지.

나보다 나이가 많지만 대학원 공부를 하겠다고 대기업체 임원 자리를 내놓고 등록한 배우식 시인이 석사학위를 받더니 박사과정에 또 들어왔다. 조오현론을 박사논문으로 쓰겠다는 것이었다. 논문 작성 과정에서 오현 스님이 유심 편집실로 나오실 때 같이 뵙고 식사도 몇 번 하였다. 스님은 소탈하면서도 직관이 아주 날카로운 분이었다. 배우식 씨의 논문에 대해 지적하면서 선생인 내가 불교 공부를 다시 하게 되었다.

노래하는 스님인 도신 스님의 석사과정 입학도 내 불교 공부를 부추겼니. 뭘 알아야 조언할 수 있기에 말을 하면시도 늘 긴장이 되었다. 불교에 대해 아는 체하는 내 말을 듣고 저 스님은 내심 웃고 있지 않을까, 식은땀이 났다. 시집 서평을 부탁해 왔을 때 응할 수 있었던 것은 불교를 잘 알아서가 아니라 함께 마신 술의 양이 만만치 않았기 때문이다. 물론 술은 내가 마셨고, 스님은 차를 마셨다. 그리고 대학원에서 내 강의를 들었던 이진영 시인이 승한 스님으로, 차창룡 시인이 동명 스님으로 거듭나는 것을 보고 많은 것을 느끼고 배웠다.

오탁번 교수가 편집주간을 하던 계간지 『시안』에서 단체여행을 실크로드 쪽으로 간 것은 2000년이었다. 시안, 우루무치, 투루판, 하미, 둔황, 진시황릉, 명사산과 월아천으로 이어진 여정을 마치고 귀국 전날 오세영·허형만·이숭원 교수를 모시고서 숙소에서 밤늦도록 우리 문학에 나타난 '서역'의 의미와 혜초의 여정에 대해 대담을 했다. 이 대담이 계기가 되어 귀국 후 번역본 『왕오천축국전』을 숙독하게 되었고, 그 덕에 일종의 여행기이자 시집인 『천상의 바람, 지상의 길』을 내게 되었다.

2013년에 한국문예창작학회에서 한국-인도 수교 40주년을 맞아 인도

뉴델리에 가 문학 심포지엄을 가졌는데 여행지가 공교롭게도 붓다의 탄생지인 네팔 서부의 룸비니, 열반에 든 인도의 쿠시나가라, 라즈기르에 있는 법화경의 설법 터인 영취산, 불교 최초의 사원인 죽림정사, 처음 깨달음을 얻은 보드가야의 마하보디 대탑, 붓다의 사후 제자들의 제1차 결집이 있었던 칠엽굴, 제3차 결집이 있었던 빠트나 시, 처음으로 설법한 사르나트의 녹야원 등 거의 다 붓다의 행적지였다. 그 덕에 붓다의 일생을 소재로 하여 시집을 내게 되었다. 오현 스님께 표4 글 부탁을 드렸더니 일필휘지로 "시집『불의 설법』에서는 "싯다르타가 득도했을 때 눈 맞추었던 별"(「별」)처럼 붓다의 생애가 '고요히' 빛나고 있다. 이승하 시인과 함께 퇴산적악堆山積嶽을 걷고 싶다."고 써주셨다. 2권 시집이 다 서정시학에서 나왔는데『불의 설법』이 기독교 단체에서 주는 들소리문학상을 받았으니 이 또한 기막힌 인연이다. 교회 관계자분들이 붓다의 일생을 노래한 시집에 문학상을 준 것이 신의 기적인지 부처님의 가피인지 알 수 없는 일이다. 사촌누이 명옥이 불교 전문 출판사 '도서출판 사유수'를 하고 있어서 책을 많이 빌려보기도 했다.

국학자료원과의 인연도 내게는 참으로 소중하다. 정찬용 선생이 매 학기 안성캠퍼스에 와서 신간 소개와 양서 구입을 부탁하면 노구를 이끌고 오시는 게 딱하여 책을 사드리곤 했다. 영업사원인 줄 알았는데 사장님이었다. 그 인연으로 4권의 문학평론집과 2권의 작가론 총서를 냈다. 10권의 요절 시인 전집을 우대식 시인과 편저로 내기도 했다. 한 출판사에서 16권의 책을 내는 것이 보통 인연인가. 이제 17권째의 책을 내고자 하니 미안하기 이를 데 없다. 징찬용 신생과의 인연을 들먹이면 정구형 젊은 사장이 꼼짝하지 못하는 것을 알기 때문에 이번에도 부탁을 드렸다. 이외에도 이런저런 인연이 이어져 이 책이 나오게 되었다. 그저 모든 분들께 감사하는 마음밖에 없다. 올해가 등단 40년이 되는 해인데 이 책 출간을 이정표로 삼아 새롭게 문학적 출발선상에 나를 세운다.

한국 불교문학의 큰 기둥이라고 할 수 있는 만해와 오현 스님을 비롯하여 효봉 스님과 경봉 스님 등의 문학적 자취를 살펴보면서 큰 공부를 하였다. 이 모든 분들의 가르침은 하나같이 '실천'으로 귀결되었다. 이분들의 가르침을 따라 장애인과 탈북자, 그리고 교도소 수용자들의 문학작품에 대한 연구를, 남은 생을 오롯이 바쳐 할 각오를 다져본다.

2024년 봄에
이승하

차 례

1

만해를 찾아서

『님의 침묵』 밖에서 찾아본 한용운의 시

실마리

한용운 시인의 시집 이름이 '님의 침묵'인 것을 모르는 사람은, 이 땅에서 의무교육을 받은 사람 중에는 없을 것이다. 1926년 5월 20일, 출판사 회동서관[1]을 통해 자비를 들여 펴낸 『님의 沈默』은 다음과 같은 이유에서 후학을 놀라게 한다.

1879년생인 한용운은 어렸을 때는 한학을 공부했고, 스물여섯 살이 되었을 때인 1904년에 백담사에 들어가 1944년에 입적할 때까지 40년 동안 불자의 길을 걸어갔다. 불가에 입문하기 전 그는 "『西廂記』를 독파하고 『通鑑』의 문의를 해득했으며, 『書經』 朞三百註를 통달"했다는 연보[2]에서 알 수 있듯이 문학, 특히 시를 따로 공부한 적이 없었다. 불교에 귀의하

---

1) 1897년 서울시 남대문로 1가 14번지 자리에 고제홍이란 사람이 '고제홍서사'라는 서적상으로 출발했다. 각종 교과서와 일반 출판물을 판매하던 이곳을 아들 고유상이 이름을 회동서관으로 바꾸고 출판업에 비중을 두고 경영하기 시작했다. 회동서관에서는 『해동명장전』(1907)과 『화성돈전』(1908) 같은 전기물과 『철세계』(1908), 『설중매』(1908), 『추월색』(1912) 등의 신소설을 포함, 11개 분야 200여 종의 서적을 출판했다.
2) 염무웅 편, 『한국현대시문학대계 2 韓龍雲』, 지식산업사, 1981, 226쪽.

고 나서는 경전 공부를 했을 따름, 문학 동인의 일원이 되거나 문예지 편집을 하거나 신문사 문화부 기자 노릇을 하며 시를 쓴 동시대의 시인들과는 전혀 다른 삶을 살아갔다. 쉰을 앞둔 나이에 펴낸『님의 침묵』에서 한용운은 경이적인 시적 성취를 이룩하였다. 수학 기간에 시를 공부한 흔적이 없는 그는 시에 관한 한 완벽한 독학자인 셈인데 정상적인 등단 절차를 그치지 않고 별다른 작품 발표도 해본 적 없이 시집 출간을 했음에도 불구하고 단 한 권의 시집으로 한국 시문학사에 불멸의 이름을 남기게 된다. 동시대 시인들과 별반 교류도 없었던 그가 홀연히 나타나 한국 시문학사상 금자탑이 된『님의 침묵』을 발간했다는 것은 기적에 가까운 일이다.

또 한 가지 놀라운 점은 이 시집이 대단히 어려움에도 불구하고 널리 읽히고 있다는 것이다. 즉,『님의 침묵』은 양가적인 측면을 지니고 있다. 편편의 시가 불교적인 비유와 고도의 상징적인 수법을 구사하기 때문에 이해하기가 쉽지 않다. 시에 담겨 있는 뜻이 형이상학적이고 철학적이다. 일상성을 추구하는 현대시와 달리 선적 깨달음의 경지를 추구함으로써 관념 편향이 강하다. '님'만 해도 쉽게 해명이 되지 않는다. 그래서 수많은 논문과 연구서가 나오게 했다.3) 한마디로 말해 한용운의 시는 사상성이 강하다고 해야 할 터인데, 예술성을 도외시했느냐 하면 결코 그렇지 않다. 대개의 시가 연애시풍으로 되어 있는 서정시라 그런지 지금까지도 많은 독자의 사랑을 받고 있다. '사랑'과 '이별'의 정조를 다룬 시라고 단순하게 생각하면 그대로 또 이해가 되는 시편이 많다. 그래서『님의 침묵』

---

3) 대표적인 저서로 송욱의『『님의 침묵』 전편해설』(과학사, 1973)과 김재홍의『한용운 문학연구』(일지사, 1982), 윤재근의『만해시 '님의 침묵' 연구』(민족문화사, 1985), 김용직의『님의 沈默 총체적 분석연구』(서정시학, 2010), 정효구의『한용운의『님의 침묵』, 전편 다시 읽기』(푸른사상, 2013)를 꼽을 수 있다.

은 김소월의 『진달래꽃』과 윤동주의 『하늘과 바람과 별과 詩』와 더불어 지금까지 가장 많이 판매된 시집에 속한다. 우리 문학사에서 사상성과 대중성을 동시에 지닌 유일한 시집이다.

『님의 침묵』은 지금으로부터 근 100년 전에 간행된 시집임에도 기법의 탁월함에 있어 한국 현대시문학사를 수놓은 수많은 시집 가운데서도 최고의 경지에 다다라 있다. 특히 존재론적 역설(ontological paradox)과 시적 역설(poetic paradox) 구사에 있어서 『님의 침묵』과 어깨를 나란히 할 수 있는 시집은 없다. 김재홍은 한용운 시의 역설을 연구하여 정서적 역설, 의지적 역설, 관념적 역설로 나누기도 했다.4) 김준오는 심층적 역설을 잘 구사한 시의 예로 「님의 침묵」을 든 적이 있다.5)

한용운은 상징적 표현의 대가로도 일컬어진다. 오세영은 「알 수 없어요」의 마지막 연에 나오는 "타고 남은 재가 기름이 됩니다"가 연기사상과 윤회사상, 인과사상 등을 상징적으로 함축하고 있고, 작품 전체가 형이상학적 상징의 덩어리가 되고 있다고 했다.6) 이와 같이 시 창작 방법에 있어 상징과 은유, 역설과 아이러니 등을 논할 때 『님의 침묵』은 가장 좋은 예를 제공해왔다.

그럼 한용운의 시는 『님의 침묵』이 전부이고 다른 시는 찾아볼 수 없는가? 그렇지 않다. 『님의 침묵』에 실린 시들에 필적할 작품을 못 썼을 뿐이지 그는 시집 출간 전에도 후에도 시를 쓴 시인이었다. 일제의 탄압에 맞서 뚜렷한 신념을 갖고 저항운동을 전개한 불교계의 지도자로서 문단 활동이 여의치 않았지만 수적으로는 『님의 침묵』 수록 시편에 못지않은 시

---

4) 김재홍, 『한용운문학연구』, 일지사, 203~207쪽.
5) 박동규·김준오, 『현대시론』, 한국방송통신대학출판부, 1988, 123~4쪽.
6) 오세영·마광수, 『시창작론』, 한국방송통신대학출판부, 1991, 111쪽.

시집 『님의 침묵』 초판본 표지

를 썼다. 『님의 침묵』 출간 이전에는 주로 한시를 썼고 이후에는 현대시를 썼다.

이 글에서는 창작의 방법론이 낱낱이 밝혀진 『님의 침묵』 수록 시편은 다루지 않고, 시집 밖의 작품들을 다룰 것이다. 한용운은 『님의 침묵』에 수록된 88편의 시 외에 시 21편, 시조 21편, 한시 139수를 남겼다.[7] 본고에서는 『님의 침묵』 밖의 시 작품들을 통해 지금까지 밝혀지지 않은 한용운 시의 또 다른 측면을 살펴보고자 한다.

우화시를 개척하다

『님의 침묵』 이후의 시 중에서 가장 특이한 시는 우화시로 볼 수 있는 3편의 시다. 우화寓話의 사전적인 정의는 '교훈적이고 풍자적인 내용을 동식물 등에 빗대어 엮은 이야기'이다. 그렇다면 우화시는 '동식물을 인격화하여 인간 생활의 단면을 풍자하는 짧은 이야기로서, 도덕적인 교훈이 담겨 있는 시'라고 할 수 있을 것이다. 한용운은 『님의 침묵』의 시편들에서

---

7) 최동호가 편한 『한용운시전집』(문학사상, 1989)에 따르면 이렇지만 만해사상실천선양회에서 낸 『한용운시전집』(도서출판 장승, 1998)에 따르면 『님의 침묵』에 넣지 않은 작품으로는 시 18편, 시조 20편, 한시 138수, 동시 3편이 있다고 했다. 최동호 편저에는 동시가 빠져 있다.

연애시라는 당의정 속에 사상성을 넣어두기는 했지만 자신의 시가 독자들이 읽고 쉽게 이해할 수 있으리라는 생각은 하지 않았을 것이다. 독자가 읽고 이해할 수 있으려면 이야기 중에서도 대중에게 친숙한 우화의 기법을 차용하는 것이 좋겠다는 생각이 아래와 같은 시를 쓰게 하지 않았을까.

나는 아무리 좋은 뜻으로 너를 말하여도
너는 적고 방정맞고 얄미운 쥐라고밖에 할 수가 없다.
너는 사람의 結婚衣裳과 宴會服을 낱낱이 쪼서놓았다.
너는 쌀궤와 팟떡사리를 다 쪼고 물어내었다.
그 외에 모든 器具를 다 쪼서놓았다.
나는 쥐덫을 만들고 고양이를 길러서 너를 잡겠다.
이 적고 방정맞고 얄미운 쥐야.

　　　　　　　　　　　　　　　　　　　　　－「쥐」제1연

쥐란 놈은 인간의 식량만 축내는 것이 아니라 온갖 물품까지도 이빨로 물어뜯어 못 쓰게 한다. 그래서 화자는 쥐덫을 놓고 고양이를 길러 '적고 방정맞고 얄미운' 쥐를 잡을 생각을 한다.

그렇다, 나는 적고 방정맞고 얄미운 쥐다.
나는 너희가 만든 쥐덫과 너희가 기른 고양이에게 잡힐 줄을 안다.
만일 내가 너의 衣欌과 倉庫를 통거리채 빼앗고,
또 너희 집과 너희 나라를 빼앗으면,
너희는 허리를 굽혀서 절하고 나의 功德을 讚美할 것이다.
그리고 너희들의 歷史에 나의 이 뜻을 크게 쓸 것이다.
그러나 나는 그러한 큰 죄를 지을 만한 힘이 없다.
다만 너희들의 먹고 입고 쓰고 남는 것을 조금씩 얻어먹는다.
그래서 너희는 나를 적고 방정맞고 얄미운 쥐라고 하며,

쥐덫을 만들고 고양이를 길러서 나를 잡으려 한다.

—「쥐」제2연

　　두 번째 연에 가서는 화자가 쥐로 바뀐다. 쥐는 인간에게 그리 큰 죄를 지은 바 없다고 말한다. "다만 너희들의 먹고 입고 쓰고 남는 것을 조금씩 얻어먹을" 따름인데, "너희는 나를 적고 방정맞고 얄미운 쥐"라고 하면서 쥐덫을 만들고 고양이를 길러 나를 잡으려 한다고 억울해한다. 이 시에서 사람은 강자이고 쥐는 약자이다. 시대적 상황을 고려해보면 사람을 일본으로, 쥐를 조선으로 상정해볼 수도 있다. 사람이 일본을, 쥐가 조선을 상징하고 있음을 더욱 확실하게 해주는 대목은 쥐가 사람에게 "너희 집과 너희 나라를 빼앗으면,/ 너희는 허리를 굽혀서 절하고 나의 功德을 讚美할 것이다."라고 말하는 장면이다. 쥐는 "그러나 나는 그러한 큰 죄를 지을 만한 힘이 없다."고 말하는데, 이는 나라를 빼앗긴 조선의 무력함에 대한 자조적인 표현이기도 하다. 즉, 한용운은 일제의 가혹한 식민지 정책에 시달리는 우리 민족의 처지에 대해 안타까움도 느끼지만 나라를 지키지 못한 조선조 양반계층의 공리공담에 대한 비판도 서슴지 않고 있다. 거듭 말하거니와, 인간에게 큰 피해를 주지 않는 쥐인데 너희 인간은 왜 우리를 이렇게 못살게 구느냐고 항변하고 있다.

　　나는 그것이 너희들의 哲學이오, 道德인 줄을 안다.
　　그러나 쥐덫이 나의 덜미에 벼락을 치고 고양이의 발톱이 나의 옆구리에 새암을 팔 때까지,
　　나는 먹고 마시고 뛰고 놀겠다.
　　이 크고 점잖고 귀염성 있는 사람들아.

—「쥐」제3연

마지막 연이다. 인간들이 죽음의 길로 끌고 가더라도 쥐는 그때까지는 "먹고 마시고 뛰고 놀겠다"고 한다. 이 대목에서는 음주가무를 즐기고 한을 놀이정신으로 풀었던 우리 민족의 특성을 말해주고 있다. 쥐는 인간을 "크고 점잖고 귀염성 있는 사람들아" 하고 풍자한다. '귀염성'은 일본인을 향해 비아냥거리는 말투다. 가소롭다는 뜻이다. 풍자의 대상이 일본임이 틀림없지만 우화의 기법을 썼기 때문에 이 시는 일본의 검열에 걸리지 않았다. 이 시의 발표 지면이 <조선일보> 1936년 3월 31일인 것을 생각해보면 한용운이 배포가 얼마나 큰 사람이었는지 알 수 있다. 그는 닷새 뒤에 같은 지면에 2편의 우화시를 더 발표한다.

모기여 그대는 범의 발톱도 없고
코끼리의 코가 없으나 날카로운 입이 있다.
그대는 다리도 길고 부리도 길고 날개도 찌르지는8) 아니하다.
그대는 춤도 잘 추고. 노래도 잘하고, 피의 술도 잘 먹는다.

사람은 사람의 피를 서로서로 먹는데
그대는 同族의 피를 먹지 아니하고 사람의 피를 먹는다.
아아, 天下萬世를 爲하야 바다같이 흘리는 仁人志士의 피도 그대에
게 맡겼거든
하물며 區區한 小丈夫의 쓸데없는 피야 무엇을 아끼리오.
　　　　　　　　　　　　　　　　　　　　　　　 ―「모기」 전문

사람이 모기에게 이야기를 하는 식으로 전개되는 우화시다. 가운데 연

---

8) 찌르지는 : 최동호는 『만해한용운전집』에서 이 낱말의 뜻을 '짧지는'이라고 하면서, 만해의 독특한 개인 표기라고 했다. 그런데 충남 서남부에서는 기본형 '짧다'를 '짜르다'로 발음해왔으므로 '짜르지는'의 오식으로 볼 수도 있다.

에 주제가 잘 드러나 있다. 모기는 다른 족속(사람)의 피를 먹는데, 사람은 식인종처럼 다른 사람의 피를 먹는다고 한다. 사람이 사람의 피를 먹는다는 내용이 나오게 된 것은 국가 간, 이웃 간, 형제 간(부모 자식 간에도)에 싸움을 일삼고 피를 부르는 우리 인간을 풍자의 대상으로 삼았기 때문이다. 한용운은 모기의 입을 빌려 우리는 제 동족의 피를 먹지는 않으니 인간보다 낫다고 한다. 그토록 훌륭한 그대 모기에게 내 이 구차하고 창피스런 피를 드리겠으니 마음껏 들라고 하면서 모기를 오히려 높이 기리고 있다. 이 시에는 한용운 특유의 시적 역설이 아주 잘 구사되고 있다.

> 이 적고 더럽고 밉살스런 파리야.
> 너는 썩은 쥐인지 饅頭인지 분간을 못하는 더러운 파리다.
> 너의 흰옷에는 검은 똥칠을 하고
> 검은 옷에는 흰 똥칠을 한다.
> 너는 더위에 시달려서 자는 사람의 단꿈을 깨워놓는다.
> 너는 이 세상에 없어도 조금도 不可할 것이 없다.
> 너는 한 눈 깜짝할 새에 파리채에 피칠하는 작은 생명이다.
>
> ─「파리」제1연

화자인 사람이 파리를 묘사하고 있다. 제1연은 파리가 왜 더럽고 밉살스런 곤충인지 설명하고 있는 부분이다. 이 세상에 조금도 도움을 안 주는 생명체라면서 화자는 파리를 경멸해 마지않는다. 「쥐」와 마찬가지로 제2연에 가서 화자가 바뀐다.

> 그렇다. 나는 적고 더럽고 밉살스런 파리요, 너는 고귀한 사람이다.
> 그러나 나는 어엽분 여왕의 입술에 똥칠을 한다.

나는 황금을 짓밟고 탁주에 발을 씻는다.

세상에 寶劍이 산같이 있어도 나의 털끝도 건드리지 못한다.

나는 설렁탕 집으로 宮中宴會에까지 上賓이 되어서 술도 먹고 노래
도 부른다.

세상 사람은 나를 위하여 궁전도 짓고 음식도 만든다.

세상 사람은 貧富貴賤을 물론하고 파리를 위하여 생긴 것이다.

　　　　　　　　　　　　　　　　　　　　　　　　—「파리」 제2연

　파리에 대한 사람의 모진 평가에 대해 파리는 대체로 다 수긍한다. 그
러나 제2연이 진행될수록 파리는 자기 자랑에 나선다. "황금을 짓밟고"는
황금에 연연하는 사람과는 다름을, 궁중연회에서 상빈이 되어 술 믹고 노
래도 부른다는 것은 사람보다 훨씬 자유롭게 살아감을 말하는 것이므로
파리를 우습게 아는 사람을 은근히 빈정대는 내용이다. 제2연 마지막 행
에서 화자인 파리는 사람이 만들어놓은 온갖 물건들을 마음껏 사용하고
해놓은 음식을 배불리 먹을 수 있으니, 사람이 우리를 위해 생겨난 것이
아니냐고 하면서 모종의 역습을 하고 있다.

　　너희는 나를 더럽다고 하지마는

　　너희들의 마음이야말로 나보다도 더욱 더러운 것이다.

　　그리하여 나는 마음이 없는 죽은 사람을 좋아한다.

　　　　　　　　　　　　　　　　　　　　　　　　—「파리」 마지막 연

　사람에 대한 파리의 빈정댐이 극에 달하면서 시는 끝난다. 파리가 똥밭
에서 놀기에 사람인 너희는 나를 더럽다고 하지만 사람들의 마음이 나보다
훨씬 더 더럽지 아니한가 하는 것이 파리의 결론이다. 그래서 파리는 '마음
이 없는 죽은 사람'을 좋아한다는 것이다. 이 시는 파리를 내세워 매일매일

욕망 추구에 급급해하면서 살아가는 세상 사람 전부를 풍자한 것이다.

한용운의 우화시는 시의 편수가 3편에 지나지 않지만 쥐와 모기와 파리를 다루면서 일제의 수탈과 우리의 나약함, 인간의 정복욕과 금전욕 등을 비판, 풍자하였다. 1936년에 이르는 동안 국내에 우화시가 어느 정도 발표되고 있었는지는 알 수 없지만 문학사적으로 거론될 만한 것은 없는 것으로 안다. 한용운의 우화시는 독창적인 창작품이 틀림없으므로 앞으로 더욱 깊이 연구되어야 할 것이다.

시조에 대한 관심을 보이다

한용운이 남긴 시조의 수는 21편이다.[9] 작품들이 높은 수준에 이르러 있지는 않지만 시조를 씀으로써 1920년대 중반부터 전개된 시조부흥운동에 동참하고 있었음을 알 수 있다. 최남선은『조선문단』1926년 5월호에 발표한「조선 국민문학으로서의 시조」란 글에서 '조선심'을 운율로 표현한 양식이 시조이며, 민족정신을 되살리려면 시조를 부흥해야 한다고 주장했다. 이어서 이병기·김억·심훈·정인섭 등이 시조 부흥을 외치는 한편 내용과 형식을 새롭게 해야 한다고 주장했다. 그 뒤 이병기가 1932년 1월 23일부터 2월 4일에 걸쳐「시조를 혁신하자」란 글을 연재했는데 그는 고시조에 대한 깊은 이해를 바탕으로 시조 형식에 자유로움을 주고, 주위에서 흔히 느끼는 감상과 내용을 담아야 할 것이며, 연작을 많이 쓰자는 창작 방법을 제시했다. 이병기의 글이 발표된 이후부터 한용운은 시조 창작에 몰두한다.

---

9) 만해사상실천선양회에서 펴낸『한용운시전집』에는「還家」라는 작품이 빠져 있다.

天下의 善知識아
너의 家風 高峻한다
바위 밑에 喝一喝과
구름 새의 痛棒이라
묻노라 苦海衆生
누가 濟空하리오

—「禪友에게」전문

『禪苑』표지. 1~4호 합본호.

1932년 8월에 간행된 『禪苑』 제3호에 실린 이 시조를 보면 어려운 한자가 지나치게 많이 나온다. 깊이 참선하고 있던 도반에게 건넨 이 시조는 종장이 3/4/2/5로 되어 있어 형식적인 측면에서도 대단히 미숙함을 알 수 있다. 불가에 입문했으니 용맹정진하여 해탈의 경지에 이르자는 다짐의 뜻이 담겨 있는데, 불교계 바깥의 일반 독자들은 쉽게 이해할 수 없는 난해한 시조다.

가마귀 검다 말고
해오라기 희다 마라
검은들 모자라며
희다고 남을소냐
일없는 사람들은
올타글타 하더라

—「禪境」전문

그 뒤에 발표된 이런 시조를 봐도 한용운다운 독창적인 시풍은 아직 보이지 않는다. 더구나 "가마귀 검다 하고 하고 백로야 웃지 마라"로 시작되는 이직의 시조나 "가마귀 눈비 마자 희는 듯 검노매라"로 시작되는 박팽년의 시조, 작가 미상으로 "가마귀 검으나 따나 해오라비 희나 따나"로 시작되는 시조와 시적 발상과 내용 전개가 비슷하다. 시조의 형식과 내용에 대한 창작방법론이 아직 정립되지 않은 상태에서 써서 이런 미숙한 작품이 나왔을 것이다. 「春晝」 「秋夜短」 「春朝」 「코스모스」 「漁翁」 「男兒」 「成功」 「秋花」 「漂娥」 「漢江에서」 「사랑」 「우리 님」 등 다른 시조도 수준 이하인지라 이게 과연 한용운의 작품인가 하면서 실망을 금치 못하게 된다.10) 일정한 수준에 이르러 있는 시조로는 연작으로 쓴 「秋夜夢」이다.

1
가을밤 비소리에
놀라 깨니 꿈이로다
오셨던 님 간 곳 없고
등잔불만 흐리고나
그 꿈을 또 꾸라 한들
잠 못 이뤄 하노라

2
야속다 그 비소리
공연히 꿈을 깨노

---

10) 예컨대 "가을밤 길다기에/ 감긴 회포 풀쟀더니/ 첫 구비도 못 찾아서/ 새벽빛이 새로워라/ 그럴 줄 알았다면/ 다 감지나 말 것을"(「秋夜短」), "사나이 되얏으니/ 무슨 일을 하야 볼까/ 밭을 갈아 책을 살까/ 책을 덮고 칼을 갈까/ 아마도 칼 차고 글 읽는 것이/ 대장분가 하노라"(「男兒」) 등인데, 시의 내용이 지나치게 단순하다.

님의 손길 어데 가고
이불귀만 잡았는가
벼개 위 눈물 흔적
씻어 무삼 하리오

―「秋夜夢」 전반부

　가을밤 빗소리 때문에 깨어 일어난 화자의 슬픔은 임의 부재에 기인한
것이다. 임을 만나서 마냥 좋았는데 빗소리에 깨어보니 그 만남이 아쉽게
도 꿈이었다. 화자는 설움에 사로잡혀 자리에 웅크리고 누워 베개를 눈물
로 적신다.

　　3
꿈이어든 깨지 말자
백번이나 별렀건만
꿈 깨자 님 보내니
허망할손 맹서로다
이후는 꿈은 깰지라도
잡은 손은 안 노리라

　　4
님의 발자최에
놀라 깨어 내다보니
달그림자 기운 뜰에
오동닢이 떠러졌다
바람아 어대가 못 불어서
님 없는 집에 부더냐

―「秋夜夢」 후반부

꿈속에서 이것이 꿈이라면 깨지 말자고 다짐에 다짐을 했건만 꿈은 깨어나고, 맹세도 꿈속에서의 맹세인지라 허망하기 짝이 없다. "꿈은 깰지라도/ 잡은 손은 안 노리라"는 대목은 불가능한 사랑을 가능태로 바꾸겠다는 화자의 결심이 나타나 있는 부분이다. 제일 끝 4번 시는 잠에서 완전히 깨어 뜰로 나선 화자에 대한 묘사다. 뜰에 오동잎이 떨어져 있는 것을 보고 화자는 바람을 원망하다. 임 없는 집에 왜 불어와 오동잎을 떨어뜨렸느냐고 애꿎게 바람을 원망해보는 것이지만, 실은 임과 함께 있었던 행복한 시간이 꿈속이어서 화자는 깊은 슬픔에 빠져드는 것이다. 이 시조의 완성도는 『님의 침묵』에 실린 작품들에 못지않다. 안타까운 것은 이 정도의 수준에 다다른 작품을 시조에서는 찾아보기 어렵다는 점이다. 「無題 十四首」라는 시조도 있는데 이 작품은 14편의 단형시조를 모아놓은 것일 뿐, 연작은 아니다. 이 가운데 3편만 보자.

1

가며는 못 갈소냐
물과 뫼가 많기로
건너고 또 건너면
못 갈 리 없나니라
사람이 제 아니 가고
길이 멀다 하더라

7

李舜臣 사공 삼고
乙支文德 마부 삼아
破邪劍 높이 들고
南船北馬 하야 볼까

아마도 님 찾는 길은

그뿐인가 하노라

　14

꽃이 봄이라면

바람도 봄이리라

꽃 피자 바람 부니

그럴듯도 하다마는

어지타 저 바람은

꽃을 지워 가는고

　　　　　　　　　　　　　　　　—「無題 十四首」 부분

　1은 교훈적이며 익히 아는 내용이고 7은 영웅담과 사랑노래가 완전히
부조화를 이루고 있는 실패작이다. 14는 한용운다운 역설이 느껴지기는
하지만 『님의 침묵』이 보여준 절창에는 미치지 못하고 있다. 1922년 『開
闢』 9월호에 발표한 「無窮花 심으과저」[11] 같은 옥중시가 있기는 하지만
작품의 수준은 현저히 낮다. 이상 살펴본 바에 따르면 한용운은 시조에서
는 별다른 시적 성취를 이루지 못했음을 알 수 있다.

---

11) 달아 달아 밝은 달아/ 네 나라에 비춘 달아/ 쇠창을 넘어와서/ 나의 마음 비춘 달아/
계수나무 베어내고/ 無窮花를 심으과저.// 달아 달아 밝은 달아/ 님의 거울 비춘 달
아/ 쇠창을 넘어와서/ 나의 품에 안긴 달아/ 이지러짐 있을 때에/ 사랑으로 도우고
자.// 달아 달아 밝은 달아/ 가이 없이 비친 달아/ 쇠창을 넘어와서/ 나의 넋을 쏘는
달아/ 구름재[嶺]를 넘어가서/ 너의 빛을 따르고자.

3편의 동시를 써보다

만해사상실천선양회에서 펴낸 『한용운시전집』에는 3편의 동시가 실려 있다. 동시는 1차적인 독자 대상이 아이들이므로 아이의 눈높이에 맞추어 써야 한다. 한용운은 결혼도 두 번 해보았고 슬하에 자식도 둘을 두었지만 아이를 키워본 경험은 없었던 듯하다. 따라서 동시는 한용운의 독특한 창작방법론이 발휘되기 쉽지 않은 장르이다.

> 저기 저기 저 달 속에
> 방아 찧는 옥토끼야,
> 무슨 방아 찧어내나
> 약방아를 찧어낸다.
> 고무풍선 타고 가서
> 그 약 세 봉 얻어다가
> 한 봉을랑 아버님께
> 한 봉을랑 어머님께
> 또 한 봉은 내가 먹고
> 우리 부모 모시고서
> 천년 만년 살고지고.
>
> —「달님」제1연

우리 민담에서는 달 표면에 나타나 있다는 음영을 두고 방아 찧는 토끼 모양이라고 하는데 한용운은 그 이야기를 하면서 동시를 시작한다. 그런데 제1연의 주제는 효다. 달까지 고무풍선을 타고 가서 옥토끼가 찧은 약을 세 봉 얻어와 아버지와 어머니에게 한 봉씩 드리고 한 봉은 자기가 먹어서 세 사람이 오래오래 살겠다는 재미있는 생각이 전개된다.

초승달님 어린 달님
우리 동생 시집가고
그믐달님 늙은 달님
우리 언니 시집가고
보름달님 젊은 달님
누가누가 시집가나.
언년이는 아니 되고
갓난이도 못 간단다.
보름달님 젊은 달님
누가누가 시집가나
짱께뽀이 아아고데쑈.

— 「달님」 제2연

　　제2연에서 달은 혼례를 위해 동원된다. 달을 의인화시킨 발상이 흥미롭다. 딸 부잣집에서 어린 달님 늙은 달님이 앞서거니 뒤서거니 시집을 가는데, 보름달님 젊은 달님은 시집을 못 가고 있다. 당시의 아이들이 흔히 쓰는 말이었겠지만 가위바위보 대신에 짱께뽀이를 쓴 것은 옥의 티라고 할 수 있겠지만 일본에 대한 저항심을 은근히 이렇게 표현한 것으로 볼 수도 있다. 이 동시는 "물 떠놓은 대야에/ 저 달님이 빠지면/ 팔을 걷고 건져서/ 우리 오빠 책상에/ 걸어놓아 드려요."로 끝난다. 화자가 여자아이인데 오빠에 대한 우애를 말하는 것으로 보아 부모 형제간에는 정이 있어야 한다는 가족주의적인 주제를 전하고자 이 동시를 썼다고 여겨진다. 「籠의 小鳥」는 동시의 제목 같지 않지만 본문은 완전히 동시다.

어여쁜 작은 새야
너는 언니도 없구나

자꾸만 혼자 울고
밤엔 혼자 자는구나
예쁘고 불쌍하다.
너는 언니도 없구나.

　　(……)

잠자는 우리 아기
깨면 너에게 주리라
잘 때는 우리 아기
깨면 너는 언니란다.
자꾸만 울지 마라.
너는 언니가 있단다.

—「籠의 小鳥」 부분

화자는 새장에 갇힌 어여쁜 작은 새가 불쌍하다. 새장 안에 혼자 있기 때문이다. 화자는 지금 잠자고 있는 아기가 깨어나면 작은 새 앞에 아기를 데려다주겠다고 한다. 아기를 너의 언니로 삼아 외로움을 달래라고 하는 것이 이 동시의 내용이다. 새장에 한 마리만 있는 새를 보고 불쌍히 여긴 아이의 생각이 단순·소박하고 천진난만하다. 어린아이다운 생각이긴 하지만 아이들에게 감동을 줄 만한 수준에는 이르지 못하고 있다. 제목도 전혀 동시답지 않게 붙였다.

저기 저기 저 산 너머
우리 언니 사신단다.
낮이며는 나물 캐고
밤이며는 길쌈하며

나물 팔고 베를 팔아
닷냥 두냥 모아다가
우리 동생 학교 갈 때
공책 사고 연필 사서
책가방에 너주신다.
우리 동생 좋아라고
까치걸음 뛰어가서
선생님께 자랑하면
선생님이 예쁘다고
곱게곱게 빗은 머리
쓰다듬어 주신단다.

　　　　　　　　　　　　　　－「산 너머 언니」전문

　화자와 언니는 한집에 살지 않는다. 언니가 산 너머로 시집을 간 모양이다. 흔히 하는 말로 시집 간 언니는 출가외인이고 산을 사이에 두고 떨어져 살지만 나물 팔고 베를 판 돈으로 동생에게 공책과 연필을 사줄 만큼 동생 사랑이 각별하다. 이 동시는 동생의 언니에 대한 고마움과 언니의 동생에 대한 애정으로 이루어져 있다. 「달님」도 그렇지만 이 동시도 사회를 이루는 가장 작은 단위인 '가족'이 서로 사랑해야 하며, 형제는 떨어져 살아도 서로 아끼고 사랑하는 마음을 가져야 한다는 교훈적인 내용이 담겨 있다. 소재와 주제와 표현이 동시에 가장 가까운 작품이다. 작품의 수도 적고 뛰어난 동시라고 생각되지 않지만 한용운이 쓴 이 세 편의 동시는 시인으로서의 관심사가 무척 폭넓음을 말해주고 있다.

　한용운의 한시를 살펴보면 「黃梅泉」을 제외하고는 옥중에서 쓴 것들이기에 그렇겠지만 비분강개조이고 비장미가 넘친다. 짤막짤막한 형태지만 시적 울림이 매우 크다. 음풍농월조의 한시는 한 편도 없다. 나라를 잃은 슬픔을 시를 쓰면서 달래는 한편, 선비정신에 입각하여 기개를 잃지말자고 다짐하는 내용이 태반이다. 편편의 한시에서 일제에 대한 저항의식을 느낄 수 있다. 즉,『님의 침묵』의 시편에서는 일제에 대한 저항의식을 즉자적으로는 느낄 수 없는데, 그의 옥중한시는 때로는 은근히, 때로는 노골적으로 저항의식이나 민족의식을 내세우고 있다. 그래서인지 시적인 완성도는 그다지 높게 볼 수 없다. 하지만 주의 주장을 확실히 내세우는 대신 자연에 자신의 감정을 이입하여 민족 해방이라는 주제를 전개한 「雪夜」「秋懷」「咏燈影」「咏雁 二首」 같은 작품은 일정한 수준에 도달해 있다.

마무리

지금까지 한용운 하면 『님의 침묵』을 쓴 시인으로 알려져 있었다. 그가 이 시집에 싣지 않고 발표한 자유시는 21편인데 여기서는 그 가운데 우화시 3편만 골라내어 나름대로 해석을 해보았다. 일제강점기에 군국주의 일본에 대한 비판이 쉽지 않았으므로 한용운은 우화시라는 간접적인 방법을 고안해냈음을 알 수 있다.

한용운이 남긴 시조는 형식상의 제약이 심해서 그랬는지 그의 시적 천재성이 제대로 발휘되지 못한 장르이다. 하지만 우리 민족의 고유 시형에 바탕을 두고 새롭게 시세계를 전개해보려고 한 시조시인들의 시조부흥운동과 시기적으로 맞물려 작품 창작이 행해졌다는 것에서 의의를 찾을 수 있다.

한용운이 써본 가장 이색적인 장르는 동시다. 동기간에 서로 아끼고 사랑하자는 주제가 잘 살아난 동시를 출가한 불자였던 한용운이 썼다는 것은 경이로운 일이다. 이러한 가족주의는 출가 전에 결혼한 첫 부인과의 사이에 아들을, 출가 후에 결혼한 두 번째 부인과의 사이에 딸을 둔 한용운으로서는 탐구해볼 만한 주제였는지도 모른다.

한용운이 옥중에서 쓴 한시 읽기

　만해 한용운 시인이 1926년에 자비로 펴낸 시집 『님의 침묵』이 없었더라면 1920년대의 우리 문단은, 아니 일제강점기를 통틀어 우리 시문학사는 아주 공허해지고 말았을 것이다. 일백 년 한국 시문학사 전체를 조감해보아도 만해의 업적은 그 어떤 시인보다 밝고 크다. 우리 시에 불교적 상상력이나 형이상학적 고뇌는 한용운을 빼고 거론할 수 없다. 한용운은 시인으로서의 업적만을 거론하는 데서 펜을 거두게 하지 않는다. 민족대표 33인 중 한용운이 없었더라면 민족자결을 내세운 3·1운동의 정신이 제대로 발아하고 개화할 수 없었을 것이다. 또한 한용운 선사가 없었더라면 일제강점기 36년 동안 한국 불교계는 만신창이가 되었을 것이다. 만해는 이 땅의 위대한 시인 혹은 민족정신의 사표로 일컬어질 수 있으며, 독립투사나 종교지도자, 여기다 조직운동가나 혁명가로 불리어도 크게 틀린 표현은 아닐 것이다.

　1944년에 돌아가셨으니 선생이 가신 지도 어언 80년이 되었다. 시인 한용운의 업적을 기려 만해문학상이 제정되어 다년간 시상을 해오고 있고, 해마다 여름이 되면 백담사에서 만해에 관련된 여러 가지 행사가 열리고 있다. 선생의 사상과 문학을 연구한 글을 모은 『만해새얼』(제호가

후에 『님』으로 바뀌었다)이라는 간행물이 만해사상실천선양회에서 다년간 나온 바 있다. 만해는 예순여섯이라는 그리 길지 않은 생애를 사는 동안 시는 물론 장편소설·단편소설·시조·수필·한시 등 많은 문학작품과 그에 못지않게 많은 논문·논설·잡조(雜組, 각종 일을 써 모은 기록)를 남겼다. 논저 『朝鮮佛敎維新論』과 편저 『佛敎大典』 『精選講義 菜根譚』, 그리고 일제를 향한 선언서인 「朝鮮獨立의 書」를 작품 연보에서 뺄 수 없다.

만해가 남긴 한시는 총 163수로 알려져 있다. 그간 몇 사람 국문학자가 만해의 한시를 연구한 바 있는데, 김종균의 「한용운의 한시와 시조」(『어문연구』 21호, 1979), 이병주의 「만해 선사의 한시와 그 특성」(『동국대 한국문학 학술회의』, 1980), 송명희의 「한용운의 한시론」(『한용운 연구』, 새문사, 1982)이 그것이다. 이 가운데 만해가 옥중에서 쓴 한시를 중심으로 해서 쓴 논문은 없다.

그간 만해의 문학세계와 불교사상을 연구한 글은 헤아리기 어려울 정도로 많이 나왔고, 앞으로도 계속 나올 것이다. 백 편이 넘는 한용운론 가운데 옥중에서 쓴 한시가 전혀 논의된 적이 없는 이 땅의 문학연구와 문학사는 나를 오랫동안 안타깝게 했다. 만해의 옥중한시에 깃들어 있는 시정신을 탐색하여 문학적인 가치를 논해보는 것이 이 글을 쓰는 작은 목적이다.

만해는 1919년 정월부터 가회동에 있는 손병희의 집을 수차례 방문하여 그로 하여금 3·1운동 민족대표 발기인의 서두에 서명하게 한다. 만해는 또 최남선이 작성한 「독립선언서」를 수정하고 여기에 행동 강령이라고 할 수 있는 「공약삼장」을 첨가한다. 거사 날인 3월 1일 경성 명월관 지점에서 33인을 대표하여 연설하고 곧바로 체포되어 서대문 감옥에 감금된 만해는 해를 넘겨 1920년 8월 9일에야 경성지방법원 제1형사부에서 3

년형을 선고받는다. 3년의 옥살이를 마치고 1922년에 출감했으니 만해의 옥중시는 전부 『님의 침묵』을 내기 전에 썼던 작품임에 틀림없다. 투옥되고 재판을 받고 석방되는 과정에서 만해에 관한 일화가 몇 개 전해지고 있다.

> 왜경에 끌려갈 때 그는 이른바 '옥중투쟁 삼대원칙'을 제시했으니 ①변호사를 대지 말 것, ②사식私食을 취하지 말 것, ③보석을 신청하지 말 것 등이 그것이다. 법정의 심문에서 "조선인이 조선의 독립운동을 하는데 왜 일인의 재판을 받느냐"고 대답을 거부, 그 대신에 쓴 것이 명논설 「三·一 獨立宣言理由書」였다.
>
> 같이 수감된 독립운동의 동료들이 극형을 받으리란 소식을 듣고 안색이 파래지자 "독립만세를 부르고도 살아날 생각들을 했단 말이야?"고 외치며 옆에 있던 변기를 던지기도 했다. 그들이 출옥할 때 얼싸안고 환호, 위로하는 영접 인사들에게 만해는 침을 뱉으며 일갈했다.
>
> "더러운 자식들, 오죽 못났으면 영접을 해? 너희들은 왜 영접을 받지 못하니!"
>
> ─김병익, 『韓國 文壇史』(일지사, 1973)에서

다소 과장된 부분이 있을지라도 생애 단 한 번도 훼절한 적이 없이 일제의 강압 통치에 불굴의 기개로 맞서 싸웠던 만해로서는 충분히 하고도 남았을 말이요 행동이다. 이런 만해가 옥중에서 쓴 한시에는 애국애족사상과 일제에 맞서 싸우고자 하는 불퇴전의 용기가 충만해 있다. 그와 아울러, 옥중생활에서 느끼는 쓸쓸한 감회 같은 것을 담은 한시도 있다.

옥중에서 쓴 한시들

1879년생이므로 만해는 마흔한 살부터 마흔세 살까지 옥살이를 하였다. 만해가 투옥되어 있던 시기에 동인지 『폐허』와 『백조』가 창간되었고, 바로 전에 나온 『창조』도 계속 간행되어 우리 문단에서는 3·1운동을 기점으로 본격적으로 근대시가 등장하고 활발히 발표되기 시작한다. 하지만 이 시기에 작품 활동을 한 남궁벽·오상순·황석우·변영로(이상 『폐허』 동인)와 홍사용·박종화·박영희·이상화(이상 『백조』 동인)의 작품을 보면 거의 예외 없이 비탄과 절망, 감상感傷과 회한悔恨의 정조에 사로잡혀 있다.

『폐허』 창간호에서 오상순이 한 "우리 조선은 황량한 폐허의 조선이요, 우리 시대는 비통한 번민의 시대이다"라는 말은 그 무렵 대다수 지식인과 문학인의 심정을 대변하는 것이었다. 당시 시인들의 작품을 읽어보면 시인의 몸과 마음이 모두 '밀실'과 '동굴'과 '관' 속에 갇혀 있었음을 알 수 있다. 시대는 '말세'요, 계절은 '가을'이 아니면 '겨울'이었고, 시간은 늘 '밤'이었다. 같은 시기 '감옥'에 갇혀 있던 만해는 그러나 한겨울의 추위에도 정신의 칼을 날카롭게 벼리고 있었다. 그 시기에 만해가 쓴 시가 한글로 쓴 것이 아니라고 하여 문학적 가치를 무시하거나 폄하해서는 안 될 일이다.

한용운이 옥중에서 쓴 한시를 서툰 솜씨로 번역하여 본다.

獄中吟(옥중에서 읊는다)

隴山鸚鵡能言語	농산의 앵무새는 언변도 좋네그려
愧我不及彼鳥多	내 그 새에 못 미치는 걸 많이 부끄러워했지
雄辯銀兮沈黙金	웅변은 은이라지만 침묵은 금

此金買盡自由花　　　이 금이라야 자유의 꽃 다 살 수 있네

원래의 제목은 '一日與隣房通話爲看守竊聽雙手被輕縛二分間卽唫'[1]으로 무척 길다. 이 시에 나오는 '농산'은 중국 섬서성 농현 서북쪽에 있는 산의 이름이다. '농산의 앵무새'가 어떤 고사에 나오는지는 알 수 없지만 사람이 하는 말을 흉내 잘 내기로 이름난 새였던 모양이다. 한용운이 투옥 이전에는 그 앵무새의 언변에 못 미치는 것을 많이 부끄러워했지만 옥에 갇혀 침묵이 금이라는 것을 새삼스레 깨닫고는 자경록을 쓰듯이 이 시를 썼다. 한용운이 3·1운동 때 민족대표 33인 중 불교계의 대표였으니 일제가 옥중의 한용운을 회유, 포섭하기 위해 얼마만 한 노력을 기울였을 것인지는 짐작이 가고도 남는다. 소소한 옥중의 일에 일일이 반항하느니 여기서는 침묵을 지켜야 종국에는 자유의 꽃을 몽땅 사게 될 것이라고 자신을 경계하는 내용이 담겨 있다.

見櫻花有感―獄中作(벚꽃을 보고 느낌이 일어―옥중작)

昨冬雪如花　　　지난 겨울 꽃 같던 눈
今春花如雪　　　올 봄 눈 같은 꽃
雪花共非眞　　　눈도 꽃도 참이 아닌 점에서는 같은 것을
如何心欲裂　　　어찌하여 마음의 욕구 이리 찢어지는지

만해는 자신의 눈을 현혹했던 꽃 같았던 눈과 눈 같았던 꽃을 참이 아닌 점에서는 같은 것이라고 한다. 눈은 산천을 백색으로 수놓지만 며

---

1) '어느 날 이웃방과 이야기하다가 간수에게 들켜 두 손을 이 분 동안 가볍게 묶이었다. 이에 즉석에서 읊음.'이란 뜻. 최동호 편, 『한용운시전집』, 문학사상, 1989, 276쪽.

칠 지나지 않아 녹아버리고, 일본인이 가장 좋아하는 벚꽃은 피었다가 금방 난분분 흩날리며 떨어진다. 감옥 창살 밖으로 떨어지는 벚꽃을 보며 생각하니 이 나라는 완전히 일본인의 식민지가 되어 있고 해방이 될 희망은 완전히 사라진 상태이다. 만해는 어느 봄날 '心欲裂'이라며 자신의 비통한 심정을 이 시에다 토로해보았던 것이리라.

寄學生—獄中作(학생에게 부친다—옥중작)

瓦全生爲恥	헛된 삶 이어가며 부끄러워하느니
玉碎死亦佳	충절 위해 깨끗이 죽는 것이 아름답지 않으가
滿天斬荊棘	하늘 가득 가시 자르는 고통으로
長嘯月明多	길게 부르짖지만 저 달은 많이 밝다

이 한시는 제목이 '寄學生—獄中作'이다. 제목으로 보아 면회를 온 학승에게 전해준 시가 아닌가 여겨진다. '와전瓦全'과 '옥쇄玉碎'는 정반대의 뜻이다. 아무 보람 없이 헛된 삶을 이어가는 '瓦全'과 명예와 충절을 지켜 기꺼이 목숨을 바친다는 '玉碎'를 시에다 써 감옥 바깥으로 전하는 일 자체가 큰 모험이었을 것이다. 목숨을 보전코자 기개를 굽히고 사느니 차라리 깨끗이 죽는 것이 아름다운 일이라고 옥중에서 시로 썼으니 만해의 용기는 실로 대단한 것이었다. "하늘 가득 가시 자르는 고통으로/ 길게 부르짖지만 저 달은 많이 밝다"라는 뒤의 두 행이 제대로 번역이 된 것 같지는 않은데, 만해가 현재의 고통을 이겨내면 언젠가 이 옥문을 나서게 될 것이라고 달에 빗대어 다짐하고 있음을 어렴풋하게나마 느낄 수 있다.

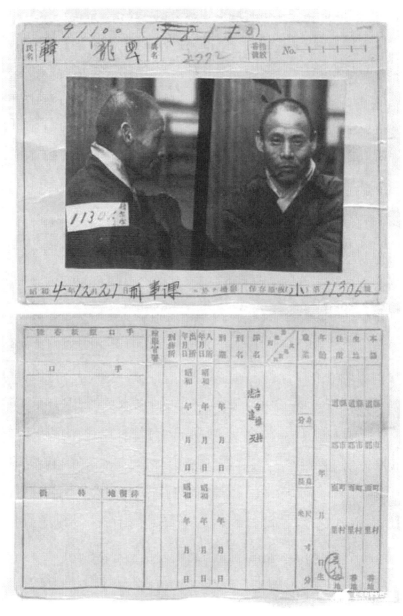

한용운이 서대문형무소에 수감될 때의 기록

雪夜(눈 오는 밤)

四山圍獄雪如海	감옥 둘레 사방으로 산뿐인데 해일처럼 눈은 오고
衾寒如鐵夢如灰	무쇠처럼 찬 이불 속에서 재가 되는 꿈을 꾸네
鐵窓猶有鎖不得	철창의 쇠사슬 풀릴 기미 보이지 않는데
夜聞鐵聲何處來	심야에 어디서 쇳소리는 자꾸 들려오는지

눈 내리는 밤의 감회를 읊조린 시이다. "무쇠처럼 찬 이불 속"이니 그 겨울 만해의 옥고는 인간 인내의 한계점에 다다를 정도였나 보다. "재가 되는 꿈"(아니면 재 같은 꿈?)은 자신이 죽는 장면을 꿈에서 보았기에 표현하게 되었을 것이다. 하지만 철창의 쇠창살은 풀릴 기미가 보이지 않고 눈은 해일처럼 엄청나게 내리고 있다. 심야에 들려오는 쇳소리가 다른 방 옥문을 여는 소리인지는 잘 모르겠으나 아무튼 눈에 보이는 것과 귀에 들리는 것 모두가 만해를 비애에 젖게 해 이런 시를 쓰게 되었을 것이다.

秋懷(가을 감회)

十年報國劍全空	십년 세월 보국하다 칼집 완전히 비고
只許一身在獄中	한 몸 다만 옥중에 있는 것이 허용되었네
捷使不來虫語急	이겼다는 기별 오지 않는데 벌레는 울어대고
數莖白髮又秋風	또다시 부는 가을바람에 늘어나는 백발이여

이 시에서 중요한 것은 마지막 행이 아니다. 옥에서야 머리를 기를 수밖에 없었을 테지만 사십대 초반의 나이였으니 백발 운운은 과장법을 동원한 것일 듯. 그런데 "첩사불래捷使不來"라는 대목이 있다. '捷報'는 싸움에 이겼다는 보고나 소식이다. 만해는 고통스런 영어의 나날을 살면서도

'捷使'가 오지 않음을 못내 애통해하고 있었다. 죽음과 절망의 그림자에 휩싸여, 탄식과 눈물로 시를 수놓던 옥문 바깥의 시인들과는 사고의 기본 틀이 이토록 달랐던 것이다.

贈別(이별 노래)

天下逢未易	하늘 아래 만나기 쉽지 않은데
獄中別亦奇	옥중에서 하는 이별 기이할 밖에
舊盟猶未冷	옛 맹세 아직 안 식었으니
莫負黃化期	국화 피면 다시금 부담 없이 보세

먼저 출옥하는 사람에게 정표로 써서 건네준 시이다. 옥중에서 하는 이별이라 기이하다고 한 뒤 만해는 "구맹유미랭舊盟猶未冷"이라고 썼다. 우리가 들어오기 전에 했던 맹세가 아직 안 식었으니 국화 만발한 바깥세상에서 다시 만나되, 누가 먼저 나가고 누가 늦게 나갔는가에 대한 부담감을 피차 갖지 말고 만나자고 상대방을 오히려 위로한다. 해석의 여지가 있는 마지막 행이지만 필자는 이런 뜻으로 받아들이고 싶다.

砧聲(다듬이 소리)

何處砧聲至	어디서 나는 다듬이 소리인가
滿獄自生寒	감옥 속을 냉기로 가득 채우네
莫道天衣煖	천자의 옷 따뜻하다 하나 도가 아니다
孰如徹骨寒	뼛속까지 냉기가 스며드는 것을

감옥에까지 들려온 다듬이 소리를 소재로 해서 쓴 시이다. '天衣'는 天

子의 옷, 仙人의 옷, 飛天(신선이나 선녀)의 옷 중 어느 것을 택해도 무방하겠지만 식민지라는 시대적 배경을 감안하여 "천자의 옷"으로 해석해보았다. 즉, 천자는 천황의 다른 말로 쓴 듯하다. 천의가 제아무리 따뜻하다고 한들 그것은 도가 아니며, 나는 지금 뼛속까지 냉기를 느끼고 있을 뿐이라며 일제의 나라 침탈을 은근히 비판하고 있다.

咏燈影(등불 그림자를 보며)

夜冷窓如水	추운 밤 창에 물이 어리면
臥看第二燈	두 개의 등불 누워서 보게 되지
雙光不到處	두 불빛 못 미치는 이 자리에 있으니
依舊愧禪僧	선승인 것 못내 부끄럽기만 하다

만해는 이 시에서 천장에 매달려 있는 등과, 물 어린 창이 반사하고 있는 두 개의 등을 제시하고 있다. 그런데 자신이 누워 있는 자리에는 두 개의 불빛이 다 못 미치고 있다. 자유롭게 몸을 움직이기가 쉽지 않은 감옥이라는 공간을 생각해보면 이 시를 쓴 이유를 알 수 있을 것 같다. 선승이므로 구도의 길을 걸어가야 하거늘 지금 자신은 완전히 다른 세계, 곧 감옥에 갇혀 있는 신세인 것이다. 그것을 애통해한 시가 바로「咏燈影」였다.

咏雁二首—獄中作(기러기 노래 두 수—옥중작)

一雁秋聲遠	가을 기러기 한 마리 멀리서 울고
數星夜色多	밤에 헤아리는 별 색도 다양해
燈深猶未宿	등불 짙어지니 잠도 오지 않는데
獄吏問歸家	옥리는 집에 가고 싶지 않은가 묻는다

天涯一雁叫	하늘 끝 기러기 한 마리 울며 지나가니
滿獄秋聲長	감옥에도 가득히 가을 바람 소리 뻗치는구나
道破蘆月外	갈대가 쓰러지는 길 저 밖의 달이여
有何圓舌椎	어찌하여 너는 둥근 쇠몽치 혀를 내미는 거냐

문학적 향기를 가장 짙게 풍기는 작품이다. 앞쪽 시에서 만해는 가을밤의 스산한 심사를 절묘하게 노래하는데, 그것으로는 무언가 미진했던 모양이다. 뒤쪽 시의 마지막 두 행에 주제가 담겨 있는 듯한데 번역하기가 쉽지 않다. 달에 빗대어 만해는 '圓舌椎'라고 표현하였고, 나는 그것을 "둥근 쇠몽치 혀"로 해석하였다. 달은 차면 기우는 속성을 갖고 있으므로 만해는 말을 아끼자는 결심을 해본 것이 아닐까. 달이 내 신세를 알고 혀를 차고 있다고 생각해본 것일 수도 있다. 달은 밤길을 밝혀주므로 길 잃은 자를 안내하는 이로 빗대어본 것일지도 모른다. 기러기와 갈대는 부화뇌동하는 존재로, 달을 은인자중하는 존재로 그려본 것일까. 해석은 여러 가지로 해볼 수 있다. 아무튼 만해는 자연 상관물 몇 가지를 시의 소재로 끌어들여 깊어가는 가을밤에 자신의 처연한 심사를 읊어 보았던 것이다. 옥중에서 쓴 것이 확실한 이들 작품 외에도 수많은 한시가 새로운 해석과 연구를 기다리고 있다. 다음과 같은 시를 보자.

黃梅泉

就義從客永報國	의로운 그대 나라 위해 영면했으나
一瞋萬古刦花新	눈 부릅떠 억겁 세월 새 꽃으로 피어나리
莫留不盡泉坮恨	황매천 엄청난 한을 다하지 말고 남겨둡시다
大慰苦忠自有人	사람됨을 스스로 괴로워했던 것 크게 위로하고프니

매천 황현은 한일합방 조약 체결 소식을 듣고 며칠 동안 식음을 전폐하다 「절명시」를 남기고 자결한 한말의 문장가요 역사가이다. 만해는 황현의 엄청난 한을 늘 생각하며 시를 썼음을 알 수 있다. 다수 문인이 비탄에 잠겨 나라 잃은 슬픔과 좌절감을 노래하고 있을 때 만해는 흔들리지 않는 자존감으로 자신을 성찰하고 미래를 내다보고 있었음을 증명하는 시가 바로 「黃梅泉」이다.

만해의 민족운동은 석방 후에 본격적으로 전개된다. 일제의 극심한 탄압 속에서도 물산장려운동과 신간회 결성 운동에 참여하였고, 청년법려 法侶 비밀결사인 만당卍黨의 당수로 추대되었으며, 신채호의 묘비를 건립하였다. 창씨개명 반대운동과 조선인 학병 출정 반대운동을 목숨을 내놓고 전개하였고, 조선총독부와 마주보게 된다고 성북동에 집을 지을 때 북향으로 지었다. 일제가 창씨개명과 징병을 강요하면서 불교계를 대표하는 만해의 찬성을 얻고자 회유책을 쓴 적이 있었다. 성북동 일대의 넓은 국유지를 '한용운' 명의로 불하하겠다고 하자 만해는 일언지하에 이를 거절하였다.

친일의 족적을 한 발자국도 남기지 않은 진정한 지식인 한용운이 옥중에서 쓴 한시 아홉 수가 오늘 내 가슴을 치는 것은 내 나이가 만해의 입적 나이에 다가가고 있기 때문일까. 만해가 쓴 한시 중 이상 몇 수를 우리 문학의 빛나는 고전으로 자리매김하고 싶다.

왜 만해 한용운이 우리에게 크나큰 자랑인가

김호운 장편소설 『님은 침묵하지 않았다』를 읽고

　　그대에게 누가 "만해 한용운에 대해 무엇을 좀 알고 계십니까?"라는 질문을 받는다면 그대는 곧바로 시집 『님의 침묵』을 쓰신 분이라고 대답할 것이다. 여기에 3·1운동 당시 민족대표 33인 중의 한 사람이라고 덧붙일 것이다. 하지만 고등학교 시절 국어 시간에 '님'에 대해 설명해 주셨던 국어 선생님의 음성은 생각날지언정 그 외의 것은 잘 떠오르지 않을 것이다. 혹자는 최남선이 기초한 「독립선언서」를 3·1만세운동 당일에 낭독한 분이라고 덧붙일 수 있을 것이다. (실제로는 낭독하지 않은 상태에서 체포되었다.) 「독립선언서」에 행동강령인 「공약삼장」을 첨가한 분이라고 말한다면 역사 공부 혹은 국어 공부를 착실히 한 분이다. 한용운이 『님의 침묵』을 발간한 것은 47세 때인 1926년이었다. 그는 그 이전에 자유시를 써 등단하거나 동인 활동을 한 적이 없었다.

　　고종 16년인 1879년 충남 홍성군(당시의 지명은 洪州府였다) 결성면 성곡리 491번지에서 한응준의 차남으로 태어난 한유천韓裕天은 26세 때인 1905년에 수계受戒하여 스님이 된 이후 승려로서 20년을 살다가 시집 한 권 분량의 시를 써 자비출판을 했으니 그것이 한국 시문학사의 불멸의 금자탑이 된 『님의 침묵』이다. '만해'라는 법호를 가진 스님이 아니었다면 쓸 수 없는 불교적인 성찰과 깨달음의 시편을 모은 시집이다. 그런데 농사군의 아들로 태어나 한평생 농사를 지으며 살아갈 팔자였던 한유천이 어찌하여 불가에 입문했으며 어찌하며 시를 쓰게 되었으며 어찌하여 독립운동가가 되었는지 궁금증을 가질 법도 한데 지금까지 이 땅의 소설가 중 그의 생애를 추적하여 소설로 쓴 이가 없었다는 것은 말도 안 되는 일이고 있을 수도 없는 일이었다. 김삼웅과 임중빈, 고은 등이 한용운 평전을 쓴 적이 있었지만 그것은 생애를 추적해 문자로 복원한 전기물이지 문학작품은 아니다. 영혼의 편력, 주변 인물들과의 교유, 불가에서 만난 스승들, 을미사변과 아관파천 및 3·1운동 같은 여러 사건의 추이, 사상과 불심의 심화, 독립투사로 거듭나는 과정 등은 소설가의 몫이지 전기작가는 도달할 수 없는 영역이다.

한용운은 시만 썼던 것이 아니다. 3년 꼬박 옥살이를 할 때 많은 한시를 썼고 시조와 동시까지 썼다. 『님의 침묵』 이후에 발표한 시가 21편인데 3편의 동시가 포함되어 있고 한시 139수, 시조 21편이 전해지고 있다. 장편소설 『흑풍』과 『박명』을 썼고 「후회」와 「철혈미인」은 신문에 연재하다 중단되었다. 엄청난 양의 논문과 수필을 썼다. 게다가 생시에 『조선불교유신론』과 『십현담주해』를 간행했고, 『불교대전』과 『건봉사급건봉사말사사적乾鳳寺及乾鳳寺末寺事蹟』을 편찬했다. 『조선불교유신론』은 불교개혁론이고 『십현담주해』는 중국 당나라의 선승 동안상찰同安常察이 수행자의 실천 지침 등을 칠언율시 형식으로 노래한 10수의 게송偈頌을 주해한 책이다.

즉, 만해 한용운은 스님일 뿐만 아니라 학자였다. 65세에 입적했으니 장수한 것이 아니지만 남겨놓은 글의 양은 두꺼운 전집 6권을 아우르고

수의를 입고 있는 만해 한용운

있다. 게다가 일본 후쿠오카의 감옥에서 20대에 옥사한 윤동주와 생의 반을 일경에 쫓겨다니다 중국 북경의 감옥에서 마흔 살에 옥사한 이육사와 달리 만해는 한반도 내에서 조선불교회나 조선불교청년회, 청년법려 비밀결사인 만당 등의 조직을 이끌면서 일본의 압제에 대항해서 싸운 독립투사였다. 상해임시정부의 요인들도 그렇고 북만주와 연해주, 중국대륙, 미대륙에서 독립운동을 한 사람은 많았지만 그곳은 일제의 직접적인 탄압이 있었다고 보기 어려운 이국이었다. 이국에서의 독립운동과 국내에서의 독립운동은 차원이 다른 것이었다. 국내에 머물면서 생애 내내 단 한 번도 훼절한 적이 없는 인물은 오상순·이상화·심훈 등이 있었는데 이들은 문인이었다.

한용운은 불교계를 대표하는 승려로서 늘 일본의 회유와 협박에 직면해 있으면서도 허리를 굽힌 적이 없었다는 점에서 거의 불가사의한 존재이다. 불교와 천주교와 기독교, 몇몇 민족종교의 지도자들이 신앙심에 입각해 일제강점기 때 일본에 저항했을까? 전혀 그렇지 않았다. 친일문인은 글이 남아 있어서 지금까지도 지탄의 대상이 되고 있지만 훨씬 많은 종교인이 적극적으로 아부하고 협력하였다. 헌금으로 받은 돈을 군비로 바치기까지 하면서.

그러나 한용운은 시종여일 저항의 심지를 꺼트리지 않았다. 어떻게 그것이 가능했을까? 사찰에서 도를 닦으며 살아간 생의 한 측면과 저술 및 사회활동은 양립하기 어려운 것이 아닌가? 소년 한유천이 승려 겸 학자 겸 시인 겸 독립투사로 커간 원동력은 과연 어디에 있었던 것일까? 젊은 시절 그에게 도대체 어떤 생의 궤적이 있었기에 이런 1인 다역의 삶을 영위하게 되었을까?

소설가 김호운은 바로 이런 점들이 궁금하여 한용운에 대한 자료를 찾아보았을 것이고, 작가적 상상력을 발휘하여 서사를 만들었을 것이다. 김호운 작가의 소설작품을 따라가면서 한용운의 불가 귀의 이전의 편력과 귀의 이후의 사회활동과 독립운동에 대한 작가의 이야기에 귀를 기울여볼까 한다.

소년 한유천은 열네 살 어린 나이에 부모가 정해준 천안 전씨 정숙과 결혼해서 그저 평범한 농사꾼으로 살아간다. 그런데 머리가 비상했다. 한용운의 산문을 보면 향리의 서당에서 한문 공부를 하는 과정에서 『서상기』를 독파하였고 『통감』을 읽고 뜻을 다 파악했으며 『서경』을 거듭해서 읽어 기삼백주箕三百註를 통달했다고 한다. 1896년 17세 때 서당의 훈장이 병석에 눕자 유천은 스승의 뒤를 이어 학동들을 가르치는 숙사塾師가 되어 호미와 낫을 손에서 놓게 된다. 그런데 바로 그 전해인 1895년에 명성황후가 일본 사무라이들에 의해 끔찍하게 시해되는 을미사변이 일어나고 다음해에 요원의 불길처럼 일어난 을미의병운동에 참가, 고향을 떠나게 된다. 아버지와 형이 동학농민혁명 때 목숨을 잃어 가문을 지켜야했지만 끓는 피는 그를 집에 두게 하지 않았다. 특히 아버지는 토벌군으로 차출되어 전장에 섰다가 농민들의 손에 죽었기에 죄책감도 없지 않았다. 을미의병운동 당시 유천은 몇몇 젊은 의병과 군자금을 마련하겠다고 홍주 호방戶房의 금고를 털어 국고 1천 량을 훔쳤는데 이 죄는 어떤 벌을 받을지 알 수 없었다.

소설의 시작점은 세월이 꽤 흐른 뒤인 1904년이다. 고향 홍주로 내려가 7년 전, 처음 고향을 떠날 때를 회상한다. 1896년, 의병 '창의군'을 모은다는 소식을 듣고 훈장 노릇을 집어치우고 어머니와 아내에게 이 나라를 구하고자 창의군에 참가해야겠다고 말하곤 집을 떠난다. 하지만 관찰사 이승우는 형세가 불리해지자 일본군-관군 세력에 붙어 의병 무리를 배신한다. 의기로만 뭉친 의병은 훈련받은 일본군-관군 앞에서 중과부적이었고 작전 부재였다. 조직적인 항거를 유도할 유능한 지휘관이 없는 것도 문제였다.

창의군이 전투에서 지자 졸지에 반란군이 됨으로써 유천은 고향에 가면 옥살이를 할 처지에 놓이게 된다. 그래서 고향에 가지 않고 강원도 인제에 있는 백담사 등지를 전전한다. 스님이 된 것은 아니고 불목하니 노릇을 하면서 절밥을 얻어먹게 된 것이다. 이때가 만 스무 살 무렵이었다. 그 뒤로 유천은 블라디보스토크 등을 돌아다니면서 온갖 사람들을 만나고 견문을 넓게 된다. 국제적인 시각을 갖게 되는 것이다. (소설에서는 이 시기를 수계 이후로 설정한다.)

이 나라의 운명이 풍전등화가 된 1904년, 7년 만에 고향에 내려가지만 그를 기다리고 있는 것은 녹슨 호미와 아내였다. 몇 달 머무는 동안 아내가 임신하자 여기에 계속 있다가는 농사꾼으로 생을 마칠 거라는 예감이 들어 다시금 집을 떠나는데 이번에는 가출이 아니라 출가였다. 맏아들 보국이 태어난 것이 1904년 12월 21일이었는데 바로 다음해 1월에 백담사에서 득도得度하고 수계受戒하여 불가에 귀의한다. 이때가 26세 때였다. 계명戒名은 봉완奉玩이었다.

소설은 7년 만에 고향에 갔다가 다시금 출분, 세상 구경에 나서는 장면에서 시작한다. 독자가 만나는 첫 사건이 나그네 유천의 무전취식無錢取食이다. 위기에서 유천을 구해준 강대용이란 사람을 만나 함께 도보 여행을 하게 된다. 역관 출신 이지룡, 동학농민군 출신 강대용과의 대화를 통해 그는 한성(서울)으로 갈 생각을 접고 수양과 학문을 위해 백담사로 간다. 5년 전, 떠돌다가 만난 속리산 수구암의 광덕 스님이 생각나서였다. 관군에게 쫓기는 한낱 범죄자인 자기를 거둬주었던 광덕 스님과의 인연은 결국 유천을 불가의 세계로 이끈다. 오세암에서 만난 동년배 스님 지우는 백담사의 주지 법성의 문도로 그를 이끌었고, 결국 불가에 귀의하게 된다.

이후 봉완 스님은 절에 머무르지 않고 세상 편력에 나선다. 한성에서 다시 만난 이지룡은 큰 건어물상의 주인이 되어 있었고 강대용은 큰 뜻을 품고 미국으로 떠났다는 것이었다. 강대용의 누이동생 강연실은 한용운과 인연을 계속 이어가고 소설의 마지막까지 나오면서 독자의 흥미를 불러일으킨다. 하지만 두 사람은 끝내 맺어지지 못하고 만해는 1933년에 유씨와 재혼한다. 원효는 요석공주와의 사랑이 이루어지지만 만해와 강연실과의 사랑은 끝끝내 어긋나기만 해 독자의 애간장을 녹인다. 승려의 결혼을 허해야 한다는 글을 발표하고 불교계의 용인을 구하고자 애를 쓴 것은 강연실 때문인가 하는 생각을 계속해서 하면서 소설을 읽게 된다. 그만큼 이 소설에서 강연실은 비중있게 다뤄진다.

만해의 전기상의 외국 편력은 불가에 귀의하기 전인 1899년의 해삼위

(블라디보스토크)가 시작인 셈이지만 소설에서는 스님이 된 이후로 삼는다. 제1권의 후반부에 몇 가지 중요한 이야기가 나온다.

우리는 1896년 서울에서 조직되었다가 1898년에 해산하는 사회정치 단체인 독립협회가 독립운동의 산실이라고 생각하면서 고평하고 있지만 작가는 서재필이 세운 이 단체의 맹점을 예리하게 지적한다. 그리고 독립운동에 일신을 바친 훌륭한 인물로 우리가 존경해온 서재필이란 인물의 행적에 대해서도 날카롭게 문제를 제기하고 비판한다. 역사에 대한 재평가가 사학자가 아닌 소설가가 행하니까 더욱더 흥미롭다.

원산으로 가서 배편을 구해 해삼위에 간 봉완 스님은 큰 봉변을 당한다. 자운 스님과 혜관 스님과 일행을 이뤄 여관에 투숙하는데 일진회의 중으로 오해되어 죽을 고비에 이르게 되는 드라마틱한 과정이 전개된다. 일본에 적극적으로 아부하는 일진회 멤버 중 스님이 많았던 탓에 해삼위에 들어오는 일진회를 색출해 죽이는 일이 있어서 이들도 표적이 된 것이다. 나라를 송두리째 바치려고 하는 무리가 바로 민족 반역자인 일진회임을 알고는 해삼위 항구로 들어오는 일진회 멤버에게 테러를 가하고 죽이기까지 한 사례가 있었던 모양이다. 그만큼 한일합방 이전에 해외에서도 반일과 친일의 의견이 나뉘어 동족끼리 살상을 하고 있었던 것이다. 해삼위를 떠나 더 넓은 세상을 살펴보려고 했던 봉완 스님은 죽을 고비를 기지를 발휘하여 아슬아슬하게 넘기고는 귀국길에 오른다.

봉완 스님은 귀국한 이후에 안변에 있는 석왕사에서 석전 박한영 스님을 만나게 된다. 한영 스님은 아홉 살 연하인 봉완에게 깍듯이 대하면서 많은 대화를 나눈다. 봉완 스님은 한영 스님을 만남으로써 국내 불교가 개혁해야 할 필요성을 느끼고 되고 망국의 길로 걸어가는 국내외 정치적 상황에 눈을 제대로 뜨게 된다. 한영 스님과 시를 주고받으면서 시의 묘미를 알게 되는 것으로 마무리된다.

제2권은 다시 백담사로 간 봉완 스님이 학암 스님한테 『기신론』을 배우고 원효를 본격적으로 연구하기 시작하는 내용으로 시작한다. 『원각경』과 『능엄경』도 배운다. 대체로 20대 후반인 1906년부터 1908년까지의 일로 봉완 스님이 용맹정진하면서 법력이 깊어지는 기간이다. 소설을 보면 제2권 3장에서 봉완 스님은 건봉사의 만화 스님에 의해 또 한 번 태어나게 된다. 법명 용운龍雲, 법호 만해(萬海 혹은 卍海)가 된 해는 바로 대한제국이 일본에 의해 강제로 을사늑약을 체결한 이후 급속히 식민지로 치닫는 1907년이었다. 만해는 일본에 가서 제국의 실체를 보고 와야겠다는 생각을 하고 한성으로 간다. 부산까지 철도가 놓였기 때문이었다. 한성에 간 김에 요정을 하고 있는 강연실을 만나는데 일진회 회원이자 통감부 직원인 이용범의 후처가 되어 있음을 알게 된다.

그 당시 이 땅의 불교계는 구심점이 없어 좌초의 위기에 봉착해 있었다. 일본 조동종이 침투해 조선의 불교계를 조직적으로 와해시키는 중이었다. 이에 위기를 느낀 만해는 지피지기해야 한다는 생각에 일본으로 간다. 시모노세키, 미야지마, 교토, 도쿄, 나고야, 기리코, 오이타, 구마모토, 닛코 등지를 순유하면서 신문물과 일본 불교를 시찰한다. 특히 도쿄의 고마자와 학림대학에서는 불교와 서양철학을 청강하면서 견문을 넓힌다. 조동종의 대표 승려 히로쓰 다케조와도, 아사다 오노야마 교수와도 친분을 쌓는다. 일본에 유학 가 있던 최린도 만나 나라의 앞날을 걱정하면서 허교하게 된다. 즉, 이들과의 대화와 다양한 경험을 통해 한일관계에 대한 자기 나름의 견해를 확립하게 되는 것이다. 일본에 정신적으로 예속되지 않으려면 어떻게 해야 하는지 방책을 마련한 시기라고 할 수 있다.

만해는 1908년 일본 여행 중 일제가 곧 조선을 식민지로 만들고, 토지 조사사업을 하리라 예측하여 이에 맞서고자 측량기계를 사 오는 것은 그에게 뛰어난 국제적인 감각과 선견지명이 있음을 말해주는 대목이다. 그는 귀국 후 12월 10일에 경성(수도의 명이 그간에 한성에서 경성으로 바뀐다)에다가 경성명진측량강습소를 개설해 소장으로 취임한다. 훗날 한반도가 일본의 식민지가 되더라도 개인 소유 및 사찰 소유의 땅을 빼앗기지 않으려면 토지 측량을 치밀하게 하고 토지문서를 잘 챙기고 있어야 한다고 생각했기 때문이었다. 결국 만해의 예측대로 일본은 1908년에 동양척식회사를 만들어 전국적으로 토지조사사업을 철저하게 실시하고, 토지문서에 없는 땅은 일본의 귀속영토로 만들어 버린다. 지금도 전국에 이런 땅이 꽤 많다.

강원도 표훈사에서 불교 강사로 취임해 있는 동안 한일합병의 소식을 듣고 절망하지만 30대로 접어든 만해는 그때부터 오히려 조국의 독립운동과 불교계 개혁운동을 동궤에 놓고 혼신의 힘을 다한다. 승려 취처娶妻 문제에 대한 건백서를 두 차례 당국에 제출해 불교계에서 물의를 일으키기도 하고 『조선불교유신론』을 백담사에서 탈고하기도 한다. 한일불교 동맹조약 체결의 조짐이 보이자 순천의 송광사와 동래의 범어사에서 승려궐기대회를 개최해 분쇄하고 범어사에 조선임제종 종무원을 설치해 관장에 취임한다.

1911년 8월에는 만주로 쫓겨난다. 하지만 이때다 하고는 만주지방 독립군들에게 독립사상을 고취하였고 망명 중이던 박은식·이시영·윤세복 등 독립지사들과 만나 향후 독립운동의 방향을 논의하기도 한다. 1913년에 박한영·장금봉 등과 불교종무원을 창설하고 그 다음해에 조선불교회회장에 취임한다. 1913년에 『조선불교유신론』을 발행한다. 불교 경전을대중이 읽을 수 있도록 1914년에는 『불교대전』을 발행한다. 1915년에는조선선종중앙포교당 포교사에 취임하고 1917년에는 『정선강의 채근담』을 발행한다.

비록 조국의 산천은 일본의 식민지가 되고 말았지만 만해는 이와 같이불교계의 핵심인물로 우리 민족의 정신적 지도자가 된다. 1918년 9월에경성 계동 43번지에서 월간 『유심唯心』을 창간, 편집인 겸 발행인으로서3집까지 발행한다.

1919년 1월에 미국의 윌슨 대통령이 민족자결주의를 제창하자 만해는최린·현상윤·이승훈·함태영 등을 은밀히 만나면서 조선의 독립을 위해 모종의 일을 꾸민다. 독립을 천명해 세계만방에 알린다는 것, 즉 목숨을 내놓겠다는 것이었다. 천도교 지도자 손병희를 설득하여 앞장세우고 문장력이 뛰어난 최남선에게 「독립선언서」의 초안을 잡아달라고 부탁한다.초안이 넘어오자 자구를 수정하고 공약삼장을 추가한다. 사실상 만해의주도로 기미년 3월 1일의 대한독립 만세운동이 착착 진행되는 것인데, 이소설의 클라이맥스가 바로 3·1운동 전야이다. 소설가 김호운은 작가적 역량을 총동원하여 1919년 2월의 상황을 묘사해 나가는데, 독자로 하여금손에 땀을 쥐게 한다. 어떻게 그때 있었던 일들을 이렇게 다큐멘터리 영화를 찍듯이 소상히 재현해냈는지 신기하기까지 하다. 마침내 3월 1일,탑골공원 옆 태화관에 모여 독립을 선포하고 투옥되는 과정도 독자가 영화를 보듯이, 시종일관 긴박감 넘치게 묘사한다. 만해는 그 자리에서 이렇게 말한다.

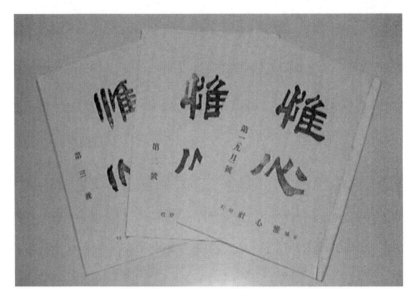

3호까지 나온 잡지 『유심』

"우리가 잡혀가서 취할 행동에 대해 몇 가지 원칙을 세웁시다. 첫째, 비굴하게 굴지 말 것. 당당하게 맞서야 합니다. 둘째, 사식(私食)을 넣지 말 것. 우리가 자초한 일인데 고통을 덜려고 하지 맙시다. 셋째, 보석을 신청하지 말 것. 제 발로 걸어 들어간 우리가 보석으로 출소한다면 만인이 웃소이다. 몇 년을 살지, 아니면 살아서 나오게 될는지도 모르나 형을 모두 살고 나옵시다. 절대로 저들의 은전을 받아서는 안 되오이다."

정말 대쪽같은 태도요 거침이 없는 발언이다. 7월 10일에는 서대문형무소에서 일본인 검사의 신문에 대한 답변으로 「조선독립의 서」를 기초하여 제출한다. 최남선이 기초한 「독립선언서」도 명문이지만 「조선독립의 서」는 우리의 가슴을 뜨겁게 하는 독립 출사표다.

3년의 옥고를 치르고 나와서도 만해의 독립운동은 멈추지 않는다.

1922년 5월에는 조선불교청년회 주최로 기독교청년회관에서 '철창 철학'이라는 제목으로, 그해 19월에는 조선학생회 주최로 천도교회관에서 '육바라밀'이라는 주제로 학생들에게 독립사상을 고취하는 강연을 한다. 일제가 만해를 다시금 구속하지 못한 것은 그랬다가는 무슨 소요가 일어날지 예측을 할 수 없었기 때문이다. 1923년 4월에는 민립대학 설립 운동을 지원하고자 '자조自助'라는 제목으로 강연, 청중들에게 큰 감명을 준다. 일제는 만해를 감히 건드릴 수가 없게 되었던 것이다.

만해는 1926년에는 『십현담주해』와 『님의 침묵』을 발간하고 그 다음 해에 항일 단체인 신간회를 발기한다. 조선불교청년회 체제를 개편하여 조선불교총동맹을 발족, 일제의 불교 탄압에 정면으로 맞선다. 광주학생의거가 일어나자 민중대회를 장거라고 지지하였다. 윤치호·신흥우 등과 나병구제연구회를 조직해 전국 여러 곳에 간이수용소를 설치할 것을 결의하기도 했다.

벽산 스님이 집터를 기증하고 방응모·박광 등이 성금을 보내 지은 집 '심우장'을 조선총독부를 마주 보고 지을 수 없다고 북향으로 지은 것은 만해의 대꼬챙이 같은 성격을 잘 말해주는 일화이다.

만해는 광복운동의 선구자 김동삼이 옥사하자 유해를 심우장으로 모셔다 오일장을 지내기도 했다. 창씨개명을 반대하는 운동을 전개하였고 조선인 학병 출정을 반대하기도 했다. 그러다 광복을 1년 정도 앞둔 1944년 6월 29일, 신경통이 악화되어 심우장에서 입적하니 나이 고작 예순여섯이었다.

일진회에 몸담았던 친일 부역자들이 마음을 바꿔 우리 민족의 독립운동을 시작했던 '대동단' 사건은 우리 역사에 묻혀 있는 중요한 사건이다.

북향으로 지은 심우장

그들은 한때 친일분자였다는 것만으로 지금까지 역사의 정면에 서지 못
했다. 소설에는 이들의 활동상이 잘 그려져 있다. 역사학자들이 놓친 부
분이나 각종 재미있는 일화들도 여러 가지 발굴하여 소설의 장면 장면으
로 재현해 보여줌으로써 만해를 생생한 인물로 재현한 것도 작가의 역량
덕분이 아닌가 한다. 이용범의 개심 과정도 흥미진진하고 친일로 돌아선
인물들에 대한 심판조의 비난도 가슴을 후련하게 한다.

　거듭 말하거니와 김호운은 장편소설 『님은 침묵하지 않았다』를 쓰면
서 기존의 평전과는 달리 인물들의 성격 부각과 사건의 디테일한 묘사,
대화의 감칠맛에 신경을 많이 썼다. 그래서 이 소설을 읽는 독자라면 대
한제국 시대와 일제강점기를 합친 50년 정도의 역사를 공부하게 될 것이
다. 또한 수많은 문인이 친일로 돌아선 일제 말기에 독야청청한 인물이
있었음을 알게 될 것이다. 만해 한용운은 우리 민족의 크나큰 자랑이면서

자부심이다. 그런 점에서 이 소설은 우리 소설문학사의 자랑이자 자부심
이 될 수 있을 것이다.

2

무산 오현을 찾아서

무산 오현의 시에 나타난 불·법·승

실마리

불가에서 쓰는 용어 중에 '불립문자不立文字'라는 것이 있다. 깨달음이란 문자나 말로써 전하는 것이 아니라 마음에서 마음으로 전한다는 뜻이다. 교외별전敎外別傳이나 염화미소拈華微笑나 다 비슷한 말이다. 참선 끝에 터득한 불가의 묘한 이치를 말로는 전하기가 참으로 어렵다는 뜻이다. 즉, 깨달은 것을 언어로 표현하는 일이 거의 불가능하다는 말이다. 그렇다면 승려였던 한용운이 시집 『님의 침묵』을 낸 것은 모순된 일일까? 그렇게 생각하는 사람은 아마도 없을 것이다. 오히려 깨달음의 경지나 깨닫기까지의 고투를 설법이나 저술로 풀어내기가 어렵다는 것을 알기에 한용운은 대중을 위해 시를 썼던 것이다. 이는 불립문자와 배치되는 것이지만 설법집이 아니라 시로 썼기에 그 시의 가치를 논해볼 기회를 우리는 가질 수 있는 것이다.

무산 오현(1932~2018)[1]도 만해 한용운과 마찬가지로 시를 썼다. 두 사

---

1) 본명 조오현(趙五鉉)의 필명은 오현(五鉉), 법명은 무산(霧山), 법호는 만악(萬嶽), 자호는 설악(雪嶽)이었다.

람 다 불교계의 지도자였지만 한편으로는 시인이었다. 오현(필명이 오현이었으므로 본고에서는 앞으로 그를 '오현'으로 지칭한다)은 1932년 경남 밀양에서 태어나 1958년에 밀양 금오산에 입산해 불목하니로 있다가 1966년에 머리를 깎았다. 대한불교조계종 산하 낙산사, 신흥사, 백담사의 회주를 했고 조계종 제3교구 조실도 했다. 춘천불교방송 사장, 불교신문 편집국장, 만해사상실천선양회 이사장 등을 하면서 불교계의 리더 역할도 했다. 특히 1999년부터 백담사 만해마을에서 만해축전을 주재했는데 이 행사는 불교계만의 행사가 아니라 국내외에 만해 한용운의 문학과 사상을 알리는 대회로 출발하여 세계적인 학술과 종교의 대제전으로 자리를 잡았다.

오현은 1968년『시조문학』에 시조「봄」「관음기」등을 추천받아 등단한 이후 시집과 시선집을 여러 권 냈다.2) 그는 한국문학상, 정지용문학상, 고산문학대상 등을 수상한 실력 있는 시인이었는데 송준영은 오현에 대한 거의 모든 평문을 모아서 2013년 2월에『'빈 거울'을 절간과 世間 사이에 놓기』라는 1,000페이지에 달하는 방대한 양의 연구서를 펴내기도 했다.3)

깊은 산사에서 참선하는 불자 무산과 시를 쓰는 오현은 저잣거리로 내려와 국내 유명 인사는 물론 세계 각국의 사람들과 허물없이 어울리기도 했다. 연구자는 오현이 불교계의 지도자로서 왜 대중 앞에서 설법하는 것보다 시를 쓰는 일에 더 열중했는지, 즉 창작의 원동력이 어디에 있는지

---

2)『심우도』(한국문학사, 1979),『산에 사는 날에』(태학사, 2000),『절간 이야기』(고요아침, 2003),『만악가타집』(자가본, 2006),『아득한 성자』(시학, 2007),『비슬산 가는 길』(고요아침, 2008),『무산 오현 선시』(문학나무, 2018) 등의 시집을 보면 앞의 시집에 실린 시가 몇 편 추려져 뒤의 시집에 실리는 경우도 있었다.
3) 송준영 편,『'빈 거울'을 절간과 世間 사이에 놓기』, 도서출판 시와세계, 2013.

살펴보려고 한다. 시 창작의 동기가 어디에 있는지 작품 분석을 통해서
살펴보려는 것이다. 오현은 수십 년 동안 절 안에서는 시를 썼고 절 밖에
서는 대외적인 활동을 했다. 또한 자신의 안(내면 탐구)과 밖(외부 활동)을 넘
나들면서 두 사람의 삶을 동시에 영위하였다.

연구자는 시인의 삼보[4]에 대한 의식을 통해 이 점들을 알아보려고 한
다. 불교가 있는 곳에는 반드시 삼보가 갖추어져 있어야 하고, 불교도는
삼보에 귀의함으로써 삶이 시작되며 최후까지 삼보에 귀의해야만 한다.
따라서 삼보에 귀의하는 것은 불교도에게는 불가결한 요건이며, 대승大乘
과 소승小乘을 막론하고 삼보를 가장 중요시하고 있다.[5] 불교의 근간이
되는 불·법·승에 대한 시인의 의식은 언어도단言語道斷의 경지를 추구하는
불교도가 왜 언어를 다루는 시인의 길을 동시에 걸어가게 되었는지에 대
한 해명작업이기도 하다.

불佛에 대한 의식

붓다는 기원전 6~4세기경에 활동한 불교의 창시자다. 네팔 남부의 카
필라바스투에서 작은 왕국을 통치하던 슛도다나 왕의 아들로 태어난 붓
다의 성장기는 별로 알려진 것이 없고 신화에 가깝다. 집을 떠난 이후 인
도 쪽으로 가서 고행을 하고, 깨달음을 얻고, 제자들을 데리고 전도 여행
을 하면서 불교라는 새로운 종교의 창시자가 된다. 높은 경지의 정신 수

---

4) 삼보(三寶) : 불가에서는 여래[佛], 교법[法], 비구[僧] 세 가지를 중시하여 삼보라
　고 한다.
5) 한국정신문화연구원, 『한국민족문화대백과사전 11』, 1996(11쇄), 323~324쪽.

양과 금욕적인 수행, 철학적 깊이를 지닌 학문 연구를 위한 안거安居를 요구한 불교는 인도의 전통종교이자 다신을 믿는 민간신앙이라고 할 수 있는 힌두교와 융합되지 못했다. 지적인 단련을 요구했기에 원시적인 물신숭배, 애니미즘, 정령숭배로부터 주술, 제식, 다신교, 고행주의, 신비주의를 포함한 힌두교와는 거리가 멀었다.

50대 때의 오현. 날카로워 보인다.

　　붓다의 입적 이후 인도에서는 교세가 급격히 꺾이고 말았지만 달마에 의해 중국으로 전파된 불교는 중국과 한국과 일본, 티베트 등지에서 대승불교를 꽃피웠다. 걸식과 참선 등 수행을 통해 자신의 깨달음에 집중하던 원시불교와 달리 대승불교는 그때까지 부처에게만 한정하던 보살菩薩이라는 개념을 넓혀 일체중생의 성불 가능성을 인정함으로써 일체중생을 모두 보살로 보았고, 자기만의 구제보다는 이타利他를 지향하는 보살의 역할을 이상으로 삼고 광범위한 종교 활동을 펴나갔다. 한편 스리랑카, 태국, 미얀마, 캄보디아, 라오스 등 아시아의 남쪽으로 퍼져간 남방불교는 엄격한 계율과 참된 수행을 중시하면서 개인의 깨달음이 먼저 확실히 있어야 중생구제도 이뤄진다고 보았다. 하지만 붓다에 대한 이해에 있어서는 두 계파 간에 큰 차이가 없다고 본다.

붓다의 인도에서의 이름은 석가모니釋迦牟尼였다. 석가釋迦는 북인도에서 살았던 샤키야Śākya라 불리는 부족의 한자식 이름이고, 모니牟尼는 성자를 뜻하는 인도어 무니muni의 한자음이다. 따라서 석가모니는 '석가 부족 출신의 성자'라는 뜻이다. 인도에서 석가모니의 또 다른 이름은 붓다 Buddha인데 '깨달은 사람'을 일반적으로 이렇게 불렀다. 중국에서는 붓다를 한자어로 '불타佛陀'라고 불렀고, 중국으로부터 불교를 받아들인 우리는 쉽게 발음하는 과정에서 '부처'로 부르게 되었다. 조오현은 부처를 이렇게 썼다.

> 강물도 없는 강물 흘러가게 해놓고
> 강물도 없는 강물 범람하게 해놓고
> 강물도 없는 강물에 떠내려가는 뗏목다리
>
> ―「부처」전문

이 시가 『절간 이야기』에 발표될 때는 제목이 '무자화無字話'였다. 무자화란 「들여우」란 시의 각주에 다음과 같이 설명되고 있다.

> 조주 스님께 "개에게도 불성이 있습니까?" 하고 물었다. 이에 조주 스님은 무無, 없다고 대답했다. 『열반경』에 "일체중생실유불성"이라 하여 모든 중생에게 다 불성이 있다고 했는데 조주 스님은 왜 없다고 했을까, 하는 의념이 곧 무자화이다.6)

이수명은 이 시가 의미의 추적에로 나아가지 않고 단지 뗏목다리의 형상에 몰두하는 것이라고 했는데7) 논자의 생각은 좀 다르다. 결론적으

---

6) 조오현, 『아득한 성자』, 시학, 2007, 135쪽.

로, '無'와 '空'에 대한 생각을 나타낸 것으로 본다. 질문을 한 이는 이름 모를 중인데 중국 당나라의 유명한 조주 스님(778~897)에게 이런 질문을 하여 '無'라는 답을 얻어냈고, 조주 스님의 '無'라는 답은 그 뒤로 참선하는 이가 많이 쓰는 화두가 되었다. '無'의 개념은 불교에서 '空'만큼이나 중요하다. 무자화란 말로써 설명하기 어려운 경지, 즉 불립문자나 언어도단, 교외별전과 비슷한 뜻이다. 부처는 살아생전에 가섭존자에게 연꽃을 보여주는 행위를 통해 말을 하지 않아도 뜻이 통하는 이심전심의 경지를 가르친 바 있다. 이것이 '염화시중의 미소'인데 오현은 '없음'으로부터 '있음'을 유추해낸 이가 부처임을 이 시에서 이야기하고 있다. 부처가 대중에게 준 가르침은 무엇을 하라, 무엇을 하지 말라 하는 계율을 세운 데 있지 않고 강의 비유를 통해 자연의 이치를 제대로 지키는 데 있다고 본 것이다.

붓다는 사람으로 태어나 사람으로 살다가 사람으로 죽었다. 살아생전에 그는 신도 아니었고 성현도 아니었다. 부처 등장 이전에는 '강물이 없는' 세계였다. 그런데 위대한 종교요 사상이요 철학인 불교를 창시한 이후 강물이 흘러가게 되었고, 강물이 범람하게 되었고, 뗏목다리가 떠내려가게 되었다. '空'이라는 것은 온갖 경험적인 사물이나 사건이 공허하여 덧없음을 뜻하지만 모든 술어나 속성으로부터 자유롭게 되는, 존재의 적극적인 존재 방식을 시사하는 말이다. 시인은 이 작품을 통해 '무'와 '공'을 한번 짚어본 것이다.

붓다는 열반에 들기 전에 대체로 다음과 같은 말을 하였다. 최후의 설법은 『대반열반경』에 나온다.

---

7) 이수명, 「불투명한 세계의 투명한 붓」, 『시와 세계』, 2013. 가을, 140쪽.

" (상략)

비구들아, 모든 것은 쉴 사이 없이 변해가니 부디 마음속의 분별과
망상과 밖의 여러 가지 대상을 버리고 한적한 곳에서 부지런히 정진
하라. 부지런히 정진하면 어려운 일이 없을 것이다.

한결같은 마음으로 방일함을 원수와 도둑을 멀리하듯이 해라. 나는
방일하지 않았기 때문에 스스로 정각을 이루었다. 마치 낙숫물이 떨
어져 돌에 구멍을 내는 것과 같이 끊임없이 정진해라.

비구들아, 이것이 여래의 최후의 설법이니라."[8]

불교도라면 죽는 순간까지 절대로 나태하게 살지 말고 줄기차게 정진
해야 한다고 당부하였다. 오현은 『아득한 성자』의 표제시에서 하루살이
를 성자의 위치로 받들어 올린다.

하루라는 오늘
오늘이라는 이 하루에

뜨는 해도 다 보고
지는 해도 다 보았다고

더 이상 더 볼 것 없다고
알 까고 죽는 하루살이 떼

―「아득한 성자」 전반부

하루살이가 딱 24시간만 사는 것이 아닐 테지만 목숨이 무척 짧아 그런
이름을 갖게 되었을 것이다. 하루살이는 하루 동안 뜨는 해도 보았고 지
는 해도 보았으리라. "더 이상 더 볼 것 없다고/ 알 까고 죽는 하루살이

---

8) 법륜, 『인간 붓다, 그 위대한 삶과 사랑』, 정토출판, 2010(개정판 1쇄), 556쪽.

떼"이니 살 만큼 살았고, 종족보존이라는 '할 일'도 다하고 죽는다. 그런데 나는? 하고 자문해본다.

> 죽을 때가 지났는데도
> 나는 살아 있지만
> 그 어느 날 그 하루도 산 것 같지 않고 보면
>
> 천년을 산다고 해도
> 성자는
> 아득한 하루살이 떼
>
> ―「아득한 성자」 후반부

화자가 나이 여든에 생각하기에, 죽을 때가 지났는데도 살아 있다. 어느 날 문득, 내가 살아온 생이란 것이 "그 하루도 산 것 같지 않"음에, 설사 천년을 산다고 해도 성자는 내가 아니라 '아득한' 하루살이 떼라는 것이다. 부처가 입멸 직전에 했던 말과는 달리 불자로서 정진도 제대로 하지 않았고, 종족 번식이라는 생명체로서의 역할도 하지 않았다는 후회가 가슴에 사무쳐 쓴 이 시가 시집의 제목이 되었다. 아득한 성자는 하루살이 떼이고, 내가 하루살이보다 나은 것이 수명 외에 무엇인가 하는 자기반성이 담겨 있는 시편이다. 부처는 내가 반드시 죽어야 할 존재임을 깨닫고 있었기 때문에 아득한 하루살이 떼와 같다는 것이다. 수명과는 아무 상관이 없다. 부처를 따르고 부처의 가르침대로 산다고 했지만 과연 내가 제대로 실천하는 삶을 살았는가 하는 후회가 낳은 시편은 「아득한 성자」 외에도 있다.

2014년 무산 오현 스님의 종림기본선원 조실 취임을 기념해 시비가 세워짐.

일본 임제종의 다쿠안(澤庵, 1573~1645) 선사는 항상 마른 나뭇가지나 차가운 바위처럼 보여 한 젊은이가 짓궂은 생각이 들어 이쁜 창녀의 나체화(裸體畵)를 선사 앞에 내놓으며 찬(讚)을 청하고 선사의 표정을 삐뚜름히 살피니 다쿠안 선사는 뻥긋뻥긋 웃으며 찬을 써내려갔습니다.

나는 부처를 팔고
그대는 몸을 팔고
버들은 푸르고 꽃은 붉고……
밤마다 물 위로 달이 지나가지만
마음 머무르지 않고 그림자 남기지 않는도다
   ―「나는 부처를 팔고 그대는 몸을 팔고」 전문

그대는 "이쁜 창녀의 나체화"를 선사 앞에 내놓은 젊은이지만 화자를 시인 자신으로 간주해도 무방하다. 이 세상에는 창녀가 아니어도 몸으로 먹고사는 사람이 무진장 많다. 조오현 자신 부처를 팔아서 먹고살았다고 한다. 시의 마지막 3행은 자연의 이법이다. 자연의 온갖 것들은 그야말로 자연스러운데 불교도인 나는 부처를 팔아온 존재가 아닌가, 심각하게 반성을 해보는 것이다.

법法에 대한 의식

삼보 가운데 '법'은 쉽게 말해 부처의 가르침이다. 조오현은 시를 통해 부처의 가르침을 독자에게 어떻게 전하려 한 것일까.

> 밤늦도록 불경을 보다가
> 밤하늘을 바라보다가
>
> 먼바다 울음소리를
> 홀로 듣노라면
>
> 천경千經 그 만론萬論이 모두
> 바람에 이는 파도란다.
>
> ―「파도」 전문

천경은 하늘의 변함없는 이치이다. 오현은 어느 날 밤늦도록 불경을 보다가 바깥으로 나가 밤하늘을 올려다본다. 구름이 낀 날인지 별이나 달에 대해서 묘사를 하지 않는다. 그 대신 그의 귀에는 먼바다의 울음소리, 즉 파도소리가 들려온다. 그때까지 읽어온 수많은 불경의 수많은 논의가 모두 "바람에 이는 파도"와 다를 바 없음을 그는 느낀다. 수만 년 동안 저 바다에서 밀려갔다 밀려오는 파도와 진배없다 함은 인간의 논리로 쓴 경전이 자연의 이법과 다를 바 없다는 것이다. "산색山色은 그대로가 법신法身/물소리는 그대로가 설법說法"(「이 소리는 몇 근이나 됩니까?」)이라는 시구는 경전의 소리보다 자연의 소리를 우위에 두고 있음을 알게 한다. 「숲」에서도 자연의 이법대로 살아가야 함을 들려주고 있다.

> 그렇게 살고 있다 그렇게들 살고 있다
> 산은 골을 만들어 물을 흐르게 하고
> 나무는 겉껍질 속에 벌레들을 기르며
>
> ─「숲」 전문

부처가 한 말이 직접인용을 통해, 혹은 제자의 기억이나 후세인의 상상력에 의해 가필이 되어 여러 경전을 통해 전해 내려오고 있는데 오현은 시에서 호교護敎나 포교布敎를 극력 배제하고 있기 때문에 부처의 가르침을 반복하지 않는다. 다만 자연의 이법이 진리이거나 진리에 가까우므로 거기에 맞춰 살면 된다고 이런 작품을 통해 말하고 있다. 산의 골은 물을 흐르게 하고 나무는 겉껍질 속에 벌레들을 기른다는 평범한 시구는 만물이 대립의 관계가 아니라 상생의 관계임을 들려준다. 「석굴암 대불大佛」에 나오는 "진토에 뜨거운 말씀을 솜씨처럼 묻어놓고"에서도 설법을 애써 피하려는 오현의 태도가 엿보인다.

> 세상을 산다고 하면
> 부황이라도 좀 들어야
>
> 장판지 아니라도

들기름은 거듭 먹여야
그 물론 담장 밖으로
내놓을 말도 좀 있어야

―「말」 전문

오현은 "담장 밖으로/ 내놓을 말"을 연구하였고, 그것이 곧 만해축전이었다. 만해야말로 승려이면서 시인이었다. 자신의 롤 모델이었던 만해가 했던 행동은 '사상의 실천'이었다. 일제강점기 시대여서 만해의 행동은 한계가 있었지만 오현은 세상을 무대로 "내놓을 말"을 하기로 했으니 만해축전이었다. 시인이자 불교도이지만 "이제는 정치판도/ 갈아엎어야"(「숨돌리기 위하여」) 한다는 생각, "이제는 내가 나를 멀리 내다버릴 수밖에"(「죽음기」) 없다는 생각이 그를 절 안에 머물게 하지 않고 절 밖으로 나서게 한다. 부처의 말씀을 전하는 승려로서의 책무에 만족하지 않고 사바세계로 내려가서 싸우고 어울려야 함을 이런 시를 통해서 전하고 있다.

시집 『아득한 성자』에는 아주 특이한 시가 한 편 실려 있다. 본인의 정치의식을 밝힌 현실참여시에서는 세상의 법을 논하고 있다.

땅이 걸어서 무엇을 심어도 좋을 밭
쟁기로 갈아엎고 고랑을 만들고 있다
나처럼 한물간 넝쿨은 걷어내고

이제는 정치판도
갈아엎어야

숨돌리기 위하여

―「숨돌리기 위하여」 전문

봄에 들에 가보면 쟁기로 땅을 갈아엎고 고랑을 만들고 있는 농부를 보기 어렵다. 사람이 소한테 이랴 이랴 외치면서 쟁기질을 하지 않고 밭갈이 전동 기계에 앉아서 운전하는 모습을 많이 보게 된다. 하지만 겨우내 땅이 얼어 있었기 때문에 땅이 걸게(fertile) 쟁기질을 한 번은 해주어야 한다. 그런데 오현은 봄 풍경을 그리려 이 시를 쓴 것이 아니다. 정치인들이 눈꼴셔서 도저히 못 봐주겠다는 것이 이 시의 주된 내용이다. 봄이 되면 농부들이 쟁기질을 통해 흙을 갈아엎는데 그런 식으로 해야지 땅도 인간도 자연도 숨을 돌릴 수 있다고 한다. 산중 절간 속의 스님이라고 해서 세상 돌아가는 이치를 모를 리 없다. 오현은 살아생전에 큰 포용력으로 사람을 품었고 문학을 선양했고 불법을 전했다. 그런데 영 용납이 안 되는 세계가 있었으니 정치판이었다. 이건 뭐 엉망진창에 오리무중에 뒤죽박죽이 아닌가. 개판에 아사리판에 이판사판에……. 하고 싶은 말을 다함으로써 법을 세우고자 했다.

僧에 대한 의식

승僧을 어떻게 볼 것인가. 공경의 의미가 담긴 '스님'과 비칭에 가까운 '중'이 있는데 오현의 불자론이 재미있다.

놈이라고 다 중놈이냐
중놈소리 들을라면
취모검吹毛劍 날 끝에서
그 몇 번은 죽어야
그 물론 손발톱 눈썹도

짓물러 다 빠져야

—「일색변 6」 전문

이 시조의 제목인 일색변—色邊이란 중생과 부처가 구별되지 않는 곳으로 차별상대의 모습을 뛰어넘어 평등절대의 경지를 말한다. 그러나 선에서는 이 절대청정 향상의 '일색변'에 머무는 것을 허용하지 않는다.9) 원래 이 말은 중국 수나라의 승려이며 선종禪宗의 제3대 조사祖師인 승찬대사僧 璨大師가 쓴 『신심명信心銘』이란 책에 나와 있다. 일색변이란 유무색공有 無色空과 미오득실迷悟得失의 이견二見과 대대待對를 초월한 '일색'의 경지를 가리키는 말로서 중생의 길과 부처의 길이 따로 있지 않다는 뜻으로 오현은 쓰고 있다. 그런데 부처의 길은 엄청난 고행길이었다. 오현은 중이 된다는 것이 보통의 결심으로 되는 것이 아님을 이 시조를 통해 말하고 있다. 취모금, 즉 흠을 잡으려고 털을 헤집는 칼에 베어 몇 번을 죽어야 중이 될 수 있다고 한다. 세상 사람들의 온갖 구설수에 휘말려 드는 것도 다반사요, 손발톱과 눈썹이 짓물러 다 빠질 정도로 고통스런 인내의 시간을 보내야지만 '중놈'이라는 소리를 들을 수 있다는 것이다. 권성훈은 7편의 연작시「일색변」을 총괄하여 '나는 누구인가'라는 물음에 대하여 오온 五蘊 존재로서의 인간을 시적 요체로 삼고 있다고 보았다.10) 특히 연작 5, 6, 7의 공통적인 주제는 자기부정을 통한 수행 과정이야말로 존재에 대한 실상에 이를 수 있다는 것을 보여준다고 한다.11) 충분히 일리 있는 주장이다. 바로 이런 시인의 자의식 혹은 자아의식은 아래의 시를 쓰게 한다.

---

9) 김정길,『불교대사전』, 범종사, 2005, 2142쪽.
10) 권성훈,「조오현 선시「일색변」에 나타난 무아론」, 한국문예창작학회,『한국문예 창작』13호, 2008. 6, 17쪽.
11) 위의 글, 18쪽.

무금선원에 앉아
내가 나를 바라보니

가는 벌레 한 마리
몸을 폈다 오그렸다가

온갖 것 다 갉아먹으며
배설하고
알을 슬기도 한다.

—「내가 나를 바라보니」 전문

어느 날 깊은 산사에서 나란 존재를 성찰해보니 벌레 한 마리보다 나은 것이 무엇인가 하는 생각이 들었던 것이다. 몸을 폈다 오그렸다 하는 것, 온갖 것 다 갉아먹으며 배설하는 것, 알을 슬기도 하는 것 등 벌레가 하는 '일'에 견주어 내가 하는 일이란 것도 하등 다를 바 없다는 시상이 떠올라 써본 시로서 일종의 자화상이라고 할 수 있다. 오현의 자기반성은 시편 곳곳에서 보인다.

죽을 일이 있을 때는 죽은 듯이 살아온 놈
목숨이 남았다 해서 살았다고 할 수 있나
내 지금 살아 있음이 욕으로만 보여

—「망월동에 갔다 와서」 마지막 연

죄 없이 많은 시민이 죽어간 광주민주화운동 시기에 역사의 방관자였음을 가슴 아파하고 있다. 숲에서도 "산은 골을 만들어 물을 흐르게 하고/ 나무는 겉껍질 속에 벌레들을 기르며"(「숲」) 살아가는데 자신은 자리自利

도 이타利他도 실천하지 않고 있다는 뼈아픈 반성을 읽을 수 있는 대목이다. 시의 화자는 이렇게 변명을 해보기도 한다.

> 사람들은 날더러 허수아비라 말하지만
> 맘 다 비우고 두 팔 쫙 벌리면
> 모든 것 하늘까지도 한 발 안에 다 들어오는 것을
>
> —「허수아비」 마지막 연

"웃는 허수아비"의 웃음은 득의만면의 웃음이 아니다. "풍년이 드는 해나 흉년이 드는 해나" 따지지 않고 "내 것이거나 남의 것이거나" 상관하지 않고 웃고 있는 허수아비에 빗대어 수동적인 삶을 살았던 자신에 대해 반성해보고 있다. 자신을 '山僧'이라고 지칭하며 속세간과 멀리 떨어진 산에서 살던 시절의 자신을 이렇게 낮추어 보기도 한다.

> 차라리 외로울 양이면
> 둥글지나 마올 것을
>
> 닫은 문 산창 가에
> 휘영청이 뜨는 마음
>
> 살아갈 이 한 생애가
> 이리 밝아 적막고나.
>
> —「산승山僧 1」 전문

> 내 삶은 철새련가
> 철을 좇아 옮아앉는
>
> 어젯날 산에서 울고

오늘은 창해에 떴네

내일은 또 어느 하늘가
아픈 깃을 떨굴꼬.

—「산승山僧 2」 전문

　공간적 배경은 산사이고 시간적 배경은 달이 뜬 한밤이다. 마음은 저 달과 같이 크고 둥글고 환하지만 화자는 깊은 산 속 절이 집인 산승의 신분이다. "살아갈 이 한 생애가/ 이리 밝아 적막고나."라는 앞 시조의 마지막 연에서는 면벽 수도하는 산승의 길이 자기의 길이 아님을 느꼈다는 것을 암시하고 있다. 화자의 삶은 백담사든 어느 절이든 오래 머무는 것이 아니라 세간에서 중생들과 부대끼며 불법을 논하는 것이다. 또한 자신의 삶은 철새처럼 또 어느 하늘가에서 아픈 깃을 떨굴 거라는 결구도 출세간에 머물지 않겠다는 결심을 표한 것이라 여겨진다. 이와 같이 저잣거리로 나아가 불법을 전하겠다는 것, 즉 포교를 하겠다는 결심은 "그 물론 담장 밖으로/ 내놓을 말도 좀 있어야"(「말」), "이제는 내가 나를 멀리 내다 버릴 수밖에"(「죽음기」) 등의 시구에 잘 나타나 있다. 그래서 산승은 서울거리에서 도를 구한다.

간혹 대낮에 몸이 흔들릴 때가 있다
땅을 짚어 봐도 그 진도는 알 수 없고
그럴 땐 눈앞의 돌도 그냥 헛보인다
언젠가 무슨 일로 홍릉 가던 길목이었다
산 사람 큰 비석을 푸석돌로 잘못 보고
발길로 걷어차다가 다칠 뻔한 일도 있었다

또 한 번은 종로 종각 그 밑바닥에서였다
누군가 내버린 품처 없는 한 장 통문
그 막상 다 읽고 나니 내가 대역죄인 같았다

그 후론 정말이지 몸조심한다마는
진도가 심할 때는 어쩔 수 없이 또 흔들리고
따라서 내 삶도 헛걸음 헛보고 헛딛는다

— 「내 삶은 헛걸음」 전문

산에서 살던 산승의 서울 여행기는 이렇듯 실수 연발이다. 산에서는
대중의 존경을 받는 '큰스님'이었지만 저자에서는 세상 물정 모르는 한
낱 촌사람에 지나지 않는다. 나 자신의 삶을 생각해보니 "헛걸음 헛보고
헛딛는다"는 자기 비애에 사로잡히지 않을 수 없다. 무산스님 정도의 위
치에 있는 이가 밥을 손수 할 것인가 생활용품을 손수 살 것인가. 한 명
생활인으로서는 무능력한 자신을 화자는 "이 내 몸 그 늪의 개구리밥 한
잎에 붙은 좀거머리더라"(「이 내 몸」), "무슨 죄가 많았을까/ 벼락 맞을 놈
은 난데"(「죄와 벌」) 하면서 자기반성으로 치닫기도 한다. 아래는 시로 쓴
자화상이다.

나이는 열두 살
이름은 행자

한나절은 디딜방아 찧고
반나절은 장작 패고……

때때로 숲에 숨었을
새 울음소리 듣는 일이었다

그로부터 10년 20년
40년이 지난 오늘

산에 살면서
산도 못 보고

새 울음소리는커녕
내 울음도 못 듣는다.

—「일색과후」 전문

　절에 들어와 불목하니로 살아온 세월이 20년이 넘었고 30대에 들어 비
로소 스님이 되어 살아온 세월 또한 40년이 지나 자신의 지난날을 돌이켜
보니 산에 살면서 산도 못 보게 되었고, 새 울음소리는커녕 내 울음도 못
듣게 되었다고 한다. 울 일이 따로 일어나지 않기도 했겠지만 그만큼 청
정심을 지니게 되었다는 뜻이다. 제목에 대한 각주에서의 설명이 이 시를
쓴 창작 의도이기도 하다. 일색과후一色過後란 모든 대립을 초월하고 차별
을 떠난 일체 평등의 궁극의 세계로서 한 뿌리의 풀, 한 송이의 꽃 등 무엇
을 보아도 부처가 아닌 것이 없는 세계를 가리킨다고 한다. 깨달음까지도
버린 무작묘용無作妙用의 세계로, 오욕으로 가득 찬 현실에 젖었다가 청정
한 본래의 자리로 돌아온 것을 말한다. 오현은 과거에는 새의 울음소리도
듣곤 했지만 나이를 먹어가면서 산에 동화되어 일체가 되어갔다. 기찻길
옆에 살면 기차가 지나가는 소리를 인식하지 못하게 되는 것과 같은 이치
이다. 때때로 내가 무위도식하고 있는 것은 아닌가 하는 반성도 해보지만
이렇듯 산승이 되어가는 자신의 모습을 그리기도 하였다. 오현은 이와 같
이 저잣거리로 나아가 불법을 전하겠다는 것은 사람들을 신도로서도 만

나지만 그와 동시에 창작자로 만나겠다는 결심을 하였고 이 결실을 이렇게 우회적으로 표현한 것이다. 다시 말해 오현은 사찰에서 신도들이 와주기를 기다리고 있을 것이 아니라 시를 통해 시중서점과 대학도서관에서 만나겠다는 생각을 이렇게 표현한 것이다.

마무리

조오현은 신경림 시인과 장시간에 걸쳐 대담한 적이 있는데 대담 중간 중간에 시를 실어 엮은 책이 『열흘 간의 만남』이다. 대담 중에 오현이 시를 쓰게 된 동기에 대해 이렇게 말하였다.

> 삼랑진 암자로 갈 때는 '석가도 6년 수도를 해서 우주의 진리를 다 깨쳤다는데 나라고 못할 것이 무에냐, 석가는 2,500년 전 태어났으니 미개한 시대 사람이다, 내가 뒤질 것이 없다.' 이런 오기로 집중적인 명상 수련도 하고 책도 읽으며 나름대로 그림자가 부끄럽지 않게 열심히 살았습니다. 그렇게 몇 년을 잘 지내고 있었습니다. 그러던 어느 날 동가식서가숙할 때 알았던 이제우, 강홍남이라는 친구가 기고만장한 문학청년이 되어 깊은 골짜기로 저를 찾아왔어요. 두 친구는 그들이 쓴 시와 시조를 보여주면서 인생이 어떻고 문학이 어떻고 하면서 며칠을 가지 않고 떠들어대는 것이었습니다. 암자에는 먹을 것도 없는데 말입니다. 그래서 그따위 시나 시조는 하룻밤에 100편도 쓰겠다고 큰소리를 쳐놓고 밤새도록 끙끙거리며 시조 한 편을 썼는데 그게 「할미꽃」이라는 시조입니다.[12]

---

12) 신경림·조오현, 『신경림 시인과 오현 스님의 열흘 간의 만남』, 도서출판 아름다운 인연, 2004, 262쪽.

암자에 놀러 온 두 문학청년에게 자극을 받아 처음 「할미꽃」이라는 시조를 써봤는데 이 작품을 친구 강홍남이 1965년 <동아일보> 신춘문예에 대신 투고를 해준 것이 불자 무산을 시인 조오현으로 재탄생하게 한다. 친구는 이 작품이 최종심에서 떨어졌다고 하며 신문과 함께 장문의 편지를 보내온다. 이때부터 이태극·조종현·정완영·서정주 시인에게 편지를 보내기도 하면서 문학 수업을 시작한다. 조오현의 편지와 습작시를 받은 이태극과 조종현은 시재를 인정해 3년에 걸쳐 『시조문학』에 실어주어 1968년에는 천료를 시켜준다. 이렇게 등단을 한 이후 김교한·김호길·박재두·서벌 등과 '律'이란 동인도 만들고 정완영 문하에서 2년 동안 본격적인 문학수업도 받는 등 시인의 길을 걸어오게 되었다고 말하고 있다. 이를 보면 보통사람이 시인이 되는 길과 크게 다르지 않음을 알 수 있다. 그런데 둘 중 하나의 길만 택하라면 시인의 길보다는 역시 수행자의 길을 택하겠다고 말한다. 문학보다는 불도가 더 자신의 길이라는 것이다.

> 겸업 아닌 겸업으로 시인으로서도 실패했고 수행승으로도 실패했습니다만 굳이 불교와 문학, 훌륭한 수행승과 훌륭한 시인 두 가지 중에 하나를 선택하라고 한다면 저는 시인보다는 스님을 택할 것 같습니다. 말은 겸업이지만 어디까지나 저의 본업은 수행자란 뜻이지요.[13]

이런 말을 하는 오현이지만 시를 통해 그의 불·법·승에 대한 인식을 살펴본 결과 불교도와 시인으로서의 삶을 다 성실하게 꾸려왔음을 알 수 있었다.

---

13) 위의 책, 254쪽.

신경림 시인과 대담을 하며

오현의 부처에 대한 생각
은 부처는 '無'와 '空'의 뜻을
너무나 잘 아는 분이다. 부
처를, 종교의 창시자로서 대
단한 카리스마를 갖고 있거
나 깨달은 것을 자처한 권위
주의자로 보지 않고 자신이
유한자임을 깨닫고 있었다
는 바로 그 점에서 존경심을
갖고 있다.

불법 또한 반드시 지켜야
할 계율로 보지 않았다. 우
리가 지켜야 할 것은 스스로
그러한 자연의 자연스러움이라고 보았다. 자연의 이법을 거스르지 말고
잘 지키면 되데, 산중에서 고립된 생활을 할 것이 아니라 저잣거리에서
사람들과 만나 대화도 하고 부대끼면서 법을 전해야 한다는 식으로 법 이
해를 하고 있었다.

오현의 스님으로서의 자신에 대해서는 역사에 대한 방관자이거나 매사
에 게으름뱅이였다고 생각하면서 회한이 좀 있는 듯하다. 하지만 시를 쓰면
서 일종의 자기비하에서는 많이 벗어날 수 있었다고 본다. 그래도 자연 속
에서 자연과 동화되어온 자신의 일생에 대해 큰 후회는 없는 듯이 보인다.

이 땅에는 참으로 많은 시인이 있었다. 하지만 불교도이면서 개인시집
을 여러 권 낸 시인은 그리 많지 않다. 만해 이후 이만한 시적 업적을 이룩

한 승려가 없었다. 조오현의 시에 대한 논의는 앞으로도 계속해서 이루어 질 것으로 보인다. 언어도단을 지향하는 불교도가 왜 시를 써야만 했는지에 대한 해명이 제대로 되었는지 모르겠는데, 앞으로 여기에 대한 논의가 더욱더 심도 있게 이뤄지기를 바라면서, 첫 단추를 꿰었다는 데 의미를 두고자 한다.

칼집 속의 보검, 승복 속의 몸

조오현의 시에 나타난 희비와 생사

무산霧山 조오현은 조계종 제3교구의 조실이면서 1968년에 『시조문학』을 통해 등단한 시인이다. 시조를 많이 썼지만 자유시도 적지 않게 썼다. 권영민은 2012년에 문학사상사를 통해 시전집 『적멸을 위하여』를 출간하면서 23쪽에 걸쳐 아주 상세하게 해설을 썼다. 이 글은 2013년 계간 『시와 세계』 가을호에 발표한 시조 「보검寶劍」과, 같은 해에 시인생각에서 펴낸 시선집 『마음 하나』에 실은 시 「내가 죽어보는 날」을 읽고 조오현 시인의 사랑관과 죽음관을 살펴보려는 작은 노력의 산물이다.

　　너를 처음 보았을 때 온몸이 흔들렸다
　　네 손목을 잡았을 때 서늘한 바람이 지나갔다
　　네 몸이 내 몸에 닿는 순간 상처만 남았다.

　　상처가 아물어서 진주가 되기까지
　　진주가 몸에 박혀 보검이 되기까지 얼마나 울었는가
　　사랑은 그 누구도 끝내 버릴 수 없구나.

　　　　　　　　　　　　　　　　　　　　　　　－「보검」 전문

제목이 '보검'이므로 시적 화자가 어딘가에서 아주 보배로운 칼을 본게 아닌가 여겨진다. 보검의 주된 쓸모는 의장儀仗에 있지 살생에 있지는 않지만 칼은 칼이기에 사람을 해칠 수 있다. 그런데 시인은 '너'를 처음 보고는 온몸이 흔들림을 느낀다. 게다가 너의 손목을 잡자 (마음에) 서늘한 바람이 지나감을 감지한다. "네 몸이 내 몸에 닿는 순간 상처만 남았다"는 부분에서는 보검이 칼이 아닐 수도 있다는 생각을 하게 한다. 후반부에 가서 확연히 드러나지만 보검은 네가 아니라 나다. 즉, 시적 대상이 보검이 아니라 내가 보검인 것이다. 내 몸의 상처가 키운 것이 진주가 되고 그 진주가 몸에 박혀 보검이 된 것이므로.

시는 제2연에서 분위기를 일신한다. 상처가 아물어 진주가 된다는 것은 진주의 생성 과정을 알려주는 하나의 정보에 지나지 않는다. 그런데 "진주가 몸에 박혀 보검이 되기까지 얼마나 울었는가"에 이르면 '진주가 몸에 박힌 보검'이므로 진주가 그냥 진주가 아니요, 보검 또한 범상한 보검이 아님을 알게 된다. 오랜 시간 고통을 참으며 숨어서 운 어떤 존재의 설움과 회한이 독자의 가슴속 깊은 곳으로 파고든다. 길고 긴 세월 동안 혼자 감내한 아픔이 어느 날부터인가 서서히 단단하고 광채 나는 보석이 되는 과정을 떠올리게 된다. 성장을 거쳐 성숙의 상태로 가는 모든 길은 다름 아닌 인고의 과정임을 이 구절은 우리에게 일깨워준다. 자신의 아픔을 누군가에게 하소연한다는 것은 바로 그 순간의 즉각적인 보상을 바라는 행위일지도 모른다. 오랜 세월 동안 아픔을 안으로 다져 넣는 존재는 다가올 미래에 주어질 무언가를 기다리며 울음을 안으로 삼키는 자다. 이 시는 바로 그런 존재의 견디기 힘든 아픔과, 단단하고 광채 나는 어떤 결실에 대해 이야기한다. 그런 이유로, "네 몸이 내게 닿"아 난 상처를 아프다고만은 할 수 없다. 너의 상처가 나를 키우고, 그 상처에서 오는 고통이 나를 성장케 한다는 역설에 고개를 끄덕이게 되는 것이다.

시인은 시를 통해 상처가 아물어서 진주가 되고, 그 진주가 몸에 박혀 보검이 되기까지를 들려주고 있는데, 속세를 떠난 스님이 쓴 시라고 하지만 남녀상열지사를 떠올리지 않을 수 없다. 몸과 몸이 만나서 이뤄내는 가슴 벅찬 사랑, 혹은 온몸을 뜨겁게 달구는 사랑을 배제한 채 절대자를 향한 헌신이나 이성 간의 정신적인 사랑만을 다루고 있다고는 생각되지 않는다. 시의 마지막 행을 보라. 화자는 "사랑은 그 누구도 끝내 버릴 수 없구나"라며 대상에 대한 의지를 염연히 다지고 있다. 다시 말해 몸과 마음이 하나 되는 사랑을 실현할 수는 없지만 마음으로나마 영원히 견지하고 싶은 강한 의지를 드러내 보이고 있는 것이다.

이성의 몸과 만나서 이뤄내는 사랑을 우리는 교접이나 성교라고 말하는데, 이 말에는 다분히 인간의 생식기를 비하하는 뜻이 담겨 있다. 이 말에는 영혼의 합일은 기대할 수 없는 동물들의 돌발적인 성행위를 부각시키는 일면이 있는 것이다. 하지만 이 시에서는 네 몸이 내게 닿는 순간 내게 남은 그 '상처'를 이야기하고 있다. 이러한 상처가 전제된 이성 간의 사랑은 그러나 아픔 속에서도 보석을 키워간다는 데서 관계의 진정성이 확보된다. 한편으로는 보석을 키워온 사랑이, 다른 한편으로는 사람을 해칠 수 있는 칼날이 되는 경우를 '보검'의 이미지에 실어내고 있는 것이다. 인간의 사랑이란 기실 그런 것이 아닐까. 바로 그런 사랑을 그 누구도, 끝내 버릴 수 없다고 시인은 말한다.

아픔과 함께 키운 사랑이지만 보석으로 완성된 사랑, 때로는 칼날처럼 내 몸을 베기도 하는 사랑이지만 끝내 버릴 수 없는 사랑을 시인은 말하고 있는 것이다. 무산 스님의 말씀이기보다는 조오현 시인이 이성 간의 진정한 사랑을 꿰뚫어보고서 쓴 사랑 예찬 시다. 깊은 절간의 수행자라는 엄숙주의를 벗어버리고 세속의 방랑자로서 우리 앞에 나타난 오현은 인간의 사랑을 깊이 통찰한 시인이다.

그런데 왜 하필이면 스님이 이와 같은 사랑예찬론을 펴게 된 것일까. 불교 가운데 밀교나 탄트라불교처럼 성적 상징이 내포된 종파가 없지 않지만, 이와 같이 간절하고도 애절한 스님의 사랑예찬론은 흔한 것이 아니다. 한용운의 '님'과 '기룬 님'이 형이상학의 높은 경지에 존재해 있다면, 조오현의 '네 손목'과 '네 몸'은 애써 그런 고매한 경지를 지향하지를 않는다. 그런데 이 시에는 속세간의 가요마다 넘쳐나는 표피적인 사랑을 넘어서는 엄숙한 메시지가 존재한다. 이성 간의 사랑에 대해서 말하되, 몸의 합일을 금기시하지 않는 것이다. 우주의 생명력은 음과 양의 조화로움 속에서 운동력을 잃지 않음을 누구보다 잘 알고 있는 수도승으로서, 만물의 영장임을 자임하는 사람의 사랑을 깊이 들여다본 혜안의 결실이다.

이 시를 쓴 2013년에 조오현 시인의 나이는 여든하나, 누가 뭐래도 인생의 황혼기임이 분명하다. 전에는 이런 시를 쓴 적이 없는데 이 연세에 이르러 시인은 사회적 윤리나 종교적 계율의 차원을 넘어서서 인간의 본성을, 그야말로 한 인간의 마음으로 말하고 싶었던 것이 아닐까. 다만 그의 사랑은 칼집 속의 보검이다. 즉 승복 속의 몸이다. 아리따운 이성을 보고 욕망을 느끼지 않는 것이 아니지만 그것을 지금까지 자제해왔기에 그는 만인의 존경을 받는 수행자가 될 수 있었던 것이다. 또 한 편의 작품을 보자.

오현 스님의 파안대소

부음을 받는 날은 내가 죽어보는 날이다

널 하나 짜서 눈 감고 누워도 보고

화장장 아궁이와 푸른 연기 뼛가루도 뿌려본다

—「내가 죽어보는 날」 전문

이 작품은 이와 같이 애당초 시조로 씌어졌는데 2013년 시선집 『마음 하나』를 내면서 시로 고쳐 발표한다. 일종의 퇴고작인 것이다.

부음을 받는 날은
내가 죽어보는 날이다

널 하나 짜서 그 속에 들어가 눈을 감고 죽은 이를

잠시 생각하다가

이날 평생 걸어왔던 그 길을

돌아보고 그 길에서 만났던 그 많은 사람

그 길에서 헤어졌던 그 많은 사람

나에게 돌을 던지는 사람

나에게 꽃을 던지는 사람

아직도 나를 따라다니는 사람

아직도 내 마음을 붙잡고 있는 사람

그 많은 얼굴들을 바라보다가

화장장 아궁이와 푸른 연길,

뼛가루도 뿌려본다

—「내가 죽어보는 날」 전문

시조로 썼을 때의 중장 "널 하나 짜서 눈 감고 누워도 보고"가 자유시로 고쳐지는 과정에서 10행으로 늘기는 했지만 시인의 죽음 이해가 크게 달라진 것은 없으므로 내용에 있어서는 보완의 의미로 보면 될 것 같다. "널 하나 짜서 눈 감고 누워도 보고"는 장례식의 상주가 죽은 자신이라는 말이다. 시조의 종장 "화장장 아궁이와 푸른 연기 뼛가루도 뿌려본다"와, 시의 마지막 연 "화장장 아궁이와 푸른 연길,/ 뼛가루도 뿌려본다"도 다 장례식의 상주가 막 고인이 된 본인이다. 이 땅의 전설 가운데에 죽은 자신의 몸을 빠져나간 넋이 자기 몸을 보고 어떻게 반응하더라 하는 이야기가 많은데 이 시에도 죽은 이가 자기 장례식장을 찾아온 사람들을 살펴보는 장면이 펼쳐진다.

인간의 몸은 때가 되면 반드시 생명현상이 끝난다. 나이가 나이니만큼 시인은 자신의 입적 순간을 생각하게 되었을 테고, 그 결과물이 바로 이 작품이다. 그런데 제목이 '내가 죽는 날'이 아니라 '내가 죽어보는 날'이다. 불교의 윤회설이 이 제목 하나에 잘 설명되어 있다. 불가에서 말하기를, 한 사람이 죽는 날은 생의 마지막 날이 아니라 새롭게 시작하는 날이다. 또 다른 생명체로 소생하여 윤회의 고리를 이어갈 터이니, 나는 내가 죽는 그날 널 하나 짜서 눈 감고 누워도 보고, 화장장 아궁이의 푸른 연기도 되어 보고, 뼛가루도 되어볼 수 있는 것이다.

시조의 종장과 시의 마지막 연이 모두 문법적으로는 맞지 않지만 뜻은 통한다. 요컨대 몸에서 분리된 넋의 경험담이요 목격담이다. 죽음에 대한 이러한 인식은 삶 자체도 투명하게 할 수 있다. 만약 우리가 죽는 날을 예측할 수 있다면 더욱더 쾌락에 탐닉하는 자와, 남은 생을 선업으로 가꾸고자 하는 두 부류로 나눠질 것이다. 죽음에 대한 시인의 이런 인식은 세속사회에 사는 우리를 겸허한 반성의 시간으로 인도한다. 죽음은 타인의 것만이 아닌 바로 나 자신의 것이며, 죽음은 생명체의 끝이 아니라 새로운 시작임을 불교는 가르치고 있다. 그렇기 때문에 우리가 증오와 허위의 나날을 살다가 죽으면 그날부로 모든 죄에서 해방되는 것이 아니라 업이 쌓여 후생에서도 계속해서 벌을 받는다고 한다.

살아가는 동안 우리는 많은 부고를 받는다. 일가친척, 친지, 동료, 선배, 후배……. 그때마다 생각해보아야 할 것은 시인의 말마따나 '나의 부고'다. 나도 언젠가는 반드시 부고로 전해질 것이니 부고를 받을 때마다 나의 죽음을 생각해보아야 한다는 것이다. "널 하나 짜서 그 속에 들어가 눈을 감고 죽은 이들"이 타인이지만 언젠가는 나도 그들 중 하나가 될 텐데 우리는 그 생각을 하지 않고 영원히 살 것처럼 욕심을 부리고 산다. 우리의 인생행로에서 만난 사람과 헤어진 사람이 얼마나 많은가. "나에게 돌을 던지는 사람"도 있었고 "나에게 꽃을 던지는 사람"도 있었다.

한번 생각을 해보라. "아직도 나를 따라다니는 사람"도 있고 "아직도 내 마음을 붙잡고 있는 사람"도 있지만 미래의 어느 날엔가는 나도 반드시 모든 생자와 사별해야 한다. 화장장 아궁이에 넣어보는 자신의 마음을, 푸른 연기로 사라지는 자신의 몸을 생각해보라. 어떻게 남은 생을 살아야 한다는 답이 바로 나온다. 누군가의 부고를 받은 날, 당신이 해야 할 일은 "뼛가루도 뿌려보는" 일이다. 타인의 죽음을 보며 미래의 어느 날에 닥칠 나의 죽음을 예측하고 쉼 없이 죽음연습을 해보라는 무산 스님의 설법이다. 그와 동시에 오현 시인의 불가적 주제의식이 이 한 편의 시에 실려 있다. 이 세상에서는 부단히 타자의 죽음이 반복되고 있다. 내 의식 속에서 나만은 영원히 죽지 않는 존재이기에, 언제든 가까운 거리에 놓일 수 있는 죽음에 대해 각성하고 상기하라는 시편이다. 왜 시조에서 시로 늘렸는지는 바로 이 지점에서 이해가 될 것이다.

이 두 편의 시를 통해 시인이 말하고자 하는 것은 그대들 살아 있는 동안 부모자식 간에, 형제자매 간에, 동료 간에, 부부 간에, 연인 간에 사랑을 열심히, 진정을 담아 하라는 뜻이다. 그 과정에 설령 아픔이 있을지라도 그게 바로 참사랑의 속성임을 시인은 말하고 싶은 것이다. 짧은 인생살이에 비해 예술작품은 작가의 사후에도 그 생명력을 유지하는 것이기에 시인은 이 두 편의 시를 통해 자신의 사랑과 죽음의 철학을 쉽게 풀어내고 싶었던 것이다.

무산 스님은 2018년 5월 26일, 신흥사에서 입적하였다. 지상에 머문 기간은 86년, 술을 무척 좋아하였기에 기적적인 장수였다. 본인도 그렇게 오래 살리라 예상하지 못했을 것이다. 단형시조 「내가 죽어보는 날」을 『문학의 문학』 창간호에 발표한 것이 2007년이었으니 75세 즈음이었다. 그 무렵에 이 시를 썼는데 11년을 더 산 셈이었다. 죽음에 대한 이런 인식은 삶 자체도 막게 하는 것이리라. 스님은 그저 베풀고, 보시하고, 웃으면서 올바른 삶의 방법을 설하다 입적하였다.

3

한국 현대시에 나타난 불교

오도송 – 깨달음의 큰 경지에 이른 이들의 노래

불교는 집을 떠나 수행 길에 나선 고타마 싯다르타(Gautama Siddhartha)의 깨달음에서 시작된 종교다. 그는 깨달음의 순간이 찾아온 어느 날의 새벽에, 몇 마디 말로 그 깨달음의 내용을 압축해 말했다. 싯다르타 이후 수많은 승려가 깨달음을 이루게 된 기연機緣과 깨달음의 내용을 선시仙詩로써 남겼다. 이것이 오도송悟道頌이다. 또 입적을 앞두고 자신의 생애를 요약하거나 세상에 남기는 일종의 유언을 선시로 써 남겼으니 이것이 임종게臨終偈다. 임종게를 열반송混槃頌이라고도 한다. 오도송이나 임종게나 다 게송偈頌의 일종이다. 게송이란 불교의 가르침을 함축하여 표현하는 운문체의 짧은 시구를 말하는데, 본래 게偈와 송頌은 같은 의미다. 게는 산스크리트 가타(gatha)의 음을 따서 만든 말이고, 송은 가타를 한문으로 번역한 것이다. 따라서 게송을 게 또는 송으로 줄여 부르기도 한다.

붓다(Buddha, 佛陀)라는 말 자체가 '깨달은 자'라는 뜻이다. 깨달음이란 도대체 무엇인가. 자기 스스로 깨우쳐 '깨달은 자'가 되는 것이다. 다시 말하면, 일체 만법의 본원을 바로 깨우쳐서 붓다가 되는 것이다.[1] 싯다르타는 오랜 수행 끝에 깨달음을 얻어 붓다가 되었다. 그 제자들과 후대인들

---

1) 주호찬, 『고려말 오도송 연구』, 보고사, 2006.

은 자신의 성품이 붓다의 그것과 다르지 않음을 아는 데 그치는 것이 아니라, 본래 붓다의 성품과 한가지인 자신의 성품을 바로 보아서(見性), 보는 그 자리에서 부처의 지위에 들어가 부처가 되는(成佛) 깨달음을 얻고자 노력하였다. 깨닫게 되면, 이것은 또한 큰 기쁨을 주기도 했기에 그 깨달음의 경지를 각자 게송으로 남겼으니, 그것이 바로 오도송이었다. 오도송은 수많은 불가의 선승이 자신의 깨달음을 시로 읊어 불멸의 전통을 이루게 된다. 진옹 월성[2] 같은 분은 수많은 오도송과 입적 직전에 쓴 열반송을 모아서 『오도에서 열반까지』란 책을 내기도 했다.

불교, 특히 중국 선불교의 초조初祖인 보리달마의 '敎外別傳 不立文字 直指人心 見性成佛'은 깨달음이란 말로 표현할 수 없고 생각으로도 헤아릴 수 없다는 뜻이다. 스스로 체득해야지 언어문자로는 깨달음의 경지를 나타낼 수 없다는 것이다. 하지만 싯다르타 이래 수많은 승려가 오도송과 임종게를 남겼다. 오도송은 워낙 방대한 양이라 최초의 오도송이라고 할 수 있는 싯다르타의 것, 그리고 중국의 혜능과 조주, 동산의 오도송, 신라의 원효, 고려의 혜근, 조선의 휴정의 오도송, 근대를 대표할 만한 학눌(효봉)과 경봉, 그리고 1993년에 입적한 성철의 오도송을 각 시대의 대표작으로 꼽아보았다. 이렇게 선정한 이유는 이들이 불교계에서 각 나라와 각 시대를 대표할 만큼 높은 경지에 이른 불자라고 판단했기 때문이다. 오도송을 문학적 가치를 기준으로 평가하는 것은 무리가 있다고 본다. 연구자는 특별히 깨달음의 내용이 무엇인가와 창작자들의 창작 의도를 주로 살펴볼 것이다.

---

2) 진옹 월성은 1952년 화엄사로 출가해 금오를 은사로 득도하였다. 여러 선원에서 수십 안거를 보낸 뒤 속리산 법주사 내 복천암에서 주석하였다.

고타마 싯다르타의 오도송

싯다르타는 지금의 남부 네팔 지방에 해당하는 소국 카필라바스투에서 무사 계급인 샤카(Sakya, 釋迦)의 지도자 슈도다나(Suddhodana) 왕과 마하마야(Mahā Maya) 왕비 사이에서 태어났다. 왕과 왕비 사이에서 태어났으니 왕자임에 틀림없지만 카필라바스투를 하나의 온전한 나라로 보기는 어려우므로[3] 싯다르타를 최상층부의 귀족으로 보는 것이 좋을 듯하다.

기원전 6세기 무렵이었다. 싯다르타는 가족과 부귀영화를 다 버리고 우주 만물에 대한 근원적인 물음을 해결해 보고자 그 답을 찾아 수행 길에 나선다. 출가 후 처음 찾아갔던 바르가바(Bhargava)라는 이는 브라만 계급의 수행자였는데 수행의 방법을 고행 그 자체에 두고 있었다. 자기학대에 가까운 고행을 하는 것을 보고 '이건 아닌데' 하는 생각에 그를 떠난다. 이후 바르다마나(Vardhamana)가 문을 연 자이나교의 나체 수행법으로도 고행해 보았지만 갈망했던 '깨달음'의 순간은 오지 않는다. 육체에 고통을 주는 고행은 수행 방법에 얽매여 점점 형식화되고 있어 마음을 청정하게 하는 데는 어려움이 있었던 것이다. 6년 만에 고행을 거두고 걸식을 하기 위해 우루벨라 마을에 이르렀을 때 수자타(Sujata)라는 여인이 우유 죽을 발우에 담아 싯다르타에게 준 일화는 유명하다. 기력을 회복한 고타마는

---

3) 당시 인도는 공화제 중심 사회에서 군주제 중심인 고대국가로 전환되어 가는 시기였다. 싯다르타가 태어난 카필라바스투는 농업 중심의 공화제를 유지하던 소국가로 코라살라국의 영향 하에 있었다. 그러나 정치적 결정이나 외교 관계 등은 자주적이었으며 주권의식이 강했으므로 코살라국도 함부로 하지 못했다. 공화제에서는 몇 개의 씨족이 모여 왕을 선출했다. 따라서 카필라바스투의 왕은 전제왕국의 군주가 아닌 귀족회의의 대표 책임자라는 의미를 지녔다. 법륜,『인간 붓다 그 위대한 삶과 사상』, 정토출판, 2010(개정판 1쇄), 93~94쪽 참조.

핍팔라나무4)의 넓은 그늘 아래 습하지 않은 평평한 바위를 수행처로 삼기로 한다. 빼빼 마른 싯다르타가 바위에 앉아 있는 것을 보고 길상이라는 목동이 스바스티카(길상초라고 한다)라는 부드러운 풀을 한 아름 안고 와서는 바위 위에 깔아주었다. 싯다르타는 길상에게 감사의 뜻을 전하며 핍팔라나무 주위를 세 번 돌았다. 이것은 '거룩한 것' 또는 '성스러운 것'에 대한 인도의 전통 예법이 된다.

싯다르타는 동쪽을 향해 가부좌를 틀고 앉아 참선에 들어간다. 불교의 전래설화에 따르면 이 시점에 마왕 파피야스(Papiyas)와 그의 세 딸이 싯다르타가 깨달음에 이르지 못하도록 온갖 유혹을 다하지만 싯다르타는 유혹을 차례차례 다 이겨내고 (참선에 든 지 며칠째인지는 모르겠지만) 어느 날, 동쪽에서 솟아오르는 샛별을 보고는 무엇인가를 깨우쳤고, 그때의 기쁨을 아래와 같은 오도송으로 표현하였다.

이제 어둠의 세계는 타파되었다.
내 이제 다시는 고통의 수레에 말려들어 가지 않으리.
이것을 고뇌의 최후라 선언하며
이제 여래의 세계를 선포하노라.

왕자 고타마 싯다르타가 깨달은 자, 붓다가 되는 순간이었다. 『방광대장엄경方廣大莊嚴經』5)에 나오는 위의 외침을 최초의 오도송이라고 할 수

---

4) 핍팔라나무는 중인도와 벵골 지방에 번식하는 상록교목으로 싯다르타가 이 나무 아래서 도를 깨우치므로 보리수菩提樹라고 불리게 된다. 위의 책, 285쪽.

5) 방광대장엄경(alitavisutra)은 석가의 일대기를 기록한 경전이다. 총 12권. 중국 당나라의 지바하라地婆訶羅가 683년에 번역하였다. 『불소행찬佛所行讚』, 『보요경普曜經』 등과 함께 석가의 생애를 서사시적으로 묘사한 일련의 원시경전 가운데 하나이다. 서품序品, 도솔천품兜率天品, 승족품勝族品 등 전체 27품으로 구성되어 있다.

있을 것이다. 깨달음의 내용은 사성제四聖諦6)와 팔정도八正道7)에 집약되어 있다. 최초의 오도송이 나오기까지의 과정에 대해 프랑스의 동양학 및 인도학 박사인 장 부아슬리에(Jean Boisselier)의 책을 참고한다.

서른다섯이 되던 날, 드디어 붓다가 되었다. 초경(인도에서는 밤을 초경, 중경, 후경의 3경으로 나눈다)에 고타마는 네 단계의 선정禪定을 체험하면서 자신의 정신을 물질적 관심사에서 완전히 초탈하게 만들어 '완전하게 맑고 고요한 마음의 상태(滅受想定)'에 이르게 된다. 중경에는 천안통天眼通을 갖추고 자신과 다른 사람들의 전생이 눈앞에 펼쳐지는 것을 본다. 그렇게 하면서 고통이 끝없이 반복되는 과정을 훤히 꿰뚫어보게 된다. '완전한 깨달음'은 후경에 이루어졌다. 이제 십이연기十二緣起8)를 완전히 꿰뚫게 된 고타마는 그 악순환을 끊을 수 있는 방

---

6) 고苦·집集·멸滅·도道의 네 가지 진리로 구성되어 있다. 붓다가 성도成道한 후 자기 자신의 자내증自內證을 고찰하여 설한 것이 십이인연十二因緣이라면, 사성제는 이 인연설을 알기 쉽게 타인에게 알리기 위해 체계를 세운 법문이다.

7) 중생이 고통의 원인인 탐貪·진瞋·치痴를 없애고 해탈하여 깨달음의 경지인 열반의 세계로 나아가기 위해서 실천 수행해야 하는 8가지 방법. 원시불교 경전인 『아함경阿含經』의 법으로, 붓다의 근본 교설에 해당하는 불교에서의 중요한 교리다. 고통을 소멸하는 참된 진리인 여덟 가지 덕목은 이렇다. ①정견正見: 올바로 보는 것. ②정사正思: 올바로 생각하는 것. ③정어正語: 올바로 말하는 것. ④정업正業: 올바로 행동하는 것. ⑤정명正命: 올바로 목숨을 유지하는 것. ⑥정근正勤: 올바로 부지런히 노력하는 것. ⑦정념正念: 올바로 기억하고 생각하는 것. ⑧정정正定: 올바로 마음을 안정하는 것.

8) 불교의 근본교리 가운데 하나. 번뇌로부터 고苦에로의 12가지 인과관계. 짧게 설명하면 다음과 같다. ①무명無明: 사제四諦에 대한 무지. ②행行: 무명으로 일으키는, 의도하고 지향하는 의식 작용. ③식識: 식별하고 판단하는 의식 작용. 인식 작용. ④명색名色: 명은 수受·상想·행行·식識의 작용. 색은 분별과 관념으로 대상에 채색하는 의식 작용. 곧, 오온五蘊의 작용. ⑤육입六入: 대상을 감각하거나 의식하는 안眼·이耳·비鼻·설舌·신身·의意의 작용. ⑥촉觸: 육근六根과 육경六境과 육식의 화합으로 일어나는 마음 작용. ⑦수受: 괴로움이나 즐거움 등을 느끼는 감수 작용. ⑧애愛: 애욕. 탐욕, ⑨취取: 탐욕에 의한 집착. ⑩유有: 욕계·색계·무색계의 생존 상태. ⑪생生: 태어난다

법을 발견하게 된다. 이 순간에 그는 고苦, 집集, 멸滅, 도道의 네 가지 거룩한 진리인 사성제와 고통에서 벗어나게끔 이끌어주는 팔정도를 깨우치고 붓다가 된다. 고통을 없애는 팔정도의 여덟 가지는 완전함을 성취하는 여덟 가지 방법을 상징한다.

(중략) 붓다가 깨우친 이들 진리는 이해하기 어려운 교리의 근본으로서 '완전한 깨달음을 얻은' 붓다만이 가르칠 수 있는 것들이었다.[9]

사성제·팔정도·십이연기 등은 불교의 근본 교리임에도 불구하고 일반 대중이 알아듣기에는 결코 쉽지 않은 내용이다. 고타마 싯다르타라는 이름을 갖고 살아가던 이가 이러한 오묘한 철학을 어느 순간에 깨우친 것인데, 이것을 설명하는 바가 바로 『화엄경』이 된다. 최초로 설법한 것(初轉法輪)이 기원전 588년, 붓다의 나이 36세 때였다. 바라나시 녹야원에서 예전 친구 5명에게 설법한 것을 시초로 붓다는 기원전 544년 입적할 때까지 장장 44년 동안 전도 여행을 하거나 죽림정사竹林精舍나 기원정사祇園精舍 같은 곳에서 불교의 진리를 설하면서 살아가게 된다. 그런데 처음 득도한 그날 아침에 몇 마디로 불교의 진리를 압축한 것이 바로 최초의 오도송悟道頌이다.

싯다르타는 자신이 깨달은 것을 네 줄의 시로 요약하였다. 첫 행은 자신을 오랫동안 괴롭혔던 생과 사의 이유를 깨우쳤다는 뜻이다. 그래서 혼미의 세계, 암흑의 세계에서 벗어나게 되었다는 것이다. 둘째 행은 해탈의 경지에 다다른 지금, 더 이상의 번뇌가 없을 것이라는 말이다. 셋째 행에 나오는 "고뇌의 최후"란 깨닫기 이전과 이후의 세계를 가른다는 뜻이다. 이제 비로소 고뇌를 떨쳐버리게 되었으므로 나는 이 순간 "여래의 세

는 의식. ⑫노사老死: 늙고 죽는다는 의식.
9) 장 부아슬리에, 이종인 역, 『붓다』, (주)시공사, 1996, 60~61쪽.

계"를 선포한다는 것은 내가 깨달은 바를 앞으로 널리 전파하겠다는 뜻이다. 4행의 시로 쓴 이 오도송은, 불교의 창시를 선포하겠다는 의미이기도 하다. 나는 마침내 무엇인가를 깨달았다, 이제부터는 그것을 널리 전하며 살아가겠다는 결심을 이 한 편의 오도송에 담아냈던 것이다. 짧지만 깨달았기에 내가 이전과 어떻게 달라졌고, 앞으로 이전과 어떻게 살아갈 것이라는 결심을 천명한 오도송이다.

중국 세 선사의 오도송

중국의 고승 가운데 오도송을 남긴 이는 혜능·조주·동산·방거사·게차·영운·한산자·소동파 거사 등이다.[10] 이들 중 혜능과 조주, 동산의 오도송을 살펴보기로 한다. 혜능[11]은 중국 불교문화가 융성하게 일어난 당나라 때의 사람이다. 그의 오도송은 다음과 같다.

菩提本無樹	보리는 본래 (보리수)나무가 아니요
明鏡亦非台	거울 또한 거울이 아니라네
本來無一物	본래 한 물건도 없는데
何處惹塵埃	어디에서 티끌이 일어나랴[12]

---

10) 권성구 편, 『다시 듣는 사자후와 깨침의 노래』, 도서출판 사람들, 1995.
11) 혜능(慧能, 638~713)은 동아시아 선불교의 대표적 계통으로 발전한 남종선을 창시했다. 즉각적인 깨달음, 곧 돈오頓悟에 대한 혁명적인 선언을 하여 온갖 전통적인 불교개념 및 경전, 수행법 등을 철저히 배척함으로써 점진적 깨달음인 점수漸修를 옹호하는 북종선과의 사이에 메울 수 없는 심연이 생기게 했다.
12) 권성구 편, 앞의 책, 35쪽.

불교에서 보리라 함은 최고의 이상인 정각正覺의 지혜를 가리킨다. 이 지혜를 얻기 위해 수행해야 하는 길을 가리키기도 한다. 그런데 "菩提本無樹/ 明鏡亦非台"란 도대체 무슨 뜻일까? 거울에 비친 모습이 그 사람의 본래 모습이 아닌 것처럼 보리수나무라는 하나의 형상이 보리 그 자체일 수는 없다. 즉, 정각의 지혜를 무엇에 빗대어 표현하거나 무엇이라고 똑바로 설명하기가 쉽지 않다는 것이다. 싯다르타가 핍팔라나무 아래서 깨달음을 얻었기에 이후 그 나무를 보리수라고 부르게는 되었지만 나무가 깨달음을 상징하는 것은 아니다. "本來無一物/ 何處煮塵埃"란 물건(생명)이 있어야 티끌(먼지와 때)도 생겨나는 법, 원인이 있어야 결과가 있다는 말이다. 혜능은 그러니까 이 오도송에서 연기론緣起論을 말한 것이다. 인연에 의하여 모든 것이 생겨나게 되니 모든 인연들을 소중히 여겨야 함을 깨달았고, 그것을 오도송에다 새겼다고 볼 수 있다.

당나라 때의 임제종臨濟宗 승려 조주(趙州, 778~897)의 오도송이 유명하다. 조주는 남천 보원南泉 普願의 법제자로, 법호는 종심從諗이었다.

春有百花秋有月	봄에는 백화가 만발하고 가을에는 밝은 달이 천지 비춘다
夏有涼風冬有雪	여름에는 서늘한 바람 불어오고 겨울에는 눈이 내린다
若無關事掛心頭	쓸데없는 생각만 마음에 두지 않으면
便是人間好時節	이것이 바로 인간세상 좋은 시절이라네

자연의 변화를 보아라, 얼마나 자연스러운 현상이냐, 마음먹기에 따라서 우리 사는 세상이 낙원이 될 수도 있고 지옥이 될 수도 있다는 뜻이다. 그런데 이 오도송이 나오게 된 배경을 알려면 조주에 얽힌 일화를 찾아볼 필요가 있다.[13] 이 일화를 오도송 탄생의 배경으로 삼을 수 있다면 이런

해석도 해볼 수 있다.

우리는 깨달음을 얻으려면 엄청난 고행을 하고 장기간 수행을 해야 한다고 생각하지만 불교의 창시자 싯다르타가 그랬듯이 깨달음은 어느 날 '문득' 올 수도 있는 것이다. 자연의 이법을 잘 따르며 살면 그야말로 자연스럽게 오는 것임에 억지로 찾아내려고 애쓰지는 말라는 뜻이다. 그리고 중요한 사항이, 쓸데없는 생각을 하지 말라는 것이다. 우리는 대체로 걱정을 하면서 살아간다. 걱정의 90%는 결과를 놓고 보면 기우에 지나지 않는데, 우리는 줄기차게 걱정을 '미리' 하면서 살아간다. 꽃나무가, 산새가, 달이, 바람이, 눈이 걱정을 하는가. 쓸데없는 생각도 마찬가지다. '쓸데'가 없는 생각일랑 하지 말고 저 자연의 온갖 물상처럼 순리대로 살아가면 된다는 것을 조주는 자연의 변화를 보며 깨달았던 것이고, 이 오도송에다 담아냈던 것이다.

중국의 조동종曹洞宗을 일으킨 동산(洞山, 807~869)의 오도송은 진리가 먼 곳에 있지 않음을 전한다. 『조당집』 제5권 「운암화상장雲巖和尙章」에 따르면, 동산이 강가를 걷다가 깨달음을 얻고 「동산과수洞山過水」라는 게

---

13) 어느 날 조주가 스승 남천에게 여쭤보았다.
　　"도가 뭡니까?"
　　한마디로 물어본 말이니 남천은 한마디로 답해야 했다.
　　"평소에 늘 가지고 있는 그대로의 마음이야. 평상심이지."
　　"어떻게 공부해야 되는데요?"
　　"도라는 것은 알려는 생각만 해도 멀리 도망간다. 잡으려고 하면 더더욱 멀리 도망가지."
　　"그럼 어떻게 하지요?"
　　"도는 알고 모르는 그런 대상이 아니야. 안다는 것도 옳지 않고 모른다는 것도 맞지 않다. 진짜 도는 허공과 같아서 텅 비어 있을 뿐 어떤 형상을 하고 있는 게 아니거든."
　　이재운, 『목불을 태워 사리나 얻어볼까』, 도서출판 한강수, 1993, 140~141쪽.

송을 남겼다고 한다.

切忌從他覓	절대로 다른 데서 구하지 말자
迢迢與我殊	아득히 멀어 나와는 소원해져
我今獨自往	내 이제 나 홀로 가노라니
處處傳達渠	곳곳에서 그를 만난다.

渠今精是我	그가 바로 지금의 나이지만
我今不是渠	나는 바로 그가 아니니
應須憑麼會	이렇게 깨달아 알아야
方得契如如	참 진리를 느낄 수 있네.14)

운수 행각에 나선 동산은 어느 강가를 지나게 되었다. 걸음을 멈추고 무심코 강물을 들여다보았다. 흐르는 물결에 자신의 영상이 흔들리고 있는 것이 아닌가. 동산의 눈이 점점 강렬하게 빛나더니 마침내 촉촉이 젖어들기 시작했다. 오도의 감격이 눈물이 되어 흐르는 것이었다.15) 그래서 쓰게 된 오도송이다. 개울물에 비친 자신의 모습을 보고 문득 깨달은 바를 노래했다고 하여 이 게송은 훗날 '과수게過水偈'라는 이름으로도 널리 알려진다. 오도송은 이와 같이 뜻하지 않는 곳에서 깨달음을 얻을 때 남기는 경우가 많다.

이 게송 속의 '그'는 누구인가. 바로 보리요 진리요 깨달음이다. "그가 바로 지금의 나이지만/ 나는 바로 그가 아니니"는 역설적인 표현이다. 물에 비친 모습은 나이지만 또한 내가 아니다. 거울에 비친 모습이 그렇듯

---

14) 위의 책, 163쪽.
15) 위의 책, 같은 쪽 참조.

이. 그런데 불교의 최고의 경지는 내 스스로 깨달아 붓다가 되는 것이다. 불교는 신을 믿는 종교가 아닌 것이다. 내가 신의 경지에 오를 때까지 계속해서 정진해야 하는 자력갱생의 종교이기도 하다. 「과수게」의 제1연과 제2연의 앞 2행은 자연물 하나하나에도 불성이 있고, 나도 그 불성을 찾고 본받고 가지려 애쓰고 있음을 말해준다. 물에 비친 내 모습을 보고 어느 순간에 확 깨우친 것은 물에 비친 저 얼굴이 '그'가 아니고, 내가 바로 '그'라는 것이다. 이렇게 어느 순간에 깨달음이 와서 참 진리를 느낄 수 있었다고 결론적으로 말하는 오도송, 바로 그 유명한 「과수게」다.

이상 3인 중국 선사의 오도송은 중국 대승불교의 특징을 그대로 보여준다. 인도에서 중국으로 넘어온 불교는 붓다에게만 한정하던 보살의 개념을 넓혀 모든 중생이 부처가 될 수 있다는 가능성을 인정함으로써 중생을 보살로 보았다. 자기만의 해탈보다는 남을 보살피는 보살의 역할을 그 이상적 이념으로 삼고서, 광범위한 포교활동을 전개해 나갔다. 소승불교에서는 아라한阿羅漢이라고 하여 깨달음을 얻은 성인이 되는 것이 목적이지만 대승불교에서는 이것을 이기적인 모습이라 규정하고 보살이 되는 것이 이상적 삶이라고 하였다. 대승불교는 한나라 때 인도에서 중국으로 건너가 몽골·티베트·한국·일본 등 북방불교의 주류를 형성하게 된다. 한국에는 고구려 문자왕 때 용수의 삼론종을 비롯해 법상종·화엄종·천태종·진언종·율종·선종 등이 이에 속한다.

이 땅 왕조시대의 오도송

이제 이 땅의 불교계를 이끈 승려들의 오도송을 살펴보도록 하자. 원효

(元曉, 617~686)는 신라를 대표하는 고승일 뿐 아니라 우리 역사상 최고의 불교 학자였다. 원효는 70년 생애 동안 약 100여종 240여권에 달하는 엄청난 양의 불교 관련 저서를 펴냈는데 그 가운데 현존하는 것은 23부 27여 권이다.16) 신라가 불교를 국가적으로 공인한 것은 법흥왕 때(527)로, 원효가 태어나기 90년 전이었다. 원효 입적 300년 후 중국 송나라의 찬녕贊寧에 의해 편찬된 『송고승전宋高僧傳』의 「신라국황룡사원효전」에 따르면 원효가 출가한 것은 15~16세 때였다.17)

원효는 극락왕생을 기원하는 정토종18) 신앙을 자신이 직접 돌아다니면서 전도하여 불교 대중화의 길을 열었다. 그는 요석공주를 잠시 사랑하여 아들 설총을 낳음으로써 파계했다고 생각, 절에 머물지 않고 떠돌이 생활을 했다. 특히 서민과 천민을 대상으로 불교를 전하기 위한 한 방법으로 춤을 만들어 나라 안에 퍼뜨리기도 했는데 그 춤이 우리네 전통춤 가운데 하나인 무애무無碍舞다. 원효에 의해 신라불교는 종교로서의 역할을 다해 귀족은 물론 최하층 천민들까지도 '나무아미타불관세음보살'을 밤낮으로 외우게 되었다. 원효 등장 이전의 신라불교는 귀족불교였고, 한자를 모르는 천민들에게 어려운 불교 용어를 곁들인 스님들의 설법은 지루하기만 했다. 그래서 원효는 신라 각처 고을의 장터에 가서 무애무를 추며 사람을 모은 뒤 불교의 진리를 쉽게 설명해 많은 사람이 불교를 믿게 되었다.19) 원효의 오도송은 이렇다.

---

16) 고영섭, 『원효탐색』 연기사, 2001, 297~300쪽 「원효 저술 목록」 참조.
17) 황영선 편, 『원효의 생애와 사상』, 국학자료원, 1996, 26쪽.
18) 정토종淨土宗은 자력으로 성불할 수 없는 사람도 염불을 열심히 하면 극락에 갈 수 있다고 한 아미타불의 대원력大願力으로 정토에 가는 것을 이상으로 삼는 불교의 한 종파다.
19) 이상의 원효 소개는 졸저 『세속과 초월 사이에서』(도서출판 역락, 2008)의 「한국

心生故種種法生	마음이 일어나니 온갖 법이 일어나고
心滅故龕墳不二	마음이 멸하니 감실과 무덤이 다르지 않네
三界唯心萬法唯識	삼계가 오직 마음일 뿐, 만 가지 현상이
	오직 식일 뿐이네
心外無法胡用別求	마음 밖에는 아무것도 없는데 어찌 따로
	구하겠는가[20]

불도를 닦는 사람이라면 마음가짐이 중요하다고 거듭해서 강조하는 내용이다. 이런 오도송 탄생의 배경에는 당연히, 해골바가지 안에 들어 있는 물을 마시고 중국행을 포기하고 서라벌로 돌아와 정토종을 편 자신의 경험을 빼놓을 수 없다. 원효와 8년 연하인 의상이 당으로 유학을 가려고 문무왕 1년(661)에 당항성(지금의 경기도 화성시 서신면 상안리에 위치한 구봉산의 산성)을 향해 가던 도중에 일어난 일이었다. 밤에 산중에서 비를 만난 두 사람은 초막을 발견하고 들어가 잠이 들었는데 한밤중에 목이 몹시 말라 깨어난 원효가 바가지를 발견했는데 마침 물이 담겨 있는 것이었다. 달게 마시고 잠이 들었는데 아침에 깨어나 보니 바가지가 아니라 해골이었다. 헛구역질하다가 원효는 한 깨달음을 얻었다.

'해골에 담긴 물을 그렇게 맛있게 마시다니. 그렇다. 모든 분별은 마음에서 생기는 것이로구나. 간밤에 달게 마신 물이 오늘 아침에는 해골의 물이라 하여 구역질을 하다니. 달다고 느끼는 것과 더럽다고 느끼는 것은 오로지 마음가짐에 달린 것이 아니냐. 그렇다면 극락과 지옥이 따로 있는 것이 아니다. 이 세상이 곧 극락일 수 있으며, 불교의 이치도 마음만 제대로 먹으면 언제라도 깨칠 수 있을 것이다. 이 이치를 내 오늘 알게 된 이상

현대시에 나타난 '원효」에서 가져온 것임.
20) 진옹 월성, 『오도에서 열반까지』, 사유수, 2014, 12쪽.

불법을 다른 곳에 가서 구할 필요는 없지 않은가. 진리는 우리의 일상생활 속에서도 얼마든지 찾을 수 있는 것이다.'

이런 생각을 하지 않았을까. 원효는 법을 구하러 당에 가려던 것을 단념하였고, 의상은 그냥 당에 갔다 와서 화엄종華嚴宗을 펴게 된다. 위 오도송은 바로 이때의 깨달음을 표현한 게송으로, 원효의 철학이 집약되어 있다. 이 오도송에 대한 진웅 월성의 해석은 다음과 같다.

해동사문 원효의 일생은 넓은 바다를 떠다니는 배처럼 자유로웠다. 불법의 깊은 뜻을 알게 된 후 어느 종파에도 얽매이지 않았고 어떤 스승에게도 의존하지 않았다. 남은 생애 동안 위로는 보리의 지혜를 구하고 아래로는 중생을 교화 제도하며 살아간 원효가 이 세상에 남긴 오도송 역시 만법의 뿌리가 마음에 있음을 노래한 것이다.

마음에 따라 만법이 일어나고 마음에 따라 만법이 사라진다. 마음에 따라 해골 속의 물이 감로수가 될 수 있으며 한갓 더러운 물도 될 수 있다. 만물은 본시 하나인데 분별하는 인간의 마음이 둘을 만들고 셋을 만든다. 분별이 분별을 낳는다. 세상 모든 일이 마음에서 일어나고 마음에서 없어지니 부디 마음에 속지 마라.[21]

불교에 대해 공부를 많이 해야지만 깨달음이 오는 것이 아니라, 시장의 상인도 다리 밑의 걸인도 마음먹기에 따라 붓다의 경지에 오를 수 있고, 붓다가 될 수 있다는 것이 정토종의 핵심이요 이 오도송의 주제다. 이 오도송에는 유식론도 언급되고 있다. 책자『유식론唯識論』은 인도의 천친天親이 지은 것을 6세기 중엽 인도 출신의 학승 구담 반야유지瞿曇 般若流支가 중국어로 번역한 것이다. 1권으로 된 이 책은 의식 외에는 아무것도 없

---

21) 위의 책, 17쪽.

다는 교리를 논쟁의 형식으로 서술하고 있다. 원효도 이 책을 읽었던 것일까, "萬法唯識" 하면서 세상의 온갖 사물을 인식하고 이해하는 마음의 작용이 그 무엇보다 중요한 것이라는 오묘한 철학적 깨달음을 이 짧은 오도송에다 담아냈다.

혜근(惠勤, 1320~1376)은 고려 공민왕 때의 승려다. 호는 나옹懶翁이고 법호는 보제존자普濟尊者다. 스스로 오도송을 지었다고 한 적은 없지만 그의 게송 중에 오도송에 값하는 것이 있다.

迷則山河爲所境　　깨닫지 못하여서는 산하대지가 눈에 보이는 대상이요
悟來塵塵是全身　　깨달아서는 온 세계가 본래 면목이로다
迷悟兩頭俱打了　　깨달음과 깨닫지 못함 두 가지를 함께 쳐서 없애니
朝朝鷄向五更啼　　매일 새벽 때가 되면 닭이 홰를 침이로다[22]

혜근이 깨닫기 이전에는 산하가 "눈에 보이는 대상", 즉 내가 인식하는 대상일 뿐이었다. 하지만 깨닫고 나니 산하에서 먼지까지가 본래의 모습을 보여준다. 후반부는 이해하기가 쉽지 않다. 어쩔 수 없이 주호찬의 해석을 빌려온다.

깨달았다고 하는 것은 도리어 미迷한 것이니 깨달았다는 그것마저 떨어낸 무소득의 경지로 나아갈 것을 촉구하는 것이라 생각된다.[23]

3, 4구에서는 깨달음과 깨닫지 못함, 불성과 무명, 열반과 생사 등의 상대적인 모든 경계로 문제를 전환시킨 뒤에, 곧바로 그 양변을 여

---

22) 주호찬, 앞의 책, 102쪽.
23) 위의 책, 103쪽.

원 깨달음의 경계를 제시하고 있다. 미迷도 오悟도 넘어서는 자성自性의 고향에 들어선 경계가 어떠하냐 하면, "매일 새벽 때가 되면 닭이 홰를 치는" 그 소식이라는 것이다.24)

이런 해석을 참고해도 이해하기가 쉽지 않다. 왜 깨달음과 깨닫지 못함 두 가지를 함께 쳐서 없애기로 한 것일까. '깨달았다'고 하는 것 자체를 경계하기 위해서가 아닐까. 스스로 무불통지의 경지에 이르렀다고 자임하거나, 우주만물과 인간세상의 모든 이치를 깨우쳤다고 자임하는 것이 얼마나 위험한 일인가를 혜근은 말하고 있다. 매일 아침 새벽이 되면 닭이 홰를 치는 것이야 '당연한 것'인데 그 당연한 것을 '알게 되었다'고 하며 무엇을 깨달았다고 믿는 것은 자가당착이 아니겠는가 하고, 혜근은 생각했던 듯하다. 내가 무엇인가를 깨달았다고 믿고, 그 깨달음의 경지를 오도송으로 남기는 것 자체를 허망한 것으로 본 메타적 오도송이라고 할 수 있겠다. 또한 '迷'와 '悟'를 다 넘어서야 진정한 깨달음을 얻을 수 있다는 내용을 담은, 의미심장한 오도송으로 평가한다.

'서산대사'로 우리에게 알려져 있는 휴정(休靜, 1520~1604)은 임진왜란 때의 승병장으로 나라를 구한 인물 중 하나다. 휴정의 선교관禪教観은 "선은 부처님의 마음이고 교는 부처님의 말씀이다(禪是佛心, 教是佛語)."라고 한 것에서 찾을 수 있다. 이와 같은 정의는 '사람은 누구에게나 불성이 있기(一切衆生悉有佛性)' 때문에 누구나 마음을 닦으면 성불할 수 있다고 하는 성도문聖道門에 입각하고 있다. 그의 선교관은 붓다 이후 면면히 이어온 전통적인 불교관에 근거를 둔 것이다.25) 그는 전라도 남원의 한 마을을 지

---

24) 위의 책, 104쪽.

나다가 닭 우는 소리를 듣고 깨달아 오도송을 남겼다고 한다.

髮白心非白   머리카락은 세지만 마음은 세지 않는다
古人曾漏洩   사람들이 일찍이 말하였다
今聞一聲鷄   오늘 닭 우는 소리를 들어서
丈夫能事畢   장부의 일 다 마칠 수 있었노라고[26]

휴정은 젊은 날, 부용 영관芙蓉 靈觀[27]으로부터 수계를 받고 기쁜 마음으로 한 마을을 지나다가 닭 우는 소리를 듣고 번개처럼 무엇인가를 깨달았다고 한다. 대낮이었다. 보통 닭은 아침 일찍 우는 법인데 이상한 일이었다. 닭 우는 소리는 사람을 잠에서 깨우는 소리이기도 하다. 그 소리를 대낮에 듣고 보니 햐, 저 닭은 저렇게 시도 때도 없이 (늦게라도) 우는데 대장부인 나는 내 일을 제대로 해왔는가, 앞으로는 내 일을 뒤로 미루지 말고 제때 해야지, 하고 생각하였다. 이른 아침에 해야 할 일을 하지 못했다면 지금에라도 해야 한다는 깨달음이 와서 이 오도송을 쓴 것이라고 본다. 그럼 "장부의 일"이란 무엇일까? 지금으로 치면 가장 혹은 사회인으로서 자기 맡은바 직분을 다하는 것으로 볼 수 있을 것이다. 혼자만의 정진도 정진이지만 사회적 실천을 강조한 오도송이라고 할 수 있다.

원효와 혜근과 휴정의 오도송을 보면 시대는 완전히 다르지만 진리를 깨달았다고 자랑하거나 내 깨달음의 내용이 대단한 것이라고 득의양양해 하지 않았음을 알 수 있다. 또한 널리 알리겠다는 포교의식이 조금도 없

---

25) 한국민족문학대백과사전 편찬부, 『한국민족문화대백과사전』 25, 한국정신문화연구원, 1996(11쇄), 716쪽.

26) 『청허당집』에 나오는 이 오도송의 제목은 '過鳳城聞午鷄'다.

27) 조선의 승려로 지엄으로부터 보우普愚의 법통을 계승하였다. 휴정休靜이 전법제자다.

었다는 것을 알 수 있다. 수행의 과정에서 문득 깨달음이 찾아왔고, 그 경지를 짧은 게송으로 남겼을 뿐이다.

근대 한국의 오도송

학눌(學訥, 1888~1966)은 1913년 일본 와세다대학 법학부를 졸업하고 귀국한 뒤 우리나라 최초의 판사가 되어 법조계에서 일했다. 1923년 한 피고인에게 사형선고를 내린 후 '인간이 인간을 벌하고 죽일 수 있는가'라는 회의에 빠져 법관직을 버리고 3년 동안 전국을 방랑한 뒤 38세 때인 1925년 금강산 신계사 보운암에서 출가했다. 효봉曉峰은 학눌의 법호다. 그가 남긴 오도송은 다음과 같다.

海底燕巢鹿胞卵	바다 밑 제비집에 사슴이 알을 품고
火中蛛室魚煎茶	불 속 거미집엔 물고기가 차를 달이느니
此家消息誰能識	이 집안 소식을 뉘라서 능히 알랴만
白雲西飛月東走	흰 구름은 서쪽으로, 달은 동쪽으로 달리네

앞의 두 행은 있을 수 없는, 이뤄질 수 없는 일들을 가리킨다. 그런데 이것들을 학눌은 "이 집안 소식"이라고 했다. 불가능한 일들이 벌어지고 있는 국내 상황, 즉 일제강점기 때 이 땅에서 벌어지고 있는 기막힌 일들을 가리킨 것으로 이해해야 한다. 깨달음이라는 것이 내 내부에서 일어난 것이라고 할지라도 핍박과 강압, 그에 따른 분열과 희생이 없는 세상에 대한 꿈이 있었기에 이런 오도송을 남긴 것이 아닐까. 1930년대의 암울한 상황을 떠올려본다면 "흰 구름은 서쪽으로 달은 동쪽으로 달

효봉 스님

리네"도 시대에 대한 은유로 이해해야 할 것이다.

학눌은 출가 후 고승을 찾아 전국을 순례하였으나 뜻을 이루지 못하고 1927년 금강산으로 다시 돌아와 밤낮으로 수행을 거듭하였다. 한번 앉으면 절구통처럼 움직이지 않아 '절구통 수좌'라는 별명을 얻기도 했다. 출가한 지 5년이 지났지만 깨달음을 얻지 못하자 1930년 늦은 봄, 금강산 법기암 뒤에 단칸방을 짓고 깨닫기 전에는 죽어도 밖으로 나오지 않겠다고 결심하고 방으로 들어간다. 하루에 한 끼만 먹으며 정진하다 1931년 여름에 도를 깨치고 벽을 발로 차 무너뜨리고 방에서 나와 석두 화상에게 위의 오도송을 지어 올렸다. 석두 화상은 오도를 인가하였다.[28] 학눌은 1932년 유점사에서 구족계와 보살계를 받았다. 이후 전국의 적멸보궁을 찾아가 한 철씩 보내는 등 정진을 거듭하였고 1936년에는 당대의 고승 한암漢巖과 만공滿空으로부터 법을 받았다.

학눌은 광복 후 해인사 가야총림 방장方丈으로 추대되었고(1946), 경남 통영군 미륵산에 미래사를 창건(1954)하였다. 네팔에서 열린 세계불교도의회에 참가하고 돌아와 조계종 종회의장에 취임하였고(1956), 종무원장이 되었으며(1957), 종정에 추대되었다(1958). 1962년 통합종단 초대 종정

---

28) 한국민족문학대백과사전 편찬부,『한국민족문화대백과사전』 23, 한국정신문화연구원, 1996(11쇄), 803쪽.

에 오르는 등 우리나라 불교계 발전에 큰 역할을 했다. 이러한 생애를 보면 학눌의 오도송은 자신이 깨달았다는 데 만족하지 않고 깨달음이 사회적으로 실천하는 데 쓰여야 한다는 것을 암시하고 있다. 판사를 그만두고 출가한 학눌로서는 능히 할 수 있는 오도송이었다.

경남 밀양에서 태어난 경봉(鏡峰, 1892~1982)은 어머니를 여읜 후 열여섯 나이에 출가, 통도사로 와서 성해를 은사로 머리를 깎았다. 해당 강백에게 비구계를 받았는데 20년 세월을 떠돌며 정진해도 도무지 깨달음의 순간이 찾아오지 않는 것이었다. 『화엄경』을 공부하던 어느 날, "종일토록 남의 보배를 세어도 반 푼어치의 이익이 없다(終日數他寶 自無半錢分)"는 구절에 크게 발심하여 경전 공부를 그만두고 내원사·해인사·직지사·마하연사·석왕사 등 선방을 돌며 참선해도 마찬가지였다. 통도사 안양암에서 경봉은 도를 닦았고, 이후 극락암으로 옮겨 화엄산림법회를 주재하면서 더욱 용맹정진하였다. 경봉은 겨울 내내 입 안에 얼음을 물고 수행하다가 입 안이 다 망가졌고, 졸음을 쫓기 위해 줄로 높이 매단 채 좌선했으며, 자결할 각오로 6개월 동안 누에고치처럼 들어앉아 정진하기도 했다. 그러던 중인 36세 되던 1927년 12월 13일 새벽이었다. 방 안의 촛불이 나풀거리는 것을 본 순간, 홀연히 깨달음이 찾아왔다. 그래서 쓴 것이 아래의 오도송이다.

我是訪吾物物頭	내가 나를 온갖 것에서 찾았는데
日前卽見主人樓	지금 눈앞에 주인공이 나타났네
阿阿逢着無疑惑	허허 이제야 만나 의혹이 없으니
優鉢花光法界流	우담바라 꽃빛이 온 누리에 흐르도다[29]

---

29) 진웅 월성, 앞의 책, 114쪽.

나를 찾기 위해 장장 20년을 여기저기 돌아다녔지만 만날 수 없었다. 그동안 만난 선사도 한암·용성·동산·효봉·전강 등 한두 명이 아니었다. 그런데 지금 내 눈앞에서 바람에 흔들리는 저 촛불이야말로 내가 찾던 나의 모습이었던 것이다. 빛을 내며 흔들리다 때가 되면 불이 꺼지게 되어 있는 촛불의 운명이다. 촛불과 자신을 동일시하자마자 경봉의 뇌리에는 전광석화 같은 깨달음이 찾아왔다. 그래서 의혹은 일순간에 사라졌고 우담바라 꽃(優鉢花)이 온 누리에 흐르는 법열이 느껴지더라는 것, 그 경이의 순간을 이 오도송에다 담았다.

경봉 스님

경봉은 통도사 불교전문강원 원장에 취임하였고(1932), 통도사 주지가 되었으며(1935, 1949), 통도사 극락호국서원 조실로 추대되기도 했다(1953). 동화사·내원사 등의 조실을 겸하면서 후학을 지도하던 1982년, "허허 야반 삼경에/ 대문 빗장을 만져보아라"라고 하는 유명한 열반송을 남기고 입적하였다. 사찰 화장실을 '해우소(解憂所)'라고 부르게 한 것도 경봉이었다.

'산은 산이요 물은 물이요'라는 법어를 남겨 더욱 대중과 가까워진 성철(性徹, 1912~1993)은 사실은 8년 동안 장좌불와(長坐不臥)를 행하는 등 평생 철저한 수행으로 일관한 선승이었다. 그를 만나기 위해서는 3천 배를 해야 했으니, 대중에게 성철은 말 그대로 퇴옹(退翁, 성철의 호)이었다.

성철은 1935년경 승찬僧璨의 『신심명信心銘』과 영가永嘉의 『증도가證道歌』를 읽고 지리산 대원사에 가서, 거사로서 수행하다가 출가하였다. 해인사 백련암에서 혜일慧日을 은사로 모시고 수계·득도한 뒤, 10년간 금강산의 마하연사, 수덕사의 정혜선원, 천성산의 내원사, 통도사의 백련암 등에서 안거를 지냈다. 1940년 29세 되던 해에 동화사 금당에서 동안거 중 견성하고 오도송을 쓴다.

黃河西流崑崙頂　　황하수 서쪽으로 흘러 곤륜산 정상에 올랐으니
日月無光大地沈　　해와 달은 빛을 잃고 땅은 꺼져 내리도다
遽然一笑回首立　　문득 한 번 웃고 머리를 돌려보니
靑山依舊白雲中　　청산은 그대로 흰 구름 속에 있네

물이 역류하여 산 정상으로 올라간다는 것은 천지개벽만큼이나 믿을 수 없는 일이다. 그렇기 때문에 해와 달은 빛을 잃고 땅은 꺼지는 크나큰 변괴變怪가 일어난 것이다. 이런 끔찍한 천재지변에도 불구하고 나는 문득 한 번 웃고 머리를 돌려본다. 그랬더니 청산은 그대로 구름 속에 있는 것이다. 천재지변이 일어난 것은 기실 내 마음속에서의 일이다. 경천동지할 일이 설사 일어난다 할지라도 내가 마음을 잘 다스리면 별것이 아니라는 것이다. 자연을 상징하는 청산은 여전히 구름 속에 있으니 말이다. 결국 내가 마음의 여유를 가지면 세상사에 흔들리지 않는다는 깨달음이 왔고, 그것이 이 오도송에 나타나 있다.

성철은 1965년 문경 김룡사 하안거 때 중도이론을 설법하였다. 1966년 해인사 백련암으로 옮겨가 주석하였고, 1967년에는 해인총림 초대

성철 스님

방장으로 취임하였다. 방장 취임의 임무를 다하기 위하여 유명한 '백일법문百日法門'을 설하였는데, 이것은 불교의 중심 사상인 중도사상을 체계화한 것이다. 1981년 조계종 제7대 종정으로 추대되었으나 추대식에 참여하는 대신 '산은 산이요, 물은 물이다'라는 법어를 발표하였다. 성철은 평소 제자들을 직접 지도하면서 잠을 적게 잘 것, 말하지 말 것, 책을 보지 말 것, 간식을 먹지 말 것, 돌아다니지 말 것 등을 권하였다. 성철 자신도 청빈하게 생활하며 소금기 없는 음식을 먹고 작은 암자에서 살았다. 1993년 11월 4일 열반하였으며, 다비 후 진신사리가 수습되었다. 한국 불교계를 이끈 큰스님으로서 성철은 젊은 날의 이 오도송만 봐도 배포가 대단히 컸다는 것이 느껴진다.

학눌·경봉·성철의 오도송을 보면 우연이건 필연이건 깨달음의 과정이 결코 쉽지 않았다는 것을 알 수 있다. 그리고 각자의 인품과 개성이 남달랐다는 것도 확연히 파악된다. 수행과 깨달음을 통해 스스로 만족하는 해탈이 아니라 그 깨달음을 대중을 위해 쓰겠다는 남다른 각오도 느낄 수 있는 오도송이 아닌가 여겨진다. 다시 말해 깨달음 그 자체에 만족하지 않고, 그것을 대중을 위해 쓰겠다는 각오가 그들의 오도송에는 담겨 있었다고 본다.

불교는 깨달음의 종교이자 깨달음의 철학이다. 넓은 범주로 보면 오도송은 게송의 일종이다. 불교의 깨달음이란 찰나에 오는 것이므로 문자로 표기하는 순간 그 정수를 잃어버리기 십상이다. 그럼에도 불구하고 싯다르타는 깨달음의 순간을 운문으로 남겼고, 후세의 고승 중에도 많은 이가 성불 과정에서 오도송을 썼다. 이 글에서는 깨달음의 순간에 얻은 우주 만상의 기운들이 수행자들에게 어떤 의미였는지를 살펴봄으로써, 인간에게 주어진 일회적 삶과 깨달음에 대해 상고해 보았다. 붓다의 열반 후 수많은 수행자가 수행의 과정에서 깨달음의 경지에 이른 사실은 그들이 남긴 오도송에 잘 나타나 있다. 그들은 오욕칠정으로 얼룩진 세간의 삶을 등지고 묵언 수행하면서 붓다의 가르침을 몸소 실행했고 깨달음에 이르렀다.

인간은 태어나는 순간 고통의 바다에 던져져 일생 그 바다를 헤엄쳐 앞으로 나가야 한다. 그럴 때 수행자들이 선택한 것이 바로 붓다가 간 길을 밟는 것이었다. 세상에 길은 많지만 그들이 홀로 수행하며 걸어간 길은 험로였고 협로였다. 그 험하고 좁은 길에서 그들은 광대한 우주의 비밀을 보았다. 그곳에서 보면 인간은 먼지 같은 존재고 언제 어디로 사라질지 모를 물방울 하나에 불과하다. 그러니 우리가 날마다 부르짖는 고통은 얼마나 부끄러운가. 죽음이란 삶보다 무거운 명제이며, 살아 있는 한 인간은 고통에 허덕이는 존재이기에 우리는 오히려 그 고통을 잘 감내해야 한다. 선사들의 오도송을 읽고 있노라면 우리는 모두 현세의 고통을 이겨낼 힘을 가진 거룩한 존재임을 알 수 있다. 모색과 고뇌, 절치부심과 절차탁마의 과정이 있었기에 그들은 오도송을 지을 수 있었다.

한국 현대시에 나타난 '부처'

실마리

석가모니는 불교의 창시자다. 인도에서는 석가모니를 '깨달은 사람', '능력 있는 사람'이라는 뜻으로 쓰는 '붓다Buddha'라고 불렀는데 중국에서는 이를 한자어로 '불타佛陀'라고 했고, 줄여서 '불'이라고도 했다. 붓다 혹은 불타를 우리말로 칭할 때 '부처'이고, 여기에 존경의 뜻을 더해 부처님이라고 부르고 있다. 인도에서 발흥한 불교가 중국에 전해진 이후 불타는 세상의 진리를 깨달은 성자로 세상 사람들의 존경을 받았기에 '세존世尊' 혹은 '석존釋尊'으로 불리기도 했다. 부처는 살아생전에 자기를 가리켜 '여래如來'라고 불러 후세에 '여래' 혹은 '석가여래'라고 불리기도 했다. 이 글에서는 석가모니를 지칭하는 수많은 용어 중 '부처'를 택하는데, 부족을 나타내는 명칭인 '석가'보다는 '붓다'의 우리 식 표현인 '부처'가 더 적합하지 않나 하는 생각에서이다. 다만 구도자로 나서기 이전의 석가모니는 아명인 '싯다르타'라고 칭하고자 한다.

부처의 생몰 연대는 불확실하다. 기원전 6세기가 아니면 5세기 때 샤키야 공화국의 수도인 카필라바스투[1]에서 왕인 숫도다나Suddhodana[2]를

---

1) 지금의 네팔과 인도 국경 부근에 있던 도시.

아버지로, 왕비 마야Maya 부인을 어머니로 하여 태어났다. 생후 7일째 되는 날 어머니가 사망한 탓에 이모에 의해 양육되면서 싯다르타는 인간의 생로병사에 대해 남달리 심각하게 생각함으로써 여러 가지 일화를 남기고 있다. 왕자로 태어났기에 왕위를 이을 교육을 받으며 성장기를 보낸 싯다르타이지만[3] 이미 강대국 코살라국에 복속되어 있던 샤키야 공화국은 부처 생존 당시에 멸하고 만다.

싯다르타는 열여섯 살 때 결혼하여 아이도 두는데, 기울어 가는 나라를 세울 애국심도 없었고, 국가 통치에는 별다른 흥미가 없었던 듯하고, 호화로운 궁정 생활에 염증을 느끼며 방황하다가 스물아홉 살 때 궁을 떠나 구도의 길에 오르게 된다. 6년의 고행을 끝내고 아사타 나무(흔히 보리수라고 한다) 밑에 정좌하여 7일 동안의 깊은 사색 끝에 깨달음(正覺)을 얻은 부처는 설법과 전도를 시작, 결과적으로 불교의 창시자가 된다. 35세부터 전도 여행을 시작, 45년 동안 교세를 널리 전파한 부처는 80세 정도의 나이에 숨을 거둔다. 입적 날짜가 음력 2월 8일로 알려져 있지만 부처에 대한 기록은 대개 사후 100년이 지나서야 나왔기 때문에 정확한 연도와 일자는 알 수 없다. 입적 날짜를 음력 4월 8일로 보는 이들도 있고 남방 불교권에서는 4월 15일로 보고 있다. 입적 연도는 기원전 543, 486, 483, 386, 383년 설 등 이견이 분분하다.

부처에 대한 전기 중 산스크리트어로 된 『마하바스투』 『랄리타비스타

---

2) 숫도다나는 인도어로 깨끗한 밥이라는 뜻이어서 한자문화권에서는 정반왕淨飯王으로 부른다.

3) "같은 해(7세 때) 싯다르타는 제왕학을 공부하기 시작했다. 제왕학의 내용은 '64예藝'라고 하는 정신적, 기술적, 무술적 훈련을 총망라하고 있다. 보살은 아주 빠른 속도로 배워나갔고 곧 감탄할 만한 수준에 이르러서 때로는 스승을 깜짝 놀라게 할 정도였다." 장 부아슬리에, 『붓다』, 이종인 역, (주)시공사, 1996, 45쪽.

라』『붓다차리타』등이 중국어로 번역되었고, 산스크리트 원전이 없는 중국본으로『과거현재인과경』『중허마하제경』『불본행경』『중본기경』 등이 있다.4) 팔리어5) 문헌 중 가장 오래된 것이『수타니파타』이며, 과거에 나온 전기를 집대성한 것이『니다나카타』이다.『아함경』은 부처가 설한 가르침을 담은 원시불교 경전의 하나이므로 전기라고 볼 수는 없다. 이들 책은 모두 부처 입적 한참 뒤에 나온 것이어서 신화적으로 윤색되었을 가능성이 크다. 즉, 역사적 신빙성이 떨어진다.

불교가 우리나라에 들어온 것은 삼국시대 때로, 삼국 중 제일 먼저 불교를 받아들인 나라는 고구려였다. 불교는 소수림왕 2년(372년)에 중국의 전진으로부터 전래된 종교임에 틀림없고 1600여 년이란 긴 세월 동안 우리 민족에게 엄청난 정신적·문화적 유산을 전해준 대표적인 종교이다. 이 대표적인 종교의 창시자인 부처가 이 땅의 시인들에게는 어떤 존재로 인식되어 왔을까? 부처를 직접 형상화한 현대시가 있을까? 있다면 부처를 어떤 이로 형상화했을까? 약 2,500년 전 인물인 부처가 이 땅 시인들의 뇌리에 어떤 인물로 새겨져 있는지 지금부터 살펴보고자 한다.

천주교가 이 땅에 들어온 것이 정조 8년(1784년)이므로 두 종교의 전래 시점만을 갖고 따진다면 1784 빼기 372년, 즉 1412년의 거리가 있다. 그런데 전래의 역사가 불교보다 훨씬 짧은 기독교의 창시자인 예수는 이 땅의 시인들에 의해 수도 없이 형상화된 인물이지만 불교의 창시자인 부처가 시인에 의해 형상화된 경우는 그렇게 많지 않았다. 시인들에게 있어

---

4)『브리태니커 세계 대백과사전』11, 한국브리태니커회사, 1996(6쇄), 688쪽 참조.

5) 팔리어는 부처가 활동했던 당시의 마가다 지방 혹은 그 일대에서 썼던 언어다. 그래서 연구자들은 팔리어 경전이 산스크리트어 경전보다 정확도가 높을 것으로 보고 있다.

예수는 '하나님의 아들' 혹은 '사람(목공 요셉)의 아들'로서 기독교의 어떤 성자보다도 가깝게 여겨지는 인물이다. 하지만 부처는 불가의 수많은 성자와 고승들보다 멀리 느껴지는 존재여서 그런지 시인이 부처를 시 속에다 한 명의 인간으로 그려내기가 저어되었던 듯하다. 하지만 서정주·김달진·김구용·이성선·박희진의 작품 중에는 부처에 대한 인식의 편린을 알 수 있게 하는 시가 몇 편씩 있다. 이 다섯 시인의 시 세계를 고찰해본다면 현대 한국의 불교시에 대한 이해에도 다소나마 도움이 될 것이다.

서정주의 시에 나타난 부처

승려이기도 했던 한용운의 『님의 침묵』에 수도 없이 나오는 '님'과 '당신'을 부처라고 하기에는 무리가 있다. 독자의 관점에 따라 부처일 수도 있고 아닐 수도 있으므로 한용운의 시는 논외로 칠 수밖에 없다. 서정주 시 세계에 대한 불교적 고찰은 그간 많은 연구자에 의해 이루어져왔다.[6] 시집 『花蛇集』에 나오는 「西風賦」와 「復活」, 『歸蜀道』에 나오는 「石窟庵觀世音의 노래」와 「歸蜀道」, 그리고 『新羅抄』와 『冬天』에 나오는 여러

---

6) 아래의 논문이 대표작이라 할 수 있다.
  문덕수, 「신라정신에 있어서의 영원성과 현실성」, 『현대문학, 1963.4.
  김운학, 「한국현대시에 나타난 불교사상」, 『현대문학』, 1964.10.
  김우창, 「한국시와 형이상」, 『세대』, 1968.7.
  천이두, 「지옥과 열반」, 『시문학』, 1972.6~9.
  최원규, 「한국시의 전통과 禪에 관한 소고」, 『충남대 논문집』, 1974.
  ────, 「서정주와 불교정신」, 김용직 외, 『한국현대시사연구』, 일지사, 1983.
  배영애, 「현대시에 나타난 불교의식 연구─한용운·서정주·조지훈 시를 중심으로」, 숙명여대 박사논문, 1999.

시편은 시인의 불교적 세계관을 극명하게 보여주는 작품이다. 특히『新羅抄』의「因緣說話調」나『冬天』의「내가 돌이 되면」같은 시를 보면 시인이 불교의 중요한 교리인 인연설과 윤회설을 믿지 않고서 이런 시를 쓸 수 없었을 것이라는 확신을 갖게 한다. 서정주의 시에는 불가의 인물인 관세음도 나오고(「西風賦」,「石窟庵觀世音의 노래」), 불가에서 자주 운위되는 공간인 서역과 파촉(「歸蜀道」), 욕계 제이천(「善德女王의 말씀」)도 나온다. 하지만 불교를 창시한 부처를 어떻게 믿고 어떤 존재로 생각하고 있었는지 짐작케 하는 시는 거의 쓴 적이 없다. 다만 1972년에 발간된『徐廷柱文學全集』에 실려 있는「부처님 오신 날」은 시인의 부처관을 조금이나마 알게 해준다. 서정주는 이 작품에서 부처가 불교를 일으킨 이유에 대해 생각해 보았다. 시를 구상하거나 집필한 날이 석가탄신일이었던 모양이다.

獅子가 업고 있는 房에서
공부하던 少年들은
蓮꽃이 이고 있는 房으로
一學年씩 進級하고,

불쌍한 아이야.
불쌍한 아이야.
세상에서 제일로 불쌍한 아이야.
너는 세상에서 제일로
남을 불쌍히 여기는 아이가 되고,

돌을 울리는 물아.
물을 울리는 돌아.
너희들도 한결 더 소리를 높이고,

萬 사람의 沈淸이를 가진
뭇 沈 봉사들도
바람결에 그냥 눈을 떠보고,
텔레비여.
텔레비여.
兜率天 너머
無雲天 非想非非想天 너머
阿彌陀佛土의 사진들을 비치어 오라, 오늘은……

三千年前
자는 永遠을 불러 잠을 깨우고,
거기 두루 電話를 架設하고
우리 宇宙에 비로소
작고 큰 온갖 通路를 마련하신
釋迦牟尼 生日날에 앉아 계시나니.

　　　　　　　　　　　　　　　—「부처님 오신 날」 전문

　　제목 그대로, 부처님 오신 날의 의미를 성찰해본 시이다. 제1연을 한마
디로 줄이면 '용맹정진'이다. 백수의 왕이라 일컬어지는 사자는 게으름을
모르는 동물이다. 그래서 사자는 깨달음을 성취하여 부처를 이루기 위한
보살의 수행인 바라밀다 중 다섯 번째인 '정진'을 설명할 때 인용이 되곤
한다. 용맹정진 도를 닦아 더 높은 경지로 나아가는 수도자도 있지만 대
다수의 중생은 세상에서 제일로 불쌍한 아이다. 하지만 "세상에서 제일로
불쌍한 아이"가 "세상에서 제일로/ 남을 불쌍히 여기는 아이"가 될 수 있
다. 우리 인간의 가장 기본적인 덕목을 부처는 자비심으로 보았는데 시인
도 부처의 뜻에 동의, 이렇게 썼던 것이다. 전개 부분인 제3연에서 분위기

입을 약간 비틀어 웃는 미당 특유의
웃음

를 고조시킨 뒤에 시는 제4연, 절정 부분으로 접어든다. 제4연에는 불가의 용어가 여러 개 나와 불자가 아닌 독자의 이해를 방해하므로 사전을 찾아서, 그리고 필자 나름대로 해석하여 설명을 부기하면 다음과 같다.

도솔천兜率天 : 불교에서는 중생이 사는 세계로 욕계, 색계, 무색계 3계가 있다고 한다. 도솔천은 욕계欲界 육욕천六欲天의 넷째 하늘로 미륵의 정토라고 한다. 지나치거나 모자라지 않은 중도적 쾌락을 누리는 하늘 세계.

무운천無雲天 : 무색계 4天의 하나.

비상비비상천非想非非想天 : 색계 18天의 하나.

아미타불토阿彌陀佛土 : 아미타불은 정토신앙의 중심을 이루는 부처이므로 아미타불토는 아미타불이 있는 곳, 혹은 아미타불이 이룩한 세계인 듯하다.

제4연의 앞 3행은 무슨 뜻인지 이해하기가 쉽지 않다. 심봉사에게 있어 심청이는 어떤 존재였을까. 철없던 자식이 구원의 여신이 되어 나타난 것으로 볼 수도 있고, 죽은 아내를 대신한 정신적 인도자로 볼 수도 있고, 오매불망 찾아 헤매게 한 불쌍한 자식으로 볼 수도 있다. 사월초파일의 의미와 연관지어 본다면 이날은 무지몽매한 중생들도 부처가 온 의미를 한 번쯤 되새겨볼 수 있는 날이라는 뜻이 아닐까. 그런데 더 큰 문제는 텔레비전의 등장과 "阿彌陀佛土의 사진들"이다. 지금은 현대문명의 총화를 컴퓨터로 볼 수 있지만 이 시가 씌어진 70년대 초만 하더라도 텔레비전이었을 것인데 시인은 텔레비전에게 말을 한다. 아미타불토의 사진들을 비춰보라고. 아미타불토는 '영원'과 '절대성', 혹은 '불가시'와 '형이상학'의 세계이지만 텔레비전은 '현존'과 '상대성', 혹은 '가시'와 '형이하학'의 세계이다. 아미타불토가 정토라면 텔레비전은 사바이다. 텔레비전은 아미타불토를 비출 수 없다. 아미타불토를 실재 공간이 아니라 텔레비전에 비추어지는 가상 공간으로 본 연구자가 있다.

> 시적 주체에게 정신적으로 지고한 높이를 상징하는 "아미타불토"
> 는 저 너머에 실재하는 공간이 아니라 텔레비전이 비추어지는 가상
> 공간에 불과하다. 전화선과 전파로 인해 공간적으로 온 지구가 연결
> 되어 있듯이 "아미타불토"는 낮은 세상과 평등하게 연결되어 있다. 그
> 때문에 시적 주체는 정신적으로 지고한 공간으로의 윤회를 꿈꾸는 것
> 이 아니라 낮은 세계 안에 놓여 있는 "영원"을 꿈꾼다.[7]

일리 있는 해석이기는 하지만 텔레비전이 비추는 것을 가상 공간으로 본 것에는 동의하기 어렵다. 텔레비전이 비출 수 있는 것이 실재 공간이라야 현대인이 부처의 말을 믿고 따를 수 있게 된다고 시인은 본 것이 아닐까. 이제는 들려주어야(설법) 믿는 시대가 아니라 보여주어야(확인) 믿는 시대가 되고 말았다. 아닌 게 아니라 지금 이 세상은 부처 살아생전과 너

---

7) 김옥성,『한국 현대시의 전통과 불교적 시학』, 새미, 2006, 279쪽.

무나 다르다. 그때야 무지몽매한 중생이 부처의 설법을 듣고 곧바로 무지를 깨우침과 동시에 수도자의 길로 접어들기도 했겠지만 지금 이 세상에서 부처의 역할을 하는 것은 한낱 기계에 지나지 않는 텔레비전이다. 사람들은 텔레비전이 전해주는 정보와 지식을 곧이곧대로 믿는다. 그래서 시인은 텔레비전에게, 죽어서야 갈 수 있는 거룩한 세상인 아미타불토를 보여주어야 하지 않겠느냐고 말한다. "오늘은……" 하고.

서정주의 부처관에 따르면 부처는 3천 년 전에 잠든 자의 '영원'을 불러 잠을 깨울 수 있는 신통력을 지닌 분이 아니라, 그보다는 "거기 두루 電話를 架設하고/ 우리 宇宙에 비로소/ 작고 큰 온갖 通路를 마련하신" 분이다. 이 작품에는, 텔레비전이나 전화 같은 기기의 발명과 보급으로 기계화·문명화·세계화한 지금 이 시대에도 부처가 여전히, 아니, 오히려 더욱 기계화·문명화·세계화하여 우리들 곁에서 무지를 깨닫게 하고 몽매의 눈을 뜨게 하는 분이라는 예찬의 목소리가 실려 있다. 부처는 자신의 탄생일에, 텔레비전이나 전화 같은 작고 큰 온갖 통로를 마련하여 우리 앞에 현현해 있다는 말을 서정주는 하고 싶었던 것이다. 시인이 생각하기에 부처는 산간 고찰에 상像으로 모셔져 있는 분이 아니다. 공부하는 소년들의 방에 찾아오는 분, 불쌍한 아이가 남을 더욱 불쌍히 여기는 착한 마음에 찾아오는 분, 무지의 눈을 뜬 뭇 심 봉사들에게 찾아오는 분, 텔레비전과 전화상으로도 찾아오는 분……. 서정주는 그런 열려 있는 정신을 지닌 존재, 혹은 시공을 초월하여 법을 설하는 분으로 부처를 받아들였기에 이 시를 썼다. 서정주는 2,500년 전에 입적한 부처일지라도 정신과 법(진리)을 통해 만날 수 있다고 보았다. 사월초파일의 의미를 되새기고자 하는 시인의 의도가 뚜렷이 드러나 있는 시가 한 편 더 있다.

초파일날은 마지막으로
전쟁 파쇠라도 줏어 팔아
한 오십 원 만들어서
카아네이션이라도 찐한 걸로 한 송이 사서
그 속으로 아주 몽땅 꺼져들어 버려라.
히피의 꽃 해프닝이라도 한바탕 해 버려라.
에이 빌어먹을 것!
하늘 땅과 영원의 주인 후보 푼수로
치사하게 막싸구려 사람 노릇 하기가
인제 더는 창피해서 못 참겠구나!

         ―「초파일 해프닝」 전문

부처가 설한 법의 의미를 되새겨야 할 초파일에 사람들은 연등에 자기 이름을 붙여 시주를 한다. 연등을 만들고 지화紙花를 만들고 촛불을 밝히고 난리법석이다. 사찰마다 사람이 미어터지고 시주가 쏟아진다. 서정주는 경건함이 사라진 자리에 허례허식이 판을 치는 초파일의 광경을 일종의 해프닝으로 보았던 듯하다. 그래서 "히피의 꽃 해프닝이라도 한바탕 해 버려라./ 에이 빌어먹을 것!" 하면서 화를 벌컥 내는 것이다. 시인은 부처가 용맹정진하는, 자비를 베푸는, (심청이처럼) 자기를 희생할 줄 아는 우리들 곁에 있는 분이라고 생각했기에 이런 시를 썼다. 이 시는 오늘날 불교계 일각의 화려한 의장儀裝이나 물량중심주의에 대한 비판의식의 산물로 볼 수 있다. 서정주의 대표작 중에 부처가 잠시 등장하는 것이 있다.

오! 생겨났으면, 생겨났으면,
나보다도 더 '나'를 사랑하는 이
千年을 千年을 사랑하는 이

새로 햇볕에 생겨났으면,

새로 햇볕에 생겨 나와서
어둠 속에 날 가게 했으면
사랑한다고…… 사랑한다고……
이 한 마디 말 님께 아뢰고
나도 인제는 바다에 돌아갔으면!

허나, 나는 여기 섰노라.
앉아 계시는 釋迦의 곁에
허리에 쬐끄만 香囊을 차고,
이 싸늘한 바윗속에서
날이 날마다 들이쉬고 내쉬이는
푸른 숨결은
아, 아직도 내 것이로다.

— 「石窟庵觀世音의 노래」후반부

　　이 시에서 서정주가 추구하고자 했던 것은 신라의 불교정신과 신라인
의 예술가적 기질이었다. 천년이 지나도 변함이 없이 찬란한 빛을 발하고
있는 석굴암의 관세음보살상을 통해 궁극적으로는 신라인의 불교정신과
장인정신을 높이 기리고자 이 시를 쓴 것으로 보인다. 그래서 "앉아 계시
는 釋迦"는 그 어떤 인격체로 거기 있는 것이 아니라 신적인 존재 내지는
하나의 예술작품으로서 석굴암에 '앉아 계실' 뿐이다. 이 작품에 그려져
있는 석가는 앞에서 살펴보았던 2편의 시에서 형상화한 부처와는 꽤 거
리가 있다. 또한 워낙 희미하게 그려져 있어 이 작품에서 시인의 부처관
을 알아내기란 용이하지 않은 일이다.

김달진의 시에 나타난 부처

1974년 김달진은 동국대 경학원에서 부처의 일대기를 장편서사시로 써 시집『큰 연꽃 한 송이 피기까지』를 발간하였다. 이 시집은 1984년 시인사에서 김달진 전집의 둘째 권으로 다시 출간되었는데 전집본에는 고려대 인권환 교수의 해설과 동국대 경학원 박경훈 편찬부장의 해설이 권말에 붙여졌다. 두 명 해설자가 모두 이 작품의 의의를 우리 문학사에 있어 '불전문학佛傳文學'8)의 대표작이라고 설명하였다. 인권환의 설명에 의하면 이 작품이 지닌 또 하나의 의의는 '남전南傳'의 계통을 이어받은 불전문학이라는 것이다.9) 북전이란 중국을 중심으로 전개된 북방불교의 편저자들이 편찬한 부처의 전기요, 남전이란 동남아시아를 중심으로 전개된 남방불교의 편저자들이 편찬한 부처의 전기이다.10) 그간 우리나라에 알려진 것은 북전의 여러 불전이었는데 남전 가운데『니다나 카타』를 저본底本으로 하여 부처의 일대기를 김달진이 시로 쓴 것11)이 바로『큰 연꽃

---

8) 불전문학은 부처의 종교성과 예술성을 집대성한 부처의 일대기라 볼 수 있다. 원래 부처에 대한 기록이 독립되어 있지 않고 여기저기 산발적으로 나타나 있는데 이것을 전기작가들이 집대성하여 엮어놓은 부처의 일대기가 불전문학이다. 김운학,『佛教文學의 理論』, 일지사, 1981, 39쪽 참조.

9) 인권환,「敍事詩로 開花된 불타의 일대기」,『큰 연꽃 한 송이 피기까지』, 시인사, 1984, 259쪽.

10) 북전 불전의 구성은 부처의 생애를 말함에 있어 하천下天, 탁태托胎, 강탄降誕, 출가, 강마降魔, 성도成道, 전법론轉法輪, 입열반入涅槃의 여덟 단계로 나누어 석가의 전생 이야기에서부터 출가 성도하기까지의 전 과정을 상세히 묘사하고 있다. 이에 비하여 남전은 부처의 생애를 탄생, 성도, 초전법론初轉法輪, 입열반의 네 단계로 비교적 간결하게 나누어 서술하고 있어 북전과의 차이를 보여주고 있다. 이 가운데 우리나라에 유입된 것이 북전 계통의 불전임은 말할 필요도 없다. 위의 글, 258쪽.

11) 이것은 해설을 쓴 인권환의 말이고 또 다른 해설을 쓴 박경훈은「자타카」라고 하는 부처의 본생담本生譚 중 일부라고 했다. 인권환은『니다나카타』가「자카타」의

한 송이 피기까지』이다.

시는 모두 3부로 나뉘어 있다. 제1부 '그의 전생'은 「선혜善慧 바라문」에서 시작하여 「사 바라밀」까지 70편, 제2부 '그의 출생과 성도'는 「세 가지의 예고」에서 시작하여 「큰 깨침」까지 44편, 제3부 '그의 유행遊行과 기원정사祇園精舍의 건립'은 「첫 이래」에서 시작하여 「과거의 큰 정사 건립」까지 40편으로 이루어져 있다. 부처가 탄생하기 전의 '먼 인연 이야기'가 무려 70편이지만 이는 신화적인, 혹은 설화적인 이야기이므로 부처라는 인물에 대한 시인의 형상화 작업과는 무관한 것이다. 문제는 제2, 3부에 있는 시들이다.

> 보살은 시방세계 두루 돌아보았으나
> 아무 데도 자기와 대등할 이 없었네.
> 거기가 제일 좋은 위치임을 알고
> 보살은 큰 걸음 일곱 발을 띄었네.
>
> 대범천은 흰 일산 받들어 들고
> 선시분천善時分天은 이우犛牛 꼬리 불자 들고
> 다른 천인들은 왕의 표지標識될 만한
> 온갖 물건을 들고 그 뒤를 따랐네.
> 그리고 보살은 일곱 걸음만에 서서
> "나는 이 세계의 제일인자第一人者다."
> 엄숙한 소리로 사자처럼 외치셨네.
> ─「7. 보살의 탄생」 마지막 2연

주석서인 『자카타 앗타 반나나』의 앞에 있는 불전서사시로서 최초의 불전 모습을 보여주고 있다고 했다. 이 두 사람의 말은 그러므로 상충된다.

한시 번역을 많이 한 김달진 시인

길고 긴 서사시 중의 단 2연인데, 몇 가지 문제점을 시사해준다. 첫째, 불교나 한자에 대해 조예가 여간 깊은 독자가 아니고는 대범천, 흰 일산, 선시분천, 이우 같은 한자어의 뜻을 알 수 없다. 이우는 털이 아주 검고 꼬리가 긴 소를 가리키는데 국어사전에도 안 나오는 특수한 한자이다. 둘째, 부처의 생애에 대한 시인의 해석은 별반 없고 전기 『니다나 카타』를 한글로, 또한 시의 형식으로 번역했다는 점이다. ①싯다르타는 태어나자마자 일곱 걸음을 걸은 후에 "천상천하유아독존"이란 말을 했다고 하는데, ②이것은 이 우주에 나보다 더 존귀한 것은 없다면서 탄생의 의미를 스스로 온 세상에 천명한 것이다. 불전에 따라 이 말에 이어 "이것이 마지막 생애로다. 다시 태어날 일은 없도다"라는 말이 덧붙여서 나오기도 한다. 그런데 시에는 ①의 내용이 설명되어 있을 뿐, 그것의 의미라고 할 수 있는 ②는 빠져 있으며, 이런 내용에 대한 시인의 해석인 ③ 역시도 나오지 않는다. 즉, 일본의 소설가 오자키 고요의 「금색야차」를 조중환이 「장한몽」이란 소설로 번안했던 것처럼 김달진의 시는 '번안시'라는 인상을 준다. 번안은 영화의 각색처럼 번안한 이의 개성과 창의성이 얼마든지 발휘될 수 있다.

부처가 태자로 태어나 왕이 될 수 있는 신분상의 최고 위치에 있었음에도 불구하고 출가를 결심하게 된 동기를 설명하는 데 대다수 부처의 전기는 '사문유관四門遊觀'이라는 에피소드를 든다. 에피소드의 내용은 요약하건대 싯다르타가 동·남·서·북의 사대문을 통해 성 밖으로 나가 각각 노인, 병자, 죽은 사람, 수행자를 보았는데, 그 중에서 수행자의 당당함에 감동을 받아 출가를 결심했다는 것이다. 국내에 나와 있는 부처의 전기들[12]은 대개 이 내용에 대해 자세하게 기술하고 있는데, 김달진의 시에서도 이 부분이 제2부 스무 번째의 시가 된다.

> 천인들은 왕자에게 정각을 이룰 때가
> 가까워진 징조를 보이기 위해
> 한 사람의 천자天子를 노인으로 만들었네.
> 이는 빠지고 털은 회어졌으며
> 주름살 진 얼굴에 허리는 굽었는데
> 지팡이 짚은 채 떨고 있었네.
> 그러나 이를 본 이는 왕자와 그 어자御者뿐이었네.
> —「20. 사문출유四門出遊」 제2연

천인天人들이 싯다르타가 출가를 하는 계기를 마련해주기 위해 일종의 작전을 짜 천자를 노인으로 만들고, 또 병자와 죽은 자로 만들어 보여주었다는 설정은 14번 각주에 나와 있는 4권 책자의 저술 내용과는 다르다. 왕자 싯다르타가 네 가지 경우를 보고 깊은 번민과 사색의 시간을 거치는

---

12) E.H. 브루스터 편, 『고타마 붓다의 생애』, 박태섭 역, (주)시공사, 1996, 33~37쪽.
    김대은, 『석가여래 일대기』, 삼장원, 1987(7쇄), 43~49쪽.
    피터 에이 파듀, 『사캬』, 학원출판공사, 1987, 34~37쪽.
    장 부아슬리에, 앞의 책, 47~49쪽.

과정이 시에서는 그려져 있지 않다. 다만 노인과 병자와 죽은 자를 볼 때마다 "만일 이 생존에 늙음이 따른다면/ 이 생존이란 실로 저주스러운 것이다"라고 생각할 뿐이다. 이 이유에 대해서는 다음과 같이 생각해볼 수 있다.

이 시집이 남전을 저본으로 하였기에 소승불교가 널리 퍼진 남방불교의 특징을 그대로 지니고 있을 것이라는 가설이다. 소승불교는 수행을 통해 개인의 해탈을 가르치는 교법을 가지고 있고, 스리랑카·미얀마·타이·라오스·캄보디아 등에 널리 퍼져 있다. 대승불교는 이타구제利他救濟를 통해 성불하고자 하는 실천불교적 입장을 취했는데 중국·한국·일본 3국과 베트남에 널리 퍼졌다. 남방불교는 상좌부上座部13) 계통으로, 북방불교는 정토종 계통으로 그 정신을 이어갔다. 부처를 무한한 존경심으로 숭배한 남방불교의 특징이 드러나 있는 남전을 번안하는 과정에서 시인이 부처의 인간적 한계를 노출시키기 어려웠을 것이라는 가정을 해본다. 팔리어로 된 원전을 구해 두 작품을 대조해본다면 이는 확실히 해결할 수 있는 문제이다. 부처가 6년 동안 행한 긴 고행이 시 1편으로 처리되어 있는 것은 아쉬운 부분이다.

극단의 고행
큰 정진에 들어간 보살,

---

13) 불교의 주요 형태의 하나인 상좌부는 부처가 설한 원래의 교리와 수행을 자신들이 가장 충실하게 지키고 있다고 주장한다. 상좌부 불교는 부처의 가르침에 대한 해석에서 보수적·정통적인 경향을 띠고 있다. 상좌부의 불교도들은 역사적 인물로서의 석가모니 부처에게는 완벽한 스승으로서 깊이 공경하는 마음을 지니고 있지만, 대승불교의 사원에서 숭배하는 신격화된 다양한 부처와 보살은 받들지 않는다. 『브리태니커 세계 대백과사전』 11, 한국브리태니커회사, 1996(6쇄), 379쪽 참조.

하루에 쌀 한 알, 깨 한 알로 지내거나
아주 단식까지 하는 일도 있었네.
보다 못해 천인들이 그 털구멍으로
자양액滋養液을 넣어 드리려 하였으나
보살은 그것마저 물리쳤네.

—「34. 고행苦行」 제2연

여기서도 천인들이 등장한다. 부처가 생로병사의 불가항력적인 비극을 고민하다 출가를 결심하고, 오랜 고행 끝에 깨달음을 얻어 해탈 성불하였다는 내용이 아니다. 모든 것이 천인들의 조화로 이루어졌다고 본 것은 저본의 집필자가 부처의 인격화보다는 성화聖化에 주안점을 두었기 때문일 것이다. 시인 역시 별 이의 없이 저본 집필자의 의도를 따라갔기에 고행의 방법에 주목하였다. 당시 고행 방법 중에는 단식이 포함되어 있는데 부처는 나중에 "하루에 쌀 한 알, 깨 한 알로 지내거나/ 아주 단식까지 하는 일도 있었네"라는 극단적인 수행으로 접어든다. 이런 가시적인 것보다는 부처가 번민과 방황, 고행을 거치면서 득도에 이르는 과정을 갖고 시를 썼더라면 시인 나름대로 상상력을 발휘할 공간이 있었을 것이다. 시는 제2부의 후반부에 가서 깨달음을 얻은 이후 부처가 악마의 시험을 이겨내는 광경을 서술하는데, 시의 제1부와 마찬가지로 다분히 설화적 내용이다.

"싯달타는 내 영역을 벗어나려 한다.
내 경계를 무너뜨리려 한다."
마라 천자는 마음魔音으로 중얼거리며
그 군사를 거느리고 몰려왔나니

좌우로는 12유순에 멀리 뻗쳤고
뒤로는 큰 세계의 끝에까지 이어졌네.

—「41. 악마의 엄습」 제2연

다음에는 어지러이 때리는 빗발,
외날 양날의 칼·창·삭도 등
연기 내고 불 뿜으며 공중으로 날아왔네.
그러나 그것들도 보살 곁에 와서는
모두 다 천상의 꽃으로 변하였네.

—「42. 아홉 가지 시험」 제5연

"싯달타여, 그대는 옛날
최대 최상의 보시를 행하였다."
이렇게 보살이 자신에게 말하며
일체도一切度 때의 보시를 회상할 때
마왕의 코끼리는 무릎을 꿇고
장식과 옷 버리고 마군들은 달아났네.

—「43. 마군魔軍들 흩어지다」 제1연

부처가 염력으로 마귀의 군대와 싸워 물리쳤다는 위의 내용이야말로
신화적인 발상이다. 다시 말해 불교라는 종교의 창시자인 부처를 한 명의
인간으로 그린 부분은 시집 전체를 살펴보더라도 별로 눈에 뜨이지 않는
다. 북방불교의 불전에는 비현실적인 신화적인 내용이 그다지 많이 나오
지 않는데, 남전을 저본으로 한 탓에 『큰 연꽃 한 송이 피기까지』에는 이
렇듯 설화적인 이야기가 많이 나온다. 제3부에 가면 「6. 마왕의 낙담落膽」
「7. 마녀魔女들의 유혹」 같은 시가 나오고, 한편으로는 부처가 성불한 뒤
에 제자들을 받아들여 가르치고, 기원정사를 건립하기까지의 역사적인

과정이 40편의 시로 형상화되어 있다. 시인의 기획 의도 자체가 그러했는지는 알 수 없으나 장시의 대미는 부처의 입멸이 아니라 기원정사의 성공적인 낙성식이다. 저본 자체가 여기서 끝난 것은 아닐 터인데 조금은 아쉬운 결말이다.

지금까지 살펴본 바, 부처의 일대기 형상화라는 큰 목적을 가지고 쓴 작품이 『큰 연꽃 한 송이 피기까지』이지만 부처라는 한 인간(혹은 성인)을 어떻게 형상화했는가 하는 측면에서 본다면 미흡한 부분이 없지 않다. 그러나 일반인이 해독하기 어려운 불전문학의 대표작인 부처의 전기를 총 154편의 시(서시격인 「이 사람을 보라」와 「인연 이야기」는 별도로 취급)로 풀어낸 시인의 의욕은 높이 사주어야 할 것이다.

김구용의 시에 나타난 부처

김구용은 1982년에 시집 『頌 百八』을 간행하였다. 인간이 지닌 108가지의 번뇌를 가리켜 '백팔번뇌'라고 하기에 이 시집은 제목만으로도 시인의 불교적 세계관의 산물임을 알 수 있다. 하지만 부처에 대한 시인의 생각을 조금이라도 엿볼 수 있는 시는 3편에 지나지 않는다. 이 3편 중에 시인의 부처관이 가장 정확하게 드러나 있는 시는 「송 5」이다.

둘이 아닌 합장은
하늘의 흰 연꽃으로 피어
八萬藏經 부처님을 모신다.
아으 생명은 如來라 하시나이다.
아으 세계를 건지셨도다.

번뇌는 한없이 자비하사
왕위도 버리시어
중생에게
큰 기쁨을 주시니
千百億化身 부처님하,
아으 모든 슬픔은 절하나이다.
아으 忍辱으로서 비치오리다.

삶과 죽음이 그 전부가 아니었으니
娑羅雙樹는 샛별에 종소리를 편다.
원융무애 부처님하,
아으 항상 나에게 계시옵는데
아으 누가 어찌 모른다 하오리까.

－「송 5」 전문

김구용 시인

길지 않은 시 한 편에 부처의 권능과 생애, 정신이 고스란히 담겨 있다. 부처가 깨달았던 것이 설법을 통해 제자에게 전해져 불교가 하나의 종교로서 성립하게 되는데, 제1연에서 시인은 부처의 바로 그 설법의 권능이 어떤 것인가를 말해준다. '흰 연꽃'은 '염화시중'이라는 불가의 말을 낳았기에 가져온 것이다. 생명마다 불성이 있다고 본 불교의 교리도 제1연에 담겨 있다. 아무튼 제1연의 마지막 행 "아으 세계를 건지셨도다"는 부처가 살아생전에 행한 모든 것에 대한 시인의 칭송이다. 제2연에는 왕자였던 석가가 천백억화신(석가의 헤아릴 수 없이 변화하는 몸) 부처로 변신하는 과정이 그려져 있다. 한편, 부처로 말미암아 우리가 생로병사의 슬픔을 떨치고 해탈의 기쁨을 누릴 수 있게 되었음을 말해주기도 한다. 제3연에 이르러 시인은 부처가 사라수 숲에서 열반에 들 때 그 사방에 한 쌍씩 서 있던 사라쌍수를 언급하는데, "娑羅雙樹는 샛별에 종소리를 편다"고 표현했다. 부처의 입적 이후 불법이 널리 전파되어 간 것을 말해주는 내용을 이런 식으로 표현한 것으로 여겨진다. 시인은 또한 부처가 일체 제법諸法의 사리가 융통되어 막힘이 없는 원융무애한 자로서 항상 내 마음속에 살아 있는 존재라고 칭송을 아끼지 않는다.

옛날은 不毛에 마음씨를 심었다.
그들은 모든 神을 다스리는
우리는 모든 부처님이다.

(……)

문자는 사라져서
하늘이 되었다.
사라진 생각은
大地가 되었다.

찾아다니던 때는 지나갔다.
저절로 온
말씀이
자리에 앉는

나[我]다.

—「송 51」부분

　시의 제1연은 영 어색한 두 개의 문장으로 되어 있다. 옛날이 불모에 마음씨를 심었다는 첫 문장도 그렇거니와 주어가 두 개인 두 번째 문장도 그렇다. "옛날은"은 "옛날에"나 "옛날에는"으로 바꾸어야 뜻이 통하겠고, "그들은"은 "그들의"로 바꾸는 것이 그나마 문맥을 조금 더 원활하게 해 줄 것이다. "그들의 모든 신을 다스리는/ 우리는 모두의 부처님이다."라고 해도 좋겠다. 아무튼 옛날 불모지에 마음씨를 심은 사람은 부처였을 것이다. 불교가 유일신을 믿는 기독교와 크게 다른 점은 불교에서는 우리 모두 불자가 될 수 있고 더 나아가 부처가 될 수 있다는 것이다. 스스로 불도를 닦고 타인에게 자비를 베푸는 삶을 살아가면 누구나 번뇌를 끊고 해탈 성불할 수 있다는 불교의 교리를 연상하면 시의 제1연은 쉽게 이해될 수 있을 것이다. 인용한 부분의 "문자는 사라져서/ 하늘이 되었다"는 '불립문자'를, "사라진 생각은/ 大地가 되었다."는 '해탈'을, "저절로 온/ 말씀이/ 자리에 앉은/ 나[我]다."는 '언어도단'의 시적 표현이 아닌가 싶은데, 그렇다면 이 작품은 부처보다는 불법의 내용에 대한 탐색으로 읽힌다.

　부처가 궁궐을 떠난 이후 6년이 되어가고 있을 때였다. 인도에서는 수도자가 고행을 하는 것이 관례였고 부처도 다른 수도자처럼 격렬한 고통을 통해 수도에 임하기로 했다. 양발을 교차하고 앉아서 호흡을 억제했으며 식사량을 줄여나가 나중에는 보리 한 알과 물로 연명해 나갔다. 보리 한 알 운운은 지나친 과장이라 여겨지는데, 아무튼 그 결과 몸은 여윌 대로 여위었고 피부는 잿빛이 되었다. 그러던 어느 날 부처는 올바른 깨달음이란 쇠약한 몸으로 얻어지는 것이 아니라 자연스러운 방법으로 추구해야 한다고 생각을 바꾸게 되었다. 마침 그때 가까운 마을에 수자타라는 이름의 소녀가 있었는데 부처가 고행을 끝냈다는 이야기를 듣고는 우유를 짜서 발우에 담아 부처에게 올렸다.[14] 그러자 부처를 따르던 다섯 사람은 부처가 자신과의 싸움에서 패배했다고 크게 실망하여 부처를 떠났다고 한다. 이런 고사에 대한 지식이 있어야 이해할 수 있는 시가 「송 67」이다.

> 하필이면
> 새삼 별은 밝으냐
>
> 전생의 業緣이 이루어졌나 보다.
>
> 그가 보리수가 떠나자
> 아팠던 하늘이 다 기뻐한다.
> 그가 우유를 마시자
> 울었던 세상이 즐거워한다.
>
> 여윈 발자국은 어디로 갔을까.
>
> 어디서나 밝은 못[池]은
> 밤낮없이 밝은 별이다.
>
> 귀를 기울여보면
> 오는 곳들은 靈山會相이다.
> 웃어보면 만나는 사람들은 나(我)였다.
>
> ―「송 67」 전문

---

14) 피터 에이 파듀가 쓴 전기에는 우유로 되어 있지만 장 부아슬리에가 쓴 전기에는 기름진 쌀밥으로 되어 있다.

이 시에는 부처의 인간적인 면모가 부각되어 있다. 제일 앞의 두 연은 부처가 출가 수행을 한 결과 마침내 깨달음을 얻은 것을 경하하는 메시지가 담겨 있는 부분이다. 부처가 우유로 기력을 회복하자 스바스티카라는 청년에게 청해 쿠사 풀 한 다발을 받아 보리수 아래 깔고 앉아 맹세하였다. 깨달음을 얻기 전에는 죽어도 이 자리에서 일어서지 않으리라고. "그가 보리수를 떠나자 아팠던 하늘이 다 기뻐한다."는 부처의 해탈·성불을 말해주는 것이며, "그가 우유를 마시자 울었던 세상이 즐거워한다."는 앞에서 설명하였다. 이어지는 부분은 부처의 해탈 이후 온 세상이 광명에 휩싸인다고 칭송하는 대목이다. "웃어보면 만나는 사람들은 나(我)였다."는 마지막 행도 깨달음을 성취한 부처 덕에 후세의 불자들이 탐욕과 집착을 버리고 다시 태어나는 기쁨을 누릴 수 있게 되었다는 뜻으로 읽혀진다. 김구용은 시집 『腦炎』의 「觀音讚」, 『風味』의 「觀音讚 II」 같은 시에서 자신의 불교적 상상력을 좀 더 보여주지만 부처를 직접적으로 형상화한 시가 아니므로 이 자리에서 다룰 필요는 없을 것 같다.

이성선의 시에 나타난 부처

이성선이 1974년에 낸 첫 시집 『詩人의 屛風』에는 부처를 본격적으로 노래하지는 않았지만 부처가 등장하는 시가 몇 편 수록되어 있다.

어느 저녁의 山中에서
나는 보았네.
손바닥에 달을 들고 내리는 佛陀.
눈썹 사이로 차거이 흔들리는

번민의 불빛과
밤마다 어둠을 삽질해내는
나의 行業을,
옷깃에 고행의 살빛이 빛나
꿈의 속살이 화안히 드러나네.

 (……)

두렵고 또렷하던 최초의 모습처럼
나는 보았네
내 생애에 금을 긋고 간 당신,
남의 틈소리에 비친 회오리 얼음과
미래의 노래가 되어
봄처럼 출렁이네.

—「諸行」제1, 3연

손바닥에 달을 들고 내리던 불타는 시인의 생애에 금을 긋고 갔다. 그는 인간이면서 신이었다. 이 세계를 기획·제작·감독하는 엔터테이너이면서 만물을 조율하는 예술가였다. 시인인 나의 고단한 작업을 지켜보며 격려를 아끼지 않은 부처가 있었기에 나는 외롭지 않았고 기운을 차릴 수 있었다. 제목 '제행'이란 우주 만물을 가리키기도 하고 모든 수행을 가리키기도 한다. 전자의 뜻으로 썼다면 제행은 우주 만물의 운행을 관장하는 부처가 주체가 되는 것이요 후자의 뜻으로 썼다면 시인의 시 쓰기가 불자의 수행과 진배없이 힘들다는 뜻이다. 제목을 우주 만물이 유전流轉하여 한 모양으로 머물러 있지 않다는 뜻으로 쓰는 제행무상으로 이해해도 된다. 달도 차면 기울 듯이 나의 고단한 작업이 빛을 발할 날이 오리라는 시인의 기원이 이 시에는 깃들어 있다. 이렇듯 시인은 초기작인 「諸行」을 통해 자신의 인생관과 세계관과 문학관이 형성되는 데 있어 불교가 큰 역할을 했음을 암시하였다. 아래의 시는 부처를 등장시킨 시로 보기는 어렵지만 시인이 불교적 세계관으로 만물을 보고 있음을 확실히 알게 한다.

> 하늘 씻는 이슬의 총명한
> 눈짓으로 님이여
> 뜨겁게 호흡하시옵고
> 꽃피는 소리에 향그러이 씻는 손길
> 바다처럼 부푸는 가슴.
> 솔잎에 묻어나는 하늘냄새
> 입술에 달게 받으면
> 하늘이 불같이 내리는 언덕에
> 님의 살빛이 저의 정신을 씻나이다.
>
> ―「合掌」부분

> 보살님의 궁전은 풀밭입니다.
> 보살님의 궁전에는 벌레 소리가 가득합니다.
> 밤마다 그분의 궁전에서
> 소리의 풀밭을 보자기에 싸가지고 하늘로 올라갑니다.
> 만나는 가지마다
> 보자기 속 소리의 풀밭을 꺼내
> 조금씩 펼쳐놓으시고
> 집집의 추녀 밑에도 놓아두셨습니다.
>
> ―「가을」전반부

「合掌」에 나오는 '님'은 정결한 천사 같은데, 화자의 영혼을 정화시키는 힘을 발휘하고 있다. 님은 또 시인의 시심의 근저에 존재하는, 절대자이다. 「가을」에 나오는 '보살님'은 크게 부처에 버금가는 성인, 보살승,[15] 나이 많은 여신도, 고승, 보살할미의 다섯 가지 뜻으로 쓰이고 있지만 "보살님의 궁전", "그분의 궁전"이라는 표현이 보이기 때문에 부처라고 봐도 무리가 없을 듯하다. 가을날, 풀벌레와 기러기의 울음소리를 듣고 시인은 일종의 법열에 사로잡혀 부처를 떠올린 것이다. 가을 이미지를 담은 시를 쓰면서 보살님을 운위하는 것을 보아도 시인은 불자의 마음으로 이 세계를 바라보고 있다.

> 물밑에 묶인 손발을 풀고
> 마당에 비끌어맨
> 言語를 풀고
> 풀밭을 天馬로 달려가면
> 하늘 계곡에
> 世尊이 세우신
> 八萬 개의 무지개
> 八萬 개의 골짜기에 들어가
> 각기 다른 새소리를 듣는다.
> 보아라
> 뱀만 지나가는 길을 찾아가다가
> 나무 찍어내는 산구비
> 산지기의 푸른 도낏날에
> 내 몸이 찍히고
> 찍힌 자국마다

---

15) 보살승菩薩乘이란 성불하기를 이상으로 삼는 보살이 수행하는 육도六度 등의 법문이다. 시인이 말하는 보살님의 뜻과는 거리가 있다.

그득 괴는
하늘 閃光
내 정신의 뿌리에
광맥이 빛난다.

—「욕망이 피는 아침」부분

시인이 꿈꾸는 이상향을 만든
이가 바로 세존(부처)이다. 나는
혼란과 좌절의 나날을 보내는
시인인데 다행히도 부처가 있어
방황하는 영혼을 인도해준다.
내 정신의 뿌리에서 빛나는 광
맥은 불교이다. 부처의 가르침
이다. 이성선의 이런 시는 고도
의 상징성을 지녀 난해하기 짝
이 없는데, '부처'라는 잣대를 들
어 재보면 그런대로 쉽게 이해
할 수 있다. 시인에게 부처는 어

이성선 시인

두운 밤길을 인도해주는 불빛 같은 존재였던 듯하다.

이성선은 1976년 9월호『현대문학』으로 등단한 이후 제목이 일련번
호로 된 연작시 101편을 쓰고 이를 모아 시집『하늘문을 두드리며』를
1977년에 간행한다. 이 시집은 우주를 주관하는 절대자인 '그분'에 대한
열렬한 찬가이다.

(……) 그분이 밟고 오신 물소리가 밤하늘에 아름답게 피어납니다. 허공은 향기로 가득합니다. 갑자기 가지에 선율이 빛나고 밤의 살빛이 비늘을 번뜩이며 나를 감쌉니다. 알 수 없는 비밀이 내 몸에 스밉니다.

그분은 내리셨습니다. 형체도 없이 내리셨습니다. 무섭도록 헐벗은 나를 깨워주시고 비로소 이 영혼을 눈뜨게 하십니다.

—「1」 후반부

이 시를 통해서는 그분이 누구인지 알 수 없다. 자연신인 것도 같고 조물주인 것도 같다. 시인은 천사 강림의 분위기를 연출하는데, 확실한 것은 "무섭도록 헐벗은 나"를 깨우고, "비로소 이 영혼을 눈뜨게" 한 내 영혼의 인도자라는 것이다.

그분은 내리셨습니다. 육체의 지옥으로부터 나를 구원하시고 욕망과 굴욕, 슬픔과 허기짐에서 나를 눈뜨게 하셨습니다. 비천한 땅에서 나를 업고 영상靈上의 가지에 올라 선문답禪問答을 하십니다. 나와 그분 사이에 허공만 내려놓고 미소로 응답하게 하십니다. 그분 자취는 보이지 않아도 꽃피는 순간이나 별빛 하나로 염화미소拈華微笑를 보내시고 점화點火의 불꽃으로 내 영혼을 열어주십니다. 하늘로 사다리 놓아 올려 딛게 하십니다.

—「4」 전문

이 시에 이르면 그분은 다름 아닌 부처이다. "비천한 땅에서 나를 업고 영상靈上의 가지에 올라 선문답禪問答을" 하는 분을 부처 이외의 다른 사람, 예컨대 문수보살이나 지장보살, 보현보살 같은 보살 중의 한 사람으로 간주하기는 어렵다. 그분의 자취는 보이지 않지만 꽃피는 순간이나 별빛 하나로 점화미소[16]를 보내시는 분이고, 점화의 불꽃으로 내 영혼을 열어주시는 분이라고 했다. 그분은 내게 절대적인 영향을 준 '절대자'이며, 우주만물을 창조한 '조물주'이며, 대자연에서 조화를 부리는 '조화옹'이다. 따라서 "육체의 지옥으로부터 나를 구원"하신 분을 부처 이외의 다른 사람으로 볼 수는 없다. 아래의 시구들도 그분이 부처임을 암시하고 있다.

그분의 지혜로운 생각이 이 몸에 가득 넘칠 때면 마음의 꽃무늬는
더욱 선명히 빛을 발하며 사색의 물살 위로 떠오릅니다.

―「6」부분

그분은 항시 하늘을 거닐고 계십니다. 그분이 하늘을 거니시다 빙
그레 웃으시면 나도 지상에서 따라 웃습니다.

―「7」부분

그분이 깊은 사색에 잠기어 엄숙한 모습으로 하늘을 거니시는 밤,
나는 그분 발아래 우러러 무릎 꿇고 합장합니다.

―「30」부분

---

16) 점화미소의 '拈'은 '집을 점'으로 새기며 본음은 념이다. 그래서 염화미소로 읽히기
도 한다. 염화시중拈華示衆, 이심전심, 교외별전과 같은 뜻이다. 이 말이 나온 고사
는 아래와 같다. 어느 날 부처가 연꽃 한 송이를 들고 법좌에 올라가더니 제자들에
게 미소를 띠고 휘휘 저어 보일 뿐 아무 말이 없었다. 제자들이 부처의 뜻을 몰라
어리둥절 하고 있던 터에 카시아파(중국식으로 말하면 가섭)만이 홀로 부처의
미소에 미소로 답하였다. 부처는 미소로 답한 카시아파를 지목, "나는 正法眼藏과
涅槃妙心을 가졌다. 그것은 형상 없는 형상이요 미묘한 法門이어서 말이나 글에 의
존할 수 없으니 경전을 떠나 따로 전할밖에 없다. 이제 이 비법을 가섭에게 전하노
라."라고 하면서 수제자임을 천명하였다. 카시아파는 부처의 입적 이후 교단을 이
끌면서 경전의 결집을 주도했다.『大梵天王問佛決疑經』拈花品 第二, 오경웅·조영
록 역,『禪의 향연(상)』, 동국대 역경원, 1980, 12쪽 참조.

이들 시에서 그분은 한없는 경배의 대상이다. 시인이 그분을 존경하는 것은 지혜가 넘쳐나는 분, 항시 하늘을 거닐고 계시는 분, 깊은 사색에 잠기어 '엄숙한 모습'으로 하늘을 거니는 분이기 때문이다. 시인이 부처님을 숭앙하는 것은 충분히 이해할 수 있지만 이들 시에서 부처는 신 혹은 신적인 존재일 뿐이다. 부처에 대한 시인의 무한한 존경심은 부처라는 존재를 시적으로 형상화하는 데 있어서 이처럼 계속 방해를 하고 있다. 좀더 구체적으로 부처를 한 사람의 성자로 그리거나 일화 중심으로 거룩한 이미지를 조형했더라면 시인의 존경심에 동참할 수 있을 터인데, 무조건적으로 "그분 발아래 우러러 무릎 꿇고 합장"하고 있으니 공감하기가 쉽지 않다. 아래와 같은 시에서는 부처가 더욱더 관념적으로 그려져 있기에 많은 아쉬움이 남는다.

> 나는 달려갑니다. 그분이 불타는 곳, 지상을 초월한 불의 집, 화염의 연꽃 바다로. 구름바다가 타오르고 거대한 하늘이 타오르고 용이 소리치며 법열에 몸을 비틉니다. 불비늘이 허공에서 번뜩입니다. 거대한 그 입에 지상의 온갖 허위와 허위의 얼굴이 찢기고 갑자기 소나기가 쏟아집니다. 번개가 또 찢기어 젖은 벽에 흩어집니다. 홍수가 범람합니다.
>
> —「33」 부분

이 시를 통해 시인이 그린 그분은 자연현상에 외경심을 갖고서 자연을 신격화한, 일종의 자연신이다. 자연신은 엄청난 힘을 발휘하여 화산 폭발·지진·홍수·해일·폭설 등 천재지변을 일으키기도 하고, 자연의 위대함을 천명하기도 한다. 그분 앞에서 인간은 너무나 미약하다. 부처가 생시에 말한 자비심이나 측은지심, 혹은 공덕 쌓기 등을 예로 들어 설명했더라면 일반독자들이 더욱 쉽게 부처의 정신을 이해할 수 있지 않았을까. 부처가 깨닫기까지의 과정이라든가 설법과 교화의 나날에 보여준 것들, 병고 끝에 열반에 들기까지의 과정 같은 것이 조금이나마 시로 형상화되었더라면 실감 나는 부처 이야기를 쓸 수 있었을 터인데,『하늘문을 두드리며』속의 부처는 하나같이 광휘에 휩싸인 거룩한 존재이다.

> 그분은 십이면 관음보살의 미소를, 그 옷깃의 달빛 묻은 물살을, 지구의 나체를, 수로부인의 허벅지를, 그 미소 깃든 하늘 골짜기 영원한 불씨를…… 오오, 죽은 자의 두개골 속에 숨쉬는 보석을, 지친 자의 발걸음을, 병든 자의 아픈 눈빛을 만지고 계십니다.
>
> ―「60」 후반부

이 시에서는 부처가 그나마 어느 정도 비유의 대상으로 다뤄짐으로써 다소나마 구체성을 획득한다. 그리고 "지친 자의 발걸음을, 병든 자의 아픈 눈빛을 만지고 계십니다" 같은 구체적인 묘사를 통해 부처의 실체에 다가가려는 몸짓을 보여주고 있다. 시인이 이런 구절을 좀더 자주 보여주었더라면 주제를 더욱 확실히 부각시킬 수 있었을 것이다. 예로 든 시편을 제외한 나머지 시들에서 그분은 천지신명인 것도 같고 천지를 창조한 구약 창세기의 하느님 같기도 하다. 이성선이 부처의 형상화에 신경을 썼더라면 시집은 절대자에 대한 막연한 예찬이 아니라 우주를 관장하는 존재에 대한 위대한 '기탄잘리'가 될 수 있었을 것이다.

박희진의 시에 나타난 부처

박희진은 1993년에 『연꽃 속의 부처님』이란 시집을 내는데, 거기에는 그때까지 시인이 쓴 불교에 관한 시 143편이 수록되어 있다. 이 시집에는 시인이 어떤 사찰에 갔다 온 후 그 사찰이 준 인상을 시로 쓴 것이 많다. 한편 1984년에 인도 여행을 두 차례 하면서 불교 유적지를 둘러보고 그곳이 준 인상을 갖고 쓴 것도 여러 편 된다. 입적한 고승이나 살아 있는 고명한 승려를 기린 시편도 있다. 이런 것은 인물시라고 할 수 있을 것이다. 부처를 등장시킨 시도 이 시집에는 10편 가까이 된다.

> 연꽃 속의 부처님
> 살 속의 핏속의 뼛속의 바람 속의
> 연꽃 속 이슬 속의 미소하는
> 부처님 내장 속을 흐르는 강물에
> 부침하는 중생의 발톱 속
> 무수한 티끌 속에
> 저마다 삼천대천세계가 들어 있다
> 연꽃이 피어 있다
> 또 그 무수한 연꽃 속 이슬 속엔
> 저마다 미소하는
> 부처님이 들어 있어
> 무량광명을 뿜고 있다
>
> ―「연꽃 속의 부처님」 전문

불가에서 연꽃이 중요한 비유로 쓰이는 이유는 18번 각주에서 설명한 바 있다. 시인은 연꽃마다, 연꽃 속 이슬마다 "미소하는 부처님"이 들어 있다고 했다. 낱낱의 연꽃과 연꽃 속 이슬과 같은 존재와 대비되는 것은 "중생의 발톱 속 무수한 티끌"이다. 둘 다 극소의 세계인데 우리가 지향해야 될 세계는 두말할 것 없이 전자이다. 시의 마지막 4행에서 시인은 우리도 연꽃 속 이슬처럼 청정하고 청빈하게 살아가야 한다는 주제를 돌려서 말하고 있다. 시집에는 '부처님 오신 날에'가 제목이 되거나 부제로 삼은 시가 5편이나 나온다.

> 그동안 네가 해온 일이 뭐냐 하면
> 글쎄, '말'에 미쳐왔다고 할까,
> 그것도 어두운 말에 말입니다.
> 참 詩란 마침내 말 하나하나가
> 무량광명을 터뜨릴 만큼
> 대화엄경에 이르지 않고서는
> 한낱 잠꼬대요, 넋두리라는 것을
> 저는 까마득히 몰랐던 것입니다.
> 三毒에 눈멀어 유황불 지글지글
> 끓는 피, 타는 살의 노예가 되어.
> ―「부처님께 드리는 글―부처님 오신 날에」 전문

이 작품에서 시인은 자신의 시론을 말하고 있다. 시를 통해 자신이 하는 말 한마디 한마디가 "무량광명을 터뜨릴 만큼/ 대화엄경에 이르지 않고서는/ 한낱 잠꼬대요, 넋두리"라는 것이다. 부처가 "모든 스승의 스승"이며 "궁극의 인간"이요 "광명의 사자"인 이유가 시에 나와 있다. "당신은 제 안에/ 역력히 살아서 말씀하심이여."라고 했으니 부처는 '말씀'으로 살아 있는 분이다. 화자는 시를 쓰면서 삼독[17)에 눈멀어 유황불 지글지글

끓는 지옥에서 끓는 피와 타는 살의 노예가 되어 있는데. 부처는 진리와 지혜의 말씀을 전했기에 지금까지도 내 가슴에서 살아 있으니, 시를 쓰고 있는 박희진은 부끄럽기만 하다.

> 아아 눈부셔라,
> 도처에 빛이로세.
> 천상천하에
> 보이는 것이라곤
> 부처님 몸뿐이니!
>
> —「부처님 오신 날에」 부분

> 등꽃을 뿌립니다.
> 오동꽃을 뿌립니다.
> 하루아침 깨어보니
> 어둠은 간데없고 평화를 이룩해서
> 오대양 육대주가 손에 손을 잡게.
> 지구는 부처님 손바닥 위의
> 한 송이 연꽃 되게.
>
> —「산화가散花歌—부처님 오신 날에」 부분

시인은 이처럼 최상의 언어로써 부처를 찬양한다. 이런 묘사를 보면 부처는 인격에 있어서나 행적에 있어서나 완전무결한 분이다. 한 점 티끌이 없는 전인이다. 성경을 보면 예수가 많은 기적을 행하기도 하지만 인간적인 면모를 간간이 보여준다. 시장에 가서는 마구 화를 내면서 물건을 뒤

---

17) 불가에서 말하는 삼독이란 사람의 착한 마음을 해치는 세 가지의 번뇌로 탐(貪, 욕심), 진(瞋, 성냄), 치(癡, 어리석음)이다.

엎기도 하고, 라자로(죽은 라자로를 예수가 살려낸다)의 작은 누이동생 마리아가 값비싼 나이드의 향유로 발을 씻겨주는 것을 허용하기도 한다. 하느님께 "아버지, 아버지의 뜻에 어긋나는 일이 아니라면 이 잔을 저에게서 거두어주십시오." 라고 간청하기도 하고 십자가에 매달려서는 "나의 하느님, 나의 하느님, 어찌하여 나를 버리셨나이까?" 하면서 호소하기도 한다. 이런 성경 내용은 예수의 인간적인

박희진 시인

면모를 보여주는 한편으로 사람들이 예수를 무척 매력적인 인물로 여기게끔 하는 역할을 한다. 하지만 시인이 보건대 부처는 완전무결한 전인이기에 부처의 흐트러진 모습을 박희진은 시의 어디에서도 보여주지 않는다. 시인은 부처를 성인으로 우러러보며 공경하는 것인데, 이는 대다수 불교 신자들의 생각과 같은 것일 뿐, 시인 나름의 해석이라고는 볼 수 없다. 한 가지 아쉬운 것은 대단한 존경심으로 부처를 그리는 바람에 부처가 중생에 대해 느낀 깊은 슬픔이라던가 부처가 깨달음을 얻기까지의 고뇌라던가 하는 것을 그릴 겨를이 없었다는 점이다.

　　부처님은 말없이 연꽃을 들어 보이실 따름……
　　대중은 어안이 벙벙하여 말 못하고……
　　오직 마하가섭이 홀로 알아듣고

이것이 교외별전 이심전심의 시초였느니.

─「영취산에서」 전문

부처의 전기에 나오는, '가섭의 이전전심' 내용 그대로이다. 이것은 불교도가 아니라도 알고 있는 내용이고, 시 자체가 시인에 의해 형상화된 것이 아니라 불교설화의 한 대목을 4행으로 줄여놓은 것일 뿐이라 시적 완성도 면에서도 많이 처지는 작품이다. 부처에 대한 지나친 신격화는 부처가 우리와 가깝게 있는 분이라는 생각을 지워버리게 한다. 박희진의 부처관이 이 땅의 수많은 신도의 마음을 대변해준 것이기는 하지만 부처에 얽힌 일화를 중심으로 좀 더 구체적으로 그리고, 부처를 실감나는 인물로 그렸더라면 보다 나은 작품을 쓸 수 있었을 것이다.

마무리

우리나라는 불교의 역사가 유구하고 그 영향력 또한 대단하므로 부처를 시 속에 등장시킨 시가 있을 것이라는 기대 하에 본 연구는 진행되었다. 이 땅의 시인들 가운데 부처를 자신의 작품 속에 등장시킨 시인들로 서정주·김달진·김구용·이성선·박희진 외에 몇 사람 더 있을 수도 있겠지만 연구자의 조사 범주에 들어온 시인은 이상 다섯 명이었다.

서정주의 시에는 부처가 직접 등장하지 않는다. 하지만 시인은 사월초파일에 부처가 이 땅에 온 이유를 곰곰이 생각해본다. 중생이 고통과 번뇌에서 벗어나 해탈의 경지로 나아가게끔 하고자 부처는 살아생전에 설법을 했건만 부처님 오신 날의 행태는 지나친 세속화로 치달아 시인의 마음을 암담하게 한다. 시인은 중생들이 부처를 받들어 모시는 데 급급한 현실에 대해 개탄하면서 몇 편의 시를 썼다.

김달진은 부처의 일대기를 장시로 쓰는 의욕적인 작업을 하였다. 그의 시는 남방불교의 영향하에 씌어진 전기를 참고하여 쓰는 과정에서 번안 시라는 인상을 준다. 그래서 시인 스스로 독창적인 상상력을 발휘할 여지를 잃어버리고 말았다. 부처를 고뇌에 찬 한 명의 인간으로 보았든 불법을 설파한 성인으로 보았든 인물 형상화에 초점을 두었더라면 장시의 의미는 더욱 부각될 수 있었을 것이다.

김구용은 시집 『頌 百八』의 몇 편 시에서 부처의 권능과 생애, 정신을 담으려고 하였다. 또한 부처 한 사람의 깨달음이 전파됨으로 인해 수많은 사람이 번뇌에서 벗어나 해탈의 경지로 이를 수 있었던 것은 부처 덕분이라며 고마움을 표하기도 한다. 한 가지 아쉬운 점은 부처 고행 시기에 대한 묘사가 좀 더 박진감 있게 전개되었더라면 하는 것이다.

이성선은 첫 번째 시집에서는 부처를 자신의 방황하는 영혼을 인도해주는 구원자로 설정, 어느 정도 인물 형상화를 시도하였다. 하지만 두 번째 시집에서는 엄청난 힘을 발휘하는 자연신으로 그리면서 무조건적으로 존경해 마지않음으로써 시적 형상화에는 실패하고 말았다. 절대자나 조물주로 부처를 생각함으로써 인간적인 면모를 살펴보고자 하는 노력을 하지 않은 것은 이성선이 쓴 부처 등장 시의 문제점이다.

박희진은 시에다 부처를 가장 많이 등장시킨 시인이다. 그런데 그의 시에서도 부처가 지나칠 정도로 숭배의 대상이 된다. 부처의 행적이나 깨달음의 내용 같은 것보다는 한 명 신앙인의 입장에서 우러러볼 뿐이다. 중생 구제를 위해 고민을 많이 한 한 명의 인간이라기보다는 부처의 신성화에 주력, 작품들이 설득력이 떨어지게 된 것은 안타까운 일이다.

이상 다섯 시인의 시 가운데 부처를 다룬 시를 골라서 살펴본 결과, 부처가 도를 통하여 인류의 구원자로 나서기까지의 과정은 모든 시인의 시에서 소홀히 취급되고 있음을 알 수 있었다. 무소불위의 능력을 지닌 자, 전지전능한 신적인 존재는 사실상 부처의 이미지라고 보기 어렵다. 시인들이 부처의 깊은 고뇌에 동참하려는 마음으로 시를 썼더라면 보다 좋은 작품을 남길 수 있었을 것이다. 우리나라의 대표적인 종교인 불교를 창시한 부처가 한없는 숭배의 대상이 되었기에 부처에게 다가가려는 노력은 상대적으로 소홀하였다. 이런 점, 무척 아쉽게 생각하는 바이다.

한국 현대시에 나타난 '원효'

신라 진평왕 39년(617)에 나서 신문왕 6년(686)에 입적한 원효元曉는 신라를 대표하는 고승일 뿐만 아니라 우리나라 역사상 최고의 불교학자였다. 원효는 70년 생애 동안 약 100여 종 240여 권에 달하는 엄청난 양의 불교 관련 저서를 펴냈는데 그 가운데 현존하는 것은 23부 27여 권이다.1)

신라가 불교를 국가적으로 공인한 것은 법흥왕 때(527)로, 원효가 태어나기 90년 전이었다. 원효 입적 300년 후 중국 송나라의 찬녕贊寧에 의해 편찬된 『송고승전宋高僧傳』의 「신라국황룡사원효전」에 따르면 원효가 출가한 것은 15~16세 때였다.2) 불가에 귀의한 원효는 입수 가능한 불교 서적을 폭넓게 읽은 뒤에 일심사상一心思想 · 화쟁사상和諍思想 · 무애사상 無导思想으로 대표되는 자기 나름의 독특한 사상 체계를 세웠다. 지금까지 전해지고 있는 책 가운데 『금강삼매경론』 3권, 『대승기신론소』 2권, 『대 승기신론별기』 1권, 『십문화쟁론』 2권, 『화엄경소』 3권 등이 그의 대표 저서로 손꼽히고 있다.

이상의 저술 경력만 놓고 보면 그는 한국 불교계에서 전무후무할 정도로 많은 책을 펴낸 학자임에 틀림없다. 하지만 그는 승려였고 게다가 생

---

1) 고영섭, 『원효탐색』, 연기사, 2001, 297~300쪽 '원효 저술 목록' 참조.
2) 황영선 편, 『원효의 생애와 사상』, 1996, 국학자료원, 26쪽.

의 후반기에는 떠돌이 포교승이었다. 원효는 극락왕생을 기원하는 정토
종3) 신앙을 자신이 직접 돌아다니면서 전도하여 불교 대중화의 길을 열
었다. 그는 서민과 천민을 대상으로 불교를 널리 전하기 위한 한 방법으
로 춤을 만들어 나라 안에 퍼뜨리기도 했는데 그 춤이 우리네 전통춤 가
운데 하나인 무애무無㝵舞였다. 원효에 의해 신라불교는 크나큰 개혁을
하게 된다. 원효에 의해 최하층 천민들까지도 '나무아미타불관세음보살'
을 밤낮으로 외게 되었다. 원효 등장 이전의 신라불교는 귀족불교였고,
한자를 모르는 천민들에게 어려운 불교 용어를 곁들인 스님들의 설법은
지루하기만 했다. 그래서 원효는 신라 각처 고을의 장터에 가서 무애무를
추며 사람을 모은 뒤 불교의 진리를 쉽게 설명해 많은 사람이 불교를 믿
게 하였다.

　인도에서 발흥한 불교가 중국을 거쳐 우리나라에 들어온 것은 삼국시
대 때였다. 고구려 소수림왕 2년(372)의 일로, 중국 전진의 왕 부견이 자기
나라의 승려 순도를 시켜 불상과 경문을 고구려에 전한 것이 시초였다.
백제에는 그로부터 12년 뒤인 침류왕 원년에 중국 동진에서 활동하던 서
역의 승려 마라난타가 전하였다. 신라에는 눌지 마립간 때(417~457)에 전
해지기는 했지만 불교를 공식적으로 인정한 것은 한참 뒤인 법흥왕 14년
(527) 때였다. 당시의 귀족들은 불교가 재래의 고유 신앙과 고유문화에 배
치되는 것이라고 극력 반대하여 오랫동안 전파되지 못하였다. 이후 법흥
왕의 신하 이차돈이 불교를 믿자고 주장하다 죽임을 당한 이후에야 신라
에서도 불교 전도가 허용되었고, 그때부터 민간에서는 물론 귀족사회에

---

3) 정토종淨土宗 : 자력으로 성불할 수 없는 사람도 염불을 열심히 하면 극락에 갈 수
　있다고 한 아미타불의 대원력大願力으로 정토에 가는 것을 이상으로 삼는 불교의
　한 종파.

서도 불교를 믿는 사람이 조금씩 늘어갔다.

원효 이전까지는 무속巫俗이나 점복占卜 등 민속종교가 성한 우리나라에 불교가 뿌리를 내리기가 쉽지 않았고, 불교에 대한 깊이 있는 연구도 이루어지지 않은 상태였다. 당시의 승려들은 계율과 형식에 얽매여 있었다. 이러한 때에 원효가 등장하여 신라불교는 커다란 전기를 맞이하였다. 원효의 불경 연구와 저술 활동에 의해 불교는 비로소 사상적 깊이를 갖게 되었고, 그의 포교 활동 덕에 불교가 민중의 생활에 뿌리를 내리게 되었다. 원효 입적 10년 전인 676년에 신라에 의해 삼국통일이 이뤄지는데, 바로 이 무렵부터 불교의 교리는 귀족과 천민을 가리지 않고 많은 사람의 마음을 사로잡게 되었다.

한국의 대표적인 불교학자요 고승인 원효는 이광수의 역사소설『원효대사』(1942)가 나옴으로써 역사 속의 인물에서 세속 세계의 인물로 탈바꿈하게 된다. 이광수는 소설에다 원효가 요석공주와 잠자리를 같이하여 설총을 낳는 과정, 그런 연후에 머리를 기르고서 전국을 떠돌며 포교 활동에 나선 점 등 생애의 특이점 외에도 거지 떼와 도둑 떼의 탐심을 애국심으로 이끌어 간 과정과 원효·요석공주·아가사 사이의 삼각관계 등 허구적 내용을 가미하였다. 즉, 원효의 인간적인 면모에 초점을 맞추어 쓴 소설이『원효대사』였다. 이광수의 이 소설 이후 원효는 한국 시인들의 작품 속에서 바로 그 '인간적인 면모'로 말미암아 종종 시적 대상으로 형상화되기에 이른다. 작고 시인 가운데 서정주·김수영이 원효를 등장시킨 시를 썼고, 현존 시인 중에는 황동규·윤동재·허만하·고창수·고영섭 등이 원효가 나오는 시를 썼다. 윤동재의 경우 원효를 갖고 쓴 시가 10편에 달한다. 원효가 지금으로부터 천 수백 년 전에 살았던 한 명 불교학자에 지나지 않았더라면 이 많은 시인에 의해 형상화되었을 리가 없다. 원효한테 많은 시인이 매료된 이유가 도대체 무엇일까. 연구자는 이 땅의 시인들이 왜 원효라는 신라시대의 고승을 등장시켜 시를 썼는지, 그 연유를 밝혀나가면서 원효 소재 시편의 값어치를 논해보고자 한다.

원효에 관련된 설화는 상당수에 이른다. 조동일은 원효를 이해하는 데에는 두 가지 방법이 있는데 하나는 원효의 저술을 통해 이해하는 방식이고, 다른 하나는 원효에 관한 설화를 통해 이해하는 방식이라고 했다. 조동일은 원효에 대해서는 저술을 통한 이해가 정확하지만 원효가 어떤 사람이고 무엇을 했음이 승속 간에 알려져 있고, 원효의 어떤 면모가 사람들에게 감명을 주었는가를 알기 위해서는, 즉 후세의 원효 수용에 관해 알아보기 위해서는 원효의 저술보다 원효에 관한 설화가 더욱 소중한 자료라고 했다.[4] 원효에 관한 기록은 일종의 행적비인 서당화상비와 화쟁국사비에 일부 남아 있다.[5] 특히 『宋高僧傳』 『三國遺事』 『宗鏡錄』 등에는 원효와 관련된 많은 설화가 나와 있어 승려 원효와 더불어 인간 원효를 십분 느낄 수 있게 해준다. 아래 서정주의 시는 『삼국유사』의 「을해

---

[4] 조동일, 「원효 설화의 변모와 사상 논쟁」, 불교전기문화연구소 편, 『원효, 그의 위대한 생애』, 불교춘추사, 1999, 581~582쪽. 조동일은 원효 관련 설화를 크게 12개로 분류했는데 出生, 鎭火, 中國, 金剛, 變身, 小盤, 義湘, 公主, 觀音, 歌舞, 交友, 異蹟이 그것이다.

[5] 서당화상비誓幢和上碑는 원효 입적 120년 뒤인 신라 애장왕 때, 분황사 화쟁국사비和諍國師碑는 고려 명종 때 세워졌다. 두 비가 지금은 다 무너지고 없지만 소실되기 전 탁본을 한 것이 남아 있어 원효의 행적이 다소나마 전해지게 되었다. 김상현, 『원효연구』, 민족사, 2000, 19~53쪽. 서당화상비는 건립 연대에 이견이 있다. 고영섭은 신라 원성왕 원년(785), 원효 열반 100주기를 기념하여 건립된 것이라고 했다. '화쟁국사'는 고려 숙종 6년(1101), 원효에게 내려진 시호이다. 고엽섭, 『원효, 한국 사상의 새벽』, (주)도서출판 한길사, 2002(5쇄), 282쪽.

편 '말을 못하던 사복(蛇福不言)조를 거의 그대로 국역한 것이다.

> 신라 서울의 萬善北里에 과부가 애를 배 낳아놓았는데, 열두 살이 되도록 말도 못하고, 일어나서 앉지도 못하고, 배 깔고 살살 기기만 하는지라, '뱀 새끼'란 이름이 있었습니다. "사내가 굶주리다 못해설라문 뱀을 붙어서 낳은 것이다."는 소문이 수상하게 퍼지굽시요.
>
> 그러다가 그 어미는 어느 날 숨이 넘어가 이승을 뜨고, 뱀 새끼만 호올로 남았습니다.
>
> 아무도 이 뱀 새끼를 찾는 이가 없었는데, 元曉만이 가만히 찾아가서 인사를 하니, 그 뱀 새끼가 엎드려서 뇌까리는 말이, "내나 니나 전생에선 불경책을 등에 싣고 다니던 암소였는데, 나는 인제 망해버렸다. 나하고 같이 엄마 장례나 지내줄래?" 하는 것이었습니다.
>
> 원효가 "그러자." 하고, 그 죽은 어미에게 보살계를 준 뒤에 "목숨이 없음이여, 죽음은 괴롭구나! 죽음이 없음이여, 그 목숨도 괴롭구나!" 祝을 지어 읊조리니 "얘, 그건 복잡하다. '죽고 사는 건 괴롭다'고 간단히 해라." 한마디 대꾸하기도 하는 것이었습니다.
>
> 원효가 "지혜 있는 호랑이는 지혜 있는 수풀에다 묻는 것이라는데." 어쩌고 재주 있는 소리를 한마디 또 해보니까,
>
> "석가모니처럼 우리도 열반에나 드는 것이 그중 좋겠다." 하고 그 어디 돋아난 갈대를 뿌리째 뽑았는데, 그 뽑힌 자리를 보니 휑한 구덩이여서 그 속으로 뱀 새끼는 그 죽은 어미를 업고 사르르 기어 들어가 버리고 말았습니다. 그 구멍도 드디어는 평퍼짐히 메꾸아져 버리굽시오. 아무 일도 없었던 듯 아조 평안히 메꾸아져 버리굽시오.
>
> ─「元曉가 겪은 일 중의 한 가지」 전문

이 시의 내용은 설화에 대한 새로운 해석이라기보다는 기존 설화를 그대로 번역한 것이라고 보면 된다. 지금으로 치면 뇌성마비 장애아쯤 되는

사생아를 사복(뱀 새끼)이라는 이름으로 등장시킨 시인은 아이가 뱀으로 변신한 것이 아니라, 행동거지가 뱀 같아서 놀림감이 되었음을 먼저 이야기한다. 뱀으로의 변신은 시의 끝에서 이뤄진다. 갈대를 뽑자, 갈대가 뽑힌 그 자리에 나 있는 구덩이 속으로 뱀 새끼는 죽은 어미를 업고 "사르르르 기어 들어가 버리고" 만다. 뱀으로 놀림받던 사생아가 정말 뱀이 된 양 휑한 구덩이 속으로 죽은 어미를 업고 사르르르 기어 들어가 버리고 마는 것이다.

이 설화에서 가장 중요한 대목은 원효가 하는 말 "목숨이 없음이여, 죽음은 괴롭구나! 죽음이 없음이여, 그 목숨도 괴롭구나!"를 받아 '뱀 새끼'가 한마디로 줄여 "죽고 사는 건 괴롭다"고 말하는 부분이다. 이 설화가 말해주는 것은 인간 생로병사의 허망함, 죽음에 못지 않은 생의 고통, 전생의 업보를 갚는 이승에서의 삶 등이다. 한마디로 말해 인생무상이다. 뱀 새끼로 취급받던 장애아가 죽은 어미를 업고 휑한 구덩이 속으로 들어감으로써 끝나는 이야기의 구조를 보면 인생무상과 함께 만물유전萬物流轉이라는 불교사상이 담겨 있음을 알 수 있다. 이 설화는 조동일의 분류 중 '교우'에 잘 설명되어 있다.[6] 조동일의 설명 중 사람과 사람과의 관계

---

6) 조동일은 이 설화를 8개 단락으로 나누어 각 단락의 의미를 소상히 설명한 뒤에 아래 결론에 이른다.
"이것은 불교 설화이면서 또한 불교 설화가 아니다. 불교 이전에 형성되어 후대까지 면면하게 전승되고 있는 우리 설화의 독자적인 설정을 받아들여 서두를 마련하고, 형상화를 분명하게 하고, 뜻을 더 깊게 했다. 서로 맺고 있는 관계가 전혀 상대적임을 알아 생사의 괴로움에서 벗어나는 길을 찾아야 한다는 것은 분명히 불교의 가르침이다. 그렇지만 세상에서 가장 훌륭하다는 사람보다 앞선 사람이 못난이들 가운데 있고, 하늘보다 땅이 더욱 위대하다고 하는 이 이야기의 핵심적인 주제는 민중의 각성이다. 그 두 가지 생각이 하나로 연결되어 있어, 이 이야기는 불교 설화이면서 불교 설화가 아니다."

가 서로 상대적임을 알아 생사의 괴로움에서 벗어나는 길을 찾아야 한다
는 주제는 납득할 수 있지만 또 하나의 주제가 '민중의 각성'이라는 것에
는 동의하기 어렵다. 너무 확대해석하였기 때문이다. 황영선은 이 설화를
전생 인연에 따른 업보와 연화장세계, 즉 열반으로의 승화를 암시한 이야
기라고 보았다.7) 아무튼 서정주는 이 시를 통해 인간 원효에 대해 탐색을
해본 것은 아니고, 『삼국유사』 설화 가운데 원효가 등장하는 사복불언조
설화를 번역하고 싶은 마음에서 쓴 것이라고 볼 수 있다. 그래서 이 시의
문학적 가치는 논하기가 어렵다.

　　　　聖俗이 같다는 원효대사가
　　　　텔레비에 텔레비에 들어오고 말았다
　　　　배우 이름은 모르지만 대사는
　　　　대사보다도 배우에 가까웠다

　　　　그 배우는 식모까지도 싫어하고
　　　　신이 나서 보는 것은 나 하나뿐이고
　　　　원효대사가 나오는 날이면
　　　　익살맞은 어린놈은 활극이 되나 하고

　　　　조바심을 하고 식모 아가씨나 가게
　　　　아가씨는 원효의 염불소리까지도
　　　　잊고— 죄를 짓고 싶다

　　　　돌부리를 차듯 서투른 원효로
　　　　분장한 놈이 돌부리를 차고 풀을

---

7) 황영선 편, 앞의 책, 63쪽.

뽑듯 죄를 짓고 싶어 죄를
짓고 얼굴을 붉히고

죄를 짓고 얼굴을 붉히고—
聖俗이 같다는 원효대사가
텔레비에 나온 것을 뉘우치지 않고
春園 대신의 원작자가 된다

우주시대의 마이크로웨이브에 탄
원효대사의 민활성 바늘 끝에
묻은 죄와 먼지 그리고 모방
술에 취해서 쓰는 시여

　　　　　　　　　—「원효대사—텔레비를 보면서」 전반부

김수영 시인

1968년 6월 16일에 사망한 시인 김
수영의 그해 3월 1일 발표작이다. 춘원
이광수 원작 『원효대사』가 텔레비전
드라마로 만들어져 방영되던 무렵 김
수영은 그 드라마를 "신이 나서" 봤던
모양이다. 자신이 겪은 지극히 사적인
일들을 곧잘 시를 쓰면서 털어놓곤 했
던 김수영이었는지라 이 시 역시 상상
력의 산물이 아니라 직접체험의 산물
로 보아야 할 것이다. 집의 식모는 원
효로 분장한 탤런트를 싫어하지만 원효와 요석공주의 사랑 장면에서는
애를 태운다. 집의 아이는 활극이 안 나와 조바심을 내고 나(시적 화자라기

보다는 시인 자신으로 보면 된다)는 그래도 신이 나서 본다. 드라마에서 원효가 "聖俗이 같다"는 말을 하는 것과, 죄를 짓고 얼굴을 붉히는 것에서 "신이 난" 것일까, 시인은 한 편의 드라마 감상기를 써나간다.

> 텔레비 속의 텔레비에 취한
> 아아 원효여 이젠 그대는 낡지
> 않았다 타동적으로 자동적으로
> 낡지 않았고
>
> 원효 대신 원효 대신 마이크로가
> 간다 '제니의 꿈'의 허깨비가
> 간다 연기가 가고 연기가 나타나고
> 마술의 원효가 이리 번쩍
>
> 저리 번쩍 '제니'와 대사가
> 왔다갔다 앞뒤로 좌우로
> 왔다갔다 웃고 울다 왔다갔다
> 파우스트처럼 모든 상징이
>
> 상징이 된다 聖俗이 같다는 원효
> 대사가 이런 기계의 영광을 누릴
> 줄이야 '제니'의 덕택을 입을
> 줄이야 '제니'의 '제니'를 사랑할 줄이야
>
> 긴 것을 긴 것을 사랑할 줄이야
> 긴 것 중에 숨어 있는 것을 사랑할 줄이야
> 저절로 이루어지는 것이 긴 것 가운데
> 있을 줄이야

그것을 찾아보지 않을 줄이야 찾아보지
않아도 있을 줄이야 긴 것 중에는
있을 줄이야 어련히 있을
줄이야 나도 모르게 있을 줄이야
　　　　　　　—「원효대사—텔레비를 보면서」 후반부

　이 시 속의 '제니의 꿈'이 무엇인지, 제니가 누구인지 알아내는 일이 쉽
지 않다. 다만 "'제니'의 '제니'를 사랑할 줄이야// 긴 것을 긴 것을 사랑할
줄이야"라는 대목은 원효와 요석공주와의 길게 이어지지 못한 사랑을 암
시하고 있다. 요석공주는 무열왕의 딸이다. 승려인 원효는 지체 높은 공
주와 지극히 세속적인 의미에서의 사랑을 하여 아이까지 낳았다. 요석공
주로 말미암아 파계를 하게 된 원효는 그 이후 전국을 떠돌아다니면서 민
중의 실상을 파악하게 되었고, 사람들이 불경의 심오한 교리를 터득하지
못하더라도 염불을 정성으로 하면 서방정토, 즉 극락세계에 갈 수 있다는
정토종 신앙을 널리 퍼뜨렸다. 이러한 원효의 노력으로 신라 사람 열 사
람 중 8~9명이 불교를 믿게 되었다. 원효의 생에는 이런 드라마적인 요
소가 있었기 때문에 이 땅의 시인들이 그에게 관심을 갖고 시화詩化 작업
에 나섰던 것이다. 아무튼 시는 "긴 것"에 대한 이야기를 한참 하다가 끝
이 난다. 드라마 속 원효가 성속이 같다는 말을 한 이유는 미루어 짐작할
수 있다. 승려라는 성직을 갖고 있었으면서도 한때 파계하여 속인의 삶을
살았던 원효의 의식세계를 한마디로 표현한 것이다. '긴 것'이란 무엇을
뜻하는 것일까? '질긴 목숨', '불변의 진리', '성적 욕망', '이성간의 사랑',
'세속적인 삶' 등을 생각해볼 수 있겠는데, 상징적으로 처리하였기에 그
뜻이 확연히 다가오지는 않는다. 김수영은 원효사상의 깊이나 넓이에 대

해 생각해보는 대신 텔레비전 드라마를 보면서 떠오른 몇 가지 상념을 시의 형식을 빌려 써본 것이다. 이 작품에서 김수영은 텔레비전 드라마「원효대사」를 재미있게 보았을 것이라는 정보만 전해줄 뿐, '원효 그리기'를 제대로 하지 못했다. 게다가 "술에 취해서 쓰는 시여" 하면서 엉뚱하게 원효와 자신을 동일시하기도 한다. 시인은 "聖俗이 같다"는 드라마 속 원효의 말을 세 번씩이나 인용하는데, 그렇다면 원효의 삶과 자신의 삶에 공통되는 부분이 무엇인지를 탐색해보았을 법도 하다. 하지만 이 말이 던져준 의미에 대해 생각을 제대로 전개해보지 못한 채 시를 끝맺고 만다. 특히 '제니의 꿈'이니 '긴 것'을 운운하면서 시상을 흐트러뜨려, 인간 원효에 대한 탐색은 고사하고 드라마「원효대사」의 소감 쓰기도 실제로는 못하고 만다. 이 시는 현실참여시로 보기도 어렵고 풍자시하고도 거리가 멀다. 김수영이 이해한 원효는 텔레비전 드라마의 주인공이었을 뿐, 종교적·역사적 인물로서의 원효는 아니었음을 알 수 있다.

황동규의 시에는 원효와 인연이 많은 절 오어사吾魚寺가 그려져 있다. 포항시 오천읍에 있는 절이다.

1
오어사에 가려면
포항에서 한참 놀아야 한다.
원효가 친구들과 천렵하며 즐기던 절에 곧장 가다니?
바보같이 녹슨 바다도 보고
화물선들이 자신의 내장을 꺼내는 동안
해물잡탕도 먹어야 한다.
잡탕집 골목 어귀에 있는 허름한 술집에 들어가

그곳 특산 정어리과(科) 생선 말린 과메기를

북북 찢어 고추장에 찍어 먹고

금복주로 입 안을 헹궈야 한다.

그에 앞서 잡탕집 이름만 갖고

포항 시내를 헤매야 한다.

앞서 한번 멈췄던 곳에 다시 차를 멈추고

물으면 또 다른 방향,

포기할 때쯤 요행 그 집 아는 택시 기사를 만난다.

포항역 근처의 골목 형편은

머리 깎았다 기르고 다음엔 깎지도 기르지도 않은

원효의 생애만큼이나 복잡하고 엉성하다.

—「오어사에 가서 원효를 만나다」 제1번

전체 다섯 개의 시가 모여 한 작품이 된 시의 제1번을 인용하였다. 오어사 이야기도 『삼국유사』「의해」편 '이혜동진二惠同塵'조에 나온다. 오어사는 원효가 승려 혜공과 내기를 벌였던 것에서 유래된 이름이다.[8] 오어사는 현재 경북 포항시 항사동 소재로 되어 있지만 시내 한복판에 있는 것이 아니라 경계 수려한 교외에 있는 절이다. 절 앞을 흐르던 개천이 지금은 저수지가 되어 있고, 그 개천에서 혜공과 원효 두 사람이 장난을 치고 논 내용이 『삼국유사』와 『동국여지승람』에 나온다. 두 사람은 물고기를

---

[8] 고운기는 『우리가 정말 알아야 할 삼국유사 2』(현암사, 2002)에서 이 설화를 다음과 같이 쉽게 번역해 놓았다. 여기 나오는 스님은 혜공이다.

(……) 늘그막에는 항사사恒沙寺로 옮겨 머물렀다. 그때 원효가 여러 경소經疏를 찬술하면서 매양 스님에게 와서 의심나는 곳을 물었다. 간혹 서로 장난을 치기도 하였는데, 하루는 두 분이 시냇물을 따라가다 물고기를 잡아 구워 먹고는 돌 위에 똥을 누었다. 스님이 그것을 가리키며 희롱하듯이, "자네는 똥인데 나는 물고기 그대로야" 하고 외치는 것이었다. 이로 인해 오어사吾魚寺라 이름지었다. 어떤 이들은 여기서 원효의 이야기라기에는 외람되다고 하기도 한다(540쪽).

황동규 시인

잡아먹고 놀다가 변의를 느껴 돌 위에 똥을 누었다. 원효가 먹은 물고기는 소화가 되어 똥으로 나왔는데 혜공이 먹은 물고기는 변으로 나와서도 그대로 살아 헤엄을 쳤기에 "물고기 그대로(吾魚)"라는 절의 이름이 만들어졌다니, 원효보다 혜공의 법력이 월등 뛰어났음을 이야기하고 있는 설화이다. 두 책자의 내용이 좀 다른데, 『삼국유사』에서는 "물고기와 새우를 잡아먹고, 돌 위에서 대변을 보았다"(掇魚蝦而啖之 放便於石上)고만 했고, 『동국여지승람』에서는 "고기를 잡아서 먹고 물 속에 버리니, 고기가 문득 살았다"(捕魚而食 遺失水中 漁輒活)고 했다.

조동일은 이 설화에 대해서도 설명한 바 있다.9) 혜공의 변으로 나온 물고기가 살아서 물로 돌아갔다는 『동국여지승람』의 설화를 조동일은 혜공이 도술을 부린 것으로 이해, "기이한 사건과 연관될 따름"이라고 폄하하였다.

---

9) 『유사』에서는 '너의 똥이 내 물고기'라고 한 뜻은 남의 것과 자기의 것, 더러운 것과 깨끗한 것, 죽은 것과 산 것이 다르지 않고 둘이 아니므로, 시비와 분별을 넘어서자고 했다. 그런데 『여지』에서는 혜공과 원효가 잡아서 먹은 물고기를 다시 살려내는 도술을 부렸다고 했다. 이야기 줄거리는 전승되었지만, 핵심이 바뀌어 의미가 아주 달라졌다. '오어사吾魚寺'라는 절 이름이 『유사』에서는 불교의 깊은 깨달음과 연관되고, 『여지』에서는 기이한 사건과 연관될 따름이다. 조동일, 앞의 글, 629~630쪽.

황동규는 오어사라는 절에 경건한 마음으로 참배하러 간 것이 아니라 '친구들과 놀러' 갔다. 원효라는 인물은 시인에게 "머리 깎았다 기르고 다음엔 깎지도 기르지도 않은" 인상을 남겼다. 즉, 승려로 살다가 파계를 한 뒤에 머리를 길렀고, 그 다음에는 깎지도 기르지도 않은 상태로 살아갔다. 원효가 생의 후반을 비승비속으로 살다 간 존재임을 알고 있는 시인에게 원효의 생애는 "복잡하고 엉성한" 것이었다. '복잡'이란 낱말은 '파란만장'을 연상시키지만 '엉성'은 '유유자적'을 연상시킨다. 시인에게는 원효가 참선에 몰두한 고승, 혹은 저술에 생을 바친 학자가 아니라 복잡하고 엉성한 생을 살다 간 비승비속이었다. 시의 2, 3, 4번에서는 원효 관련 이야기가 전개되지 않고 오어사에 가기까지의 여행담이므로 5번으로 간다.

5
원효 쓰고 다녔다는
잔 실뿌리 섬세히 엮은 삿갓 모자의 잔해,
대웅전 한구석에서 만난다.
원효의 숟가락도 만난다.
푸른색 굳어서 검게 변한 놋 녹.
다시 물가로 나간다.
오늘따라 바람 한 점 없이 고요한 호수에선
원효가 친구들과 함께 잡아 회를 쳤을 잉어가
두셋 헤엄쳐 다녔다.
한 놈은 내보란 듯 내 발치에서 고개를 들었다.
생명의 늠름함,
그리고 원효가 없는 것이 원효 절다웠다.
　　　　　　　　　—「오어사에 가서 원효를 만나다」 제5번

황동규는 오어사란 절 이름을 보고서 "원효가 친구들과 함께 잡아 회를 쳤을 잉어"라고 쓴다. 원효가 혜공과 물고기를 잡아먹고 똥을 눴다는 설화에서 나온 절 이름 오어사이니 원효가 살생했다는 것을 전제로 하여 이 이야기를 한 것이다. 설화를 사실로 간주한다면 회를 쳤다는 것은 당연하다. 시의 마지막 행 "그리고 원효가 없는 것이 원효 절다웠다."는 무슨 뜻일까. 오어사에는 원효가 쓰고 다녔다는 삿갓과 원효가 썼다는 숟가락 같은 것도 보관되어 있지만 시인이 보건대 그런 것은 없는 편이 나았다는 이야기다. 원효의 유품일 리가 없는 그런 것들을 보관해놓고는 원효의 절이라고 하는 오어사의 선전에 대해 은근슬쩍 비판하면서 원효의 자유정신을 예찬하고 있는 구절이다. 황동규는 원효를 제도와 계율, 교리와 관습에 얽매이지 않았던 사람으로 인식했던 듯하다. 시인이 오어사에서 만난 원효는 실체가 없었지만 바로 그런 사람이었을 거라는 상상이 시를 이렇게 완성시켰다. 오어사에 가서 시인은 원효의 유품이라는 것을 보았지만 느끼고 싶었던 것은 친구들과 어울려 천렵도 했던 원효, 즉 물고기를 잡아 회도 떴던 원효였다. 이것 역시 고승 원효가 아니라 인간 원효에 대한 시인의 애착이 낳은 시편이다.

윤동재 시인은 제1시집 『아침부터 저녁까지』(1987)에 「원효」 연작시 7편을, 제2시집 『날마다 좋은 날』(1998)에 원효를 등장시킨 3편의 시를 싣는다. 윤동재의 원효 이해를 살펴보자.

국립 경주박물관 정문 앞 대로상에서
썩어 흐늘흐늘한 가마니를 깔고 앉아
원효는 사주팔자를 봐주고 있다 하더라

연중무휴로 사주팔자를 봐주고 난 뒤
사주팔자를 보러 온 이들에게 원효는
서라벌 시민증을 하나씩 나눠준다고 하더라
서라벌 시민증을 얻은 이들은 이후론 시민증 뒷면
시민의 맹세에 따라 살아간다고 하더라
시방 신통대사로 통하고 있는 그는
아침에 구름을 살짝 밟고 내려왔다가
진종일 사주팔자를 봐주고는
해거름에 까마귀 목덜미에 앉아 까악까악
서라벌 하늘을 한 바퀴 휙 돌다
저녁노을을 밟고 도로 올라간다고 하더라.

— 「원효·1」 전문

원효가 살아생전에 사람들 사주팔자를 봐주고 서라벌 시민증을 나눠주었을 턱이 없다. 윤동재는 원효가 이 땅에 다시 온다면 그런 모습으로 와, 그런 행동을 하리라 상상해본 것이다. 까마귀 목덜미에 앉아 까악까악 우는 것은 까마귀인가 벌레인가 원효의 혼백인가. 시인은 원효가 옛 서적 속에서 만날 수 있는 역사적 인물이 아니라 우리의 생활 가운데 만날 수 있는 현세적 인물로 보았다. 경주박물관 정문 앞에서 연중무휴로 사주팔자를 봐주고 있는 어떤 사람한테서 시인은 원효의 이미지를 찾아냈던 것이 아닐까.

문천교 다리 아래 가설극장 무대에서
원효는 지금 무애가를 부르고 있다.
동네 처녀애들이 서넛
가설무대 밖에서 고개를 들이밀고는

저희들끼리 얼굴 마주보며 히히덕거리고 있다.
요석공주도 하마 많이 늙어 보인다.
입장권 대신 금강삼매경이 실린
무애가 가사집을 한 권씩 나눠주면서
구경꾼들에게 웃어주고 있다.

—「원효·2」부분

남산 언덕비탈을
원효는 흥건히 젖은 옷을 걸치고
세실리아라는 이국 소녀와 팔장을 낀 채
걸어오면서 걸어오면서
금강삼매경을 강론하고 있다.
돌부처 하나 그것을 보고
키 작은 개불알꽃 꽃대강이에 거꾸로 매달린다.
턱없이 큰 눈엔 눈물이 괴어
노랑나비 한 마리 두 마리 세 마리
피를 불며 짓궂게 웃고 있다.

—「원효·3」전문

원효는 그 옛날 시장바닥에서 무애가를 불렀다는데 지금은 문천교[10)

[10) 『삼국유사』에 따르면 문천교는 원효와 요석공주의 사랑에 있어 중요한 역할을 했
던 다리다. 요석공주는 궐내에 들어와 설법을 한 원효를 연모하게 되었지만 원효
도 요석공주를 사랑하게 되었다. 신분의 차는 두 사람을 맺어질 수 없게 했고 원효
는 답답한 마음에 다음과 같은 노래를 지어 부르며 거리를 돌아다녔다.

누가 자루 없는 도끼를 주려나
하늘 받칠 기둥을 찍어 내리네.

사람들은 원효가 거리에서 큰소리로 부르는 이 노래가 무엇을 뜻하는지 몰랐지만

윤동재 시인

다리 아래 가설극장 무대에서 무애가를 부르고 있다. 무애가가 아니라 다른 노래이겠지만 시인은 원효의 무애가가 무명가수의 유행가와 다를 바 없다고 생각했던 듯하다. 가설극장 무대의 한 명 여인을 요석공주로 간주한 시인은 "하마 많이 늙어 보인다"고 하였다.

시인은 앞의 시에서도 그러했지만 이 시에서도 지금 이 땅에서 원효를 닮은 이를 찾는 작업을 하고 있다. 그 시절 신라에서의 원효는 저잣거리에서 하층민 사람들과 어울려 놀면서 포교를 하였다. 그런 원효의 상을 시인은 경주박물관 정문 앞 대로상에서 사주팔자를 봐주는 사람, 가설극장의 연희자, 남산의 언덕비탈에서 이국 소녀에게 『금강삼매경』을 강론하는 사내한테서 본다. 원효를 고매한 인격체로 보았다면 이런 상상은 해보지 않았을 터, 시인에게 원효는 장삼이사요 낯익은 이웃에 불과하다. 시인에게 원효가 매력적인 인물로 다가온 것은 바로 이 이유 때문이다. 윤동재는 귀족들 앞에서 강론하던 젊은 날의 원효에게 매력을 느끼지 않았고, 저잣거리를 떠돌며 민중 속에서 민중의 언어로 포교하던 늙은 원효에

무열왕은 원효에 대한 소문을 듣고는 두 사람의 관계를 짐작하였다. 무열왕은 어느 날 신하를 시켜 거리를 떠돌아다니는 원효를 찾아 요석궁으로 인도해 들이게 했다. 신하는 어명을 받들어 원효를 찾아다니다가 문천교라는 다리를 지나고 있는 원효와 맞닥뜨리게 되었다. 그 신하가 자신을 찾아내기 위해 여기저기 수소문을 하고 다닌다는 것을 알고 있던 원효는 멀찍이에서 그 신하의 모습이 보이자 짐짓 발을 헛디딘 양 문천교 아래 냇물에 풍덩 빠졌다. 허우적거리는 원효를 건져낸 신하는 가마에 태워 곧장 궁궐이 아닌 요석궁으로 달려갔다. 원효의 젖은 옷을 갈아 입힌 요석공주는 원효와 며칠을 보내고 나서 아기를 갖게 된다. 하정룡, 『교감 역주 삼국유사』, (주)시공사, 2003, 541~542쪽 참조.

매력을 느꼈던 것이다.

흙으로 만든 불상이 하나
황룡사 대웅전 앞마당으로 끌어내려졌다.
팔을 걷어붙인 원효가
불상의 아랫배를 힘껏 쥐어박았다.
불상의 귀랑 코랑 팔이 퍼석퍼석 소리를 내며 떨어져나갔다.
그러자 그 순간 그 자리에 모여 있던 사람들이 모두
우레와 같은 박수를 보냈다.

—「원효·5」부분

낮 동안 원효는 뒤웅박을 차고 다니면서
구름 속에 감추어진 별들을 캐내고 있다.
그래서인지 요즘 서라벌의 하늘에는 밤이 되어도
별들이 돋아나지 않고 있다.
뒤웅박에 가득 별을 캐내어
그는 무엇을 하려는 것일까

—「원효·6」부분

원효는 얼마 전부터
경운기에다 사람들을 가득 태워
어디론가 데려가고 있다
(……)
경운기는 언덕길을 자갈밭길을 들길을
덜커덩 덜커덩거리며 달리기도 하는데
경운기에 실려 원효를 따라가는 사람들은
누구 하나 불편하다는 기색도 없이……

—「원효·7」부분

요석공주와 헤어진 이후 원효는 더 이상 궁궐을 드나들며 했던 식으로는 설법을 하지 않는다. 흙으로 만든 불상을 황룡사 대웅전 앞마당으로 끌어내리고, 뒤웅박 가득 별을 캐내고, 경운기에 사람들을 가득 태우고 어디론가 데려가기도 한다. 즉 원효는 우상숭배를 거부하고, 우주와의 교감을 꿈꾸며, 이웃과 더불어 살아가는 사람이다. 원효는 많은 공부를 한 학승이었지만 그보다는 사람의 무리 속에 들어가 불법을 전한 포교승이었다. 시인은 원효를 행동하는 사람, 혹은 실천하는 사람으로 간주하였다. 그래서 원효가 현현하여 사람들을 인도하면 "누구 하나 불편하다는 기색도 없이" 따라갈 것이라고 생각했던 것이다. 원효는 현실주의자일 때가 많았지만 「원효·5」에서처럼 이상주의자일 때도 있었다. 윤동재는 원효가 현실주의자이건 이상주의자이건 간에 지극히 인간적인 인물이었다고 보았다. 원효를 성모 마리아의 남편 요셉과 동일시한 「원효·4」를 보자.

> 사월초파일 분황사에서 만난 원효는
> 만삭이 된 아내를 나귀에 태우고
> 베들레헴으로 가는 길이라 했다.
> 베들레헴으로 가고 있던 그들의 뒤를
> 때아닌 봄눈이 내려
> 오래오래 흩날리고 있었다.
> 그리고 두어 달이 지난 뒤
> 베들레헴에서 만난 원효는
> 분황사로 다시 돌아가겠다며
> 만삭이 다 된 아내가 타고 갈
> 나귀를 구하러 돌아다니는 중이라 했다.

후줄근히 내리는 빗속의

베들레헴 골목을 샅샅이 뒤지며.

—「원효·4」 전문

만삭이 다 된 아내를 나귀에 태우고 베들레헴으로 간 것은 목공 요셉이었다. 시인은 요셉이란 이름을 쓸 자리에 원효를 썼다. 기독교인이 보건 불교도가 보건 망발이라고 할 말을 한 셈인데 왜 시인은 이런 엉뚱한 말을 한 것일까. "베들레헴에서 만난 원효는/ 분황사로 다시 돌아가겠다며/ 만삭이 다 된 아내가 타고 갈/ 나귀를 구하러" 베들레헴 골목을 샅샅이 뒤진다고 했다. 처음 만난 이후 두어 달이 지났는데도 여전히 만삭이다. 말이 안 된다. 그럼 왜 이런 말이 안 되는 말을 한 것일까. 이 시에서 원효는 617년에 나 686년에 입적한 그 원효일 수도 있고 그렇지 않을 수도 있다. 문제는 원효가 한때 "만삭이 다 된 아내"를 둔 지아비였다는 것이다. 바로 이 점에서 시인은 원효라는 인물을 예수를 잉태한 마리아의 남편 요셉과 동일시해보는 근거를 마련할 수 있게 되었다. 원효의 아내가 두어 달이 지나도 여전히 만삭인 것은 이 이야기의 상징성을 말해주는 부분이다. 독자가 얼토당토않은, 혹은 천부당만부당한 이야기를 곧이곧대로 들어줄 리 없을 테니 「원효·4」에 나오는 이야기의 상징성을 이해해달라고 시인은 요망하고 있다. 승려의 신분으로 만삭이 다 된 공주의 지아비였던 원효와 수태고지로 자식을 얻게 되는 성경 속의 요셉이 크게 다를 바 없다는 생각이 이 시를 쓰게 하지 않았을까. 연작시 7편에 담겨 있는 윤동재의 생각은 이것이다─원효는 지극히 상식적인 차원에서의 한 명 인간이었다. 그 이상도 그 이하도 아닌.

11년 뒤에 내게 되는 시집 『날마다 좋은 날』에서도 시인의 원효상은 바뀌지 않는다. 원효는 현대에 나타나 아무하고나 잘 어울리고, 어디에서도 거리낌없이 행동한다.

원효대사가 어제 저녁 경주에서 고속버스를 타고 서울에 올라왔습니다 잠은 종로3가 싸구려 여인숙에서 자고 오늘 아침 9시부터 세종문화회관 별관에서 열리는 광복 50주년 기념 국제학술대회에 주제발표자로 선정되어 주제발표를 하고 있습니다 (하략)
―「원효대사」부분

종립 동국대학교에서는 지난봄 원효 스님을 석좌 교수로 모셨습니나 그동안 원효 스님의 거처를 아는 사람이 없었는데 어떻게 연락이 닿았나 봅니다 (하략)
―「공개강좌」부분

『날마다 좋은 날』에서 찾아낸 두 편의 시에 묘사된 원효도 이전 시집에서 그려낸 원효상과 별반 다르지 않다. 시인은 자신이 만나본 현대인 중 몇 사람한테서 그 옛날 원효의 상을 발견하고는 그를 원효라고 지칭하여 시를 쓴다. 그런데 현대의 원효는 특별한 것이 거의 없는 사람이다. 다시 말해 그 옛날의 원효도 지극히 인간적이었던지라 거리감을 느낄 수 없는 것이고, 원효를 닮은 현대인도 특별한 구석이 없어 가깝게 생각되는 것이다.

의상 부처님이 무량수전에서 원효 부처님에게 중국에서 공부하고 온 걸 자랑하고 있었습니다 화엄경 80권을 산스크리트로 다 외울 수 있다며 새벽부터 외우고 있는 중이라고 했습니다 벌써 열흘째 외우고 있는데 한 대목도 틀린 곳이 없다고 했습니다
―「원효 부처님과 의상 부처님」부분

원효가 등장하는 윤동재의 또 다른 시「원효 부처님과 의상 부처님」을 보면 중국에서 공부하고 온 의상과 유학을 가지 않은 원효가 대비되고 있다. 의상이『화엄경』80권을 다 외우고 실차난타가 한문으로 옮긴 것도 다 외울 수 있다고 하자 원효는 "일체유심조입니다" 일갈하고는 무량수전을 나와 산길을 내려가 버린다. 이 시는 의상과 원효가 함께 당으로 유학 가려고 했다가 의상은 유학을 가고 원효는 국내에 남아서 불도를 닦게 된 그 유명한 '해골바가지 속 물 마시기' 이야기를 빼놓고 이해할 수가 없다. 조동일은 원효가 중국으로 가다가 되돌아온 이 사건이『송고승전』,『삼국유사』,『종경록』,『임간록』에 기록되어 있다고 하고는 각기 조금씩 달리 기록되어 있는 바를 고찰하였다.『삼국유사』의 것을 가장 많이 참고하여 이 설화를 소설식으로 정리해본다.

신라 진덕여왕 4년(650)에 원효는 불교 공부를 더하기 위해서 당나라로 유학 갈 결심을 했다. 여덟 살 아래인 의상과 마음이 맞아 함께 육로로 고구려를 통과해 당나라로 가기로 하고는 길을 떠났다. 그러나 도중에 그만 고구려의 군사에게 붙잡혀 옥에 갇혔다가 신라로 강제로 보내지고 만다. 고구려에서는 아무리 불교를 공부하려고 당나라로 가는 스님이라 하지만 고구려의 군사 기밀이나 지역적인 특성을 당나라와 신라에게 고해 바치면 큰일이라는 걱정이 들었고, 군인이 스님으로 변장했을지도 모른다고 생각하여 국경을 넘는 것을 허락하지 않았던 것이다.

그로부터 11년 뒤인 문무왕 1년(661)에 두 사람은 다시 당나라로 가서 불교를 더욱 깊이 공부하기로 했다. 지난번의 실패를 되풀이하지 않기 위해 이번에는 배로 가기로 했다. 그래서 일단 배를 탈 수 있는 당항성을 향하여 여행을 떠났다.

어느 날 저녁, 하루 종일 어둡던 하늘이 완전히 깜깜해지더니 빗발이 뿌리기 시작했다. 빗줄기는 점점 굵어졌고, 걸음을 옮기기도 힘들 정도가 되었다. 비는 장대처럼 퍼붓는데 밤이 왔고, 불빛 한 점 보이지 않는데 산중에서 길도 잃고 말았다. 두 사람은 어둠 속을 한참이나 헤매다 헛간 같은 것이 보여 비도 피할 겸 들어갔다. 워낙 어둡고 기진맥진해 두 사람은 그곳이 초막처럼 만들어 둔 그 시대의 무덤이란 것을 알 수가 없었다. 빗물이 여기저기서 떨어지고 있었지만 원효와 의상은 워낙 지쳐 있어 깊은 잠에 빠져들었다.

원효는 칠흑의 어둠 속에서 자다가 목이 몹시 말라 잠에서 깨어났다. 비는 그사이 그쳐 있었고, 머리맡 한구석에 바가지 하나가 놓여 있는 것을 발견했다. 새벽 동이 터 오고 있어 사물의 윤곽을 희미하게나마 구분할 수 있을 정도였다. 눈을 비비고 보니 그 바가지 안에는 물까지 담겨 있는 것이었다. 원효는 바가지를 들어 그 속에 담겨 있는 빗물을 달게 마시고는 깊은 잠에 빠져들었다. 이튿날 날이 밝았을 때, 원효는 소스라치게 놀랐다. 초막에는 시체가 있었고, 그의 해골이 나뒹굴고 있었다. 간밤에 바가지인 줄 알았던 것은 바로 해골이었던 것이다. 헛구역질을 한참 하다가 원효는 문득 한 깨달음을 얻었다.

'해골에 담긴 물을 그렇게 맛있게 마시다니. 그렇다. 모든 분별은 마음에서 생기는 것이로구나. 간밤에 달게 마신 물이 오늘 아침에는 해골의 물이라 하여 구역질을 하다니. 달다고 느끼는 것과 더럽다고 느끼는 것은 오로지 마음가짐에 달린 것이 아니냐. 그렇다면 극락과 지옥이 따로 있는 것이 아니다. 이 세상이 곧 극락일 수 있으며, 불교의 이치도 마음만 제대로 먹으면 깨칠 수 있는 것일 게다. 이 이치를 내 오늘 알게 된 이상 불법을 다른 곳에 가서 구할 필요는 없지 않은가. 진리는 우리의 일상생활 속에서도 얼마든지 찾을 수 있는 것이다.'

원효는 이렇게 마음을 바꾸었다. 원효는 의상을 중국으로 떠나보내고는 서라벌로 돌아왔다.

의상은 당 유학을 마치고 와서 부석사를 비롯하여 화엄사 · 해인사 · 범어사 등을 건립했으며, 많은 제자를 육성하여 화엄종의 개조가 되었다. 원효가 저술에 힘쓰고 개인적으로 교화 활동을 편 데 반해 의상은 교단 조직에 의한 교화와 제자들의 육성을 중시했던 것으로 보인다.[11] 원효가 대중불교를 위해 노력한 것과 달리 의상의 화엄학은 귀족적이라는 시각도 있다.[12] 시인은 두 사람의 차이를 염두에 두고 시를 쓴 것일 터인데 원효를 격상시키고 의상을 격하시켰다. 의상이 유학파이고 원효가 국내파여서 그런 것일 수도 있겠고, 의상의 화엄종보다 원효의 정토종이 마음에 더 들어 이렇게 쓴 것일 수도 있겠다. 의상과 원효를 일종의 상징으로 끌어온 것이라면 지식을 많이 쌓은 것을 과도하게 자랑하는 경박한 지식인을 풍자하려는 의도가 담겨 있을 법하다. 아니, 그런 것보다 "일체유심조입니다"라는 원효의 말을 강조하기 위해 이야기를 하나 만들었을 법도 하다. 일체유심조一切唯心造라는 말은 해골바가지 설화에 나오는 '불교의 이치도 마음만 제대로 먹으면 깨칠 수 있는 것일 게다'라는 일종의 오도송과 일치한다. 이 말을 하고 원효는 구법승이 되는 것을 포기했는데, 시인에게는 이 말이 의미심장하게 다가왔던 것이다.

모란꽃 그늘에서 한 스님이 술잔을 들고 혼자서 춤을 추고 있다. 뒤꿈치를 들고 발바닥을 지렛목으로 이따금 하늘에 떠오르며 자기의 원둘레가 되어 돌고 있다. 균형잡기의 목적은 구름처럼 무너지는 일이다. 선도산 하늘에 피어난 치자색 노을이 지워지기 시작할 때도 스님은 춤을 걷으려 하지 않는다. 팔각의 화강암 테를 두른 샘물이 왕녀 덕만이 처음으로 머리에 얹던 금관같이 황금빛 비늘을 번뜩이는 순간 원효의 모습은 사라지고 보이지 않았다. 시린 달빛만이 정갈한 경내

---

11) 『브리태니커 세계 대백과사전』 17, 한국브리태니커회사, 1996(초판 6쇄), 498쪽.
12) 유명종, 『한국사상사』, 이문출판사, 1995(6판), 70쪽.

멀리 깔려 있었다. 다음날 아침 비어 있는 뜰에는 흔들던 그의 소매에
서 떨어진 모란 꽃잎이 어지럽게 흩어져 있었다.

허만하 시인

허만하의 시 「분황사에서 원효를 찾다」 전문이다. 분황사는 원효와 관계가 많은 절이다. 원효는 이 절에 한동안 머물면서 『화엄경소』 등의 책을 썼고, 열반하자 아들 설총이 소상塑像을 만들어 분황사에 안치하였고, 고려시대 때 의천義天이 제문을 지어 원효를 추모하는 제를 지냈던 곳이기도 하다.13) 이 시의 내용 그대로 시인이 분황사에 가서 스님이 술잔을 들고 혼자서 춤을 추고 있는 광경을 본 것일까. 그렇지는 않을 것이다. 왕녀 덕만 운운하는 것으로 보아 그 옛날 원효가 무애무를 추는 모습을 상상해본 것임을 알 수 있다. 모란꽃은 마침 원효에게 연정을 느낀 요석공주가 장삼과 더불어 선물했던 바로 그 꽃이다.

시인은 분황사에 간 날 가득히 피어 있는 모란꽃을 보았는데 다음날 모란 꽃잎이 어지럽게 흩어져 있었던 것이고, 그 이유가 뜰에서 밤 깊어가도록 춤추며 흔들던 원효의 소매에서 떨어졌을 것이라는 상상을 해본 것이다. 허만하는 분황사에 있는 원효와 관련이 있는 유물, 예컨대 모전석

---

13) 황영선 편, 앞의 책, 64쪽.

탑·삼룡변어정(우물)·화정국사비의 대좌 등에는 아무 관심이 없었고, 경내 뜰에 있는 모란꽃의 개화와 낙화를 가장 인상 깊게 본 뒤에 이 시를 썼을 것이다. 분황사에 왔더니 무애무를 춘 원효가 생각났고, 경내에 피어 있는 모란꽃을 보고는 원효와 연결시켜 보고자 이 시를 썼을 수도 있다. 궁극적으로 이 시를 통해 시인이 말하려고 한 것이 무엇인지 모호하고, 묘사에 있어 지나친 평이함이 이 시를 다소 무미건조하게 만들었다.

　　계림으로의 나의 순례는 결국 퍼덕이는 연들과 고통에 시달리는 사람들이 있는 내 마을의 삼매경三昧境으로 돌아오는 여행이었다. 고향에서는 익은 과일과 부르는 목소리가 내 혼령에 불을 붙였다. 내가 고향에서 돌아왔을 때, 안압지는 내 잔해를 비추고 나로 하여금 내 해골 물을 마시게 하였다. 내 살과 뼈는 그 손가락으로 바람 부는 절벽을 가리켜 주었다. 절벽 아래에는 공空의 바다가 포효하였다. 나는 겁에 질려 있었다. 내 손에 내 해골을 거머쥐고 요석공주의 이름을 부르며, 고향의 인기척 없는 거리를 헤매었다.
　　　　　　　　　　　　　　　　―「원효대사가 시인에게 한 말」 부분

고창수 시인

　　고창수의 시집 『원효를 찾아』에 나오는 시편 중 원효라는 이름이 나오는 시는 이 1편밖에 없다. 이 작품은 시집의 제목이 되기도 했지만(같지는 않다) 제일 앞머리에 놓여 있으며, 장장 8페이지에 달하는 것으로 시인이 큰 비중을 둔 것임을 알 수 있다. 이 시의 화자는 원효다. 고향에서 계림으로 돌아왔을 때 안압지가 내 잔해를 비추고 내 해골물을 마시게 했다는 구절이 보이므로 원효 혼백의 경주 순례인 듯도 하다. 원효의 고향은 압량군 불지촌 북쪽에 있는 밤골인데, 이종익은 『동국여지승람』을 참고하여 이곳을 경북 경산군 자인면으로 보고 있다.14) 원효가 시인에게 한 말이라는 이 시에서 자주 등장하는 시어는 '말'이다.

> 나는 사바세계에서 밀려가는 바람에 내 시를 뿌렸다. 시냇물은 나에게 시력과 영감을 보내주었다. 나는 나의 말을 모두 내 꿈속에 묻어버렸다. 나의 꿈을 모두 시냇물 속에 묻어버렸다.
>
> 나는 말을 지극히 불신하였다.
> 말이란 쓸모없는 말풀이에 지나지 않았다
> 언어는 우리에게 시를 주지만 도에 이르지는 못한다.
> 언어는 스스로의 정화가 필요하기 때문이다.
> 말이란 공에 이르는 당신의 길을 가로막는 장애물에 지나지 않는다.
> 무엇을 전하려는 내 노력은 격에 맞지 않는 은유와 우화를 낳을 뿐이다.
> 말은 당신의 시력이나 경험에 닿지 못한다.
> 말은 결코 당신의 마음에 도달하지 못한다.
> ─「원효대사가 시인에게 한 말」 부분

제목을 보면 원효가 시인에게 해주는 말이지만 실은 시인 스스로 해보는 말이다. 시인의 언어에 대한 불신은 대단하다. 하지만 문학은 말로 이

---

14) 이종익, 「원효의 생애」, 불교전기문화연구소 편, 『원효, 그의 위대한 생애』, 불교춘추사, 1999, 219쪽.

루어지며, 문학의 가능성은 바로 말의 가능성에서 그 근거를 마련한다. 하지만 원효는 말을 불신함으로써 문학의 가능성을 인정하지 않았던 것처럼 보인다.15) 조동일은 『대승기신론소』에 나오는 "眞如離言"과 "眞如者 依言說分別" 및 "所謂因言遣言 猶如以聲止聲也" 대해 아래와 같이 설명한 바가 있는데, 고창수의 이 시를 이해하는 데 많은 도움을 준다.

> 원효는 모든 언설은 가명에 지나지 않고 실상과 연결되지 않는 것이며, 진여를 떠났다고 하면서도 계속 언설을 늘어놓았다. 말을 불신하면서도 말로써 마음의 근원, 열반, 진여를 전했다. 말이 아니면 전할수 없고 말이 아니면 이치를 드러낼 길이 없다고 생각한 것이다. "말을 떠난 진여"라고 하는 것만으로는 부족하고 "말에 의한 진여"를 알아야 한다고 하면서, 부정했던 말을 다시 긍정했다. 그런데 이 경우의 긍정은 단순한 긍정이 아니고, 말의 횡포로 가려진 이치를 말로써 말을 파괴하여 드러낸다는 의미에서의 긍정이다. "이른바 말로써 말을 없애는 것은 소리로써 소리를 그치게 하는 것과 같다"고 하면서, 말을 없애는 말을 긍정한 것이다.16)

시인이 말과 말의 조합인 시를 부정한다면 시를 쓸 수 없을 터, 그래서 원효의 입을 빌려 불립문자와 교외별전의 경지를 고찰해본 것이다. 원효는 '언어로써 언어를 버리는(以言遣言), 즉 '언어를 끊어버린 언어(絶言之言)17)의 상태를 지향하고 있다. 불교에서 언어에 대한 부정은 언어에 대한 긍정을 이끌어내기 위한 것일 뿐, 부정을 위한 부정이 아니다.18) 원효도

---

15) 조동일, 「원효」, 『한국문학사상사시론』, 지식산업사, 1978, 43쪽.

16) 위의 글, 같은 쪽.

17) 원효, 「대승기신론별기」 권본, 동국대학교 한불전편찬위 편, 『한국불교전서』 1책, 동국대학교 출판부, 1979, 680쪽.

그러했지만 시인 자신도 말 자체를 부정한 것이 아니라 '말을 없애는 말'은 긍정한 것이다. 이런 점에서 보면 「원효대사가 시인에게 한 말은 언어를 바탕으로 하여 만들어지는 시라는 것이 때로는 말(일상어)보다 무가치할 수 있음을 깨달은 시인이 자신과 시를 탄식하고 있는 내용을 담고 있다고 보면 된다. 구태여 원효의 입이 아닌 다른 고승의 입을 빌려도 마찬가지겠지만 시인은 "나는 사바세계에 밀려가는 바람에 내 시를 뿌렸다"는 말을 하고자 원효의 입을 빌렸을 것이다. 원효는 요석공주와의 사랑 때문에 사바세계로 밀려갔다. 시인은 "내 씨를 뿌렸다"고 하지 않고 "내 시를 뿌렸다"고 했다. 고창수는 사바세계로 밀려가는 바람에 고승 원효가 시인이 되고 만 것으로 보았다. 그럼에도 나(원효)는 말을 지극히 불신하고 있고, 말은 결코 당신(고창수)의 마음에 도달하지 못할 것이라고 했다. 원효가 시인더러 정신 차리라고 하는 식이지만 실은 시인 자신이 원효의 입을 빌려 자경록 같은 시를 써나간 것이다. 시의 대미는 다음과 같다.

> 당신의 사랑과 긍휼을 지성으로 연마하라.
> 자신의 업보와 동포의 업보를 사랑하라.
> 당신의 고독의 눈망울로
> 존재의 불꽃을 돋구어라.
> 고향 마을에서
> 지성으로 그 어둠을 가꾸어라.
> 소멸을 통해서만 소멸은 극복할 수 있다.
> 있는 것과 없는 것은 서로 따라다닌다.
> 있는 것과 없는 것을 똑같이 존중하라.

---

18) 고영섭, 「원효의 화엄학」, 고영섭 편, 『한국의 사상가 10人―원효』, 예문서원, 2003(3쇄), 502쪽.

(……)

정말 중요한 것은 결단을 내리는 일이다.
지금과 여기에 몰두하라.
당신의 찰나 속에 영겁이 빛나고 있으니.

달은 그 빛을 시냇물 속에 던진다.
시냇물은 그 빛을 달 속에 던진다.
당신은 손에 진리를 쥐고 있으나
보지는 못한다!

고창수 자신의 시론이랄까 시관이랄까, 시인으로서 해야 할 일들을 천
명한 부분이다. 이런 부분에서 원효의 독창적인 일심사상이나 화쟁사상,
무애사상 같은 사상의 편린은 보이지 않는다. 다만 시인은 원효의 결단에
주목하였다. 귀족으로 태어나 승려의 길을 걷기로 한 결단, 당으로 유학
을 가려다가 해골에 든 물을 마신 뒤에 유학을 포기한 결단, 요석공주의
구애를 받아들이기로 한 결단, 자식까지 두었지만 환속을 하지 않는 결
단, 요석공주와 결별한 이후 사찰로 들어가지 않은 결단, 떠돌이 포교승
으로 살아가기로 한 결단 등 원효의 생애는 결단의 연속이었다고 해도 과
언이 아닐 것이다. 원효는 시인에게 이렇게 말한다. 엄밀히 말해 시인 스
스로 이렇게 다짐한다. "지금과 여기에 몰두하라"고. 원효는 역대 어느 고
승보다 '지금'과 '여기'에 몰두한 이였기에 시인은 그의 입을 빌려 한참 동
안 자기 시론을 전개해본 것이다. 원효가 사바세계에서의 실천을 대단히
중요하게 생각했던 것만큼 고창수도 시인이라면 끊임없이 말을 부정하고
의심하면서, 그러면서도 시작을 포기해서는 안 된다는 것을 알고 있었다.

당신의 찰나 속에 영겁이 빛나고 있다는 시구는 영원성에 대한 시인 자신의 믿음을 대변한 것으로 보면 된다. 말에 대한 불신에서 시작한 이 시는 '지금'과 '여기'에 몰두하면 나의 시도 영원히 남을 명시가 될 수 있으리라는 소박한 믿음으로 전환되면서 끝이 난다.

고영섭 시인

대표적인 원효 연구자이면서 시인이기도 한 고영섭은 시 「시정에서 부르는 원효의 노래」와 「원효의 새벽노래」 2편을 첫 시집 『몸이라는 화두』에 실은 뒤 자신의 저서인 『원효탐색』의 제일 앞에도 실었다. 2편 시 뒤에 '책머리에' 글을 실은 것으로 보아 이 2편의 시에 대해 남다른 애착을 갖고 있음을 알 수 있다.

들풀들이 아프면 나도 아프리
모든 것에 걸림 없는 한 사람이
한 길로 삶 죽음을 벗어났으니
자루 없는 도끼를 내게 준다면
하늘 떠받친 기둥을 끊으리

그날 요석다리 아래에 떨어진
개천 시궁창 안의 진한 악취와
양편 둑 위에 질펀히 자라나는
풋풋한 들꽃들의 땀냄새를 맡았네
　　　　　　―「시정에서 부르는 원효의 노래」 제 2, 3연

원효가 파계하게 되는 과정을 『삼국유사』에 근거하여 그려놓은 부분이다. 여기서 원효가 요석공주와의 사이에 아들 설총을 두는 과정을 살펴보기로 하자. 고영섭이 논문을 쓸 때는 원효의 사상과 업적에 대해 집중적으로 탐색했지만 시를 쓸 때는 결코 그렇게 하지 않고 원효의 러브스토리에 관심을 보였다. 이 설화는 『三國遺事』와 『東京雜記』에 소상히 기술되어 있는바, 이를 참고하여 소설적으로 구성해본다.

승려가 된 원효는 절간에만 머물지 않고 고승을 두루 찾아다니며 불교 공부를 했다. 그리고는 분황사로 가서 불경에 대한 연구를 하여 『화엄경소』라는 책을 썼다. 그 후 초개사에 머물면서 부처님의 말씀을 담은 중국의 책 『금강삼매경』을 다섯 권으로 쉽게 풀어쓰는 일도 했다. 젊은 승려 원효가 불교 경전에 대한 깊은 공부로 그 방면에 일가를 이루었다는 소문은 무열왕의 귀에도 들어갔다. 무열왕의 청을 받고 원효는 황룡사에서 임금님을 비롯하여 왕자와 공주, 그리고 여러 대신들과 전국의 절에서 온 이름 높은 고승들에게 『금강삼매경』에 대한 강의를 했다.

불당에 앉아 원효의 강론에 귀를 기울이고 있던 많은 사람 중에는 무열왕의 둘째 딸이 있었다. 남편을 백제와의 싸움에서 잃고 홀몸이 된 공주는 원효에게 연정을 느끼게 되었다. 무열왕은 원효의 인품과 높은 실력에 감복하여 중요한 국가적인 행사가 있을 때면 자주 원효를 초청하였고, 그렇지 않으면 궁궐로 불러들여 강론을 듣고는 했다. 원효를 가까이에서, 혹은 먼발치에서 여러 차례 보게 된 공주의 마음속에는 날이 갈수록 더욱 큰 그리움이 자리 잡게 되었다. 공주는 아무리 다짐을 해도 머리에는 원효가 스님이 아니라 학식 높고 말 잘하는 미남자로만 떠오르고, 그리움이 사무쳐 병이 날 지경이 되었다. 공주는 용기를 냈다.

공주는 마침내 원효에게 모란꽃과 장삼을 선물해 은근히 자신의 마음을 전했다. 원효는 공주의 마음을 알아차렸지만 가타부타 아무 말을 하지 않았다. 공주는 고민 끝에 자신의 이런 간절한 연모의 마음을 아버지 무열왕에게 말씀드렸다. 공주는 아버지 무열왕에게 이렇게 자신의 짝사랑을 고백하였으니, 신라의 여인들은 대단히 적극적인 데가 있었던가 보다. 그 당시 신라에서는 과부의 개가가 엄격히 금지되어 있지 않았는지도 모른다.

요석공주의 연모를 눈치챈 원효는 마침내 자신도 발랄하고 아름다운 공주에 대한 사랑의 감정을 어떻게 할 수 없을 지경에 이르렀다. 하지만 자신은 승려 신분이요 상대방은 일국의 공주였다. 두 사람이 모두 결혼을 원하고 있었더라도 많은 제약이 따를 것은 분명한 일이었다. 원효는 답답한 마음에 다음과 같은 노래를 지어 부르며 거리를 돌아다녔다.

누가 자루 없는 도끼를 주려나
하늘 받칠 기둥을 찍어 내려네.

사람들은 원효가 거리에서 큰소리로 부르는 이 노래가 무엇을 뜻하는지 몰랐지만 무열왕은 소문을 듣고는 원효의 의도를 눈치챘다. 그래서 무열왕은 어느 날 신하를 시켜 거리를 떠돌아다니는 원효를 찾아 요석궁으로 인도해 들이게 했다.

신하는 어명을 받들어 원효를 찾아다니다가 문천교라는 다리를 지나고 있는 원효와 맞닥뜨리게 되었다. 그 신하가 자신을 찾아내기 위해 여기저기 수소문하고 다닌다는 것을 알고 있던 원효는 멀찍이에서 그 신하의 모습이 보이자 짐짓 발을 헛디딘 양 문천교 아래 냇물에 풍덩 빠졌다. 어푸어푸 허우적거리는 원효를 건져낸 신하는 가마에 태워 곧장 궁궐이 아닌 요석궁으로 달려갔다. 미리 짜둔 각본 그대로였다.

원효의 젖은 옷을 갈아입힌 요석공주는 단 며칠이었지만 꿈 같은 시간을 보내고 나서 아기를 갖게 된다. 요석궁에서 사는 공주라고 하여 '요석공주'라고 불리게 된 이 여인은 우리 옛 조상들이 만들어 쓴 문자인 '이두吏讀'를 완성시킨 설총의 어머니가 된다. 원효가 요석공주 와의 사이에 설총을 낳은 것은 655년에서 660년, 즉 원효의 나이 39세 에서 44세 사이에 일어난 일로 추정되고 있다.

앞서 언급했듯이 원효가 부른 노래는 무애가였고 노래를 부른 장소는 시정市井이었다. 시인의 상상력에 힘입어 현대에 재림한 원효는 자신의 시정을 '천민촌 북천'과 '난지도 쓰레기장'으로 설정하였다.

> 마땅히 어디서 누구를 건져야 하리
> 천민촌 북천을 뛰쳐나가는 내게
> 뒤통수를 찌르듯 던진 한마디 대안 스님 말씀과
> 저자거리의 불목하니로 남아
> 난지도 쓰레기장에 모여드는
> 잠 못 드는 영혼들을 데워준 나를
> 잘 가게 하며 알아보신
> 뒷방 늙은이 우리 방울 스님 말씀
> 저자 속에서야 비로소 깨달았네
> ─「시정에서 부르는 원효의 노래」 제5연

대안 스님과 방울 스님은 원효의 설화 그 어디에도 나오지 않는 인물이 다. 대안 스님은 시인이 잘 아는 시인이 아닌가 싶고, 방울 스님은 "뒷방 늙은이"라는 수식어가 붙어 있기 때문에 혈족이 아닌가 싶다. 둘 다 시인 이 아는 사람이리라. 시인은 자신이 시정에서 만난 두 스님과의 인연을 말한 뒤에 원효의 전도 행각을 다음과 같이 묘사한다.

모두 다 버려야만 보이는 들풀들을

두 눈으로 꿰뚫어보면서

부질없이 질러버린

종요宗要와 논소論疏의 문빗장을 열어 젖히고

두드리는 박소리와 휘젓는 춤사위로

뭇 삶들의 바다 속에서

자맥질하기로 했네.

—「시정에서 부르는 원효의 노래」 마지막 연

　시의 이 부분을 보다 잘 이해하기 위해서는 원효의 행각에 대한 이성적인 고찰이 필요하다. 앞에서도 설명했었지만 고승 원효는 요석공주와의 사랑이 결실을 맺었지만 절로 돌아가지 않고 시정으로 가 불교의 교리를 전한다. 원효는 단 며칠이었지만 속세에서 결혼식도 올리지 않고 공주와 함께 지냈고, 그 결과 자식까지 둔 몸이 되었다. 임금이 허락한 일이니 스님이라는 신분만 아니었다면 크게 욕될 것은 없었지만 절에 가서 부처님 앞에 다시 서기가 참으로 부끄러웠을 것이다. 이때부터 원효의 생활 태도는 전과는 판이하게 달라지게 된다. 요석궁을 한밤중에 몰래 빠져나온 원효는 그 이후 승복을 벗고 일반 천민들이 입는 옷으로 바꿔 입는다. 불교의 계율을 어기고 파계를 했으므로 승복을 벗어야 한다고 스스로 생각했던 것이다. 이름도 소박하게 소성거사小姓居士로 바꾸어 자신의 신분을 속였다. 절을 떠난 원효가 잠자리를 마련한 곳은 거지 소굴이었다. 자신이 집집이 찾아다니며 탁발을 해 밥을 얻어먹는 것이나 거지들이 동냥을 해 밥을 얻어먹는 것이나 다를 바가 없다고 생각했기 때문일 것이다. 원효는 거지들에게 동냥 다니면서 써먹으라고 불경도 몇 구절 가르쳐주었다. 마을에서는 거지가 구걸을 와서 염불을 하면 많이 배운 사람이 어쩌다 저렇게 거지가 되었나 하고는 혀를 차면서 밥도 더 많이 주는 것이었다. 하지만 부처님을 욕되게 하는 짓이라고 화를 내는 사람들도 있었다. 원효는 이렇게 생활하면서 몸은 고달팠지만 마음은 편했다. 황룡사나 궁궐에서 많은 사람들 앞에서 설법하던 자신의 옛날을 돌이켜보니 거짓된 삶을 살았다는 생각이 자꾸만 들었다. 원효에게는 거지들이나 노인네들, 시장의 상인들, 철없는 아이들, 마을의 부녀자들이 다 친구이고 포교의 대상이었다.

원효는 이런 식으로 신라 전역을 돌아다니며 부처님의 말씀을 전하다 하루는 광대패를 만났다. 광대들이 사람들 앞에서 갖고 노는 커다란 바가지가 원효의 눈에는 신기하게 비쳤다. 원효는 목탁을 대신한, 자신의 밥그릇이기도 한 바가지에다가 '무무'란 이름을 붙였고, 무무를 갖고 놀면서 부르는 노래를 지어 '무애가'라고 이름을 붙였다.

> 모든 것에 거리낌이 없는 사람이라야
> 죽음의 문제에서 벗어난다네
> 생사의 편안함을 얻게 된다네

이런 뜻의 무애가를 부르며 추는 춤이 바로 무애무이다. '무애'란 세상 그 무엇에도 거리낄 것이 없다는 뜻으로, 갖가지 고민에서 벗어나 큰 깨달음을 얻은 경지를 가리키는 말이다. 춤도 그런 뜻을 담아 해방감을 만끽하게 하는 몸짓으로 추었다. 물론 광대들이 바가지를 들고 노는 모양을 본따서 만든 춤이었다. 이처럼 무애무는 불교의 교화를 목적으로 원효가 만든 춤이 틀림없지만 매우 서민적이고 온화한 춤이었으리라 여겨진다. 상당히 익살스럽고 우스꽝스런 몸짓도 포함되어 있었을 것이다.

원효는 절간에서 남이 해주는 공양을 받고, 높은 데서 만인을 내려다보며 염불을 하다가 세상을 떠돌며 노는 광대, 즉 한 사람의 자유인이 된 것이다. 무애무와 정토종은 전국 방방곡곡으로 퍼져갔다. 그는 영어로 하면 '모노드라마'인 일인극을 펼치며 사람을 모아놓고는 부처님의 말씀을 전했다. 고영섭의 시에는 바로 『삼국유사』와 『파한집』에 나오는 무애무에 얽힌 이야기가 전개되고 있다. 시인은 이 한 편의 시로 원효가 행한 드라마틱한 전환(불경 연구자에서 포교승으로의 전환)을 찬하고 있다.

원효는 어디에도 걸림이 없는 철저한 자유인이었다. 원효는 "일체에 걸림이 없는 사람은 단번에 생사를 벗어난다(一切無㝵人 一道出生死)"는 말을 한 적이 있다.[19] 그는 부처와 중생을 둘로 보지 않았으며, 오히려 "무릇 중생의 마음은 원융하여 걸림이 없는 것이니, 태연하기가 허공과 같고 잠잠하기가 오히려 바다와 같으므로 평등하여 차별상이 없다"고 하였다.[20] 고영섭은 다른 한 편의 시에서 자신의 원효상을 더욱 분명히 정립한다.

1
들풀들 파릇파릇 햇빛에 반짝이는
새 날 새 세상을 열으리
첫새벽 온 누리에 비치는 부처님 햇빛이 되어
동두렷이 터오는 새벽을 열으리

달동네 뒷산 언저리 위 공동묘지의
한 무덤 속에서 깨어나 깨달았네

---

19) 황영선 편, 앞의 책, 482쪽.
20) 한국정신문화연구원, 『한국민족문화대백과사전 16』, 웅진출판주식회사, 1996(11쇄), 763쪽. '원효'에 대한 부분은 이기영이 썼다.

마음이 일어나므로 갖가지 현상이 일어나고
마음이 사라지므로 땅막과 무덤이 둘이 아니듯
마음 밖에 따로 구할 것이 없는데
무엇을 따로 구할 것이 있으리
—「원효의 새벽노래」 1번 시의 부분

제1연은 불교가 신라에 들어옴으로써 무지의 어두운 시대가 가고 불법
(혹은 부처님 말씀)의 동이 터 옴을 찬양하는 내용이다. 제2연은 해골바가지
에 담긴 물을 마시고 득도하는 과정을 시로 쓴 것이다. 1번 시에서는 어느
부분을 봐도 특별히 새로운 내용이 없다. 하지만 2번 시에서 시인이 느닷
없이 현대를 그림으로써 생생한 생명력을 불어넣는다.

2
밤골 조그만 마을에 거하는 사나이가 되어
미아리 삼양동 봉천동 달동네의
무허가 판자촌 봉창이 뚫린 집 앞에서

날마다 출근길에 시달리는 맞벌이 들꽃들과
공납금 등록금을 내지 못해 우는 아이들에게
세상의 주인으로 사는 법을 가르쳐주면서
노래와 탈춤으로 한바탕 마음을 달래주었네

연탄재가 널부러진 길목에서
임금인상 작업환경개선 적정근무시간을 외치다가
노동으로 지쳐 돌아오는 들풀들에게
파릇파릇 생기를 불어넣어 주면서
새 집 짓기 위해 들어 올려진 대들보를

불쏘시개로 쪼개서
세상 밝히는 장작불로
활활 타오르게 했네.

　　　　　　　　　　　　　ㅡ「원효의 새벽노래」 2번 시의 전문

　고영섭은 "나는 오늘 원효를 만난다. 그는 서라벌에만 있지 않다. 원효
는 우리나라의 어느 거리에서나, 산간벽지의 절 속에 면면히 살아 있다
."[21]고 했는데 이런 생각이 이 시에는 잘 담겨 있다. 2번 시에서 시인은 이
처럼 원효의 현재적 의미를 탐색하고 있다. 그 옛날 원효가 시장바닥에서
했던 일을 현대의 원효는 달동네 무허가 판자촌에서 한다. "날마다 출근
길에 시달리는 맞벌이 들꽃들과/ 공납금 등록금을 내지 못해 우는 아이들
에게/ 세상의 주인으로 사는 법을 가르쳐주면서/ 노래와 탈춤으로 한바탕
마음을 달래주었네"라는 4행은 원효가 이 땅에 와서 한 일이 무엇이었던
가를 말해주고 있는 부분이다. 시인은 원효가 수많은 불교서적을 발간하
여 신라불교를 중흥시킨 역할을 한 사실을 무시하려는 마음은 전혀 없었
을 것이다. 하지만 그보다 더욱 중요한 것은 가난한 민중 속으로 들어가,
그들과 희로애락을 함께 하며 불교를 전파한 것이야말로 원효의 가장 큰
역할이었음을 강조하고 싶었음에 틀림없다. 이 시는 80년대에 혼히 볼 수
있었던 '노동시'의 계보에 둘 수 없다. "임금인상 작업환경개선 적정근무
시간을 외치다가"를 보면 노동환경 개선과 노조의 결성을 통한 노동해방
이라는 노동시의 일반적인 주제를 짐작할 수 있지만 시의 말미는 완전히
다른 차원을 지향한다. "새 집 짓기 위해 들어 올려진 대들보를/ 불쏘시개
로 쪼개서/ 세상 밝히는 장작불로/ 활활 타오르게 했네."라는 결구를 통해

―――――――――――――――――――――――
21) 고영섭, 『원효, 한국 사상의 새벽』, (주)도서출판 한길사, 2002(5쇄), 27쪽.

고영섭은 원효에 의해 한국 불교사상의 개화가 이뤄졌음을 주장하고 있다. 원효가 고도의 정신세계를 지향하는 불교철학서를 저술하는 데 그쳤더라면 이런 식의 묘사가 행해졌을 리가 없다. 대들보 운운은 『송고승전』의 「신라국황룡사원효전」에 나오는 시 한 수에 영향을 받은 것이 아닌가 여겨진다.

지난날 백 개의 서까래를 가려낼 때에는
비록 내가 들지 못했지만
오늘 아침 하나의 대들보를 가로지르는 곳에서는
나만이 할 수 있구나!

쉬운 시구 속에 오묘한 철학이 감춰져 있다. 원효의 사상은 몽매한 인간들이 깨달음에 도달하도록 먼저 자신의 마음을 비우고, 각자의 처지에 따라 경문을 외우는 한편 생활을 검소하게 하는 가운데 실천하도록 유도하는 것이었다. 원효에 의해 펼쳐진 정토종이란 탁상공론이 아니라 수행, 실천하는 가운데 깨닫는 것이라는 윤리적인 목표가 있었다. 다시 말하거니와 원효사상의 위대성은 민중의 삶 한복판으로 파고든 데 있었고, 이 땅의 몇 명 시인은 바로 그 점을 중시하여 원효를 형상화했던 것이다.

7명 시인의 17편 시밖에 찾아보지 못했지만 원효라는 한 승려를 소재로 하여 쓴 현대시의 수는 이 글에서 다룬 것보다 훨씬 많을 것이다. 이른바 위인으로 일컬어지는 인물 가운데 시인들이 관심을 갖고 그의 행적이나 인품을 형상화한 시의 수는 17편만으로도 거의 으뜸이 아닐까 한다. 그만큼 원효는 시인들에게 매력적인 인물로 다가왔다. 불교가 발전해온데 원효의 저술 업적을 소홀히 할 수 없지만 그보다는 원효가 수많은 설

13세기 초에 그려진 원효의 가장 오랜
초상화.
일본의 고잔지(高山寺)에 있다.

화를 남긴 문제적 인물이었기 때문
이다. 특히 많은 설화가 담겨 있는
『삼국유사』의 존재는 원효의 인간
됨됨이를 잘 말해주는 문학적 보고
라고 할 것이다.

시인들 가운데 황동규·윤동재·
고영섭 같은 이는 원효의 인간적인
면모를 부각하는 데 힘썼고, 고창
수는 원효가 주창한 불교의 교리에
한 걸음 다가섰다. 원효가 진정 생
명력이 있는 인물이라면 앞으로도
계속해서 시인들의 관심권 안에 있
을 것이다.

한국 현대시에 나타난 '달마'

최동호 · 이정우의 시를 중심으로

보리달마[1]는 6세기경에 중국에서 활동한 인도 출신의 승려로 중국 선종의 초조初祖이다. 비종교인에게 달마는 이런 인물로 의미를 지니는 것이 아니라 초상화인 달마도로 친숙하다. 한·중·일 3국의 불화 가운데 달마의 화상은 나한·관음보살·보현보살 등 그 어떤 보살보다 더 많이 그려진 인물이다. 전국 사찰 어디를 가도 그 사찰 근처의 기념품 가게에서 달마도를 살 수 있을 만큼 우리와 친숙한 인물이지만 정작 달마는 생몰 연대도 확실하지 않고(470년경~536년경) 1500년 전 사람이라 그와 관련된 일화[2]도 신빙성 있는 것은 거의 없다. 그렇지만 불교사에 있어 선종은 거대

---

1) 보리달마菩提達磨는 산스크리트 'Bodhidharma'를 소릿말로 적은 것이다. 보디bodhi 는 깨달음을 뜻하고 다르마dharma는 법法을 의미한다. 보리달마를 줄여서 흔히 달 마로 칭한다. 일본의 세계적인 불교학자 세끼구찌關國眞大 박사에 의하면 역사적 인 물로서의 달마는 '達摩'로 표기하고 선종의 초조로서 신격화되자 '達磨'라고 썼다고 한다. 송대에 출간된 『경덕전등록景德傳燈錄』을 비롯해서 송대 이후의 선종사禪宗史 에 관한 전적典籍은 모두 '達磨'로 표기했으나 당나라 때의 문헌, 특히 돈황 자료는 모두 '達摩'로 표기했다. 본고에서는 그의 이름을 '달마'로 통일하여 표기한다. 김나 미, 『그림으로 만나는 달마』, 시공사, 1998, 27쪽과 야나기다 세이잔柳田聖山, 『달마』, 김성환 옮김, 민족사, 1991, 16쪽 참조.

2) 보리달마는 남인도 마드라스 근처 칸치푸람 출신으로 520년에 포교를 위해 중국 광 저우廣州에 갔다. 그해 10월에 선행으로 이름 높았던 양나라 무제武帝와 만났는데, 보리달마는 선한 행위를 쌓는 것으로는 구원에 이를 수 없다고 해 황제를 당혹케 했

한 법맥이기에 그에 대한 관심은 수많은 달마도를 통해 재현되어 왔고 지금도 재현되고 있다. 우리나라의 문헌 기록에 처음으로 나타나는 달마도는 고려 말기 공민왕이 그렸다는 「달마절로도강도達磨折蘆渡江圖」이며, 가장 오래된 달마도는 1636년과 1643년 두 차례에 걸쳐 화가 김명국이 조선통신사의 일원으로 일본에 갔다가 그곳에서 그려 지금까지 남아 전해지고 있는 몇 점이다.[3] 아마도 그 당시 일본에 달마 그리기가 유행하는 것을 보고 모방하여 그린 것이 아닌가 여겨진다.

달마에 대한 최초의 문헌은 양현지楊衒之라는 동위東魏 때의 사람이 저술한 『낙양가람기洛陽伽藍記』이며, 그 책의 「영령사조永寧寺條」에는 다음과 같은 기사가 실려 있다.

> 그즈음 서역에서 온 보리달마라는 사문이 있다. 페르시아 태생의 호인胡人이다. 멀리 변경지역에서 중국에 막 도착하여, 탑의 금반이 햇빛을 받아 빛나고, 광명이 구름을 뚫고 쏟아지며, 보탁이 바람에 울려 허공에 메아리치는 것을 보면서, 그는 성가를 읊조려 찬탄하고 분명히 신의 조화라고 칭송했다.[4]

다. 그 뒤 보리달마는 뤄양(洛陽)으로 가서 사오린 사(少林寺)의 동굴에서 매일 벽을 향해 앉아 9년 동안이나 좌선을 했다고 한다. 이에 대해 학자들은 오랜 기간 깊은 선정을 닦았음을 말해주는 설화일 뿐이라고 믿고 있다. 『브리태니커 세계 대백과사전 9』, 1996(초판 7쇄), 585~6쪽.

3) 김나미, 앞의 책, 53~54쪽. 최승호는 바로 이 사실을 갖고 시를 쓴 적이 있다. "거칠고 활달하게/ 달마도를 그린 사람이 있다/ 조선 화가 김명국이다/ 그는 눈썹 없는 달마의 눈썹까지 그렸다/ 그런 다음 달마도 뒤로 사라졌다// 달마도 뒤에서/ 김명국과 달마는 만나는 걸까/ 서로 얼굴 없이 만나서/ 하나 되는 걸까// 달마도의 한쪽 눈에 달마의 눈알이/ 다른 쪽 눈엔 김명국의 눈알이 박혀/ 뚫린 허공을 뚫어지게 보고 있다". 시집 『눈사람』(세계사, 1996)에 실려 있는 「달마도」의 전문이다.

4) 야나기다 세이잔, 앞의 책, 42쪽.

17세기 전반, 김명국이 그린 〈달마도〉

하지만 이 글에 나온 보리 달마가 선종의 초조 달마와 동일인인지는 확실하지 않다. 달마에 대해 여러 가지 정보를 전해주는 가장 오래된 문헌은 돈황의 석굴에서 나온 『二入四行論 長卷子』라는 책이다. 달마에 대한 이미지와 그의 사상은 거의 전부 이 책으로 말미암아 형성된 것이다. 이 책에서 달마는 이렇게 설명되고 있다.

법사는 남천축 출신의 서역인으로 위대한 바라문왕의 셋째 왕자이다. 명석한 두뇌를 갖고 있어 무엇을 배우든 간에 곧바로 통달했다. 오로지 대승의 진리를 구하고자 속복俗服을 버리고 흑의黑衣의 동아리에 들어 성자의 혈통을 번성케 했다. 마음을 허적虛寂의 경지에 둠과 동시에 세속의 일을 꿰뚫어보고, 내외 학문에 통달하여 그 덕망이 일세에 드높았다. 변경 나라의 불교가 쇠함을 유감스럽게 생각하고, 자진해서 멀리 바다를 건너고 산을 넘어서 한위漢魏의 땅으로 교화하기 위하여 왔다.5)

이러한 전기적 사실 가운데에서도 믿을 만한 것은 마지막 문장 정도이

---

5) 위의 책, 73쪽.

다. 자기 나라에서 불교가 쇠해짐을 유감스럽게 생각해 중국 땅으로 와서 포교한 사실은 그래도 인정해줄 만하다.『二入四行論 長卷子』를 번역한 야나기다 세이잔도 선종의 시조로 간주되는 달마의 전기와 사상이 모두 후대에 생겨난 '전통으로부터의 요구'에서 나온 것으로 보았다. 야나기다 는 달마라는 사람에 대해서는 거의 아무것도 판별할 수 없는 실정이며, 유명한 양무제와의 회견과 숭산 소림사에서의 9년 동안의 면벽, 제자 혜 가惠可의 단비구법斷臂求法, 보리류지菩提流支와 광통율사光統律師의 질투 를 사서 독살되어 관 속에 한 짝의 신발만 남겨둔 채 서천으로 돌아간 일 화 등은 모두 허구로, 어디까지나 선종 시조로서의 사명을 짊어진 이상형 의 모습일 뿐이라고 주장했다.6)

후대의 선 관련 문헌인『조당집』에 보이는 달마 역시 일개 서역승이 아 닌 천축국 왕자의 신분으로 나타난다. 이 책에서 달마는 인도 남천축국 국왕의 셋째 아들로 태어났으나 석가모니처럼 왕위를 버리고 출가한 비 범한 인물로 묘사되고 있다. 달마 이전에도 서역승이 없지 않았으나 신분 은 확실히 달랐던 것으로 보인다. 아무튼 달마는 중국 불교 개척의 사명 을 띠고 정통 불교의 전도사로서 중국 땅을 밟은 최초의 인도인이며, 불 교 법통에 있어 28대 조사로 간주되어 왔다. 달마는 4~5세기를 더 거치 며 점점 신비화되어 현재 전해지는 정형화된 모습으로 정착되었다. 이런 것들은 모두 달마를 중국 선종의 시조로 하는 선종의 계보를 만들기 위해 서 달마를 이상화할 수밖에 없었음을 시사하고 있다.7) 달마에 이르기까 지의 인도 조사를 나열한 명단이 최종적으로 확정된 시기는 10세기쯤으 로 보인다. 그래서인지 심재룡 같은 이는 달마를 역사적 인물로 보기보다

6) 야나기다 세이잔 지음, 추만호·안영길 옮김,『선의 사상과 역사』, 민족사, 1989, 163쪽.
7) 김나미, 앞의 책, 28쪽.

는 선종의 권위가 확립되었을 때 그것을 밑받침하기 위해서 만들어낸 전설적인 인물이라고 보는 것이 좋을 듯하다고까지 했다.[8] 달마가 누구인지 확실히 말해주는 역사적 자료는 없지만 분명한 것은 인도의 승려가 중국에 와서 중국 선종의 초조가 되었다는 것이다.

불교를 크게 교종과 선종으로 나눈다면 한국 불교는 보조국사 지눌 이후 선종의 세력이 교종을 압도했다고 할 수 있다. 중국 선종의 초조였기 때문에 달마가 한국 시인의 시속에 '예수'나 '성모 마리아' 혹은 '원효'나 '춘향'처럼 자주 나타났을 것이라는 나의 예단은 조사 과정에서 여지없이 무너지고 말았다. 아무리 찾아도 '달마'라는 인물이 등장하는 시집이 없었는데 겨우 찾아낸 것이 최동호의 시집 2권, 이정우의 시집 1권이다. 앞으로 시간을 두고 찾아보면 좀 더 나오겠지만 '달마 연작시'를 쓴 시인은 이 두 사람이 전부인 것 같다. 그래서 이 글은 서론-본론-결론으로 이어지는 논문의 형식을 취하지 않는다. 대상 시집이 단 3권밖에 없는 것이 가장 큰 이유이다. 1백 년을 이어온 한국 근·현대 시사를 통해 '달마'라는 인물이 어느 시인의 시적 대상이 되었던 적이 거의 없었다는 것은 의아스러운 일이다.

최동호는 1995년에 시집 『딱따구리는 어디에 숨어 있는가』(민음사)를 발간했는데 제일 앞에 수록된 9편의 연작시에는 모두 '달마는 왜 동쪽으로 왔는가'라는 부제가 붙어 있다. 그리고 2002년에 낸 시집 『공놀이하는 달마』(민음사)에 수록된 77편의 시에도 빠짐없이 '달마는 왜 동쪽으로 왔는가'라는 부제가 붙어 있다. 달마라는 인물에 대한 시적 탐색이 아니라 달마가 왜 동쪽으로 왔는가가 이 시인의 주요 관심사였고, 그것에 대한

---

8) 심재룡, 『동양의 지혜와 禪』, 세계사, 1991, 17쪽.

의미 규명이 이 글의 초점이 될 것이다.

천주교 사제인 이정우는『현대시학』
과 <대구매일신문> 신춘문예로 등단
한 시인이다. 1999년에『내 생애의 바
닷가』(문학수첩)라는 시집을 냈는데「달
마 1」,「달마 2」하면서 제목을 붙여 연
작시 10편을 발표하였다. 이정우 시인
에게는 달마라는 인물 자체가 관심의
대상이었다. 달마가 이렇게 집중적으로
다뤄진 점을 주목하여 인간 '달마'와 그
의 사상이 두 시인의 시세계에 어떻게
투영되었는지 살펴보고자 한다.

최동호의 제3시집

바로 앞에서도 말했지만 최동호의 제3시집『딱따구리는 어디에 숨어 있
는가』의 제일 앞머리를 장식하고 있는 시 9편의 부제는 '달마는 왜 동쪽
으로 왔는가'이다. 흡사 불가의 화두 같은 이 명제만을 놓고 보면 9편의
시가 선시나 게송 같은 느낌을 준다. 그러나 중국의 왕유나 한산자처럼
불교적 상상력에 입각해서 쓴 시나 선시풍의 시는 보이지 않는다. 이들
시편은 세속도시에서 일상적 삶을 살아가는 자신을 줄기차게 일깨우고자
쓴 강인한 정신력의 산물이다.

　　　붉은 살덩어리
　　　어린애가 막 울고 있는데
　　　달마는 왜 동쪽으로 오는가
　　　구름은 산 아래를 굽어보고

빗방울 길을 따라 바다로 흘러간다
오고 갈 것이 본래 없는데

어린애는 왜 목이 붓도록 울고
눈썹 짙은 달마는
왜 먼 길을 찾아왔는가

—「새벽 빛」 앞부분

    달마가 갓 태어난 어린애의 울음소리를 듣고, 그것을 확인코자 온 것처럼 묘사된 연작시 제1번의 앞부분이다. 이 부분은 예수의 탄생을 별자리를 보고 알아차린 동방박사가 말구유간으로 찾아온 성경 누가복음과 마태복음의 장면을 연상시킨다. 달마는 최동호의 시에서 이렇게 출현한다. 달마는 그림자 없는 길을 걸어 동으로 동으로 간다. "달빛을 쓸어내니/ 캄캄한 어둠을 머금었던 하늘이/ 새벽 빛을 푸른 산에 내뱉는다."는 이 시의 마지막 연은 달마의 도래로 말미암아 새로운 세계가 열리게 되었음을 암시한다. 아래는 새로운 세계가 열리는 장엄한 광경에 대한 묘사가 62행에 걸쳐 펼쳐지는 시 「어린 솔나무에게」의 끝부분이다.

희게 빛나는 산봉우리들의
눈이 녹아 내린다.
계곡을 타고 흐르는
물들이 나지막한 웅얼거림을 시작한다.
들판에선 아지랑이가 일어난다.
누가 참으로 진실을 말했던가.
던져지고 부서지면서 저 근원에의
뿌리를 굳게 가지라.

등 뒤에서 운명을 굳세게 할 바람이 불어온다.

이렇듯 이 시는 천지창조나 개벽의 신화를 방불케 하는 긴 호흡을 지니고 있다. 시인에게 도봉산은 달마선처럼 높게 솟구친 하나의 경지이다. 높은 곳에 있기에 범접하기 어렵다. 달마의 제자인 담림曇林이 기술한 『약변대승입도사행론서略弁大乘入道四行論序』를 보면 도에 들어가는 데에는 많은 방법이 있지만, 결국은 이理로부터 들어가는 것(理入)과 행行으로부터 들어가는 것(行入)의 2가지(二入)로 귀결된다고 하였다. 행으로부터 들어가는 것은 다시 보원행報怨行, 수연행隨緣行, 무소구행無所求行, 칭법행稱法行의 4가지로 구분된다. 이것이 달마의 가르침이라고 알려져 있는 '이입사행론二入四行論'인데 쉽게 말해 두 가지 입장과 네 가지 실천이다. 이입이란 이 세상의 중생, 즉 범부와 성인이 모두 착한 성품을 갖고 있음을 알고, 무릇 살아 있는 모든 것의 평등한 본성을 믿는 일이다. 범부의 마음이란 늘 객진客塵에 뒤덮여 있으니, 망상을 버리고 참된 마음을 갖고자 늘 정신통일을 하지 않으면 안 된다. 참선은 그래서 하는 것이다.[9] 바로 이러한 경지에 이르기까지의 힘든 과정을 노래한 시가 있다.

丁丁한 겨울 나무 속의
벌레처럼 꿈틀거릴 때
딱딱한 부리가 가슴을 쳤다.

---

9) 라즈니쉬 강의, 류시화 옮김, 『달마』, 정신세계사, 1994, 12~43쪽, 야나기타 세이잔 주해, 양기봉 옮김, 『달마 어록』, 김영사, 1993, 48~63쪽 참조. 다른 책은 '柳田'을 '야나기다'로 표기했는데 이 책에서는 '야나기타'로 했다. 『달마 어록』은 달마가 한 말을 기록한 책이 아니라, 돈황에서 발견된 『二入四行論 長卷子』라는 책이 달마의 어록이라고 생각하여 야나기타가 주해를 붙여 발간한 것이다.

햇살 푸르게 되살아나는
구정 연휴 첫날,
딱따구리는 어디에 숨어 있는가.
흰 눈 맞으며 함께 쓴 白雲과 道峰이
서로를 비추며 빙긋이 마주보고 서 있었다.
　　　　　　　　―「딱따구리는 어디에 숨어 있는가」마지막 연

왜 그러했는지 알 수는 없지만
우리들의 주위에 퍼져 있던 서늘한 빛은
끓어오르던 마음을 다독이듯
울퉁불퉁한 계곡의 돌멩이들을 끌어당겨
둥글고 아름답게 감싸고 있었다.
언제나 나은 곳으로 흘러내리는 물길을 흘려 보내고
겹겹한 어둠 위로 솟아오른 여름 道峰,
정정한 나무 그림자들과 함께
어둡고 차가운 길에서 山頂을 우러러보며
나는 지상의 길을 찾아 힘차게 살고 싶었다.
　　　　　　　　―「여름 道峰에서」마지막 연

　연작시 8, 9번의 마지막 연이다. 이런 작품은 일단 자연과 인간을 대립의 관계가 아닌 공존공영의 관계에 두고 자연과의 친화를 노래한 것 같다. 하지만 자세히 보면 딱따구리는 내 정신을 쪼고, 나는 산정으로 난 길을 힘겹게 걸어가고 있다. 그 길은 구도의 길이며 구법의 길이다. 도봉산을 달마처럼 고매한 정신의 사표로 설정해놓고, 부단히 자신을 벼리고 깎아 그 높은 경지에 오르고자 각고의 노력을 기울이고 있는 것이다. 시인은 "끓어오르던 마음을 다독이듯" 사물을 탐내지 않는 실천의 길로 나선다. '무소구행'은 가치를 밖에서 추구하는 집착을 그치고 욕망 추구를 없

공놀이 하는 달마

최동호 시집

한용사

시집 『공놀이하는 달마』

애는 데 최선을 다하고자 하는 행동 양식이다. 시인은 인간의 고통이 자기 밖에서 만족을 구하기 때문에 오는 것임을 직시하여 밖으로만 치닫는 집착을 멈추려고 한다. 알고 보면 이 세상은 구해서 얻어지는 것도, 가졌다 잃을 것도 없는 공의 세계라는 주제가 2편 시에는 숨어 있다. 시인은 이와 같이 현실세계에서 일상적 삶을 살아가면서 수시로 달마가 동쪽으로 온 까닭을 궁금히 여기며 그 의미를 탐색한다.

시집 『공놀이하는 달마』에서 달마가 직접 등장하는 시는 딱 두 편이다. 앞서 언급한 바 있는 '제자 혜가惠可의 단비구법斷臂求法'을 갖고 쓴 시가 시집의 앞쪽에 있고 개미떼 몰고 바람 속을 가는 달마는 뒤쪽에 나온다. 시인은 「눈 그친 날 달마의 차 한 잔」의 각주에서 단비구법 설화를 "혜가는 어깨높이로 눈 내린 날 밤 스승에게 법을 물었다. 스승 달마는 대답하지 않았다. 팔을 자르고 난 다음 혜가는 달마의 법을 얻었다."고 설명하였고, 시의 본문은 이렇게 썼다.

　　　은산철벽 마주한 달마에게
　　　바위덩이 내려누르는 졸음이 왔다
　　　눈썹을 하나씩 뜯어내도
　　　졸음의 계곡에 발걸음 푹푹 빠지고
　　　마비된 살을 송곳으로 찔러도 졸음이 몰아쳐왔다

달마는 마당에 나가
팔을 잘랐다 떨어지는 선혈이 살아
하얗게 솟구치는 뿌연 벽만 바라보았다

졸음에서 깬 달마가 마당가를 거닐었더니
한 귀퉁이에 팔 잘린 차나무가
촉기 서린 이파리 햇빛에 내보이며
병신 달마에게 어떠냐고 눈웃음 보내주었다

눈썹도 팔도 없는 달마도 히죽 웃었다
눈 그친 다음날
바위덩이 졸음을 쪼개고 솟아난 샘물처럼
연푸른 달마의 눈동자

(여보게! 차나 한 잔 마시게나)
　　　　　　　　　　　　　　ㅡ「눈 그친 날 달마의 차 한 잔」 전문

　　신광神光이라는 이름의 승려가 달마의 제자가 되는 과정은 과장이 꽤
심하다. 신광은 소림사에서 면벽 수도하는 달마에게 찾아가 가르침을 구
하는데 마침 눈이 펑펑 내려 쌓인다. 시인은 "어깨높이"로 눈이 쌓였다고
했지만『선종 이야기』에 따르면 무릎까지 쌓였다고 되어 있다. 달마는 한
참 말이 없다가 이렇게 물어본다. "그대는 오랫동안 눈 속에 서 있으니,
대체 무엇을 구하고자 함인가?" 신광이 "스님의 자비로 감로10)의 법문을
열어 널리 중생을 구제하기를 원하옵니다."라고 대답하자 달마는 꾸짖듯
이 이렇게 말한다. "불법은 무상의 묘한 도이거늘, 네가 이처럼 미약한 수

---

10) 감로甘露 : 하늘에서 내리는 불사의 단 이슬, 혹은 도리천에 있는 달콤한 영액.

고로움으로 대법을 취할 생각이란 말이냐!"라고. 그러자 신광은 즉시 날카로운 칼로 왼쪽 팔을 잘라 대사의 앞에 내려놓았다. 달마는 이 사람이 불법을 전할 만한 인재임을 알고는 그에게 혜가라는 이름을 지어주었다고 한다.[11]

설화의 내용은 대충 이상과 같다. 이런 설화를 밑바탕에다 깔고서 시인은 일단 면벽 수도의 어려움에 대해 이야기하고 있다. 설화에서는 팔을 자른 이가 혜가이지만 시에서는 달마로 설정되어 있다. 팔을 자름으로써 졸음(졸음은 '집착', '욕망', '유혹'의 다른 이름이리라)에서 벗어난 달마가 마당에 나가 팔 잘린 차나무를 보는데, 차나무는 축기 서린 이파리를 햇빛에 내보인다. 태풍이 불었는지 가지가 잘린 차나무를 보고 달마가 한 깨달음을 얻었다는 것이 이 시의 후반부 내용이다. 달마는 신체의 일부를 자르는 고행이 있은 다음에야 어떤 경지에 이르렀고, 시인은 그것을 마지막 연을 통해 독자에게 넌지시 알려주고 있다.

벽을 향해 앉아 도를 닦는 것은 선 수행에 있어 핵심이자 깨달음으로 나아가는 구체적인 실천 방법으로 예로부터 널리 행해졌다. 선사상의 핵심은 안심법문安心法門인데 이것을 가능케 하는 것이 벽관법壁觀法이다. 안으로 마음의 근심을 지우고 모든 번뇌나 망상이 들어갈 수 없도록 마음의 긴장과 통일을 유지하는 수행방법이다. 미혹을 모두 떨치고 진리를 얻으려는 사람에게 벽을 보는 것만큼 좋은 수행은 없다고 한다. 벽관법은 단지 벽을 바라보는 것이 아니라 나의 내면세계를 반영하고 있는 그 벽을 통해 나를 들여다보는 것으로, 은산철벽銀山鐵壁을 뚫을 힘을 길러주는 가장 좋은 수행방법이다. 벽은 밖으로만 치닫는 우리의 마음을 잡아서 묶어

---

11) 홍희 엮음, 『선종 이야기』, 동문선, 1996, 9~10쪽 참조.

주므로 일단 외부 경계에 의해 시달리지 않도록 차단시켜 준다. 마주하고 있는 그 벽이 무너지는 순간 벽 뒤에 숨어 있던 진정한 나의 진면목을 볼 수 있다.12) 시인은 「눈 그친 날 달마의 차 한 잔」에

최동호 시인

서 '실천하기'의 어려움과, '실천'을 통해 깨달음을 얻었을 때의 기쁨을 함께 들려주고 있다. 이러한 실천적인 가르침을 기반으로 한 달마선의 출현은 중국 불교의 구조와 형태를 새로운 양식으로 변화시키며 진정한 깨달음을 체험케 하는 계기를 만들어주었다.

산등성이에 오르며 개미가 된다
자연에 배설한 인간의 향기로운
진흙덩어리에서 왱왱거리는 왕파리가
햇빛과 바람의 주인이다

무의 세상을 연주하는 무궁한 향연에
금빛 풍뎅이와 푸른 부챗살 날개를 가진
왕파리가 한 세상을 뒤바꾸고

이삿짐에 실려 다니는 세상살이

---

12) 김나미의 앞의 책 21쪽을 참조하여 재정리함.

산등성이 등에 진
달마가 머나먼 서역에서
개미떼 몰고 바람 속을 걸어간다

　　　　　　　　　　─「달마와 개미」 전문

　왕파리는 인간의 배설물 주변을 맴도는 미물이지만 시인이 보건대 햇빛과 바람의 주인이며 한 세상을 뒤바꿀 수 있는 영물이다. 우선 왕파리는 더할 나위 없이 자유롭다. 한편 인간의 삶이란 "이삿짐에 실려 다니는 세상살이"로 비유된다. 수많은 인간 중 하나인 달마는 산등성이를 등에 짊어지고 있다. 그만큼 힘겨운 삶을 살아가는 존재이다. 그 달마가 머나먼 서역에서 개미 떼를 몰고 바람 속을 걸어 어디로 가는가. 새롭게 교리를 전할 동쪽으로 간다. 번뇌의 개미 떼를 몰고서. 그 개미 떼는 중생일 것이다. 달마는 부처로부터는 스물여덟 번째의 조사로 여겨졌고, 부처의 가르침을 배우는 방법으로 선을 가르쳤기 때문에 그의 일파를 선종이라고 하게 되었다. 선은 형이상학적 사색에 반대하고, 이론을 싫어하며, 추론을 없애려고 했다. 난해한 사상들을 상세히 설명하기보다는 적절한 직관을 훨씬 더 소중히 여겼다. 진리는 추상적이고 일반적인 용어로 진술되는 것이 아니라, 최대한 구체적으로 진술된다는 것이다.[13] 이러한 생각이 응축된 것이 글로 표현된 경전에 구애받지 않는다는 불립문자不立文字이다. 시인은 중국 불교사에 있어, 아니 세계 불교사에 있어 선의 역사가 펼쳐지게 된 연유를 이 시를 통해 고찰해보려 한 것이다. 미물에 지나지 않는 왕파리도 직관에 따라 자신의 삶을 영위하거늘 머나먼 서역에서 달마가 중국으로 온 이유가 있으니, 바로 '달마선'의 전파를 위해서였다.

---

13) E. 콘즈, 한형조 옮김, 『한글세대를 위한 불교』, 세계사, 1990, 271쪽.

불상을 부처의 모습으로 본다는 것은 어불성설이고 불성이 반드시 사찰에만 있는 것도 아니다. 그럼 시인은 어떤 경우에 달마가 현현함을 느끼는 것일까. 『딱따구리는 어디에 숨어 있는가』에서 「어린아이와 산을 오르다」란 제목으로 발표된 시는 대폭 손질되어 「어린 달마와 산을 오르다」란 제목으로 발표된다.

우리 집 어린아이와 단둘이 일요일 오후 산에 올라갔다 계곡에 쌓인 낙엽 속으로 종종거리는 발걸음을 빠뜨리며 우리는 가을산의 향기를 들이키며 하얀 입김을 토했다

산등성이에 올라 발을 뻗고, 바라보니 멀리 시가지가 굽어보이고, 가까운 등성이의 바윗돌을 껴안고 저만치 서 있는 솔나무가 앙당해 보였다

바윗돌은 나무를 기르려고 스스로 가슴을 열어 조금 갈라져 있었고, 흩어지려는 돌 부스러기 하나도 놓치지 않으려고 실뿌리는 왕모래를 움켜쥐고 있었다 부드러운 흙의 향기로움에는 오랜 빗방울이 다져놓은 정갈한 고요가 있었다

발갛게 상기된 아이가 짙어가는 정적을 깨뜨리며 소리 내어 산을 부르자, 저녁 어스름 계곡의 한구석에서 산울림이 옹알이처럼 웅얼거렸다 초저녁 푸른 별이 반짝 어둠을 켜들 무렵, 돌 부스러기마저 껴안고 마침내 흙이 되는 바위를 껴안은 작은 애솔나무처럼 어린 달마의 손을 잡고 산등성이를 내려왔다

—「어린 달마와 산을 오르다」 전문

시인은 '우리 집의 어린아이'를 데리고 일요일 오후에 산에 올라간 적이 있나 본데, 저녁에 산을 내려오면서 보니 아이는 '어린 달마'가 되어 있다. 산에서 무슨 일들이 있었던 것일까. 시인은 등산길에 산등성이에 있

는 소나무가 바윗돌을 껴안고 있는 것을 보았다. 그 나무의 실뿌리가 흩어지려는 돌 부스러기 하나도 놓치지 않으려고 왕모래를 움켜쥐고 있었다. 즉 산에는 바윗돌과 소나무의 힘겨운 '버팀'이 있었던 것이다. "돌 부스러기마저 껴안고 마침내 흙이 되는 바위를 껴안은 작은 애솔나무"가 시인이 말하고 싶어 한, 이 시의 주제인 셈이다. 바윗돌이 대단히 커서 늘 그 자리를 지키고 있는 듯이 보이지만 그 바위를 흙으로 만드는 것이 어린 소나무의 힘이다. 둘은 싸우면서도 공존하고 있다. 그 현장을 본 어린아이는 어느덧 어린 달마가 되어 있다. 아니, 시적 화자가 아이를 달마로 인식하고 있다. 여기서 달마는 어떤 존재인가. 달마선은 불립문자를 종지宗旨로 하는 만큼 글자나 언어에 의존하지 않고 세상을 등지지도 않으며 일상생활 속에서 '깨어 있는 사람들'을 만들어낸다. 선은 종교와 생활을 분리시키지 않는다. 다시 말해 선을 일상생활 속의 일거수일투족으로 끌어들여, 자아의 인격 완성과 더불어 시시각각 평상심 속에서 유희하며, 현재의 내가 있는 곳인 이곳 차안此岸에서 새로운 감동과 자극을 주며 삶 속에서 진리를 체험케 한다.[14] 시인은 이런 식으로 달마를 인식했던 것이다. 시집의 제목이 된 시를 보자.

> 저물녘까지 공을 가지고 놀이하던 아이들이
> 다 집으로 돌아가고, 공터가 자기만의
> 공터가 되었을 때
> 버려져 있던 공을 물고
> 개 한 마리가 어슬렁거리며
> 걸어나와 놀고 있다

---

14) 김나미, 앞의 책, 23쪽 참조.

(······)

공놀이하던 개는 푸른빛 유령이 된다 길게 내뻗은 이빨에
달빛 한 귀퉁이 찢겨 나가고
귀신 붙은 꼬리가 일으킨 회오리바람을 타고
공은 하늘로 솟구쳤다 떨어지기도 한다
어둠이 빠져나간 새벽녘
이슬에 젖은 소가죽 공은 함께 놀아줄
달마를 기다리며 버려진 아이처럼 잠든다
　　　　　　　　　—「공놀이하는 달마」 첫 연, 끝 연

　아이들이 놀다가 집으로 돌아가 텅 빈 공터에 개 한 마리가 나와 공을 물고 놀고 있다. 사람인 양 "땀에 젖은 먼지를 일으키며" 놀고 있는 광경은 자못 환상적이기까지 하다. 이윽고 새벽이 오고, 개도 사라져 공터에는 아무도 없게 된다. 이슬에 젖은 소가죽 공이 함께 놀아줄 달마를 기다리며 버려진 아이처럼 잠든다. 이렇듯 이 시에서 달마는 공터의 개다. 왜 시인은 달마라는 존재를 이런 식으로 해석했을까. 견공에게서 불성을 느낀 이유가 도대체 무엇일까. 시인은 낚시꾼들에 의해 얼음 구멍에서 잡혀 올려지지만 프라이팬을 후려치는 은빛 빙어를(「은빛 빙어가 프라이팬을 후려칠 때」), 여름의 흔적처럼 벽지에 점박혀 있는 파리 몇 마리를(「겨울 파리」), 거미줄에서 퍼덕이다 부서진 나비(「거미줄」)조차도 예사롭게 보지 않는다. 모두 하나의 생명체로서 한때는 이 세상에 왕성한 생명력을 갖고 존재했던 것들이다. 심지어 "天地四方에 날리는 有情한 나뭇잎"(「가을 하늘 움켜쥔 물방울」)이라고 하여, 나뭇잎조차도 하나의 생명체로 인식한다. 윤회설이나 인연설에 입각해서 보면 일체중생은 우주의 일부분이며 결코 완전히

소멸하는 법이 없다. 단지 모습을 바꿔 거듭해서, 새롭게 태어날 뿐이다.

최동호는 이 시 「공놀이하는 달마」를 통해 원리적 방법(理入)을 말하려 한 것이 아닐까. 야나기다는 원리적 방법을 "경전에 말미암아 불교의 대의를 아는 것(藉教悟宗)[15]인데, 살아 있는 모든 생물은 범부거나 성자거나 모두 평등한 진실의 본질(眞性)을 가지고 있는 것이며, 다만 외부적인 망상(客塵 : 번뇌)에 가로막혀, 그 본질을 나타내지 못함을 확신하는 것"[16]으로 보았다. 시인은 무릇 살아 있는 것 모두의 평등한 본성을 믿어, 나와 개가 둘이 아님을 깨닫고, 적연무위寂然無爲하게 되었음을 말하려 이 시를 썼다고 여겨진다. 유일의 진실한 실체는 각자의 마음속에 있는 불성이라고 교시한 선종의 종지는 여기에도 나타나 있다.

이 땅의 승려 중 원효는 대궐 안에서 믿던 귀족불교를 민중불교로 탈바꿈시킨 혁명가였다. 시인은 원효를 등장시킨 몇 편의 시를 통해 생로병사에 따른 '苦'의 문제에 접근해본다.

　　　벙어리 친구 사복의 어미가 죽자
　　　원효가 보살계를 주었다

　　　"살지 말자니 그 죽음이 괴롭도다!
　　　죽지 말자니 그 삶이 괴롭도다!"

　　　벙어리 사복이 한 마디로 잘랐다

---

15) 자교오종 : "경전에 말미암아 뜻 줄거리를 알다". 종은 근본정신을 말한다. 이제까지의 불교학과 같이 글자 자체에 대한 훈고에 말미암지 않는다는 뜻. 이 구절은, 『宗鏡錄』 제99에 나오는 복타伏陀 선사의 말이라고 한다. 야나기다 세이잔 주해, 앞의 책, 54쪽.
16) 위의 책, 48~49쪽.

"사설이 복잡하도다!"

원효는 문득 깨닫고 말을 고쳤다
"죽고 사는 것이 다 괴롭도다!"
— 「벙어리 사복 원효를 가르치다」 전문

『삼국유사』「의해」편에 나오는 설화를 그대로 시로 옮긴 것이다. 내용을 가감한 것이 없으므로 시라고 하기에는 부족함이 있다. 제3연은 직접 말한 것이 아니라 손짓일 것이다. 「어미와 극락 간 사복」 역시 설화를 재구성한 것이다. "달마가 왜 동쪽으로 왔는가"가 부제이면서 시의 한 행인 「애비 없는 사복」은 제대로 시적 형상화가 이뤄진 작품으로, 시인의 달마에 대한 집념을 파악할 수 있다.

남편 없이 잉태한 과부의 아들 사복은
열두 살이 되어도 일어나지 못하고 제대로 말 못했어도

그가 남긴 간단한 말씀 우레의 숲과 같으니
삶과 죽음이 괴롭다 하되 원래 괴로움이 아니렸다

달마는 왜 동쪽으로 왔는가
오고 감이 없는데 이 무슨 연고인가

해골바가지 물 마시고, 문득 돌아볼 그림자도 없나니
그대와 내가 옛날 불경을 함께 싣던 암소 죽었구나
이를 어찌할꼬 어찌할꼬
오고 감이 없다면 삶과 죽음이 없도다
— 「애비 없는 사복」 전문

앞의 두 연에서 『삼국유사』 소재 설화를 들려주던 시인은 느닷없이 "달마는 왜 동쪽으로 왔는가/ 오고 감이 없는데 이 무슨 연고인가" 하고 달마의 동천東遷에 의문을 표시한다. 사실 여부에 대한 의문이 아니라 왜 동쪽으로 왔는가가 문제이다. 제4연은 『삼국유사』에 나오는 내용 그대로 이고, 마지막 연에 가서 답을 구한다. 오고 감이 없다면 삶과 죽음이 없는 데, 오고 감이 있어 비로소 삶과 죽음이 있고, 삶과 죽음의 뜻을 이해할 수 있고, 삶과 죽음을 초월할 수 있게 되었다는 것이다. 네 가지 실천 중 수연 행에 대한 설명이 이 시에 담겨 있다. 수연행이라 하는 것은 모든 중생이 자아가 없이, 하나같이 연분의 힘에 의해 좌우되고 있으며, 고락을 함께 감수하는 것도 모두가 연분에 말미암아 일어난다고 생각하는 것이다.[17] 모든 것은 잠시 인연을 따라서 일어났다 사라질 뿐이니 인연에 역행하지 말 일이고, 아무리 좋거나 나쁜 일이라도 그때뿐, 곧 사라지고 마는 것이 니 무엇이 정말 고통스럽고 슬프겠는가 하고 달마와 원효는 말했던 것이 다. 시인은 그들의 말을 독자들에게 들려주고 싶었던 것이리라. '고'로부 터 벗어나는 방법이 이 수행법에 담겨 있는데, 바로 그것을 원효의 설화 에 빗대어 시인은 독자에게 전해주고 있다.

선종의 또 하나의 특징은 순간의 깨우침이다. 당나라 선사들은 수수께 끼같이 난해한 문장과 기묘하고 독창적인 행동으로 유명하다. 해탈은 일 상생활의 평범한 일들 속에서 발견된다. 덕산德山은 그의 스승이 '촛불을 끄는 순간'에 깨달았다고 했고, 어떤 선사는 '벽돌이 떨어지는 순간'에, 또 어떤 선사는 '다리가 부러지는 순간'에 깨달음을 얻었다고 했다.[18] 대승 불교가 경전을 버린 적이 없는 데 반하여 선종은 『금강경』 불사르기를 서

---

17) 야나기타 세이잔, 앞의 책, 50쪽.
18) E. 콘즈, 앞의 책, 271~272쪽.

습지 않았다. 이런 점에서 선종은 도가에 가깝다고 할 수 있다. 달마 동천 이전의 중국 고유사상에는 해탈이란 것이 없었는데 달마선의 전래 이래 해탈이 중시되었다.

> 은은한 산자락
> 내려앉은 그림자 드리우고
> 평생 한구석을 지키며
>
> 이름짓지 않는 사람이 실문 닫고
> 한 칸 어둠 속에서 내다보는 세상살이
> 은자의 꽃
>
> —「은자의 꽃」 3, 4연

시인이 이 시의 각주에서 밝힌 대로 무명無名과 무위無爲는 노장사상의 근본이다. 하지만 도를 닦는다는 것은 점수漸修에 가깝고, 달마선은 돈오頓悟를 바탕으로 한다. 돈오는 남종선南宗禪의 독특한 표어였다. 혜능[19])과 그의 계승자들에 따르면, 깨달음은 점차적으로 이루어지는 것이 아니라 '순간적으로' 실현되는 것이다. 그런데 사람들은 종종 이 가르침의 의도를 오해했다. 선사들이 말하려고 한 것은 깨달음에 준비가 필요 없다거나 깨달음은 짧은 순간 안에 얻어진다는 뜻이 아니었다. 그들이 강조한 것은 다만 깨달음이 '초시간적인 순간', 즉 시간을 초월한 영원 속에서 일어나며, 그것은 우리 자신의 행동이 아니라 절대자 자신의 행동이라는 일반적인 신비적 진실이었다.[20]) 아무튼 도를 닦는 과정이나 깨달음을 얻는 과정

---

19) 중국 선종의 제6대 조사. 남종선의 창시자.
20) E. 콘즈, 앞의 책, 272쪽.

에 고통이 없으면 안 된다. 그 무엇에 앞서 큰 고통 중의 하나인 외로움부터 이겨내야 한다.

> 혼자의 외로움은 외로움이 아니다
> 둘의 외로움이
>
> 마지막 그림자도 없이
> 망치를 내리쳐 호도 속 같은 외로움을 깬다
>
> 혼자의 외로움은
> 그림자 비치는 자기의 외로움이다
>
> 둘이 하나가 되어
> 마지막의 혼자도 없는 無의 외로움은
>
> 쇠망치를 내리쳐 가을 호도 속에 가득 찬
> 우주의 외로움을 스스로 깬다
> ─「호도 속 마음의 우주」 전문

호도 속 같은 외로움을 깨뜨림으로써 해탈을 얻는 과정이 참 재미있게 묘사된 시이다. 혼자의 외로움과 둘의 외로움이 종국에는 혼자도 없는 무의 외로움이 되는 것인데, 화자는 호두를 쇠망치로 내리치는 행동을 하다가 우주의 외로움을 스스로 깬다. 돈오는 바로 이런 것이다. 제자가 불성을 확인하는 극심한 훈련으로 몸과 마음이 지쳐 있을 때 스승의 말 한마디, 하찮은 몸짓, 또는 천둥 치듯 한 고함소리(喝)는 그 제자의 마지막 장애를 한꺼번에 날려버리는 충격요법으로, 선종이 아니면 개발할 수 없다.21)

이 작품은 또한 사행 가운데 칭법행을 다룬 시라 여겨진다. 칭법행은 일체중생이 모두 본래 청정하다고 하는 이법을 믿고 그 이법에 맞도록 끊임없이 육바라밀六波羅密을 닦아나가되, 육바라밀을 닦는 것에 머무르지 않고 더 이상 얻을 바 없는 무소득에 가까운 생활을 하는 것이다. 다시 말해 일체중생이 모두 본래 청정함을 믿고 끊임없이 자리이타自利利他의 행을 구체적으로 실천하는 것이다. 우선 육바라밀과 같은 수행으로 자기를 닦은 후 남을 위하는 보살의 정신으로 깨달음을 향한 도를 닦아나가는 생활을 하면 된다. 선은 공空에 대한 집착이 아니라 구체적인 현실에서의 착실한 행동을 지시하는 것임을 가르치고 있다.

시집의 마지막 시가 인상적이다. 선승이지만 자신의 사상을 현실에서 실천하고자 애쓴 티베트의 지도자이며 독립운동가인 달라이 라마를 다룬 시가 시집의 끝을 장식하고 있는 데는 무슨 이유가 있을 것이다.

　　망명정부를 세우기 위해 인도 국경에 다다른 달라이 라마에게 한
　　국경수비군이 물었다.

　　　"그대는 어디서 오는 누구인가"
　　　"나는 티베트의 승려다"
　　　"그렇다면 구원자 불타인가"
　　　"나는 그분의 그림자일 뿐이다"

　　짧고 급박한 침묵이 한 모금 스쳤다.

　　　"나는 다만 내 모습을 빌어 세상 사람들에게 그들 본래 모습을 보게

---

21) 심재룡, 앞의 책, 19쪽.

할 뿐이다"

—「그림자의 스승 달라이 라마」 전문

달라이 라마의 생애를 다룬 영화 <쿤둔>의 마지막 장면이지만 달마를 달라이 라마와 은근히 동일시하고 있음을 알 수 있다. 시인과 동시대인인 달라이 라마가 한 말은 그대로 달마가 한 말로 간주할 수 있다. 달마는 스스로 깨달은 자라고 말한 적이 없고 다만 석가모니의 가르침을 전하려고 중국에 왔던 사람이다. 그것도 선종이라는 완전히 새로운 종법을 갖고서. 두 사람 모두 승려이면서 법을 전한 사람이고 참선의 중요함을 누구보다 잘 알고 있었던 사람이다. 달마는 기존의 중국 불교에 생동감과 활력을 불어넣고 직접 진리로 들어가는 길을 제시해주었다. 달마가 가져온 선의 씨앗이 깨달음의 체험과 실천적인 수행으로 바뀜으로 인하여 경전 해석에 치우쳐 있던 당시의 불교에 균형이 잡혔고, 비로소 진정한 자각의 종교로서 불교의 면모가 갖추어지게 되었다. 이것이 바로 달마가 서쪽에서 동쪽으로 온 까닭이었다. 시인은 이처럼 '달마는 왜 동쪽으로 왔는가'란 부제를 단 일련의 시를 통해 생활불교와 실천철학의 중요성을 이야기하였다.

앞에서도 말했지만 이정우 시인은 천주교 사제다. 1976년에 사제서품을 받았고, 출판사 문학수첩을 통해 시집을 펴낸 1999년에는 천주교 대구대교구 자인성당의 주임신부로 있었다. 그런 그가 「달마」 연작시 10편을 쓴 이유는 도대체 어디에 있는 것일까.

달마는 또 어디로 갔을까.

그는 이 세상 어느 마을에 살며
오늘은 누굴 만나러 나들이라도 갔을까.
초여름 저녁바람을 쐬러, 나는
아픈 다리로 동구 밖을 나서면서
"달마, 달마."라고 입 속으로 불러본다.
그러면, 저무는 산마루 저쪽 노을녘에
바지랑대를 맨 채 뒷모습으로 서 있는
달마가 좀 보인다.

(⋯⋯)

ㅡ요즘 나는 달마를 자주 생각한다.
어쩌면 내가 본 게 달마일까.
달마로 보인 게 정말 달마일까.

ㅡ「달마 1」 부분

시인은 달마 생각에 머무르지 않고 달마 찾기에 나섰으며, 도처에서 달마를 본다. 바지랑대를 맨 달마의 뒷모습을 보기도 하고 호리술병을 쥔 채 꾸벅이고 앉아 있는 달마를 목격하기도 한다. 달마는 까마득한 6세기경의 인도인 선승이 아니라 지금 이 땅에서 만나볼 수 있는 존재이다. 거리에서 간혹 보게 되는 탁발승이나 부랑자의 모습에서 시인은 달마의 얼굴을 보는 것이다. 고행길에 나선 사람이라면 누구나 달마 같은 존재로 받아들일 수 있음을 이 시는 시사하고 있다. 두 번째 시는 달마를 또 다른 측면에서 인식하고 있음을 보여준다.

두타頭陀여,
달마는 죽었는가, 살았는가.
살아 있다면 그게 다행일까, 불행일까.

두타여, 내 마음 안쪽에서 만난 달마는
일곱 해 또는 여덟 해를 숨어서
나와 함께 나이만 먹고, 하릴없이.

두타여, 달마는 달마일 뿐이다.
달마 이상도 이하도 아닌
그저 달마로서 생사生死가 무상임을…….

―「달마 2」 전문

이정우 사제 시인

두타의 다른 말은 행각승이다. 떠돌면서 온갖 괴로움을 무릅쓰고 불도를 닦는 승려이므로 바지랑대를 매고 뒷모습으로 서 있는 앞 시의 달마와 비슷하다. 그런데 이번 시의 달마는 "내 마음 안쪽에서 만난 달마"이다. 일곱 해 또는 여덟 해를 숨어서 나와 함께 나이를 먹은 달마는 바로 나 자신이다. 시인이 달마를 자신과 동일시한 이유는 무엇일까. 이것은 제일 마지막 행에 설명되어 있다. 생사의 무상함을 깨달

고자 달마를 찾았고, 달마라는 존재에 내 감정을 이입했던 것이다. 이어
지는 시는 달마의 여행기인 동시에 자신이 걸어가는 인생행로의 모양이
다. 시인이 곧 두타이며 달마이다.

> 달마가 노래를 한다.
> 성냥 한 개비를 켜 들고
> 해 저문 들녘에서 노래한다.
>
> 달마가 저기 서 있다.
> 밤하늘의 어둠 한 자락에서
> 그는 잠자지 않고 서 있다.
>
> ─「달마 3」 후반부

> 달마가 여자를 만나러
> 토담집 찻집엘 간다.
> 마담이 피아노를 치는데,
> 혼자 사는 여자의 서러움이
> 피아노 소리에 묻어난다.
> 달마는 또 심심해서
> 그 여자 옆에서 붓글씨를 쓴다.
> '불비불명不蜚不鳴―날지 않고
> 울지 않으리라.'라고 쓴다.
> 그건 달마가 그 여자보다
> 자신에게 하는 말[言說]이기도 하다.
>
> ─「달마 4」 전문

> 비 오는 날 (오후 서너 시쯤),
> 나는 다락방에 앉아서

엊그제 사 온 CD 재즈를 듣는다.

창 밖으로 젖어 내리는

그 빗소리 속에서

달마가 독경讀經을 하고 있다.

　　　　　　　　　　　　—「달마 5」후반부

　시인에게 달마가 동쪽으로 온 이유 같은 것은 궁금증의 대상이 아니다. 스스로 달마가 되어 세속도시에서 나날을 살아가고 있을 뿐이다. 시에서 달마는 독거노인처럼 외롭기는 하지만 생활인으로 충실히 자기 나름의 삶을 꾸려간다. 「달마 6」은 달마라는 이름을 가진 자기 자신의 일과를 아주 상세히 그린 시이다. 언뜻 보면 무위도식 같지만 텃밭도 둘러보고 두보의 시도 읽는다. 시의 본문에서는 특별히 인용할 만한 내용이 없지만 시의 마지막 행 "<오늘은 달마의 공휴일公休日이다>"에 붙인 각주가 이 시를 쓴 이유를 짐작케 한다.

　　**공(空) : 모든 현상은 우연적이고 변하는 것임(偶然·無常). 이는, 하느
　　님(혹은 법法, Dhama, 도道, Logos) 외에 모든 피조물은 필연적인 것이
　　아니므로 변화무쌍하다는 뜻과 통한다. '空'에 대한 깨우침은 선정禪定
　　의 요체임.

　시인은 공에 대해 나름대로 설명하면서 하느님에 대해 독특한 해석을 하고 있다. 하느님을 법과 도와 로고스와 동궤에 놓고 본 것이다. 불가에서 법法이란 3보(불·법·승佛 法 僧)의 하나로, 야나기타 세이잔이 주해한 『달마 어록』에 따르면 "마음은 이법 그대로 일어나지 않으며, 마음은 이법 그대로 소멸하지 아니하기 때문에, 그러므로 법이라 한다"고 되어 있

다. 즉 마음이 부처요 법이라는 것이다. 시인은 궁극적인 진리 혹은 진리의 실체를 하느님이요 법이요 도요 로고스로 보았다. 참으로 독특한 시각이다. 각주를 통해 공을 설명하면서 모든 현상이 우연적이고 변하는 것이며, 피조물은 필연적인 것이 아니기 때문에 변화무쌍하다는 것도 독특한 시각이다. 공이 텅 빈 상태가 아니라 변화무쌍하게 움직이고 있다는 시각은 프리조프 카프라가 『현대물리학과 동양사상』에서 말한 바로 그 내용이다. 카프라의 선에 대한 이해는 달마선의 내용 바로 그것이다.

> 선禪에 있어서 깨달음[覺]은 만물의 불성을 직접 체험하는 것을 뜻한다. 이러한 것들 가운데서 무엇보다 먼저 꼽을 수 있는 것은 일상생활 속에 섞여드는 대상과 범사凡事와 사람들이다. 이처럼 생활의 실제성을 강조하는 반면에 그럼에도 불구하고 선禪은 깊은 신비성을 띠고 있다. 현재에 전심전력으로 살고 일상사에 충분한 관심을 가지면서 개오開悟를 얻은 사람이면 그 어떠한 단순한 행위 하나에도 생의 경이와 신비를 체험하게 되는 것이다.[22]

카푸라의 이 말은 그대로 이정우 시인이 달마 연작시를 쓴 이유가 된다. 선종 문헌에 나오는 달마는 보통 보리달마를 지칭하지만 달마는 문헌에 따라 동명이인일 가능성이 많은, 신비의 베일에 싸인 인물이다. 시인은 그런 인물을 하나의 실체로 느끼고자 했으며, 자신을 달마로 인식하는 모험을 시 창작 행위를 통해서 해본 것이다.

　　두타頭陀여,

---

22) F. 카푸라, 『현대물리학과 동양사상』, 이성범·김용정 옮김, (주)범양사 출판부, 1987(9판), 144쪽.

집 떠나면 설워라.
수행길 남루한 바리떼기 옷 위에
폭설이 내려 쌓인들
털어낼 생각도 없어라.

두타여,
이 겨울 여행길에 눈이 오면
하늘도 간 곳이 없구나.
천애天涯의 즈믄 날을
가고 또 감이여,
오고 감도 없음이여.

—「달마 7」 전문

사람들은 다 어딜 갔는공?
사나흘 아픈 다리품을 좀 쉬고자
어느 마을 당산나무 밑에 앉아서
한식경을 지켜봐도
아무도 지나가지 않는당.

'인간'들은 다 어딜 가고
'나'만 여기 있는공.

—「달마 10」 전문

「달마 10」은 서술형 종결어미에 ㅇ을 붙인 것과 연 구분을 하면서 2행을 뗀 것이 재미있는데, 내용은 「달마 7」과 대동소이하다. 앞의 시는 수행의 어려움을, 뒤의 시는 그 과정에서의 외로움을 토로한 시이다. 신부라는 직업을 갖고 살면서 느끼는 외로움을 달마라는 인물에 대한 감정이

입을 통해 달래 보고자 한 시인의 의도는 '겨울 나그네·3/두타행 ②'이란 부제가 붙어 있는 「달마 8」이나 '겨울 나그네·4/무설고無說考'란 부제가 붙어 있는 「달마 9」를 봐도 마찬가지이다. 특히 「달마 8」에는 '마음의 눈'을 이야기함으로써 직지인심直指人心이 무엇인가를 들려주고 있다.

> 저어기 희미한 불빛이 보이네.
> 어릴 적 기억 속의 등잔이나 호얏불 같은 게 보이네.
> 보이는 건 실은 보이는 그대로가 아니지만
> 이 눈발 속에서 어지러운 마음으로도 보건대,
> 옛마을 사람들의 인정 같은 것이 두엇 눈에 어리네.
> 아아, 저처럼 자그만 불빛을 봐도
> 밍크옷을 사 입은 듯 언 몸이 따뜻해지고
> 벼슬을 하지 않아도 그저 위안이 많이 되네.
>
> ─「달마 8」 전문

이정우는 이 시에서 중요한 메시지를 하나 전해준다. 보이는 것은 실제 보이는 그대로가 아니지만 사람은 어지러운 마음으로도 볼 수 있으니, "어릴 적 기억 속의 등잔이나 호얏불" 같은 것이나 "옛마을 사람들의 인정" 같은 것이다. 시인은 사람들이 모여 사는 마을의 희미하거나 자그마한 불빛에서 인정을 느끼고 힘을 얻는다. 달마가 전한 선가의 종지는 뜻밖에도 간단하다. 절대적 진리와 해탈의 원천인 불성이란 것이 누구에게나 있다는 것이다. 그런데 불성을 실현하려면 이미 깨친 스승의 가르침에 따라 참선하고 정진해야 한다. 단도직입적으로 사람의 마음을 가리켜야지直指人心, 또 본래의 불성을 뚜렷이 인식함으로써 부처가 될 수 있는 것이지見性成佛, 글로 표현된 경전에 구애받을 필요가 없다는不立文字 것이다. 따라서 정통 교리와는 동떨어진 전통敎外別傳을 수립한 것이 선종이었다. 이것을 이어서 표현하면 다음과 같다.

不立文字　말이나 문자를 세우지 않으며
敎外別傳　정통 교리 밖에서 따로 전하며
直指人心　사람의 마음을 똑바로 가리켜
見性成佛　본성을 모아 부처를 이루리라.

달마가 중국에 전한 종교로서의 선종이 갖는 뚜렷한 종지, 즉 선종의 메시지는 이 네 구절로 귀결된다. 오로지 깨달음 하나로 향하는 달마의 수행법은 경전에 크게 의존하지 않으며 문자를 풀이한다고 해서 깨달음이 오지 않는다. 타인의 마음속으로 단번에 들어간다는 것, 자신의 본래 모습을 본다는 것, 그것이 곧 부처가 되는 길이다. 달마가 되고자 한 시인의 마음이 이러할진대 궁극적인 진리가 천주교와 불교가 영판 다를 수는 없다. 단지 깨달음을 얻는 과정에서 유일신을 믿고 스스로 부처가 되려는 것이어서 다를 뿐이다.

달마가 과연 실존 인물이었나 하며 의심하는 시각도 있지만 달마의 중국 도래가 없이 중국 선종의 법통은 세워질 수 없었다. 달마의 선이 중국에서 화려하게 꽃을 피울 수 있었던 것은 달마의 사상과 가르침이 그 시대 누구의 사상과 가르침보다도 뛰어났으며, 중국인의 심성과 맞아떨어지는 부분이 있었음을 말해준다. 이색적인 면을 지니고 있었던 선의 전래에 중국인들은 크게 자극을 받았고, 달마의 선사상은 시대가 바뀌어도 쇠퇴하지 않고 계속해서 그 가르침을 이어갈 수 있었다. 석가모니의 마음을 갖기 위한 실천의 방법으로 제시된 것이 두 가지 수행법으로, 앞서 언급한 '벽관법'과 '이입사행론'이다.

한국의 두 시인은 달마를 일종의 화두로 삼아 연작시를 썼다. 최동호는 '달마는 왜 동쪽으로 왔는가'란 부제를 단 일련의 시를 통해 생활불교와 실천철학의 중요성을 이야기하였다. 이정우는 달마라는 인물을 불교계의 신비로운 선사가 아니라 하나의 실체로 느꼈고, 자신을 구법 수행하는 달마로 인식하는 모험을 시 창작 행위를 통해 해보았다. 달마는 이처럼 우리의 생활 가운데 살아 있는 인물이다.

한국 현대시에 나타난 공간으로서의 '서역'

이 땅의 시인들은 서역西域1)을 어떤 곳으로 생각했을까? 1981년 8월 1일을 기해 행해진 '해외여행자유화조치' 이후 서역에 대한 공간인식의 변모가 이루어졌는지, 변모가 이루어졌다면 그 변모의 양상에 초점을 맞춰 살펴보고자 한다.

위먼玉門은 중국 간쑤성甘肅省 서부에 있는 도시로, 중국에서 중앙아시아로 통하는 고대 통상로 실크로드의 서쪽 기점이다. 위먼은 도시명이기도 하지만 이름 그대로 서역으로 통하는 관문의 이름이기도 하다. 옥문(관)의 남쪽에 기점이 되는 양관陽關이 있다. 서역이란 중국에서 한대 이후 옥문관과 양관 서쪽의 여러 나라를 통칭해서 일컫던 이름이다. 좁은 뜻으로는 파미르고원 동쪽 지역에서 옥문관과 양관까지 중국 북서부 일대를 가리키지만 넓은 뜻으로는 아시아 중·서부와 인도 반도, 유럽 동부와 아프리카 북부에 이르는 광대한 지역까지 포함한다. 한의 무제武帝는

---

1) 중국인이 중국의 서쪽 지역을 총칭하는 데 사용한 호칭. 『한서漢書』에 처음으로 나오는데, 타림분지에 산재해 있던 오아시스 도시국가들을 지칭하여, 그것을 '서역 36국'이라고 불렀다. 중국인의 서방에 관한 지식이 커짐에 따라 서역이 뜻하는 지역 범위도 확대되어, 서西투르키스탄·서아시아·소아시아와 때로는 인도까지 포함하게 되었다. 현재는 일반적으로 동·서 투르키스탄을 합친 중앙아시아, 특히 동투르키스탄을 가리키는 말로 쓰인다.

장건(張騫, ?~BC 114)을 파견하여 처음 서역을 개척했고, 선제宣帝는 서역도호부西域都護府를 설치했다. 당나라 때는 서역에 안서安西와 북정北庭의 2개 도호부를 설치했다. 고구려 유민 출신의 당나라 장군 고선지(高仙芝, ?~755)는 서역 정벌을 위한 많은 전투에서 공을 세웠다. 고선지의 서역 정벌 때 중국의 제지술이 아라비아 세계에 전해지기도 했다. 이후 중원과 서역은 실크로드를 통해 무역하면서 정치·경제·문화 각 방면에서 밀접한 관계를 갖게 된다.

하지만 서역은 중국에서도 머나먼 오지였다. 그래서인지 중국 시인의 시에도 서역은 자주 나타나는 공간이 아니었다. 당나라 때의 시인 왕지환(王之渙, 696~720)은 옥문관을 지키는 병사의 고향 생각을 노래한 시「출새出塞」를, 왕유(王維, 701~762)는 양관에서의 이별을 노래한 시「위성곡渭城曲」을 남겼다.

한국 시문학사에도 서역이란 공간은 나타난 적이 많지 않았다. 서정주가『춘추』제32호(1943. 10)에 발표한「歸蜀道」에 "진달래 꽃비 오는 서역 삼만 리"라는 시행이, 조지훈이『청록집』(1946. 6)에 실은「古寺」에 "서역 만리 길"이라는 시행이 보이기는 하지만 서역은 이 땅의 시인들에게는 미지의 공간, 혹은 상상의 공간이었다. 하지만 제5공화국 정권에 의해 해외여행자유화조치가 단행된 이래 서역이며 실크로드, 둔황 등은 미지의 공간이 아니었다. 직접 그곳을 여행할 수 있게 되었고, 그럼으로써 여러 시인의 시에서 꽤 자주 공간적 배경이 되었다.

옥문관 유적

　외국 여행의 결과가 문학 작품이 된 예는 우리 문학사에 적지 않다. 통일신라시대 때 당에 유학을 갔던 혜초가 인도의 다섯 개 나라(오천축국)와 중앙아시아 일대를 여행하고서 쓴 『往五天竺國傳』은 기행문이지만 다섯 편의 시가 수록되어 있어 문학적인 가치가 한결 높다. 기행산문은 조선조 숙종 때 김창업이 쓴 「연행일기燕行日記」(1713), 정조 때 박지원이 쓴 「열하일기熱河日記」(1780년경), 정조 때 서유문이 쓴 「무오연행록戊午燕行錄」(1798) 등이 전해지고 있다. 기행가사는 영조 때 김인겸이 쓴 「일동장유가日東壯遊歌」(1764)와 고종 때 홍순학이 쓴 「연행가燕行歌」(1866)가 있다. 최남선이 『청춘』 제1호(1914. 10)에 발표한 창가 「세계일주가」는 본인이 여행하고 와서 쓴 것이 아니지만 세계 지리와 교통에 대한 이해를 도우려는 계몽의식의 산물이었다. 차원이 다른 기록문학으로, 표류의 고통을 여실히 그린 「표해록漂海錄」은 성종 때의 최보, 영조 때의 장한철, 순조 때의

서역으로 나가는 관문이었던 양관

문순득이 쓴 것이 전해지고 있다. 현대 시문학사에서 '서역'에 대한 시인들의 인식 변화가 어떻게 이루어져 왔는지를 살펴보려면 먼저 서정주의 「귀촉도」에 등장하는 서역부터 볼 필요가 있다.

눈물 아롱아롱
피리 불고 가신님의 밟으신 길은
진달래 꽃비 오는 西域 삼만 리.
흰 옷깃 여며여며 가옵신 님의
다시 오진 못하는 巴蜀 삼만 리.

신이나 삼아줄ㅅ걸 슬픈 사연의
올올이 아로색인 육날 메투리
은장도 푸른날로 이냥 베혀서

부즐 없은 이 머리털 엮어드릴ㅅ걸.

초롱에 불빛, 지친 밤하늘
구비구비 은하ㅅ물 목이 젖은 새,
참아 아니 솟는 가락 눈이 감겨서
제 피에 취한 새가 귀촉도 운다.
그대 하늘 끝 호을로 가신 님아.

—「귀촉도」 전문

이 시는 사별한 임을 향한 정한과 슬픔이 귀촉도의 울음소리를 통해 처
절하게 형상화된 작품으로 알려져 있다. 귀촉도라는 새가 나오는 중국 촉
나라 망제望帝 관련 설화도 한을 상징한다. 이 시에서 서정주는 '서역 삼만
리'와 '파촉 삼만 리'를 어떤 뜻으로 쓴 것일까. 오세영은 '진달래 꽃비'라
는 표현에 주목, 부처님이 계시는 세계와 같이 아름답고 상스러운 명부,
혹은 극락을 뜻하는 하나의 상징어로 파악하였다.[2] 오세영은 또 불교 문
화권에서는 일찍이 서방정토西方淨土[3]의 개념이 성립되었는데 서방정토
란 부처님이 계신 곳, 달리 말해 '이승의 번뇌와 윤회를 벗어나 광대하고
심심深甚한 법락이 무한으로 향수되는 국토'가 서방에 있다는 뜻이라고
했다.[4] 즉, 오세영은 서정주가 말한 '서역'과 '파촉'을 저승세계는 저승세
계이지만 아름답고 상스러운 명부 내지는 서방정토로 이해하였다. '서역'
과 '파촉'이 저승이긴 하되 "완전하고 아름답고 또한 깨달음의 기쁨에 충

---

2) 오세영, 「귀촉도」, 『한국현대시 분석적 읽기』, 고려대학교 출판부, 1998, 337~338쪽.
3) 불교에서 멀리 서쪽에 있다고 말하는 하나의 이상향. 아미타불阿彌陀佛이 사는 정토
를 말하며 극락정토極樂淨土라고도 한다. 『아미타경』에 "여기서 서쪽으로 10만 억 국
토를 지나서 하나의 세계가 있으니, 이름을 극락이라고 한다."고 한 데서 나온 말로,
곧 극락세계를 말한다. 괴로움과 걱정이 없는 지극히 안락하고 자유로운 세상이다.
4) 오세영, 앞의 책, 338쪽.

만한 세계"로 인식한 동기는 바로 '진달래 꽃비'에 있다. 서정주는 "흰 옷깃 여미여며 가읍신 님의/ 다시 오진 못하는 巴蜀 삼만 리"라고 했는데 이구절을 보면 화자는 이승에 있는데 임은 저승으로 가버렸다. 게다가 임은 흰 옷깃을 여미면서 가고 싶지 않은 곳으로 마지못해 갔다. 이별을 아파하면서 임이 떠났기에 화자는 그 세계로 따라가고 싶지 않다. 이백의 「촉도난蜀道難」이란 시에 잘 나타나 있듯이 파촉이란 멀고도 험한 곳이다. 서정주는 서역을 서방정토라는 긍정적인 의미로, 파촉을 명부라는 부정적인 의미로 파악, 구분해서 썼다. 서역이나 파촉이나 다 중국 서북방 국경 저쪽―머나먼 곳이지만 파촉은 특히 절망과 허무의 세계, 혹은 무와 암흑의 세계로 인식해서 썼다.

정리를 해보면, 서정주는 서역이나 파촉을 실재하는 공간으로 이해하지 않았다. 서역은 진달래 꽃비 오는 서방정토요, 파촉은 한 번 가면 다시는 올 수 없는 명부다. 중국에서는 한대 이래 서역을 옥문관과 양관 서쪽의 여러 나라를 통칭해서 썼지만 서정주는 이와 같이 서방정토나 명부로 이해하여 썼던 것이다. 서방정토나 명부나 다 저승세계다. 조지훈의 「古寺」에도 '서역'이 나온다.

　　　　　木魚를 두드리다
　　　　　졸음에 겨워

　　　　　고오운 상좌 아이도
　　　　　잠이 들었다.

　　　　　부처님은 말이 없이
　　　　　웃으시는데

西域萬里 길

눈부신 노을 아래
모란이 진다.

—「古寺」 전문

박목월은 자신의 감정을 철저히 배재한 채 오래된 절간의 낮 한때를 묘
사하고 있다. 절간은 고요하고 평화롭다. 풍경 소리조차 들리지 않는 정
적이 느껴진다. 이 시에서 서역 만리 길은 극락정토다. 욕망과 투쟁이 없
는 세계, 전쟁과 쟁탈이 없는 세계가 극락정토일진대 바로 그런 세계를
상징하는 시어가 '西域萬里 길'이다. 윤회의 사슬을 완전히 끊고 열반에
든 자만이 갈 수 있는 곳, 그 어떤 법열의 경지를 보여주는 곳이 바로 서역
이다. 이승이 아닌 저승임에 틀림없지만 막막한 두려움의 세계가 아니다.
시인은 우리가 꿈꿀 수 있는 낙원을 서역이라고 보았다. 그런 점에서 서정
주의 "진달래 꽃비 오는 西域 삼만 리"나 박목월의 "西域萬里 길"이나 한
번 가면 돌아올 수 없는 곳이다. 하지만 서방정토 혹은 극락정토로 보았기
에 살아서는 실감하기 어려운, 즉 죽어서야 갈 수 있는 저승세계였다.

예로부터 절경이 많은 중국은 80년대 이후 한국인 관광객이 기하급수
로 늘어난 덕을 톡톡히 보고 있다. 실크로드를 찾는 관광객이 많아지자
중국은 한국↔시안西安간 직항로를 개설하여 관광 수입을 극대화하고 있
다. 한국 시인들 가운데 둔황 막고굴, 진시황릉, 병마용갱, 명사산, 월아
천, 고창고성, 고하고성 등을 직접 가보고 와서 시를 씀으로써 이런 곳이
시의 공간적 배경이 되는 일이 잦아졌다. 특히 타클라마칸사막과 고비사
막은 시인들의 시심을 자극하여 사막 소재의 시가 부쩍 많이 발표되고 있

다. 최승호 시인은 사막 투어를 하고 난 뒤 사막을 소재로 하여 '고비'라는 제목의 시집을 내기도 했다. 서역은 이 땅 이 시대 시인들의 작품 속에서는 어떤 공간으로 형상화되고 있는가.

오세영이 2005년에 낸 시집 『시간의 쪽배』는 3개 연으로 나뉘어 있는데 제3연의 제목이 '서역西域 시편'이다. 부의 제목이 '서역 시편'이므로 서역으로 일컬어왔던 곳에 와서 보고 듣고 느낀 것들을 시로 썼음을 알 수 있다.

> 서역의 오아시스는
> 사막에 뜬 백화나무의 섬과
> 당나귀 방울 소리와
> 슈르파 굽는 냄새.
>
> 하늘을 찌를 듯이 키 큰 백화나무들이
> 일렬로 쭉 늘어선 모랫길을
> 딸랑딸랑
> 당나귀는 분주하게 이륜마차를 끄을고.
>
> 서역의 오아시스는
> 사막에 드리운 백화나무와 푸른 그늘과
> 당나귀 우는 소리와
> 슈르파 굽는 냄새.
>
> ─「예챙에서」 전문

이 시에는 각주가 몇 개 붙어 있다. 예챙葉城은 타클라마칸 서쪽에 있는 사막 도시로 티베트와 파미르로 가는 두 길이 나누어지는 지점이라고 한다. 백화나무는 모래바람을 막기 위해 마치 성벽처럼 사막과 오아시스의 경계에 심어져 있는데, 이 사막 도시에서는 어디에서나 이 나무만 보인다. 슈르파는 위구르인들이 즐겨 먹는 양고기 음식이다. 시인은 서역의 오아시스 지역에 와서 백화나무를 보고, 당나귀 방울 소리를 듣고, 슈르파 굽는 냄새를 맡는다. 시인이 서역에 와서 이런 것들을 직접 보고 듣고 냄새 맡았다는 것이 이 시의 소재이자 주제다. 시인은 서역이란 곳이 상상의 공간, 혹은 미지의 공간이 아니라 직접 와서 볼 수 있는 실재의 공간인 것에 경이로워하며 이런 시를 썼다. 오세영은 고비사막과 타클라마칸 사막이 어떻게 다른지를 현지에 와서 확인한다.

> 수억 년 동안 죽어 사라진 주검들이
> 모두 여기 모여 있구나.
> 몸통은 모두 독수리 떼에게 뜯겼는지
> 빈 해골들만 지평선 가득히
> 널려 있다.
> 뜨거운 폭양 아래
> 꼼짝도 하지 않는 그 무서운
> 침묵,
> 그러나 밤이 되면
> 일제히 눈을 뜨고 하늘을 향해서
> 휘이⋯⋯
> 목쉰 휘파람 소리를 낸다.
>
> 거친 돌멩이와 자갈만으로 끝없이 뒤덮여 있는
> 아, 고비사막.
>
> ―「고비사막 1」 전문

시의 제2연에 잘 설명되어 있듯이 고비사막은 "거친 돌멩이와 자갈만으로 끝없이 뒤덮여 있는" 사막이다. 고비戈壁라는 낱말 자체가 거친 자갈들로만 덮인 사막이라는 뜻이다. 그러니까 고비사막은 모래가 끝없이 펼쳐진 그런 사막이 아님을 시인은 직접 가보고서 확인했던 것이다. 그렇다면 '사막'이라는 표현은 걸맞지 않은데 왜 그곳을 사막이라고 부르는 걸까. 고비사막의 '자갈'들은 독자에게 상상의 공간을 미래로 옮겨 놓도록 인도한다. 오랜 세월 풍화작용을 거쳐 고운 모래가 되는 자갈들인 것이다. 지금도 황폐하고 미래에도 여전히 황폐할 것이 분명한 그곳의 이름은 '사막'이다. 하지만 타클라마칸사막은 우리가 흔히 알고 있는 그 모래사막이다.

> 사구砂丘의 아름다움을 보아라.
> 세상의 곡선들이
> 다 여기에 모여 있다.
> ──「아, 타클라마칸 2」 부분

> 바람에 휩쓸려 굽이치는
> 큰 사구는
> 큰 파도,
> 작은 사구는 잔물결,
> 먼 해안선의 불빛 같은 신기루를 좇아
> 나 흔들리는 낙타 등에서
> 뱃멀미하다.
> ──「아, 타클라마칸 5」 전문

타클라마칸사막은 모래언덕이 아름다운 곡선을 이루고 있는 전형적인 사막이다. 바람이 사막에 산을 만들고 구릉을 만든다. 큰 파도 모양, 작은 물결 모양도 만든다. 바람의 움직임을 따라 지워지면서 다시 새로운 선이 태어나는 화가의 은빛 화폭이다. 시인은 이 사막에서 낙타를 타보았던 것일까. 그리고는 낙타 등에서 흔들흔들 실려 가면서 배라도 탄 듯 멀미를 느낀다. 큰 파도와 잔물결로 보이는 크고 작은 사구들과, 해안선의 불빛처럼 가물가물한 신기루들과 함께 시인의 몸도 흔들린다. 시인은 사막의 아름다움에 기꺼이 동참했고, 흔들리면서 보는 광경들이지만 아름답기 그지없다. 흔들리면서 나아가는 망망대해의 배처럼, 시인도 낙타 등 위에서 사막을 '항해'하고 있다.

> 우루무치발 기차는
> 고비, 고비의 밤길을 달려
> 망망한 사막의 벌판으로
> 따가운 햇살을 풀어놓는다
> 서역 만 리, 차창 밖
> 천 년 전 투르크 전사들의 함성도
> 모래바람에 휘둘려 묻히고
> 보이는 무덤과 보이지 않는 무덤
> 꿈결인 듯 어른거리는 낙타의 그림자
> 저 침묵의 망망함
> 참으로 인간의 시간은 무의미하다고
> 둔황행 기적 소리가 깨우쳐준다
>
> ─「西域行」 전문

허형만의 이 시가 단적으로 말해주고 있는 것은 서역이 상상만 해온, 동경의 공간이 아니라는 점이다. 서역은 조국으로부터 만 리나 떨어져 있기는 하지만 화자는 차창을 통해 서역을 지금, 보고 있다. 기차는 우루무치에서 둔황으로 가는 중이다. 고비사막을 밤새도록 달려왔는데 기차는 여전히 달리고 있다. 화자는 차창 밖을 보며 이런 생각을 한다. 천 년 전에는 바로 저 들판을 투르크 전사들이 함성을 지르며 달렸을 텐데 그들은 흔적도 안 남기고 모래바람에 다 묻히고 말았구나, 참으로 인간의 시간은 무의미하구나. 차창 밖 사막도 망망대해 같지만 저 들판의 침묵이야말로 망망하다는 느낌—이것이 이 시의 내용이다. 천 년 전 투르크 전사들의 함성과 대비되는 것이 현재의 침묵이며, 이것을 수식해주는 것이 "보이는 무덤과 보이지 않는 무덤"과 "꿈결인 듯 어른거리는 낙타의 그림자"다. 투르크 전사들의 무덤은 보이지 않지만 시인은 서역에서 무덤을 보기도 했고 꿈결인 듯 어른거리는 낙타의 그림자를 보기도 했다. 서역에 와서 사막과 따가운 햇살을, 무덤과 낙타 그림자를 직접 눈으로 확인했다는 것이 중요하다. "인간의 시간은 무의미하다"는 시인의 생각은 "저 침묵의 망망함"이라는 시어에 깊게 가 닿는다. 이곳에 삶과 죽음의 경계는 없다. 모래바람만이 사막이라는 공간의 과거와 오늘을 증거하는 물질이다. 시작도 끝도 없이 부는 모래바람과, 끝도 없이 아득한 사막에서 시인은 가늠할 수 없는 시간의 침묵에 대해 깊은 상념에 잠긴다.

　서정주와 박목월에게 서역은 너무나 멀리 있고, 죽어서나 갈 수 있고, 한 번 가면 돌아올 수 없는 곳이었다. 미지의 세계, 상상의 공간이었던 서역은 또한 서방정토의 다른 이름이었다. 하지만 실크로드 일대를 여행하고 온 오세영과 허형만에게 있어 '서역'은 미지의 세계나 상상의 공간이 아니었다. 보고 듣고 냄새 맡을 수 있는 곳(오세영)이다. 허형만은 기차를 타고 고비사막을 건너고 낙타도 타보았는데 정지된 듯한 시간을 "기적소리"가 깨워주자 인간 세상의 시간관념 안으로 다시 돌아온다.

이동순은 서역을 제대로 탐사한 뒤에 『마음의 사막』(2005)이라는 시집을 출간한다. 시인은 일단 자신이 생각했던 서역을 이렇게 이야기한다.

> 서역이란 말에는
> 향긋한 무화과의 냄새가 난다
> 잘 익은 하미과의 단내도 물씬 풍기고
> 백양나무 가로수 길을 달려가는 노새의 방울 소리도 들린다
> 그 노새가 끄는 수레에 올라탄
> 일가족의 도란거리는 이야기도 들린다
>
> 서역이란 말에는
> 아득한 모래벌판을 성큼성큼 걸어오는
> 황사바람의 냄새가 난다
> 그 사이로 악기 반주에 맞추어 휘도는 호선무와
> 구릿빛 얼굴로 바라보던 위구르 사내의
> 동그란 모자가 보인다.
>
> ―「서역」 제1, 2연

이 시의 내용은 두 가지로 파악해볼 수 있다. 한 가지는 서역에 가서 본 것이 아니라 '서역'을 생각하면 이런 냄새가 상상이 되고 저런 모습이 보인다. 또 한 가지는 서역 여행을 하고 돌아와 그때를 회상해보니 그때 맡았던 그 냄새가 생각이 나고 그 광경이 떠오른다는 것이다. 상상이건 회상이건 서역은 이제 시인이 오감으로 느낄 수 있는 곳이다. 아래의 몇 편 시는 서역 여행을 하고 돌아와 회상하면서 쓴 시임에 틀림없다.

황사만 바람에
실려오는 것이 아니다
머나먼 서역 땅
쿠차의 거리에서 들리던 풍악 소리도
바람을 타고 구름에 실려
아득한 동쪽 나라 바다 끝까지 날아왔다

　　　　　　　　　　　　　　　　　　　—「세상의 바람」 부분

세상이여
너는 큰물 지나간 뒤의 들판 같구나
자욱한 황사바람 속에 해가 뜨고 해가 지는
머나먼 서역 땅 실크로드

　　　　　　　　　　　　　　　　　　　—「황사」 부분

눈먼 소녀의
슬픈 노랫소리가 울려퍼지는
머나먼 서역 땅
실크로드의 시장 한 귀퉁이 목로주점에 나는 앉았다
님과 이별하던 강 언덕 버들가지처럼
하늘하늘 휘늘어지는 가락으로
뽑아내는 저 악기의 이름은 무엇인가
낮에 그토록 붐비던 장사치들 다 어디 갔나

　　　　　　　　　　　　　　　　　　　—「초생달」 부분

　　위에 인용한 3편 시를 쓸 때 이동순은 반드시 "머나먼 서역 땅"이라고
했다. 머나먼 서역 땅이지만 시인은 그곳 서역 쿠차의 거리에서 풍악 소
리를 들었다. 자욱한 황사바람 속에 해가 뜨고 지는 것을 보았으며, 시장
한 귀퉁이에서 눈먼 소녀의 슬픈 노래를 듣기도 했다. '서역'이란 말에서

는 향긋한 무화과의 냄새와 황사바람의 냄새를 맡았었는데 직접 와서 보니 서역 길은 쓸쓸하기도 하고(「타클라마칸」), 한국의 시골 시장 풍경과 별반 다를 바가 없다.

> 사안에서 출발하여 줄곧 달려온
> 쓸쓸한 서역 길
> 그 아득함은 여기 타클라마칸에 이르러
> 인간의 모든 알량한 세속적 명리와 이욕과 구별 따위를
> 고철처럼 마구 두들기고 뭉쳐
> 펄펄 끓는 제 가슴에 집어넣고 단숨에 녹여서
> 새로 빚어내는 작업을 하는데
> 그 용광로가 바로 타클라마칸이라는 생각을 한다
> —「타클라마칸」 부분

> 내가 만약 서역에 산다면
> 여름날 저녁마다
> 문 앞에 탁자를 내다놓고 장기를 두리라
> 벗들과 모여앉아 마작을 하리라
> 손주녀석 안고 나와 바람 쐬며 행인을 보리라
> 친한 이웃들과 삿자리 깔고 모여앉아 담소 나누리라
> 침침한 전등불 켜진 이발소에서
> 머리를 깎으리라
> —「뒷골목 풍경」 부분

서역 길이 쓸쓸하다고 한 이유는 사막인 타클라마칸에 와서 보니 인간의 모든 알량한 세속적 명리와 이욕과 구별 따위가 부질없다고 느껴졌기 때문이다. 지평선 저 끝까지 온통 모래언덕, 모래의 산뿐인 것을 보고서

명사산과 월아천을 배경으로

시인은 인간의 생애 내내 쌓아올린 욕망이 얼마나 하잘것없는 것인가를
새삼스레 느끼기도 했을 것이다. 사막은 인간의 세속적 욕망을 무화시키
는 힘을 갖고 있다. 하지만 서역 뒷골목 풍경은 시인이 어린 시절을 보낸
시골마을과 다를 바 없어 친밀감을 느끼기도 한다. 세상 어디를 가나 사
람 살아가는 모습은 다를 바 없고, 그래서 만약 이곳에서 살게 된다면 시
골사람처럼 한가로운 일상을 영위해 나갈 거라고 상상해보는 것이다. 서
역이 비록 "머나먼 서역 땅"이긴 하지만 와서 보니 장삼이사들이 평범하
게 살아가는 내 어린 날의 뒷골목 같은 곳이어서 정겹게 느껴진다.

　　1943년 서정주가 발표한 「귀촉도」의 "진달래 꽃비 오는 서역 삼만 리"
에서의 서역은 상상의 공간이기도 했지만 한 번 가면 돌아올 수 없는 명
부 내지는 서방정토였다. 박목월의 「古寺」에 나오는 서역도 별반 다르지

않았다. 하지만 해외여행자유화조처 이후에 나온 오세영과 허형만의 시에 나타난 서역은 직접 가서 보았기에 구체적으로 감각하는 공간이 되었다. 즉, 상상의 공간에서 실재하는 공간으로 변한 것이다. 가장 근년에 서역을 여러 편의 시를 통해 집중적으로 형상화한 이동순에게 서역은 시인의 어린 시절, 놀이터처럼 헤집고 다니며 놀았던 시장 바닥과 마을 뒷골목의 풍경을 연상시킬 만큼 가깝게 느껴지는 곳이 되었다. 「귀촉도」(1943)의 '서역'에서 『마음의 사막』(2005)에 이르기까지 60년 동안 '서역'은 이렇게 많이 달라졌다. 우리 시에서 서역이라는 공간의 변화는 시인의 여행 체험이 시를 이런 식으로 바꿔놓을 수 있다는 것을 단적으로 보여주는 예가 된다. 서역이 미지의 공간에서 체험의 공간으로, 그 이후 머무름의 공간으로 바뀌면서 시도 이렇게 달라지게 되었던 것이다.

한국 현대시에 나타난 불교 사상

서구의 작가들은 두 개의 커다란 보물창고를 갖고 있다. 그것은 서구인들의 정신사를 추동해온 두 개의 축인 헤브라이즘과 헬레니즘이다. 서구의 대다수 작가는 어릴 때부터 성경과 그리스신화를 읽는다. 그 책자에 실린 내용은 생활 속에 자연스럽게 스며들어 있어서 따로 설명하지 않아도 누구나 공유하는 것이며, 작가의 어린 시절부터 정서와 정신에 깊숙이 작용한다. 예컨대 '므두셀라'라는 이름을 어느 작가가 자기 작품에 썼을 때 각주를 붙여 따로 설명할 필요가 없다.

모세, 욥, 카인, 아벨, 베드로, 유다……도 마찬가지다. 크로노스, 포세이돈, 레아, 헤라, 아프로디테, 아폴론…… 이런 신의 이름뿐 아니라 그리스신화에 나오는 수많은 영웅의 이름과 성격과 행적에 대한 이해는 작가의 성장과 함께 이루어진다. 서구의 작가들에게 성경과 신화의 내용은 우리 조상 중 사대부 계급이라면 반드시 읽어야 했던 사서삼경의 내용처럼 아주 어릴 때부터 삶 그 자체에 녹아 들어가 있다. 설사 주일에 교회에 가지 않더라도 다 익히 아는 이야기여서 서양의 문학작품에는 헤브라이즘과 헬레니즘의 정신이 그대로 녹아들게 된다. 성경과 신화라는 정신의 양대 축이 없었더라면 셰익스피어는 『햄릿』과 『로미오와 줄리엣』을, 단테는『신곡』을, 괴테는『파우스트』를, 존 번연은『천로역정』을 쓰지 못했을 것이다. 톨스토이도 도스토옙스키도, 빅토르 위고도 카잔차키스도 전혀 다른 소설을 썼을 것이다. 존 던, 존 밀턴, 윌리엄 블레이크, 횔덜린, 릴케, 엘리엇, 오든, 딜런 토머스……. 모두 신과 인간 사이를, 신성과 세속을 오가면서 시를 썼던 시인들이다.

이 땅의 시인들 가운데 불교의 정신 혹은 붓다의 가르침, 불경의 심오한 사상에 감화를 받아 시를 쓴 시인들로 어떤 이를 꼽을 수 있을까? 20대 중반에 출가하여 40년 동안 스님이었던 한용운, 10여 년 승려 생활을 했던 고은, 한국불교계의 대덕 조오현……. 불교설화를 모티브로 한 시를 종종 썼던 서정주와 붓다의 전생 일대기를 시로 썼던 김달진, 재가승이나 마찬가지였던 박희진을 꼽을 수 있을까? 하지만 한국 현대 시문학사를 수놓았던 시인들과 지금 이 시대의 시인들 가운데 불교의 교리 혹은 사상이라고 할 수 있는 윤회, 인연, 구도, 해탈, 자비, 무상 등을 주제로 시를 쓴 시인은 그 수가 결코 적지 않다. 불경이 워낙 어려워서 성경을 옆에 두고 읽듯이 읽지는 않지만, 시인이 불교도이건 그렇지 않건 간에 작품 속에 불교사상이 투영된 것이 적지 않다. 이 글은 현대시 속에 나타난 시인들의 불교사상 이해에 관한 것이다.

내가
돌이 되면

돌은
연꽃이 되고

연꽃은
호수가 되고

내가

호수가 되면
호수는
연꽃이 되고
연꽃은
돌이 되고

—서정주, 「내가 돌이 되면」 전문

이 한 편의 짧은 시에 윤회사상이 구체적으로 드러나 있는 것은 아니다. 윤회(samsara, reincarnation)란 원래 인도에서 형성된 하나의 '설'로서, 『리그베다』『우파니샤드』 등에 잘 설명되어 있다. 인간은 해탈하기 전까지는 생사를 끊임없이 반복하고, 이때 취하는 몸과 태어나는 세계는 자신의 행동에 따라 결정된다는 인도의 관념을 불교에서는 대단히 중요한 사상으로 받아들였다. 윤회라는 말은 중생이 미혹의 세계에서 삶과 죽음을 반복하기를 수레바퀴처럼 멈추지 않고 유전함을 뜻하기에 윤회전생輪廻轉生이 보다 정확한 표현이다. 다시 말해 윤회는 생명체가 죽어 다른 생명의 종으로 태어나는 것인데, 이 시에서는 생명체가 죽어 사물이 되고, 사물이 죽어 생명체로 다시 태어난다. 사람이 사물이 되고, 사물이 식물이 되고, 식물이 광물이 된다.

이런 생각은 서구의 변신 모티브와도 다르고 합리적 사고와도 거리가 멀다. 지극히 동양적인 사고라고 볼 수도 있지만 실은 현대물리학의 세계로 간주해도 무방하다. 프리초프 카푸라는 현대물리학이 원자의 존재를 실증하고 그것을 구성하는 양자와 중성자 및 기타 수많은 아원자입자亞原子粒子들을 발견한 것에 주목하였다. 그는 우주의 온갖 별과 성간물질이 아주 역동적이고 불가분의 관계로 이루어져 있다고 보았다. 모든 입자는 다른 입자들로 바뀔 수 있으며, 전 우주가 따로 떼어질 수 없는 에너지 모형들의 역동적인 그물[網]로 나타난다고 보았다. 카푸라의 『현대물리학과 동양사상 *The Tao of Physics*』을 관통하는 이러한 개념에 정확히 들어맞는 시가 바로 서정주의 「내가 돌이 되면」이다. 시인은 살아생전에 언론과의 인터뷰에서 "나는 불교의 윤회설을 믿네"라고 말했다. 「국화 옆에서」나 「귀촉도」에도 윤회설이 다소 비치기는 하지만 만물이 유전하고 생명의 종이 바뀌는[轉生] 윤회설에 부합하는 시가 바로 「내가 돌이 되면」이다.

> 꼬부라진 태아胎兒들이
> 비린내를 풍기며
> 이 문으로 감쪽같이 늘이오고
> 꾸부정한 늙은이들이
> 퀴퀴한 냄새를 풍기면서
> 이 문을 거짓말처럼 빠져나간다
> 덧없으니까 비워둔
> 누군가의 삶
> 거기도 덧없으니까 비워둔 내세來世
> 그렇다면 회전문을
> 들락날락
> 흩어지는
> 구름 떼
> ─최승호, 「윤회를 위한 회전문」 전문

회전문은 사람들이 건물에 들어오고 나갈 때 손을 쓰지 않고도 문을 열 수 있게 만들어놓은 문명의 이기다. 그런데 회전문이 이 시에서는 이승과 저승 사이를 흐르는 강 같은 역할을 한다. 건물 안은 이승이고 건물 밖은 저승이다. 또한 건물 안은 현생이고 건물 밖은 내세다. 시인이 보건대 현생도 내세도 덧없기는 마찬가지다. 사람은 태어나고 죽고 또 태어나고 죽고……. 회전문을 들락거린다. 들고나는 사람들로 회전문이 계속해서 뱅글뱅글 돌고 구름은 무심하게 떼를 지어 모였다 흩어진다. 시인은 인생무상에 대해 말한다. 집착을 끊고 해탈을 꿈꾸는 시인의 마음도 읽힌다. 태아는 꼬부라진 몸으로 태어나고, 늙은이도 꼬부라져 삶을 마감한다. 현생과 내세를 가르는 문은 언제나 열려 있고, 그 틈으로 삶과 죽음이 교차한다. 부단히 넘나드는 생멸 현상에 대해 집착하는 것은 어리석다. 현생 너머 내세, 내세 너머 현생에 우리는 존재하기 때문이다. 그곳은 우리에게 언제나 피안彼岸이다.

불교에서는 인연(因緣, hetu-pratyaya)도 중요하게 생각한다. 세상에는 결과를 만드는 직접적인 원인[因]과, 그 원인과 협동하여 결과를 만드는 간접적인 힘이 되는 연줄[緣]이 있는데, 모든 생명과 사물은 이 인연에 의해 생멸한다는 것이다. 용수1)는 『중론中論』에서 존재의 생멸은 진실한 모습이 아니므로 '불생 불멸'이라고 했다. 미라를 보면 알 수 있다. 인간은 죽어도 뼈와 머리카락, 그리고 손톱·발톱이 우주의 한 귀퉁이에 남는다. 화장할 경우에도 굴뚝 연기를 통해 살과 머리카락은 소각되어 하늘로 날아가고 뼈는 고스란히 남는다. 육신의 일부가 여전히 이 우주에 미세한 먼지의 형태로라도 남는 것이다. 우리 속담에 "오다가다 옷깃만 스쳐도 전생의 인연이다"란 것이 있는데 이를 봐도 우리 선조들이 불교의 사상과 교리를 일상생활에서 받아들이고 있었음을 알 수 있다.

언제던가 나는 한 송이의 모란꽃으로 피어 있었다.
한 예쁜 처녀가 옆에서 나와 마주 보고 살았다.

---

1) 용수龍樹는 인도의 승려로, 대승불교의 교리를 체계화하는 데 크게 기여하여 대승8종의 종조宗祖로 불린다.

그 뒤 어느 날
모란꽃잎은 떨어져 누워
메말라서 재가 되었다가
곧 흙하고 한세상이 되었다.
그게 이내 처녀도 죽어서
그 언저리의 흙 속에 묻혔다.
그것이 또 억수의 비가 와서
모란꽃이 사위어 된 흙 위의 재들을
강물로 쓸고 내려가던 때,
땅속에 괴어 있던 처녀의 피도 따라서
강으로 흘렀다.

그래, 그 모란꽃 사원 재가 강물에서
어느 물고기의 배로 들어가
그 血肉에 자리했을 때,
처녀의 피가 흘러가서 된 물살은
그 고기 가까이서 출렁이게 되고,
그 고기를, 그 좋아서 뛰던 고기를
어느 하늘가의 물새가 와 채어 먹은 뒤엔
처녀도 이내 햇볕을 따라 하늘로 날아올라서
그 새의 날개 곁을 스쳐 다니는 구름이 되었다.
　　　　　—서정주,「인연설화조因緣設話調」전반부

　이 시에는 윤회설과 인연설이 뒤섞여 있다. 모란꽃이었던 화자가 죽어
흙의 일부가 되었고, 한 예쁜 처녀가 죽어 그녀의 피가 강의 일부가 되었
다. "억수의 비"가 온 날 화자는 물고기의 배로 들어가 "그 혈육에 자리"
하고, 처녀의 피가 뒤섞인 물살은 물고기 가까이에서 출렁이니 다시 만난

셈이 된다. 인연은 여기서 끝나지 않는다. 물고기를 "어느 하늘가의 물새가 와 채어 먹은 뒤엔/ 처녀도 이내 햇볕을 따라 하늘로 날아올라서/ 그 새의 날개 곁은 스쳐 다니는 구름이 되었"으니 인연이 다시 이어진다.

> 그러나 그 새는 그 뒤 또 어느 날
> 사냥꾼이 쏜 화살에 맞아서,
> 구름이 아무리 하늘에 머물게 할래야
> 머물지 못하고 땅에 떨어지기에
> 어쩔 수 없이 구름은 또 소나기 마음을 내 소나기로 쏟아져서
> 그 죽은 샐 사간 집 뜰에 퍼부었다.
> 그랬더니, 그 집 두 양주가 그 새고길 저녁상에서 먹어 소화하고
> 이어 한 쌍아兒를 낳아 양육하고 있기에,
> 뜰에 내린 소나기도
> 거기 묻힌 모란 씨를 불리어 움트게 하고
> 그 꽃대를 타고 올라오고 있었다.
> 그래 이 마당에
> 현생의 모란꽃이 제일 좋게 핀 날,
> 처녀와 모란꽃은 또 한 번 마주 보고 있다만,
> 허나 벌써 처녀는 모란꽃 속에 있고
> 전날의 모란꽃이 내가 되어 보고 있는 것이다.
> ─「인연설화조因緣說話調」 후반부

둘의 인연에 사냥꾼이 개입하고, 소나기가 또 내리고 결국 다시 모란꽃과 화자가 만나는데, 이번에는 처녀가 모란꽃 속에 있고 전날의 모란꽃이 내가 되어 있으니 처지가 바뀌었다. 윤회의 과정을 거치면서 앞서거니 뒤서거니 같은 모란꽃으로 피어난 인연에는 원인이 결과가 되고 결과가 원

성철 스님과 미당 서정주

인이 되는 순환의 고리가 있다. 하나의 생명체가 다른 생명체로 바뀌는
데에는 죽음 현상이 필연적으로 동반된다. 화자와 처녀가 같은 모란으로
피기까지에는 이들의 죽음에 지상의 온갖 생명체들이 관여한다. 생명을
벗은 몸이 다른 물상과 하나로 섞일 때 화학작용이 일어나고, 이때 새로
운 생명이 태어난다. 개별적인 존재자로는 이룰 수 없는 탄생의 기쁨은
인연이 있기에 가능하다. 지금 지상에 존재하는 모든 생명체는 다른 생명
체와 인연으로 연결되어 있는 것이다.

> 이 가을
> 우리는 어디로 떠나야 합니까
> 내년
> 이 아침에도
> 풍요로이 돋아나서
> 미련 없이 돌아갈 수 있도록
> 빛을 내려주시고
> 타는 풀잎
> 서걱이는 갈증
> 앙금처럼 적셔 오는
> 한 방울
> 이슬이듯
> 이제 헤어져도
> 뒷날
> 後生의 연분으로
> 다시 만나게 된다면
> 어머니
> 우리는 더 이상 무엇을 바라겠습니까.
> ─허영자, 「이파리의 노래」 전문

우리가 흔히 말하는 '낙엽의 계절'이라 함은, 나무에서 이파리가 떨어지는 계절인 가을에 대한 비유다. 시인이 보건대 이파리가 나무에서 떨어지는 것이 영원한 이별이 아니다. 낙엽은 땅에서 썩음으로써 거름이 되어 나무의 자양분이 되기도 한다. "타고 남은 재가 다시 기름이 됩니다"란 한용운의 시 「알 수 없어요」의 한 구절은 과학적으로도 틀린 것이 아니다.

이파리는 "이제 헤어져도/ 뒷날/ 후생後生의 연분으로/ 다시 만나게 된다면" 하고 소망하는데, 시인은 나무와 이파리와의 관계를 어머니와 자식과의 관계로 확장시켜 생각한다. 같이 살아도 때가 되면 헤어지는 것이 부모·형제간이니 회자정리會者定離인 것이다. 아무리 살가운 사이, 절친한 사이라도 때가 되면 이별은 필연적임을 이 시는 말해주고 있다.

허영자 시인

불교가 추구하는 최고의 경지는 해탈(解脫, moksha)이다. 인간의 영혼이 윤회의 속박에서 벗어나 속세간의 근심이 없는 편안한 심경에 이르면 해탈했다고 한다. 영혼이 일단 육체 속에 들어간 뒤에는 해탈을 이루는 완전함이나 깨달음에 도달할 때까지 윤회를 계속해야 하고, 그것이 곧 업이다. 업(業, karma)이란 인도철학에서 온 것으로, 과거의 행위가 미래 세상에 어떻게든 영향을 미치는 것을 이르는 말이다. 불교나 자이나교는 인도인들의 정신적 유산인 업보설을 자신의 사상체계에 받아들였고, 특히 불교에서는 도덕적인 인과응보라는 개념으로 업을 명확히 해석하였다. 살아서 열심히 도를 닦고[自利], 남을 위해 줄기차게 보시하면[利他] 다시 다른 생명체로 태어나 고통을 받는 업이 소멸되므로 이를 가리켜 해탈 혹은 열반(涅槃, nirvana)이라고 한다.

> 푸른 觀世音菩薩像
> 寂照 속 慈悲의 涅槃
> 서라벌 千年을 微笑하시는
> 忍辱 柔和의 相好
> 맑숙한 어깨
> 蓮꽃 봉오리의 젖가슴
> 몸은 보드라운 均齊의 線에 神韻이 스며서
> (……)
> 돌이
> 無心한 돌부처가
> 그처럼
> 피가 돌아 生命을 훈길 수야 있을까
> 갈수록 多情만 하여
> 아 문둥이 우는 밤
> 煩惱를 잃고
> 돌부처 觀世音菩薩像
> 大超越의 涅槃에
> 그리운 情 나도 몰라
> 生生 世世
> 歸依하고 살고 싶어라
> ―한하운, 「관세음보살상觀世音菩薩像」 부분

한평생 한센병으로 고생하면서도 주옥같은 시를 남긴 한하운이 쓴 이 시는 관세음 보살상의 미소를 보고 쓴 것이다. 시인은 관세음보살이 지상의 업보를 다 벗고, 안전히 열반의 경지에 들었기에 저런 미소를 지을 수 있다고 보았다. 관세음보살이 열반을 이루었기에 "청초한 눈동자는 천공天空의 저쪽까지/ 사생死生의 슬픔을 눈짓하시고/ 대초월大超越의 자비慈悲로,/ 신래神來의 비원悲願으로, 청계혼탁清季混濁한 탁세濁世에 허덕이는/ 중생을 제도하시고/ 정토왕생淨土往生시키려는 후광으로/ 휘황"한 모습을 보여주었고, 그 표정을 본 석공이 돌에다 새길 수 있었으려니 생각한 것이다. 나도 돌부처 관세음보살상처럼 "대초월의 열반"에 들어 "그리운 정 나도 몰라"도 영원무궁 "귀의하여 살고 싶어라"고 소망해보는 것이다. 내 얼굴은 비록 병으로 말미암아 흉하게 일그러져 있지만, 마음은 저 관세음보살상처럼 밝은 미소를 지닌 채 열반의 경지에 들고 싶다는 것이 한하운의 간절한 소망이었나 보다.

> 극락왕생하는 이는 서러움 없으리라
> 괴로움에 가슴 죄인 아픔으로 눈 감으면
> 잊었던 옛 무등 밖에 불빛으로 빛나리
> 타오르는 땅 위에 시름은 옛 이야기
> 풀잎에 구르는 듯 바람 앞에 피어나면
> 멀리 마음 하나가 자리 잡고 울어라
> 잊어라 가슴 좁혀 타오르면
> 보이는 것 극락정토 마른 나무 꽃잎 피어
> 오늘을 기억하는 달 눈썹 속을 날은다.
> ─박진관, 「우민별곡豪民別曲」 전문

'우민憂民'이란 백성의 일을 근심하는 것을 일컫는다. 세상 잡사는 늘 근심을 가져오는데 그것을 다 떨쳐버리고 자리이타의 삶을 실천하면 극락정토에 가서 다시 태어난다는 주제를 담고 있다. 서러움과 괴로움, 아픔과 시름을 다 잊어버리지 않으면 해탈할 수 없다는 뜻이기도 하다.

속세의 인연 때문에 번민하고 속세의 범사 때문에 고뇌하면 결코 해탈할 수 없다는 뜻이기도 하다. 조지훈이 쓴「僧舞」의 유명한 구절 "까만 눈동자 살포시 들어/ 먼 하늘 한 개 별빛에 모두오고// 복사꽃 고운 뺨에 아롱질 듯 두 방울이야/ 세사世事에 시달려도 번뇌煩惱는 별빛이라."에 잘 나타나 있듯이, 번뇌를 떨쳐버리려 승무를 춘 저 여승은 결국 먼 하늘의 한 개 별빛을 발견한다. 번뇌란 것은 떨쳐버리고 싶어도 떨쳐버릴 수 없는 것이기도 하다. 별과 달이 보고 싶지 않다고 해도 밤이면 하늘에 나타나는 것처럼 말이다. 그래서 불도를 닦는 사람이라도 끊임없이 수양하고 참선해야 하는 것이다. 보시의 이타행을 죽을 때까지 실천해야 하는 것이다. 득도했다고 하여 참선하지 않으면 금방 도로나무아미타불이 된다고 붓다는 이런 말을 유언으로 남겼다.

> 비구들아, 모든 것은 쉴 사이 없이 변해가니 부디 마음속의 분별과 망상과 그 밖의 여러 가지 대상을 버리고 한적한 곳에서 부지런히 정진하라. 부지런히 정진하면 어려운 일이 없을 것이다. 한결같은 마음으로, 방일함을 원수와 도둑을 멀리하듯이 해라. 나는 방일 하지 않았기 때문에 스스로 정각을 이루었다. 마치 낙숫물이 떨어져 돌에 구멍을 내는것과 같이 끊임없이 정진해라.
> —『대반열반경』중에서

방일放逸이란 개망나니 짓이나 하면서 제멋대로 함부로 노는 것을 이름인데, 왜 붓다가 입적 시에 이런 말을 했을까. 수도의 길이 그만큼 힘들다는 뜻이다. 외부 세계와 접촉하는 한 망상을 끊어낼 수 없고, 그런 망상과 번뇌가 우리의 의식을 차지하기 때문이다. 그래서 붓다는 한적한 곳에서 정진하라고 했다. 수시로 변하는 세상에 집착하지 말고 불변하는 정신의 구도에 온몸을 맡기라고 했다. 번잡한 세상사는 우리에게 아집과 번뇌만 안겨줄 뿐이므로 보리심을 가지라는 말과도 같다. 그래서 불가에서는 십우도 이야기를 통해 깨달음의 과정을 보여주고 있다.

見牛
어젯밤 그늘에 비친
고삐 벗고 선 그림자
그 無形의 그 裂傷을
初犯으로 다스린다?
태어난 목숨의 빛을
아직 갚지 못했는데
하늘 위 産家에서 누가 앓는 喘滿이다
상두꾼도 없는 상여 마을 밖을 가는 거다
어머니 邪戀의 아들 그 목숨의 反耕이여.
得牛
삶도 올가미도 없이
코뚜레를 움켜잡고
매어둘 형법을 찾아
헤맨 걸음 몇 만보냐
죽어도 투雷로 우는
생령이어, 강도여.
과녁을 뚫지 못하고 돌아오는 鳴鏑이다
짜릿한 감전의 아픔 복사해본 살빛이다

이 천지 돌쩌귀에 얽혀 죽지 못한 운명이여.

—조오현, 「심우도尋牛圖」 부분

불교 선종에서, 본성을 찾는 것을 초동이 소를 찾는 것에 비유하여 그린 선화禪畫를 '심우도'라고 한다. 선의 수행 단계를 소와 동자에 비유하여 도해한 그림으로, 수행의 단계를 10단계로 하고 있어 십우도十牛圖라고도 한다. 중국 송나라 때 만들어진 보명普明의 십우도와 곽암郭庵의 십우도 두 종류가 우리나라에 전래되었는데 조오현은 이 가운데 곽암의 순서를 취해 10편의 연작시를 썼다. 그런데 이 시에서는 소도 동자도 안 보이고 강도가 나온다. 강도는 태생도 불우했고 성장환경도 아주 안 좋았다. "천만금千萬金 현상懸賞으로도/ 찾지 못할 내 행방行方"이니 홍길동이나 임꺽정쯤 되는 인물이다. 세상에 나가 온갖 죄를 짓던 중에 어머니가 돌아가시는데, 그것이 일부 '견우見牛'에 나와 있다.

그런데 어머니의 죽음이 어떤 계기가 되었는지 강도는 새로 태어나는 개심의 과정에 들어가게 된다. "죽어도 한뢰旱雷로 우는/ 생령이어, 강도여."에서 강도가 죽었다고 보면 안 되고 새로 태어났다고 봄이 옳다. 원래 '견우'는 동자가 멀리서 소를 발견하는 모습으로 묘사된다. 이는 본성을 보는 것이 눈앞에 다다랐음을 상징한다. '득우'는 동자가 소를 붙잡아서 막 고삐를 맨 모습으로 묘사된다. 이 경지를 선종에서는 견성見性이라고도 하는데, 마치 땅속에서 아직 제련되지 않은 원석을 막 찾아낸 것과 같은 상태라고 흔히 표현한다. 실제로 이때의 소는 검은색을 띤 사나운 모습으로 묘사되는데, 아직 삼독(三毒 : 탐내고 성내고 어리석은 마음)에 물들어 있는 거친 본성이라는 뜻에서 검은색을 소의 빛깔로 표현한 것이다. 그러니까 시인은 고난을 통해 스스로 깨쳐 나가는 존재를 이 작품(시조)에서 그리고 있는 셈이다. 10단계 중 마지막 두 단계를 보자.

반본환원返本還源
석녀와 살아 백정을 낳고
금리 속에 사는 뜻을
스스로 믿지를 못해
내가 나를 수감했으리
몇 겁을 간통당해도
아, 나는 아직 동정이네
실기에 돌사자가 내 발등에
놀라 나자빠진 세상 일으킬 장수가 없어
스스로 일어나 만져보는 삶이여.

입전수수入廛垂手
생선 비린내가 좋아
견대 차고 나온 저자
장가들어 본처는 버리고
소실을 얻어 살아볼까
나막신 그 나막신 하나
남 주고도 부자라네.
일금 삼백 원에 마누라를 팔아먹고
일금 삼백 원에 두 눈까지 빼 팔고
해 돋는 보리밭 머리 밥 얻으러 사는 문둥이여, 진문둥이여.

—「심우도尋牛圖」 부분

반본환원이란 있는 그대로의 자연 세계에 대한 깨달음을 산수풍경으로 나타낸다는 뜻이다. 산은 산으로, 물은 물로, 조그마한 번뇌도 묻지 않고 있는 그대로의 모습을 볼 수 있는 참된 지혜를 상징하고 있다. 그런데 시에서는 반대로, 완전히 타락한 화자가 나온다. 세상도 타락했고 나도 타락했다. 득도의 경지가 아니라 추락이요 전락이다. 입전수수는 원래 동자가 큰 포대를 메고 사람들이 많은 곳을 향해 가는 모습을 묘사하고 있다. 이때 큰 포대는 중생들에게 베풀어줄 복과 덕을 담은 것으로, 불교의 궁극적인 뜻이 중생 제도에 있음을 상징한다. 여기에 이르러서도 시의 화자는 저잣거리에서 죄업의 나날을 살아가고 있다.

그럼 왜 조오현은 '심우도尋牛圖'라는 제목의 시를 쓰면서 죄업의 사슬을 끊지 못하고 살아가는 타락한 인물을 내세운 것일까. 인간이란 존재 자체가 욕심을 버리고 살기가, 죄를 짓지 않고 살기가 어렵다는 말을 해주기 위해서 이 시를 쓴 것이 아닐까. 우리는 흔히 '마음을 비웠다'느니 '다 내려놓았다'느니 말하지만 인간의 본성 자체가 욕망을 추구하기에 이 「심우도」는 바로 인간의 그러한 본성에 천착하고 있다. 불자의 길이란 이성에 대한 욕망도 끊고, 재물욕도 끊고, 명예욕도 버리고, 결국은 다 비워야 하는 것임에, 그것의 어려움을 토로하고 있다. 소설로 치면 앙티로망이다. 정형화된 심우도로는 찾아들어 갈 수 없는 지점을 역으로 통찰하고 있다.

화자는 결국 마누라를 팔아 치우고(가정을 버리고) 두 눈까지 빼 팔고(지혜를 버리고) "해 돋는 보리밭머리 밥 얻으러 사는 문둥이"처럼 짓무른 삶을 사는 신세가 되고 만다. 시인이 생각하건대 보통 사람들은 욕망을 추구하면서 살아가는 존재다. 하지만 불도를 닦으려면 참선 정진해야 한다. 그렇지 않으면 자신의 시 속 인물처럼 더러운 세속의 진흙탕을 구르게 될 터이니, 마음과 몸을 바르게 세워야 한다고 조오현은 타락의 극을 달리는 인물을 내세워 역설하고 있다. 허영자의 시도 수행자의 어려움을 말해주고 있다.

꽃아
정화수에 씻은 몸
새벽마다
참선하는
미끈대는 검은 욕정
그 어둠을 찢는
처절한 미소로다
꽃아
연꽃아

—허영자, 「연蓮」

흔히 연꽃은 '염화미소'라는 고사에 나와 있듯이 마음에서 마음으로 전하는 불법을 상징한다. 탁한 못에서 너무나도 청정하게 피워내는 연꽃인지라 이 혼탁한 사바세계를 밝히는 불·법·승의 총화이기도 하다. 그런데 이 시에서 화자는 연꽃이 육체적 욕망의 불을 끄는 물의 역할을 해주기를 갈망한다. 수도의 과정 혹은 구도의 길이 그만큼 어렵다는 뜻이다. 머리를 깎고 불도를 닦는다는 것은 나를 버리는 행위가 우선되어야 한다고 말해준다.

우리 시 가운데 어느 사찰이 나오거나 붓다나 고승이 나오는 것은 부지기수다. 제목이 '산사'거나 '○○寺 가는 길' 같은 시가 아주 많다. 그 절에 얽힌 고사를 시의 바탕에 깔기도 하고 절 마당에 있는 나무를 등장시켜 불교에 대한 시인의 성찰을 담아낸 시도 있다. 사찰의 역사가 전개될 때도 있고, 그 사찰에 관련된 인물들이 등장할 때도 있다.

남도 끝

황토 먼지 이는 길

큰 산을 만나러 간다.

西山과 草衣가 시간을 뛰어넘어

禪答 나누며

茶 한 잔 끓고 있는

동백나무 숲을 바라보고 있다.

침략자들 무서워 달아나고

시기하는 자들 입 다물게 하고

말하지 않아도

하늘엔 부처님의 미소 가득 퍼지니

서방정토가 여기가 아니고 어덴가

―박주관,「대흥사大興寺에서」전반부

전남 해남에 있는 대흥사는 임진왜란 후 서산대사가 자신의 의발을 대둔산에 전할 것을 부탁하여 중창하게 된 절이다. 그래서 대흥사의 건물 중 하나인 표충사에는 서산대사의 유물이 보관되어 있다. 다도로 유명한 초의선사가 중건한 대광명전도 대흥사의 대표적인 건물이다. 시인은 대흥사의 역사와 유래를 몇 줄의 시 안에 써넣고 있다.

유배 가는 길에 김정희는 이광사가 쓴 '대웅보전大雄寶殿'의 글씨가 영 안 좋다고 떼라고 하고선 자기 글씨로 교체했다고 한다. 9년 뒤에 유배에서 풀려 한양으로 가는 길에 다시 들른 대흥사에서 자기 글씨를 본 김정희는 고개를 절레절레 흔들곤 광에 처박혀 있던 이광사의 글을 다시 걸게 했다는 일화가 있다. 시인은 이것을 시의 후반부에서 "추사秋史가 노 저어 올 때/ 관세음보살도 타고 오신다."는 말로 상징화한다. 콧대가 하늘을 찌르던 추사가 마음의 수양을 확실히 하고는 유배지를 떠나는데, 이것을 가리켜 "관세음보살도 타고 오신다"라고 하니 얼마나 시적인 표현인가. 시는 "지금은 가고 없는 이들/ 어제도 오늘도 살아서 걸어오는 길가에/ 연꽃들 두런 슬쩍 흔들리기 시작하고 있다"로 끝난다. 이심전심·교외별전인 불교의 사상을 일일이 설명할 필요 없이, 마지막 3행으로 깔끔히 처리하고 있는 것이다.

十方世界가
한 송이 연꽃으로 피어난다 할지라도
그것이 어리석은 중생에겐
한낱 진토로 비칠 게 아닙니까.
나이 서른이 오히려 부족해서
다섯이 더하도록 見性은커녕
단 한 번의 발심도 아니한
제가 깨달은 사실이 있다면
사람은 누구나 그 자신을 미루어서밖에는
남을 이해할 수 없다는 한 가지.
　　　　　—박희진, 「부처님께 드리는 글」 제2연

박희진의 이런 시는 외국어로는 번역이 불가능할 것이다. 이 시에 나오는 시방세계, 연꽃, 중생, 진토, 견성, 발심, 깨달음에 대해 각주를 붙이지 않고서 외국인을 이해시킬 수는 없을 것이다. 하지만 불교 전래의 역사가 1,600년이 넘은 이 땅에서는 연꽃이며 중생이며 발심이며 하는 낱말이 그렇게까지 난해한 것은 아니다. 불교 정신이 우리네 정서의 많은 부분을 차지하고 있고, 그것이 어느 정도 생활화·체질화되어 있기 때문이다.

불교의 교리는 깊이 들어갈수록 점점 더 어려워진다. 껍질 하나를 벗기면 더 단단한 껍질 하나가 끊임없이 생성되는 세계가 불교의 세계다. 사성제四聖諦나 팔정도八正道, 무아, 공空, 돈오점수, 중도 등의 세계는 평생 참선 수련을 해도 다다르기 힘든 경지다. 큰스님, 대사, 선사는 그러한 세계에 근접한 이들에 대한 존칭이다. 그렇다면, 이 땅의 많은 시인이 자신의 불교 정서를 시에 담아냈다는 것은 무엇을 뜻하는가. 그 시인이 불자가 아닐지라도 우리의 습속과 문화에 불교사상이 무르녹아 있기 때문이다. 사상의 근원이 명확하게 불교에 있다고 단정할 수는 없을지라도 윤회·인연·구도·해탈·자비 같은 주제들에 시인의 정서가 맞닿아 있는 시가 많다. 불교사상은 수많은 시인을 성장케 한 중요한 정신문화 중 하나임에 틀림없다.

4

한국 불교문학의 성취들

길의 사상 - 붓다와 혜초가 갔던 길을 따라가 보다

우리 고전문학사에서 혜초(惠超, 704~787)는 미미한 존재다. 인도와 중앙아시아 일대를 순례한 723~727년 사이에 창작된 것이라 여겨지는 다섯 수 한시는 기행문으로 볼 수 있는 『왕오천축국전』에 실려 있어서 주목을 받지 못하다가 근년에 들어서서 언급이 되기 시작했다.[1] 하지만 혜초의 한시에 대한 내재적인 연구는 이구의 등의 논문이 있기는 하지만 정치한 분석과 제대로 된 가치평가에는 이르지 못했다. 그간 혜초의 시가 논외로 밀쳐진 것은 아래 이유들 때문이었다.

고전문학사의 시대 구분에 있어 혜초가 살았던 통일신라시대는 향가문학의 전성시대였다. 향가를 제외하고는 조신몽설화나 귀토설화, 방이설화 같은 설화문학과 설총의 「화왕계」, 최치원의 「계원필경」, 김대문의

---

1) 혜초의 시에 대한 연구로는 이런 것들이 있다.

　심호택, 「三國時代와 新羅中代의 漢詩에 대하여」, 『漢文學論集』 2, 단국대학교 한문학회, 1984.

　조동일, 『한국문학통사』 1(제3판 15쇄), 지식산업사, 2001.

　이구의, 「혜초 詩考」, 『영남어문학』 17, 영남어문학회, 1990.

　_____, 「惠超가 남긴 시」, 『新羅漢文學硏究』, 아세아문화사, 2002.

　심경호, 「우리나라 기행문학의 효시, 노정기와 서정시의 만남 ― 혜초의 『왕오천축국전』, 김명호 외, 『한국의 고전을 읽는다 1―고전문학(사)』, 휴머니스트, 2006.

「화랑세기」로 대표되는 한문학이 있었다. 이런 세 가지 갈래 속에 혜초의 한시는 껴들 수 없었다. 당시唐詩가 아직 신라에는 전해지기도 전이었다.

여행기가 발견된 것 자체가 20세기 초였다. 그리고 기행문의 일부였기에 게송偈頌과 선시에 대한 해석을 위주로 하는 옛 불교문학에 포함되기도 어려웠다. 이런 이유들로 다섯 수의 한시는 문학적 평가이건 문학사적 평가이건 평가의 대상이 되는 일이 거의 없었다.

지금까지 『왕오천축국전』은 고병익을 시발로 연구가 되어 왔는데[2] 기행문으로서의 가치가 주로 평가되었다. 혜초는 자신이 들른 각 지역의 정치 상황, 생활 수준, 마을의 모습과 음식, 의복, 습속, 산물, 기후, 불교의 교세 등을 꼼꼼히 기록했기에 책 자체가 기행문으로 평가되었고 거기 나오는 한시는 이구의가 논의하기 전까지는 주목을 받지 못했다. 연구자는 우리 문학의 세계화가 요망되는 현시점에서 시공을 뛰어넘어 나타난 혜초의 다섯 편 한시가 이룩한 문학적 가치를 평가해보고자 한다. 특히 이 글을 통해 기존 연구에 나타난 몇 가지 시 해석과 평가상의 오류를 바로잡을 참이다.

『왕오천축국전』 속 한시 탄생의 배경

신라가 백제를 멸망시킨 것은 660년, 고구려를 멸망시킨 것은 668년이었다. 자기네들 도움으로 두 나라를 멸망케 했다고 복종을 강요하는 당나

---

2) 고병익, 「혜초 왕오천축국전 연구사략」, 『백성욱박사송수기념 불교논문집』, 송수기념불교논문집간행위원회, 1959. 이 논문을 시발로 김운학·박기서·김일렬·장덕순·황패강·김현룡·유영봉·임기중·이진오·김상영 등이 『왕오천축국전』에 대한 논문을 썼다.

라를 다년간의 전투를 통해 몰아냄으로써 완전한 통일을 이룩한 것이 676년이었다. 혜초가 태어난 성덕왕 3년(704)은 평화가 정착되었고 번영이 이루어졌으며 불교의 교세가 번성하던 시기였다. 현세의 안락함은 정신의 빈곤을 가져와 불가에 귀의하는 젊은이들이 늘어나고 있었다. 원효(617~686)와 의상(625~702)의 역할이 컸음은 두말할 나위 없다. 혜초는 10대 소년의 나이에 승려의 신분으로 719년에 중국 유학을 떠난다. 어찌하다 보니 밀교 개종開宗의 초조初祖인 인도인 승려 금강지金剛智를 만나 제자가 된다. 금강지는 당시 중국 황제의 명을 받들어 인도어 불경을 한문으로 번역하는 국책사업을 총괄하는 책임자급이었다. 제자 중 신라에서 온 혜초의 재능을 높이 산 금강지는 인도에 가서 인도어 공부를 하고 오면 번역사업에 큰 역할을 할 수 있을 거라고 보고 인도 여행을 권유한다. 마침 그 당시 당나라의 불자들이 인도에 가서 붓다의 행적을 찾아보는 구법求法 여행이 대유행이었다. 『서유기』에 '삼장법사'로 나오는 현장(玄奘, 602?~664)도 서역으로 알려진 인도를 여행하고 와서 『대당서역기』를 쓴다. 크게 보면 『왕오천축국전』은 『대당서역기』의 속편이다. 혜초가 중국 유학 시절에 『대당서역기』를 봤을 수도 있는 것이다. 혜초도 혼자 간 것이 아니라 여러 명이 함께 갔다.

혜초가 스승의 권유를 받아들여 인도 여행을 떠난 것은 723년, 만 열아홉 살 때였다. 배를 타고 중국 남단에 위치한 광저우[廣州]를 떠나 수마트라와 실론(현 스리랑카)을 거쳐 725년 초에 동부 인도3)에 내린 혜초는 걸어서 북부 인도의 마하보디, 쿠시나가라, 바라나시를 거쳐 서부 인도의 나

---

3) 당시의 인도는 국명이 인디아가 아니고 천축天竺이었다. 워낙 넓은 곳이라 동서남북 사방과 중앙을 합쳐 인도 대륙을 '5천축국'이라고 불렀다. 따라서 기행문의 제목은 '오천축국을 여행하면서 기록한 것'이란 뜻이다.

시크까지 갔다. 거기서 인더스강을 건너 중앙아시아의 40개국을 순례하였고, 데칸고원과 둔황석굴이 있는 비단길, 파미르고원을 거쳐 귀국하였다. 당의 안서도호부가 있는 구자국龜茲國4)에 당도한 것이 727년 11월 상순, 4년 만의 귀국이었다.

중국 장안으로 온 그는 장안 천복사에서 스승을 모시고 밀교를 연구하는 한편 인도어로 된 불경을 중국어로 번역하는 일에 한평생 종사하였다. 스승의 사후에도 금강지의 중국인 수제자 불공삼장不空三藏과 함께 그 일을 계속하다가 780년에 오대산(중국에 있는)의 건원보리사에 들어가 역경 사업에 마지막 힘을 쏟다 입적하였다. 불공삼장과 혜초의 역경 사업에 중국의 황제가 큰 관심을 갖고 상을 내린 적도 있었다. 혜초는 고국 신라로는 영영 돌아가지 못하였다.5)

『왕오천축국전』은 8세기경의 인도와 중앙아시아에 대해서 쓴 전 세계에서 단 하나밖에 없는 기록문이다. 여행하면서 들른 각 지역의 상황과 모습을 그가 기록하지 않았더라면 신라 승려 혜초의 이름은 후세인의 뇌리에 남지 않았을 것이다. 그런데 이미 8세기 무렵에 인도에서는 불교의 교세가 완전히 꺾였고 힌두교의 교세가 왕성할 때였다. 힌두교는 인도에서 고대부터 전해 내려오는 브라만교가 복잡한 민간신앙을 섭취하여 발전한 종교다. 불교는 발상지에서는 교세가 꺾였지만 중앙아시아를 거쳐 중국에 전파되어 크게 번성하였다. 혜초는 여행기 곳곳에 붓다의 자취가 남아 있는 곳이 쇠락해 가고 있다고 묘사하였다.

혜초의 여행기가 둔황의 막고굴莫高窟에서 발견되는 과정은 한 편의 드라마를 방불케 한다. 막고굴은 4세기 중반부터 만들어지기 시작해 수백 년

---

4) 현 신강성 위구르 자치구의 쿠차(Kucha).
5) 혜초의 행적은 한정섭이 쓴 『왕오천축국전』(불교대학 교재편찬위원회, 1996)을 참고함.

에 걸쳐 492개의 석굴이 만들어졌다. 1900년 5월, 왕원록(王圓籙, 1851~1931)이라는 청나라의 지방 관리가 17호 굴 입구를 막고 있던 흙더미를 치우면서 담배를 피웠는데 연기가 어디로 흘러 들어가서 잘 살펴보니 벽에 작은 문이 나 있었다. 망치로 두드려 문을 깨고 들어가 보니 고문서 수천 점이 쌓여 있는 엄청나게 큰 방이었다. 왕원록은 장경동(藏經洞)이라 이름 붙여진 이 방의 그림과 문서를 빼내 그 지역의 고위 인사들에게 상납했다. 1904년 간쑤성(甘肅省) 당국이 이 사실을 알고 왕원록에게 '문서를 보호하라'고 명했지만 어리석은 그는 막고굴을 찾아온 고고학자들에게 계속 설득당해 수많은 문서와 미술품을 헐값에 넘겼다. 영국의 고고학자 오렐 스타인(1862~1943)이 중국 둔황에 있는 막고굴 하나에 고문서 수천 점이 방치되어 있다고 처음으로 서양에 소개하자 영국·미국·프랑스·러시아·독일과 일본에서는 발굴단을 만들어 그 오지로 보낸다. 이들은 막고굴에 몰려들어 엄청난 양의 유물을 본국으로 밀반출한다. 다른 막고굴의 벽화도 뜯어가고 불상까지 운반해 갔으니 제국주의 국가들의 약탈 각축장이 되었다.

그 당시 프랑스의 탐험가 폴 펠리오(Paul Pelliot, 1878~1945)는 베트남에 있었다. 소문을 듣고 1908년 2월 둔황에 도착한 펠리오는 그해 5월 말까지 머물며 왕원록한테서 책자 스물네 상자(1500여 권)와 그림·직물류 다섯 상자를 헐값에 사서 프랑스로 보낸다. 바로 그 안에 『왕오천축국전』이 들어 있었다. 왕원록이라는 부패하고 어리석은 청나라의 관리가 책 한 권 한 권이, 그림 한 점 한 점이 수억 원씩 나갈 보물을 거의 다 외국에 내주었으니 1912년에 이 나라가 신해혁명으로 망한 것도 당연한 일이었다.

『왕오천축국전』은 '다섯 천축국(인도)을 여행한 기록'이라는 뜻이지만 중앙아시아의 여러 나라를 포함해 총 40개국을 여행하면서 쓴 기록물이

펠리오가 천불동의 한적들을 조사하고 있다.

다. 현존하는 여행기는 앞뒤가 훼손된 한 권의 두루마리로 된 필사본이며 총 227행으로, 남아 있는 글자는 5,893자이다.[6] 13세기 마르코 폴로의

---

6) 현존하는 『왕오천축국전』은 원본이 아니라 후세의 누군가가 필사한 필사본이며 축약본이다. 원전은 5,893자보다 훨씬 길었을 것이다.

『동방견문록』, 14세기 『이븐 바투타 여행기』보다 훨씬 앞서 나왔다. 8세기 인도와 중앙아시아의 정치·경제·문화·풍습 등을 알려주는 세계의 유일한 기록으로 그 가치는 이루 말할 수 없이 크다. 727년 혜초에 의해 완성된 이후 1180여 년 만에 빛을 본 귀중한 이 두루마리 책자는 국립중앙박물관의 '실크로드와 둔황' 특별전을 통해 한국인에게 무려 1283년 만에 공개가 되었다. 프랑스는 돌돌 말아서 50cm 정도만 전시하게 했고, 6개월 전시가 끝나자 바로 가져갔다. 우리가 아무리 돌려달라고 요청해도 들은 척 만 척이다.

혜초가 4년 넘게 여행하면서 걸어간 거리는 약 5만 리(1만 2,000km)였다. 그는 여행하면서 각 나라의 사람 사는 모습을 꼼꼼히 기록하였다. 펠리오는 1909년 5월 21일 일부 고서를 학자들에게 공개하였고, 그해 12월 10일 파리 소르본 대학에서 혜초의 『왕오천축국전』 발견에 대해 보고하였다. 1915년에는 일본의 다카구스 준지로(高南順次郞)에 의해 혜초가 신라의 승려임이 밝혀졌다. 그런데 발견자이면서 최초의 연구자[7]이기도 한 펠리오는 이 여행기의 가치에 대해 악평을 하였다.

> 새로 발견된 이 여행기는 법현(의 『불국기』)과 같은 문학적 가치도 없고, 현장(의 『대당서역기』)과 같은 정밀한 서술도 없다. (…) 그의 문체는 평면적이다. 몇 수의 시가 들어 있지만, 그것은 아예 수록되지 않은 것만 못하다. 그의 서술은 절망적으로 간단하고 단조롭다. 그러나 그것은 도리어 동시대적 기술이라는 증좌일 것이다.[8]

---

7) 펠리오는 당나라의 혜림慧琳이 지은 『일체경음의一切經音義』라는 불경주석서 속에 있는 「혜초왕오천축국전」에 보이는 낱말과 일치하는 부분이 많은 것을 간파, 이것이 바로 오랫동안 없어진 줄만 알았던 혜초의 『왕오천축국전』이 틀림없다는 논문을 발표했다. 정수일 역주, 『혜초의 왕오천축국전』, 도서출판 학고재, 2004, 47~48쪽.

국립중앙박물관에 전시 중인 『왕오천축국전』

　펠리오가 한자로 된 원문을 어느 만큼 이해했는지는 모르겠지만 전반적인 가치에 대해서도 평가절하를 했고 특히 한시에 대해 "아예 수록되지 않은 것만 못하다."라고 폭언에 가까운 비판을 하고 있는데 그 이유도 제대로 밝히지 않고 있다. 시를 보는 안목이 없었다손 치더라도 시 작품에 대한 언급이 전혀 없이 이런 식으로 악평하는 것은 그야말로 제국주의적인 시각이다. 그렇지 않다면 8세기 때, 그것도 20대 초반의 젊은 승려가 쓴 여행 기록문에 나오는 시이므로 대수롭지 않게 여겼던 것이리라. 기실, 『왕오천축국전』 속에 여행의 기록만 적혀 있다면 딱딱한 문헌으로서의 가치밖에 없을 것이다. 하지만 그는 다섯 수의 시를 거기에다 남겼다. 혜초는 속세를 떠난 승려였지만 그 이전에 감정이 풍부한 시인이었다. 지금부터는 왜 펠리오의 평가가 잘못된 것인지를 입증해보려고 한다.

---

8) 위의 책, 55~56쪽 재인용. P. Pelliot, *Bulletin de l Ecole Française d' Extrême-Orient*, Tome 8, Hanoi, 1908, p.512.

다섯 수 한시의 내용

제일 앞에 나오는 시는 『왕오천축국전』에서 네 번째로 다루고 있는 나라 마게타국 편에 나온다. 혜초는 이 시를 창작한 동기를 이렇게 적었다.

이 절 안에는 한 구의 금동상이 있다. 이 마게타국(摩揭陀國, 마가다 Madadha)에는 옛적에 왕이 한 명 있었는데, 시라표저(尸羅票底, 실라디탸 Śilāditya)라고 하였다. 그가 이 상과 함께 금동 법륜法輪도 만들었는데……테두리가 반듯하여 30여 보나 된다.

이 성은 갠지스강을 굽어볼 수 있는 북안北岸에 위치해 있다. 바로 이 녹야원鹿野苑과 구시나拘尸那 사성舍城 마하보리摩訶菩提 등 4대 영탑靈塔이 마게타국 왕의 영역 안에 있다. 이 나라에는 대승과 소승이 함께 행해지고 있다. 급기야 마하보리사摩訶菩提寺에 도착하고 나니 내 본래의 소원에 맞는지라 무척 기뻤다. 내 이러한 뜻을 대충 오언시로 엮어본다.9)

시를 쓴 배경을 설명한 위 인용문의 말줄임표는 필사자가 중요한 곳이 아니라는 생각에서 건너뛴 부분이다. 역주한 정수일은 혜초의 행적을 따라 그대로 여행을 해보았기 때문에 국명 마게타가 지금 현지에서는 마가다라고 한다고 밝혔고 시라표저를 현지에서는 실라디탸라고 발음하고 있다는 것까지 괄호 속에다 설명하고 있다. 녹야원은 붓다가 다섯 명 비구에게 처음으로 설법한 곳이다. 한자로 되어 있는 시에 대한 설명은 "得達摩揭陁國 摩訶菩提寺 稱其本領 非常歡喜 略題 述其愚志"인데 그 뜻은 "마게타국의 마하보리사에서 기분이 무척 좋아 본바탕 그대로 내 마음을

---

9) 정수일 역주, 앞의 책, 145쪽.

그려본다"이다. 한자 본문은 아래와 같다.

不廬菩提遠	수행 길 멀다고 생각 않는데
焉將鹿苑遙	하물며 녹야원이 멀다 하겠는가
只愁懸路險	다만 길 험함을 근심할 뿐
非意業風飄	바람 거센 것 개의치 않네
八塔難誠見	팔탑은 정성으로 간신히 봤고
[參]10)著經劫燒	불경은 한참 전에 타버려 못 봐
何其人願滿	어찌하여 내 소원 이루어졌나,
目睹在今朝	눈으로 보고 이제 나도 알게 되었네11)

혜초가 마게타국에 있는 마하보디라는 절에 도착해서 쓴 시임에 틀림
없다. 마게타국은 인도의 고대 16개 대국 중의 하나로 영토는 오늘의 북
방 파트나와 비하르주 가야 일대이다. 중국에서는 마게타국을 인도의 별
명이라고 했을 만큼 중요하게 여긴 대국이었다. 혜초는 마게타국에 있는
마하보디사에 도착하여 땀을 식히며 바랑에서 붓을 빼 들어 이 시를 썼던
것인데, 여행의 가장 큰 목적은 이처럼 부처의 발자취를 하나하나 더듬으
며 순례하는 것이었다.

시 속에는 '팔탑'이 나오고 창작 동기를 밝힌 부분에는 '4대 영탑'이 나온
다. 정수일의 역주에 따르면 4대 영탑은 마게타국 영토 내에 있는 붓다의
탄생지, 득도처, 전법륜처轉法輪處, 반니원처般泥洹處에 있는 탑이다. 다시
말해 붓다의 생애와 관련된 가장 중요한 '장소'를 가리킨다. 즉 태어난 곳,

---

10) [ ] 표시는 지워져서 글자가 안 보이지만 연구자들이 이 글자가 아닐까 추측하여
삽입한 글자임.
11) 한시 번역은 한정섭과 정수일의 직역본을 참고하여 연구자가 의역한 것임. 뒤의 4
편도 연구자의 의역임.

깨달음을 얻은 곳, 처음으로 설법한 곳, 입적한 곳을 가리키는 것이다. 나머지 네 탑은 카필라바스투, 바이샬리, 데바바타라, 슈라바스트에 있다.[12)]

혜초는 붓다의 탄생지인 룸비니와 보리수나무 밑에서 깨달음을 얻었다고 하는 부다가야에도 가보았다. 부다가야에서 6마일 떨어져 있는 곳에는 이를 기념하여 절 마하보디가 세워졌는데, 그 절에는 큰 탑이 우뚝 서 있다. 그 탑 앞에 다다른 혜초가 소원을 성취하였다고 감격하여 그 느낌을 써보았던 것이다. 혜초는 부처가 입적한 쿠시나가라에 가서는 다비장과 열반을 기념한 절이 있는 것을 보고 여행기에 기록하였다. 다섯 비구니를 위해 최초로 설법한 녹야원이 있는 바라나시에도 들렀다. 불교 역사상 최초의 사원인 죽림정사에도 가보았다. 『법화경』을 설법한 영취산을 비롯해 부처가 발자취를 남긴 대부분의 장소에 그는 가보았다. 불경이 마하보디사에 보관되어 있다는 소문을 들었는데 가보니 불경은 타버리고 없다는 것이 아닌가. 불교가 이미 쇠퇴하고 있다는 것을 확인한 것이다. 이 시에 대한 기존의 평가를 보자.

> 석가가 득도한 곳을 찾아가면서 지은 것이다. 악업의 바람은 두렵지 않고, 멀리 험한 길이 근심되지만, 멀어도 가야 할 길, 근심할 것 없다고 했다. 탑은 모두 불타버렸어도 보아야 할 것은 보아야 한다고 했다.[13)]
>
> 여기서 서정적 자아는 단순히 석가의 영적靈蹟을 순방하는 것이 아니라 석가처럼 득도하고자 하는 마음이 있는 것이다. 바로 이 점이 어렵다는 것이 아닐까.[14)]

---

12) 정수일 역주, 앞의 책, 154~155쪽 참고.
13) 조동일, 앞의 책, 193쪽.
14) 이구의, 앞의 책, 88쪽.

조동일의 글에는 오류가 있다. 석가가 득도한 곳은 부다가야(Buddhagaya)이지 녹야원이 아니다. 앞에서도 언급했지만 녹야원(Magadavā)은 붓다가 다섯 비구를 위해 처음 설법한 곳으로 인도 바라나시 북방 7km에 위치한 사르나트에 있다. 탑이 모두 불타버렸다고 했는데 불탄 것은 경전이고 "目覩在今朝"라는 구절로 보아 대부분의 탑을 봤음을 알 수 있다. 목탑이라면 탔을 수도 있지만 석탑은 세월이 흘러도 기단은 대체로 남아 있다. 따라서 "탑은 모두 불타버렸어도"라는 해석도 잘못된 것이다. 길이 험난해 무척 힘든 여정이지만 이름만 들었던 기념탑을 다 보았고, 붓다가 처음 설법한 녹야원이 이곳에서 멀지 않은 곳에 있다는 말을 듣고서 또 힘을 내자고 스스로를 채찍질하기 위해 이 시를 썼던 것이다.

이구의는 이 시의 창작 의도가 붓다의 영적靈蹟을 순방하는 것이 아니라 붓다처럼 득도하고자 하는 마음에 있다고 했는데 이도 동의하기 어렵다. 이제 막 20대가 된 혜초가 미지의 땅을 순례하면서 득도나 해탈을 꿈꾸었을까? 심경호는 이 시를 "성불한 분들의 사적을 이제라도 목도하게 되었다는 기쁨을 토로한 것"이라고 평가했다. 사적을 어렵게 다 목도하여 기쁨을 토로한 것은 사실이지만 "성불한 분들"이라고 복수로 쓴 것은 오류이다. 팔탑이든 4대 영탑이든 붓다의 생애와 관련된 탑이지 붓다의 제자들이나 붓다의 가르침을 따라 성불한 불자들을 기려서 세운 탑이 아니다. 혜초가 인도와 중앙아시아를 편력한 가장 큰 목적은 붓다의 행적이 남아 있는 곳을 찾아보는 것이었다. 시에서 혜초는 불경이 남아 있는 줄 알았는데 오래전에 타버려 볼 수 없다고 했다. 하지만 직접 현지에 와서 팔탑을 보았으니 안도의 한숨을 내쉬고, 그 소회를 이 시에 담아서 썼다. 두 번째 시는 남천축국 편에 나온다.

月夜瞻鄉路	달밤에 고향 가는 길 바라보니
浮雲颯颯歸	구름만 쓸쓸하게 떠 돌아가는구나
[緘]書忝去便	편지 써서 구름 편에 부치려 하나
風急不聽廻	세찬 바람 내 말 들을 리 없지
我國天岸北	내 나라는 천안북로 저쪽에 있고
他邦地角西	이 고장은 서쪽치고도 끝에 있다네
日南無有鴈	남방이라 이곳에는 기러기도 없으니
誰爲向林飛	누가 고향에 내 소식 전하여줄까

여행길에 고향 생각이 나서 쓴 시이다. '我國'은 신라이며, '林'은 경주 계림을 줄여서 쓴 말, 즉 서라벌을 가리킨다.[15] 머나먼 이곳까지 와서 저 달을 보니 쓸쓸한 심사가 뼈에 사무친다. 그 시절에도 기러기 다리에 편지를 묶어 전하는 통신수단(傳書鳩)이 있었는지는 알 수 없지만 편지 써서 구름 편에 부치려 하나 세찬 바람이 방해를 놓는다고 했다. 대단히 시적인 표현이다. 하지만 이곳은 더운 지방이라 기러기도 없으니 그 누가 내 소식 고향에 전해줄까 하면서 외로움에 어쩔 줄 몰라 한다. 혜초는 별 감정이입 없이 현지에서 본 것을 기록해 나가다가 고향 생각이 나서 시적 상상력을 발휘하여 수구초심을 이렇게 드러낸 것이다. 즉, 이 시는 서정성을 확실히 담보하고 있다. 심호택은 이 시에 대해 "그의 사향 또한 종교적 본원에의 사향이 아닌 이국인으로서의 고향에 대한 향수요, 나그네로서의 고향에 대한 그리움을 보여준다."고[16] 했는데 동의할 만한 견해다.

이구의는 "日南無有鴈"을 "동지이건만 기러기 날지 않으니"라고 번역하고선 이렇게 번역한 이유를 "고향 같으면 동짓달에 기러기가 오지

---

15) 고병익, 『동아시아의 전통』, 일조각, 1979, 121쪽.
16) 심호택, 앞의 책, 16쪽.

만 현재 서정적 자아가 있는 곳은 그렇지 못하기 때문"[17]이라고 했다. 설사 동짓달에 기러기가 온다고 하더라도 '남방'이라는 지역을 '동지'라는 시간대로 번역한 것은 좀 이상하다. 아무튼 시의 제일 아래 두 행을 처리하는 솜씨를 보면 20대 초반의 청년임에도 단순한 기록자가 아닌 시인임에 틀림없고, 정신적으로 어떤 경지에 이른 자의 완숙함이 느껴진다. 그런데 이구의는 이 시를 설명한 끝에 "혜초의 시는 수사적인 면에서 보면 신라 말의 시인들의 시에는 뒤진다."고 하는데, 이 말에도 동의할 수 없다. 여기에 대해서는 뒤에서 거론할 것이다.

혜초는 탁샤르란 나라에서 서쪽으로 한 달을 걸어 신두고라국新頭故羅國에 당도하였다. 세 번째 시는 이 나라의 한 사찰인 나게라타나절那揭羅馱娜寺에서 숨을 거둔 중국 승려의 죽음을 애도하며 쓴 시이다.

故里燈無主	고향집 등불 주인 없을 터인데
他方寶樹摧	타향에서 보배로운 나무 꺾이고 말았구나.
神靈去何處	신비로운 영혼은 어디로 가버렸나
玉貌已成灰	옥 같은 모습 이미 재 되었으니.
憶想哀情切	생각하면 서러운 정 사무치는데
悲君願不隨	그대의 소원 못 따른 것 못내 슬프다.
執知鄕國路	뉘 알리, 고국으로 가는 길의
空見白雲歸	흰 구름만 하염없이 보는 내 처지를

혜초가 그 절에 당도했을 때 마침 다비식이 행해지고 있었다. 『왕오천축국전』에는 이 절의 대덕이 이렇게 말했다고 적혀 있다. "그 승려는 중

---

17) 이구의, 앞의 책, 93쪽.

천축에서 왔는데 삼장
법사의 성스러운 가르
침을 습득하고 고향으
로 돌아가려고 하다가
갑자기 병이 나서 그만
입적하고 말았다." 혜
초는 그 소식을 접하고
남의 일 같지 않아 슬픔
에 잠겨 이 시를 썼다.
중국인 승려가 인도에

붓다의 득도를 기념하여
아쇼카 왕이 세운 부다가야의 대탑.

서 죽어 다비식을 하게 되었는데 나도 저렇게 될지 누가 알리오, 비감에
사로잡혔나 보다. 아무리 출가한 승려일지라도 감정이야 다정다감한 청
년 혜초였다. 같은 처지에 있던 탁발승 중 한 사람이 먼 이역에서 죽어 다
비를 했으니 마음이 착잡하지 않을 수 없다. 다비식을 보고 있자니 서러
운 정이 더욱 사무치고, 그의 소원(이 무엇인지는 나와 있지 않으나)이
성취되지 못한 것이 또한 나를 슬프게 한다. 그때 문득 하늘을 우러러보
니 구름이 흘러간다. 구름은 떠나온 고국, 즉 머나먼 신라 땅으로 흘러가
는 것만 같다. 심경호는 이 시를 두고 "당시唐詩의 고향 상실 주제와 매우
닮아 있다. 구도의 길을 다 나아갈 수 없을지도 모른다는 불안감도 함께
담아, 고도로 철학적이다."라고 썼다. 중국인 승려의 다비식을 보고 마음
이 약해져서 쓴 시인데, '고도로 철학적'이라는 평가는 지나치다. 이처럼
혜초는 감성이 여린 젊은이였다. 흰 구름이 고국으로 흘러갈 것이라고
표현한 마지막 부분은 혜초가 승려이기 이전에 서정시인임을 말해 주는

대목이다.

네 번째 시는 호밀국
胡蜜國 편에 나온다. 토
화라국吐火羅國을 떠나
호밀국에 가야 하는데
중국 사신 한 사람이
충고하다. 당신네들이
지금 가려고 하는 나라
는 아주 위태로운 곳이
라고.

혜초를 그린 상상도에도 부다가야 대탑이 보인다.

君恨西蕃遠	그대는 서쪽 토번 멀다 한탄하나
余嗟東路長	나는 동쪽 길 먼 것을 애달파하네
道荒宏雲嶺	길 황량하고 구름 산은 엄청 높고
險潤賊途倡	험한 골짜기에는 도둑도 많다지
鳥飛驚峭嶷	나는 새 산봉우리 높아 놀라고
人去難偏樑	사람들은 외나무다리 어렵게 건너네
平生不捫淚	평생에 눈물 흘린 적 없었으나
今日灑千行	오늘은 내 한없이 눈물 흘리고 있네

토화라국은 현재의 아프가니스탄과 러시아 국경지대에 자리를 잡고
있던 나라다. 그 나라의 수도 토번으로 가야 하는데 중국 사신이 무시무
시한 얘기를 들려준다. 산이 높아서 힘들기도 하겠지만 길은 황량하고 외
나무다리도 건너야 하고 특히 깊은 골짜기에는 산적들이 있으니까 각별
히 조심하라고 조언을 해준다. 혜초는 중국 승려의 죽음 앞에서 비탄에

잠겼던 것과 비슷한 심정으로, 중국 사신의 말을 듣고 불안감을 주체할 수 없어 눈물을 하염없이 흘리고 말았다. 다섯 편 시 가운데 감정의 노출이 가장 심해서인지 이 시에 대한 평가는 어디에서도 이뤄지지 않고 있다. 서정적 자아가 자신의 내면세계를 그리는 것이 서정시라고 할 때, 이 시는 서정시의 본령에 가장 가까이 다가선 작품이다. 날던 새가 산봉우리 높은 것을 보고 깜짝 놀란다는 표현도 재미있다.

다섯 번째 시는 네 번째 시에 바로 이어서 나온다. 호밀국 편에 나오지만 어느 겨울날 토화라국에서 눈을 만나 그 회포를 읊은 것이다. 완성도가 아주 높은 시이다.

冷雪牽氷合	차디찬 눈, 얼음까지 끌어모으고
寒風擘地裂	찬바람, 땅 갈라져라 매섭게 분다
巨海凍壩壇	망망대해 얼어붙어 단이 되었고
江河浚崖囓	강물은 제멋대로 벼랑을 갉아먹는다
龍門絶瀑布	용문 지방은 폭포조차 얼어 끊기고
井口盤蛇結	우물 테두리는 도사린 뱀처럼 얼어붙었다
伴火上胲歌	횃불 들고 오르며 부르는 노래
焉能度播密	파미르고원을 어찌 넘어갈 수 있을까

토화라국에 당도한 어느 겨울날 엄청난 눈보라를 만나 그 정회를 읊은 시이다. 조동일은 이 시에 대해 "그 높고 험난한 파미르고원을 눈보라 헤치며 넘어야 하는 괴로움이 잘 나타나 있다."[18]고 했고, 심경호는 "토화라에 눈이 온 겨울날, 혜초는 파미르고원을 쳐다보면서 구도행로의 험난함을 되새겼다"[19]고 했다. 이의를 제기할 수 없는 평이지만 이 시의 구체성,

---

18) 조동일, 앞의 책, 193쪽.

혹은 사실상에 대한 언급이 없다.

혜초는 이국의 겨울 풍경을 노래하고 있는데 짧은 한시임에도 얼마나 추운 겨울이며 얼마나 거센 눈보라인지 짐작이 갈 만큼 사실적으로 묘사했다. 이윽고 눈보라가 멎었지만 칠흑의 밤이다. 혜초는 횃불을 들고 다시금 길로 나선다. 고원지대를 향해 올라가는데 너무 무서워 노래를 부르는 혜초의 일행, 그 노래는 파미르고원 저 멀리 퍼져갔을 것이다. 네 번째 시도 그렇지만 이 시도 서정과 서경이 조화를 이루고 있으며 내용과 형식이 잘 어우러져 있다.

이상 다섯 수의 한시는 작품성에 있어 나무랄 데가 없다. 혜초의 한시에 불가의 선사들이 짓는 게송에 보이는 형이상학이나 선시에서 느낄 수 있는 촌철살인의 깨달음은 보이지 않는다. 하지만 오히려 이것이 문학성을 높이는 데 일조하고 있다. 자신이 느낀 것과 생각한 바를 정해진 틀 속에 담아내되 적절한 비유와 묘사를 함으로써 문학적인 가치를 높였다.

형식적 특성과 시기상의 특성

혜초가 이 시를 썼을 때는 중국에서 당시唐詩가 전성기를 구가하던 성당盛唐 시대였다. 이백은 혜초보다 세 살이 위다. 혜초가 두보보다는 여덟 살이 많았으므로 두보의 시는 보지 못했겠지만 이백의 시는 봤을 수 있다. 혜초가 당에 머문 기간이 얼마 되지 않았지만 초당 시기의 시인들, 예컨대 왕적과 왕발, 두심언 등의 시를 읽지 않았더라면 이 다섯 수의 시를

---

19) 심경호, 앞의 책, 199쪽.

쓸 수는 없었으리라 본다.[29] 8세기 초 신라에서는 시 쓰기가 일반적으로 행해지지 않고 있었다. 중국에 머문 동안 시를 접하지 않고서는 이런 형태로 쓸 수 없었으므로 혜초는 당시의 영향을 충분히 받았다고 본다.

성당 때는 오언율시가 대종을 이뤘는데 이구의의 논의에 따르면 혜초의 시는 율시律詩에 가까운 고시古詩다. 율시는 함련과 경련이 서로 대우를 이뤄야 하는데 혜초의 시는 이 규칙을 준수하지 않았으므로 고시라는 것이다. 율시에 가깝다고 한 것은 운을 동일한 것으로 쓰고 있기 때문이다.[30] 율시는 운韻이 제한을 받으며 제2연과 제3연이 반드시 대우여야 한다.[31] 또한 전체 8구이며 평측平仄이 정해져 있는데 혜초가 이 규정을 대체로 따르고 있다는 것은 당시를 나름대로 연구했기에 가능한 일이었다. 율시의 대우법을 지키려면 제3구와 제4구, 제5구와 제6구가 내용상 반드시 대우를 이뤄야 하며, 다시 3, 4구와 5, 6구가 대우를 이루기도 한다. 이런 대우법은 두보에 의해 완성되었다.[32] 오언율시의 대표작으로 두보의 「춘망春望」이 있다.

國破山河在	나라가 파괴되었어도 산하는 그대로 있고
城春草木深	장안성에 봄풀이 무성하구나
感時花濺漏	시국에 느낌이 있어 꽃도 눈물을 흘리고
恨別鳥驚心	이별이 한스러워 새마저 놀란 가슴이네
烽火連三月	봉화는 석 달이나 계속되니
家書抵萬金	집에서 온 편지는 만금에 해당하누나

---

29) 송철규, 『중국 고전 이야기』 첫째 권, 조합공동체 소나무, 2000, 257~265쪽.
30) 이구의, 앞의 책, 92~94쪽.
31) 김상홍, 『한시의 이론』, 고려대학교 출판부, 1997, 56쪽.
32) 『브리태니커 세계대백과사전』 17, 한국브리태니커회사, 1996(초판 6쇄), 416쪽.

白頭搔更短	흰머리 긁을수록 더욱 짧아져
渾欲不勝簪	정말 비녀도 못 꽂게 되었구나.

(김상홍 역, 필자가 고딕체 부기.)

제3구와 제4구가, 제5구와 제6구가 대우를 이루고 있고, 심深과 심心이, 금金과 잠簪이 운을 맞추고 있다. 이런 까다로운 조건 때문에 오언율시는 상당한 시적 수련이 있어야 쓸 수 있다. 놀라운 것은 혜초가 당에 머문 기간이 얼마 되지 않았다는 점이다. 열일곱 살에 당에 가서 열아홉 살에 여행을 떠났던 것인데 율시의 창작 기법을 웬만큼 익혀 이렇게 시를 썼다는 것은 혜초의 시인으로서의 재능이 뛰어났음을 증명하는 일이다. 혜초가 쓴 다섯 수 시의 운을 살펴보면 아래와 같다.

요(遙) - 표(飄), 소(燒) - 조(朝)
귀(歸) - 회(廻), 서(西) - 비(飛)
최(崔) - 회(死), 수(隨) - 귀(歸)
장(長) - 창(倡), 량(樑) - 행(行)
열(裂) - 설(囓), 결(結) - 밀(密)

어느 한 편의 시도 운이 적절치 않은 것이 없다. 규칙을 철저하게 지키고 있다. 대우법도 오언율시처럼은 아니지만 지키려고 애쓴 흔적이 보인다. 두 편 시만 예로 든다.

只愁懸路險	다만 길 험함을 근심할 뿐
非意業風飄	바람 거센 것 개의치 않네
八塔誠難見	팔탑을 친견하기란 실로 어려운데
[參]差經劫燒	불경은 오래 전에 타버려 못 봐

[緘]書懸去便	편지 써서 구름 편에 부치려 하나
風急不聽廻	세찬 바람 내 말 들을 리 없지
我國天岸北	내 나라는 천안북로 저쪽에 있고
他邦地角西	이 고장은 서쪽 치고도 끝에 있다네

의미상 대우의 원칙을 잘 지키고 있으며, 형식상의 짜임새는 두말할 나위가 없다. 대우가 확실했다면 고시가 아니라 근체시가 되었을 것이다. 혜초의 시는 내용도 풍부하고 시적 감수성과 서정성을 담보하고 있지만 이처럼 형식미학도 웬만큼 갖추고 있었다. 20대 초에 쓴 시임에도 인생의 경륜이 느껴질 만큼 노련한 경지에 이르렀음도 알 수 있다. 유학을 떠나기 전인 8세기 초, 혜초가 신라에 있는 동안 시 창작의 기법을 익혔을 것이라고 가정해볼 수 있지만 앞서도 말했듯 신라에서는 시 창작이 일반화되기 전이었다. 우리 한문학사에서 내용과 형식을 제대로 갖춘 한시는 9세기 말에 가서야 등장한다.『동문선』에 최광유의 칠언율시 10수가 나오는데 최광유가 역사에 등장하는 것은 헌강왕 11년(885)이다.[33]『삼국사기』에도 그의 이름이 나오고『동문선』에 칠언율시 10수를 전하고 있는 박인범은 효공왕 2년(898)에 역사에 등장한다.[34]『삼국사기』와『삼국유사』에 나오는 왕거인의 「분원시憤怨詩」도 진성여왕 2년(888)에 나온 작품이다.[35] 857년생인 최치원은 908년까지 활동했는데 전해지고 있는 60편의 시는 9세기 말이나 10세기 초에 쓴 것임에 틀림없다.『동문선』에 나오는

33) 한국정신문화연구원,『한국민족문화대백과사전』22, 웅진출판주식회사, 1996(12쇄), 413쪽.
34) 한국정신문화연구원,『한국민족문화대백과사전』9, 웅진출판주식회사. 1996(12쇄), 61쪽.
35) 한국정신문화연구원,『한국민족문화대백과사전』16, 웅진출판주식회사, 1996(12쇄), 198쪽.

최치원의 시를 보면 오언고시·칠언고시·오언절구·칠언절구·오언율시·칠
언율시 등 다양한 형식을 보여주는데, 생애의 거의 전부를 중국에서 보낸
최치원이기에 가능한 일이었다. 게다가 최치원이 혜초보다 150년 뒤의
사람임을 감안하면 혜초가 한시 역사에 있어 개척자였음이 증명된다. 혜
초가 오천축국과 중앙아시아 일대 여행을 한 723~727년 이전, 작자가 확
실한 한시로는 기원전 17년 고구려 유리왕 3년에 나온 유리왕의 「황조
가黃鳥歌」, 612년 살수대첩 시점에 나온 을지문덕의 오언고시 「경우중문
遺于仲文」 정도가 있었을 뿐이다. 호소왕 2년(693)에 죽은 설요薛瑤가 있는
데, 아버지를 여의고 낙망하여 불교에 귀의하려고 출가했다가 환속하면
서 쓴 칠언고시 「반속가返俗歌」가 있다.36) 혜초 이전에 문학사에서 찾아
볼 수 있는 이런 시는 내용이나 형식이 아주 단조롭다. 즉, 혜초의 다섯 수
한시 등장 이전의 우리 시는 작품성을 갖고 논하기가 어렵다. 한시 형성
기의 작품이므로 그런 시 자체가 있었다는 데 의의를 둘 수 있을 뿐 형식
을 제대로 갖추거나 깊이 있는 내용을 담고 있지는 않았다. 하지만 혜초
가 『왕오천축국전』에 남긴 다섯 수의 시는 당의 오언율시 작법을 익혀서
쓴 것으로, 여행 도중의 상념을 잘 전개해나간 수준작이다.

혜초는 구도의 길로 나선 승려인 동시에 감수성이 풍부한 시인이었다.
슬플 때 눈물 흘리고 기쁠 때 웃을 줄 알았던 신라인이었다. 그래서 조동
일도 혜초의 시를 총평하면서 "불법을 구하러 천축까지 가는 승려도 예사
사람의 외로움과 괴로움을 떨쳐버릴 수 없음을 토로"37)했다고 한 것이다.

---

36) 한국정신문화연구원, 『한국민족문화대백과사전 12』, 웅진출판주식회사, 1996(12
쇄), 348쪽. 시의 전문은 이렇다. 化雲心兮思淑貞 洞寂寬兮不見人 瑤草芳兮思芬蒀 將
奈何兮靑春
37) 조동일, 앞의 책, 194쪽.

혜초는『왕오천축국전』본문에는 자기가 고생한 이야기를 일체 쓰지 않았다. 다만 다섯 수의 시에만은 자신의 감정을 그대로 드러내 여행 도중의 외로움과 괴로움, 기쁨과 슬픔을 솔직하게 털어놓았다. 다시 말해 여행기를 쓰면서 그는 두 눈으로 확인한 것들을 아주 객관적으로 기술했다. 하지만 그간의 고생담을 나름대로 여행기의 중간중간에 하고 싶었다. 다섯 수의 시는 그러니까『왕오천축국전』에서 개인적인 감정을 드러내고 시적 상상력을 펼친 자유로운 공간이었다.

혜초는 유학을 갔던 시절 당에서 크게 유행하고 있던 오언율시의 창작기법을 완벽하게 습득하지는 못했다. 하지만 운을 잘 맞춰 썼고, 대우법도 부분적으로 구사하려고 했다. 이것을 보면 당나라 시인들의 영향을 적지 않게 받으면서 시를 썼던 것인데, 혜초의 시 다섯 수가 우리 고전문학사에서 방치되었던 것은 수정되어야 한다. 근년에 들어 몇몇 학자들에 의해 혜초의 시가 평가되기 시작한 것은 고무적인 일이다. 혜초의 시 이전에는 우리 시사에 이렇다 할 한시가 보이지 않으므로 더더욱 문학사적인 값어치를 지닌다고 본다. 다시 한 번 강조하거니와 앞으로 나올 고전문학사에는 혜초의 한시 다섯 수가 반드시 다루어져야 한다.

김동리 소설의 불교철학과 인간 구원의 논리

소설 「등신불」을 중심으로

'종교문학' 혹은 '불교문학'의 성립이 가능한가?

서구의 문화사나 문명사를 조감할 때 한국인으로서 가장 부러운 것이 있으니 헤브라이즘과 헬레니즘의 줄다리기다. 헬레니즘은 그리스·로마신화를, 헤브라이즘은 구약과 신약성경을 모체로 하여 무한한 상상력을 펼쳤다. 전자는 휴머니즘을, 후자는 신에 대한 절대신앙을 지향하였다. 신화는 인성을 지닌 신이 인간과 사랑하고 질투하고 증오하면서, 다른 신과 싸우면서 수많은 드라마를 만들어냈다. 성서는 인간의 본성과 죄악, 금기에 대한 질문을 안고 있는 대서사시다. 신화와 성서는 수많은 문학작품, 건축물, 그림, 영화의 모티브가 되었다.

서양의 고전 중 종교문학이라고 할 수 있는 것으로 단테의 『신곡』, 초서의 『캔터베리 이야기』, 밀턴의 『실락원』, 괴테의 『파우스트』, 존 버니언의 『천로역정』, 파스칼의 『팡세』 등이 언뜻 생각나는데, 톨스토이와 도스토옙스키의 작품은 신성 예찬은 물론이거니와 '신성'과의 싸움 내지는 인간에 드리운 마성의 문제를 제기하고 있다. 20세기의 프랑수아 모리아크, 앙드레 지드, 베르나노스, 줄리앙 그린, 그레이엄 그린, A.J. 크로닌, 콜린 맥컬로우…… 기독교적 인식의 바탕 위에서 소설을 쓴 이가 너무

많아서 헤아릴 수조차 없다. 신화도 마찬가지다. 『반지의 제왕』 『나니아 연대기』 『해리포터』 등 서구의 판타지 소설은 모두 그리스·로마 신화를 기반으로 하여 씌어진 것이다.

이와 마찬가지로 '불교문학'도 얼마든지 성립할 수 있다. 불교 전래의 기점을 이차돈의 죽음으로 잡으면 527년이므로 1500년의 역사를 갖고 있다. 또한 불교설화가 많이 나오는 일연의 『삼국유사』는 13세기 때의 작품이므로 800년 동안 우리의 정신에 스며들었다. 불교의 사상이나 신념을 전하는 데 목적을 두고 쓴 문학작품을 불교문학이라고 할 수 있을 텐데 신소설의 시대를 마감시키고 근대소설의 문을 열어젖힌 이광수는 불교소설이라고 할 만한 것을 여러 편 썼다. 장편소설 『이차돈의 사』와 『원효대사』를 썼고 중편소설 「꿈」도 썼다. 「꿈」은 『삼국유사』 소재의 설화 '조신의 꿈'을 모티브로 하여 쓴 것으로 영화와 드라마로 여러 차례 만들어졌다. 단편 「무명」과 장편 『사랑』도 주제를 헤아려보면 다분히 불교적이다. 『삼국유사』는 서정주 시인에게도 많은 영감을 주었다. 특히 불교는 『新羅抄』와 『冬天』의 사상적 근간을 이루었다.

이광수 이후 이 땅에는 '불교문학'의 범주에 넣을 수 있는 소설이 몇 편 나오는데 대체로 장편소설이었다. 한용운의 『박명』, 현진건의 『무영탑』, 한승원의 『아제 아제 바라아제』와 『초의』, 조정래의 『대장경』, 김성동의 『만다라』, 고은의 『화엄경』, 남지심의 『우담바라』 등을 꼽을 수 있다. 박경리의 『토지』도 큰 주제를 '대자대비'와 '측은지심'에 둔다면 불교문학의 범주에 넣을 수 있다. 단편소설 중에도 불교문학이라고 할 수 있는 것들이 꽤 된다. 김정한의 「수라도」, 김원일의 「파라암」, 한승원의 「포구의 달」, 윤후명의 「검은 숲, 흰 숲」, 김문수의 「끈」, 김상렬의 「정토」, 정찬

서라벌예술대학 문예창작학과를 이끈 서정주와 김동리

주의 「그림자와 칼」, 현재훈의 「이타행」, 황충상의 「삭도」……. 이밖에
도 찾아보면 '불교소설'에 값하는 좋은 소설을 더 많이 찾아낼 수 있을 것
이다. 그런데 필자 개인의 견해로는 김동리의 단편소설 「등신불」을 능가
하는 이 땅의 불교소설은 없었다고 본다. 왜 이런 말을 서슴없이 하는지,
그 이유를 밝히기 위해서 이 글을 쓴다.

「등신불」 집필의 동기

김동리(1913~1995)는 전 생애를 통해 신앙생활을 본격적으로 한 적이
없었다. 하지만 어릴 때는 어머니를 따라 교회에 다녔고, 학교에 가서도
기독교로부터 정신적인 세례를 매일 받으면서 살아갔다. 「신과 나와 종
교」라는 수필에서 이렇게 밝혔다.

나는 일곱 살 때부터 어머니를 따라 교회엘 다니게 되었다. 뒤이어 초등학교도 캐나다 선교사가 설립자로 되어 있던 교회 부속의 조그만 사립학교를 택하게 되었다. 나중에 중학을 같은 미션 계통의 대구 계성학교로 진출한 것도, 다시 서울의 경신학교로 옮긴 것도 모두가 그 연줄이었다.

김동리는 경주제일교회에 소속되어 있는 계남소학교를 나왔고 선교 사가 세운 대구 계성중학교에 2년여 다녔으므로 성경의 내용이나 기독 교의 교리는 웬만큼 알고 있었을 것이다. 아마도 훗날 단편 「목공 요셉」 이나 장편 『사반의 십자가』를 쓸 수 있었던 것은, 어린 시절의 이런 종교 체험이 밑거름이 되었기 때문일 것이다. 『사반의 십자가』는 스스로 대 표작으로 꼽기도 했는데 신약성경 내용을 바탕으로 예수의 십자가 처형 을 다룬 이런 소설을 쓸 수 있었던 것도, 기독교와 무속의 충돌을 다룬 「무녀도」와 『을화』를 쓸 수 있었던 것도 다 유년기와 10대 때 교회가 그 의 정신적인 '집'이었기 때문이다. 그런 그가 어떻게 하여 「등신불」을 쓰 게 되었던 것일까. 그는 소설 집필의 동기를 아주 상세히 밝힌 바 있다. 만해 한용운이 동리의 맏형 김범부를 만나러 온 날의 대화가 작품 탄생 의 씨앗이 되었다.

1938년이었다. 해인사의 말사인 다솔사의 주지인 최범술은 스님이 라기보다는 민족주의자였다. 최범술은 자신의 절에 사람이 묵어갈 수 있도록 배려하면서 그와 고담준론을 나누곤 했다. 화가 허백련, 불교계 독립운동가 김법린, 그리고 범부 김정설, 한용운 등이 이 절에서 한동 안 지냈다. 그 당시 김동리는 사천군 곤명면의 원전이란 곳에서 '광명 학원'이라는 팻말을 깨끗한 한옥에 붙이고 사설강습소를 열어 선생 노

김동리의 형 범부 김정설

롯을 하고 있었다. 하루는 다솔사에서 불목하니가 와서 기별을 했다. 한용운 스님이 서울에서 왔으니 다솔사로 와서 저녁 공양을 들라는. 동리는 이 만남의 자리에 대한 기억을 더듬어 수필에 다음과 같이 소설식으로 썼다.[1]

"동리라고?"
만해 선생이 나를 보고 물었다. 나의 대답을 기다리지 않고 만해 선생은 다시, "이름이 좋군." 하며 입가에 은근한 미소를 지어 보였다.

그러자 차 끓일 준비를 하고 있던 주지 스님이, "재작년까지 연이어 두 번 소설이 신문에 당선되어 문단에서 촉망받는 신인으로 꼽히고 있는 모양인데, 세상 꼴 보기 싫다고 절에 와 있다가, 요즘은 저 아래 동네에서 학원 선생 노릇을 하고 있습니다."

"장하군. 사립학굔가?"

"강습소지요. 처음엔 머슴들을 모아놓고 밤에만 가르치다가 어찌 인기가 있는지, 요즘은 십여 리 밖 동네에서까지 처녀 총각들이 모여들어, 하는 수 없이 주야반으로 노놔서 가르치고 있지요."

주지 스님은 잔뜩 자랑을 늘어놓았다.

---

1) 김동리기념사업회, 「만해 선생과 「등신불」」, 『김동리 문학전집 26-수필로 엮은 자서전』, 도서출판 계간문예, 2013, 185-191쪽.

20여 년 전에 있었던 일을 말 한마디 놓치지 않고 복원해내고 있으니 기억력이 놀라울 따름이다. 주지 스님의 법명은 금봉이었다. 금봉 스님은 만해와 범부와 동리에게 차를 대접한다. 다도의 절차에 따라 아주 엄숙하게 차 대접을 했던 것인데 갑자기 만해가 분위기를 전환시키고자 범부를 보며 이런 말을 한다.

"범부, 중국 고승전高僧傳에는 소신공양燒身供養이니 분신공양焚身供養이니 하는 기록이 가끔 나오는데, 우리나라에서는 별로 눈에 띄지 않아⋯⋯" 했다.

내 백씨는 천천히 입을 열며, "글쎄요, 형님이 못 보셨다면야⋯⋯" 하고 자기도 기억이 없노라는 것이다.

동리가 소신공양이 뭐냐고 만해에게 묻는데, 대답은 금봉 스님이 한다.

"옛날 수좌수들이 참선을 해도 뜻대로 도통이 안 되고 하니까 자기 몸을 스스로 불태워서 부처님께 재물로 바치는 거라. 성불할라고 말이다."

불 속으로 뛰어드느냐고 묻자 금봉 스님은 "부처님을 향해 합장하고 앉아야지, 머리 위에 불덩어리 든 향로나 그런 걸 갖다 씌워야지."라고 답해준다. 이 말을 듣고 동리는 어떻게 반응했던 것일까. 충격을 받고 바깥으로 뛰쳐나간다.

나는 더 물을 힘이 나지 않았다. 벌겋게 단 향로 따위를 머리에 쓴다고 생각하니 몸에 소름이 끼쳤다. 그 뜨거움을 어떻게 견뎌낼까. 어떻게 곧 고꾸라지지 않고 앉은 자세를 유지해낼까⋯⋯. 나는 아래턱이 달달 떨려서 견딜 수가 없었다. 나는 자리에서 일어나 밖으로 나왔다.

김동리는 그 당시 충격을 받고 노트에 사연만 기록해 두었을 뿐, 세월이 흘러도 이 이야기는 소설이 되지 못한다. 그러다 23년의 세월이 흐른 뒤에 1961년 11월호 『사상계』에 발표한다. 23년 동안 이 이야기를 언젠가는 소설로 써야지 써야지 하면서 마음으로만 다짐하고 있었던 것이다. 때마침 4·19혁명이 일어났다. 수많은 학생이 거리에서 피를 흘리며 죽어간 다음해 5월 16일에 쿠데타가 일어났다. 정치적 격변기에 동리는 마음속 회오리바람을 소설 쓰기로 달래기로 했다. 그는 40대 초반인 1955년에 「흥남철수」「밀다원 시대」「실존무」를 발표하였고 1957년에 『사반의 십자가』를 출간하였다. 소설가로서 가장 의욕적으로 작품을 쓸 시점인 만 48세 때, 마침내 「등신불」을 쓰게 되었던 것이다.

분신자살과 소신공양은 다른 것인가?

이 소설에는 가장 중요한 모티브인 소신공양과 등신불에 대해 잠시 알아보자. 『고승전』 등 중국의 이런저런 기록에 소신공양이 나온다고 했으므로 실지로 그런 일이 있었다고 본다. 분신자살은 온몸을 태우므로 뼈와 재밖에 남지 않기도 하지만 그 자세가 결가부좌를 한 경우가 거의 없다. 하지만 등신불은 완전히 타버린 것이 아니어서 법당의 불상처럼 그 모양을 불상 비슷하게 만들어놓을 수 있었다. 중국과 일본, 태국 등지에 등신불을 모신 전각이 있으므로 '소신'은 흔한 일이 아니었지만 아주 드문 일도 아니었다. 특히 불경 중 하나인 『묘법연화경』의 「약왕보살 본사품」을 보면 약왕보살이 향유를 몸에 바르고 일월정명덕불日月淨明德佛 앞에서 보의寶衣를 걸친 뒤 신통력의 염원을 가지고 자기 몸을 불살랐다는 대목이

틱광득 스님의 소신공양 장면

나온다. 경전의 저자는 이를 찬양하여, "이것은 참다운 법으로서 여래를 공양하는 길이다. 이것이 제일의 보시다."라고 하였다.

우리나라에서도 군사독재 시절인 1980년대에 자살한 사람들이 적지 않았다. 그런데 '등신불'은 종교상의 비원悲願의 의미로 분신을 한 결과이 되 스스로 몸에 기름을 끼얹고 불을 지르는 분신자살이 아니다. 다른 사람이 기름을 몸에다 붓고 불을 붙여줌으로써 참선의 극한에 도달하게끔 도와주는 것이다.

1963년에 베트남에서는 틱광득釋廣德이라는 스님이 백주대로에서 디엠 정권의 불교 탄압과 미국의 공격에 대한 항의의 뜻으로 소신공양을 감행하였다. 거센 화염 속에서도 흐트러지지 않고 가부좌를 유지했던 그의 모습은 무력으로 얼마든지 힘없는 동양을 농단할 수 있다고 여겼던 서양 세계를 전율케 했다. 혹자는 '미국 대 베트남' 전쟁에서 미국의 패배는 이 순간에 결정되었다고 말하기도 한다.

문수 스님의 소신공양에도 4대강 사업은 진행되었다.

우리나라 스님 중 '문수文殊'라는 분이 소신공양을 한 적이 있었다. 2010년 5월 31일, 이명박 정부의 무분별한 4대강 개발에 반대하여 유서를 써놓고 스스로 소신공양을 하였다. 2029년 11월 29일 경기도 안성의 칠장사에서 소신한 자승 스님의 경우, 조계종에서 소신공양을 했다고 발표하였다.

틱광득 스님과 문수 스님은 정치적인 의도로 분신한 것이었다. 티베트에서도 스님들이 중국으로부터의 분리·독립을 기원하며 종종 분신을 하는데, 모두 정치적인 의지를 관철시키기 위해 몸에 기름을 끼얹고 스스로 목숨을 끊는 것이다. 김동리의 소설 「등신불」에 나오는, 인간 구원의 역사役事로 행하는 소신공양과는 차원이 다른 것이라고 본다.

「등신불」이 보여준 인간 구원의 논리

불교는 종교로 보기 어렵다. 절대자를 절대적으로 믿음으로써 신앙 행위가 이루어지는 기독교나 마호메트교와 아주 많이 다르다. 세계 3대 종교 중 하나로 일컬어지기는 하지만 불교는 철저하게 본인의 정진과 타인에 대한 보시를 통해 해탈하고 성불하는 데 주안점을 둔 자력갱생의 신앙이다. 신앙이지만 종교로 보기는 어려운 것이다. 불교의 교리를 열 줄로 압축해본다.

> 인생은 유한하고 괴로움이 참 많다(一切皆苦).
> 그러니 얼마나 허망한 것인가(諸行無常).
> 세상에 영구불변한 실체가 어디 있는가(空).
> 생명체뿐만 아니라 삼라만상이 원인과 조건에 의해 얽혀 있다(因緣生起).
> 사람이 죽으면 다른 생명체로 태어난다(輪回轉生).
> 아집을 버리면 모든 번뇌가 사라진다(涅槃寂靜).
> 해탈하면 열반에 이르러 결국은 윤회에서 벗어나게 된다(極樂往生).
> 중요한 것은 마음이다. 마음이 깨끗하면 낙원에서 사는 것이다(西方淨土).
> 참선하는 것도 중요하지만 불교적 삶이란 실천하는 삶이다(六波羅密).
> 붓다는 제자들에게 자신을 부지런히 갈고 닦아야 한다고 유언했다(精勤·精進)

사고四苦니 팔고八苦니 팔정도八正道니 삼업三業이니 사섭법四攝法이니 하는 불교 용어를 설명하면 교리가 아주 복잡해지므로 이렇게 열 줄로 요약해보았다. 김동리는 20여 년 전에 한용운의 입을 통해 들은 '소신공양'을 소재로 소설을 쓰기로 23년 만에 마음먹는데, 액자구조를 취한다. 현세의 고통과 아주 오래 전의 고통을 다 다루기 위해서이다.

'나'는 스물세 살 때인 1943년, 일본의 대정대학大正大學 재학 중에 학병

소설의 표지 사진이 옛날의 소신공양
모습을 그대로 보여준다.

으로 중국 남경의 전장으로 끌려가 목숨을 건지기 위해 탈출을 결심하고 대정대학에 유학한 바 있는 중국인 불교학자인 진기수 씨를 찾아가 도움을 청한다. 진기수라는 사람에게 나는 생면부지인데다 적국의 옷을 입은 한국인이라서 나를 믿지 않자(밀정일 수도 있으므로), 나는 오른손 식지를 깨물어 '원면살생願免殺生 귀의불은歸依佛恩'이라는 혈서를 써 올린다. 결국 그의 도움으로 정원사에 도착하여 원혜대사를 배알한다. 이곳에서 나는 수업을 하는 도중, 금불각을 발견하고 불상 역시 대수롭지 않을 것이라고 생각한다. 그러나 막상 금불각 안에 있는 등신불을 대하고는 큰 충격을 받고 전율한다. 등신불은 사무치게 애절한 느낌을 주는 결가부좌상이었다. 젊은 승려인 청운의 이야기와 당나라 때의 이야기라는 「만적선사 소신성불기」를 읽고 나는 만적의 생애를 알게 된다. 이 소설의 실제 주인공은 내가 아니라 만적이다.

만적(속명은 기)은 아버지가 누구인지 모른다. 어머니 장씨는 사구라는 이에게 개가하여 사구의 외아들 신과 같이 산다. 기와 신은 같은 또래인데, 어머니가 신에게 돌아갈 재산을 아깝게 여겨 신의 밥에 독약을 넣는다. 우연히 그것을 엿본 기는 그 밥을 자기가 먹으려 한다. 어머니는 이를 보고 기겁을 한다. 며칠 뒤에 신이 집을 떠나 자취를 감추고, 기도 어머니의 사악함에 환멸을 느껴 가출하여 중이 된다. 만적은 법림원의 취뢰스님의 상좌로 불법을 배우다가 열여덟에 취뢰스님이 열반하자 은공을 갚고자, 또 세속의 연들을 다 끊고자 소신공양할 의사를 비춘다. 그러나 운봉선사가 만류한다. 운봉선사의 알선으로 혜각선사를 만나 그 밑에서 도를 닦는다. 만적은 스물세 살 되던 해 겨울에 금릉에 갔다가 10년 만에 문둥병에 걸린 이복형제 신을 만난다. 만적은 신의 목에 염주를 걸어주고 절로 돌아와 소신공양을 결심하고는 화식을 끊고 이듬해 봄까지 하루에 깨한 접시만 먹으면서 몸을 청정하게 한다. 이듬해 봄 법사스님과 공양주스님만을 모시고 취단식을 하고 한 달 뒤에 소신공양을 한다. 소설의 클라이맥스를 김동리는 이렇게 묘사한다.

> 만적의 머리 위에 화관같이 씌워진 향로에서는 점점 더 많은 연기가 오르기 시작했다. 이미 오랜 동안의 정진으로 말미암아 거의 화석이 되어가고 있는 만적의 육신이지만, 불기운이 그의 숨골(정수리)을 뚫었을 때 저절로 몸이 움칫해졌다. 그리하여 그때부터 눈에 보이지 않게 그의 고개와 등가슴이 조금씩 안으로 숙여져 갔다.

> 만적이 몸을 태우던 날 육신이 연기로 화해 갈 때 갑자기 비가 쏟아졌으나 단 위에는 내리지 않았으며, 또한 그의 머리 뒤에는 보름달 같은 원광이 씌워져 있었다. 이러한 신비스런 일이 있자 모인 사람들은 불은을 입어 모두 제 몸의 병을 고친다. 병을 고친 사람들이 앞을 다투어 사재를 던져 새전이 쌓이게 된다. 모인 새전으로 만적이 탄 몸에 금을 입히고 금불각에 모시는데 이런 이야기는 후세에 전해지는 설화조의 이야기다. 이야기를 마친 원혜대사는 나에게 남경에서 진기수 씨에게 혈서를 바치느라 입으로 살을 깨물었던 오른손 식지를 들어보라고 한다. 왜 그 손가락을 들어보라고 했는지, 이 손가락과 만적의 소신

공양과 무슨 관계가 있다는 것인지, 대사는 아무런 말이 없다. 북소리
와 목어 소리만 들려온다.

이 이야기의 근본은 고苦와 업業에 관한 것이다. 만적의 친어머니가 의
붓아들인 신을 죽이려고 하고 그것을 기와 신은 다 알게 되었다. 재물욕
이 살인을 할 결심으로 이끈 것이다. 이 사실은 둘 모두에게 큰 충격을 준
다. 특히 기는 자신의 어머니의 행동을 용납할 수가 없다. 신도 집을 떠나
고 기도 집을 떠나 스님 만적이 된다. 훗날 이복형제가 다시 만났을 때 형
제간의 우애를 갖고 있던 둘은 스님과 문둥병 환자가 되어 있었다. 이렇
게 된 현실을 가슴 아파한 만적은 사는 것에 의미를 둘 수 없었다. 스스로
죽음을 택함으로써 업의 소멸을 꾀하는 것이 이 소설의 대미다. 이후의
이야기는 설화의 세계로 진입한다. 돌이나 나무나 금속으로 만든 부처상
은 별다른 염력을 발휘하지 못했지만 만적의 등신불은 극한의 고통이 응
축된 것이라 그 앞에서 기도하면 사람들의 병이 낫는다. 즉, 예수는 살아
서 많은 기적을 행했지만 만적은 사후에 관음보살처럼 많은 사람의 병을
낫게 한다.

김동리가 이 소설을 통해 이야기하고 싶었던 것은 영적 구원이나 낙원
회귀가 아니었다. 타인에 대한 연민의 정, 혹은 보시 행위가 이 땅을 낙원
으로 만들 수 있다는 실천에의 의지가 중요하다고 생각했던 것이다. 그런
의미에서 마지막 장면은 대단히 상징적이다. 원혜대사의 선문답과도 같
은 질문, "자네 바른손 식지를 들어보게."는 만적의 소신 행위와 '나'의 식
지 행위가 어떤 면에서는 동일성을 지니고 있음을 암시하는 것이다. 공통
점은 생에 대한 치열성이다. 스스로 택한 죽음이 역설적으로 생에 대한
치열함을 말해주기에 「등신불」이 위대한 불교소설이 될 수 있었던 것이

다. 인생은 유한하고 괴로움이 참 많다고 생각하여 싯다르타는 왕자의 신분을 버리고 정근·정진하여 붓다가 된다. 제자들 앞에서 유언으로 남긴 말이 "생자 필멸하니 정근·정진하라"였다. 깨달음이란 것이 면벽 참선하고 있다고 번개처럼 오는 것이 아니라 늘 베풀고 노력하는 가운데 찾아온다는 진리가 담겨 있는 말이다.

삶의 비극성에 대한 인식은 크게는 불교를 창시케 하였지만 작게는 최고의 불교소설을 탄생케 하였다. 불교는 초월적 신앙이 아니다. 스스로 정근·정진하여 붓다의 길을 가는 것이 불교의 본질이다. 그는 자신의 목숨을 구하려고 손가락을 깨물어 혈서를 썼던 것이고 만적은 소신공양 후 등신불이 됨으로써 남의 목숨을 구했다. 스스로 열심히 도를 닦고 남을 구하는 자리이타自利利他가 불교의 본질이라고 할 수 있다. 만적이 그것을 몸소 행하였다. 불교는 그래서 면벽 참선하는 데서 멈추지 않고 사바세계에서 몸소 실천하는 생활신앙인 것이다. 이것이 진정한 불교임을 김동리는 「등신불」에서 말해주었다.

이성복의 시에 나타난 불교적 상상력

　　1994년 웅진출판사에서는 『이성복 문학앨범』이란 책을 펴냈다. 시인 송재학이 쓴 연대기와 평론가 이경호가 새로 쓴 작품론, 지인들의 인물평과 이성복 시인의 산문, 자선 대표작, 연보와 참고도서 등을 실음으로써 이성복에 대한 종합적인 안내서 내지는 소개서로 펴낸 책이 바로 『이성복 문학앨범』이다. 1982년 이래 대구 계명대학교 불문학과에 재직하다 정년퇴임한 이성복 시인과 대구에서 죽 활동하고 있는 송재학 시인은 아주 오랜 교분이 있었을 것이다. 그래서 송재학은 36쪽에 걸쳐 아주 상세한 연대기를 쓸 수 있었을 터인데, 그 글에서 필자는 다음과 같은 흥미로운 대목을 발견할 수 있었다. 이성복 시세계의 변화를 엿볼 수 있는 중요한 단서를 제공하고 있어 좀 길지만 인용해본다.

　　불문학자 이성복은 1991년(39세) 연암재단의 '교수 해외파견 기금'으로 파리의 Ecole pratique des hautes études에 간다. 이곳에서 그는 도교의 권위자인 한 프랑스 교수의 강의를 수강한다. 이때부터 유가사상은 이성복에게 시들해진다. 이즈음 이성복은 틈틈이 불문학 수업을 청강하면서 금강경과 유마경과 수심결의 공간에 머물기도 한다. 두 번째 유학을 간 파리에서 그는 기숙사 생활을 하는데 이성복의 방은 매주 토요일 날 개방되어 그 방과 그 방의 주인을 함께 일종의 아카데 미로 상승시킨다. 철학, 미술사, 미학 등 여러 전공의 한국 유학생 열 몇 명이 모여 동양철학을 중심으로 서로의 학문을 교환하는데 불문학 자 이성복은 그 분위기에 함뿍 젖어든다. (…) 특히 그 '서당'에서 그는 파리에 포교하러 온 원불교 정녀를 알게 되면서 원불교 교전을 읽고 감명을 받게 된다. (…) 프루스트와 유식불교를 비교하는 논문 3편이 귀국 후에 씌어지게 된 것도 이곳에서의 사유 추출물이다. 불교를 공 부함으로 현장의 세계와 이법의 세계가 둘이 아니다라는 깨달음에 동 의하기 시작한다. 그것은 또한 이성복 시의 변화를 말하는 것이다.

연대기의 이 부분에 따르자면 다음과 같은 정리가 가능할 것이다. ①이 성복은 1991년 이전에는 유가사상에 몰입해 있었다. ②파리에 유학 가서 엉뚱하게도 불교 경전인 금강경·유마경과 고려 시대 때의 고승 지눌이 쓴 수심결을 접하게 된다. ③한국 유학생들과 정기적으로 교류를 가지면서 동양철학에 대해 많은 것을 듣고 배우게 된다. ④거기서 원불교 교전을 읽고 감명을 받는다. ⑤불교에 대해 아주 새롭게 생각하게 됨은 물론 불 교 관련 논문도 3편이나 쓰게 된다.

프랑스에 유학 가서 그쪽 문학에 대한 공부보다는 동양철학과 불교에 대해 상당한 공부를 한 뒤에 심리적으로 큰 변화(인생관과 세계관 등 영혼의 변화이니 보통 큰 변화가 아니다)를 겪고, 그런 연후에 나온 시집이 제4시집인 『호랑가시나무의 기억』이다. 제3시집 『그 여름의 끝』이 1990년에, 제4 시집이 1993년에 간행되었으므로 이 3년 사이에 제2차 프랑스 유학 시기 가 자리 잡고 있다. (제1차 유학은 1984~85년 무렵 1년여에 걸쳐 행해졌 다.) 이성복 시인에게 다행스런 일인지 불행한 일인지는 잘 모르겠으나, 오생근·남진우·황현산·김혜순·반경환[1]이 쓴 호랑가시나무의 기억에 대한 서평이나 연구의 글에는 제4시집에 나타난 불교적 세계관에 대해서 일체의 언급이 없다. 바로 이 이유로 이 한 편의 글은 씌어지게 되었다.

1980년에 나온 그의 첫 시집『뒹구는 돌은 언제 잠 깨는가』가 우리 문단에 준 충격은 실로 엄청난 것이었다. 자유연상으로 이어지는 돌발적인 이미지 제시와 시행 전개의 숨 막히는 속도감은 그를 80년대 초입, 순식간에 한국 시단의 총아로 부상하게 했다. 관습적인 언어에 대한 파괴 행위를 통해 기존의 삶의 질서를 해체하고, 그에 상응하는 새로운 말의 질서를 세우려 한 이성복의 시도는 많은 사람의 격찬을 받았고, 그가 80년대 시단의 선두주자로 거론되는 데서 멈추지 않고 80년대 내내 우리 시단의 히어로였다고 기억되게끔 했다. 1982년의 김수영문학상 수상과 1990년의 소월시문학상 수상, 시집이 나올 때마다 쏟아진 평문은 그의 명성을 드높이는 데 공헌하였다. 평론가 정효구는 "이성복만큼 빠른 시간 내에, 많은 사람들의 주목을 한꺼번에 받으면서 한 시대의 대표주자로 선뜻 지목된 경우도 흔치 않으려니와, 평자들과 후배들에게 그토록 정신적 압력을 강도 있게 행사해온 시인도 많지 않을 것이다."[2]라고 하면서 이러한 현상을 '이성복 신화'라고 명명한 적이 있을 정도이다. 그런데 그로부터 13년 뒤에 나온『호랑가시나무의 기억』은 시적 긴장감과 속도감, 관습적

---

1) 오생근, 「자아의 확대와 상상력의 심화」, 『호랑가시나무의 기억』 해설, 문학과지성사, 1993.
   남진우, 「검은 나무에서 흰 꽃으로의, 어두운 몸에서 투명한 눈으로의 연금술적 변환」, 『오늘의 시』, 현암사, 1993. 7.
   황현산, 「여린 눈으로 세상 보기」, 『현대시학』, 1993. 7.
   김혜순, 「정든 유곽에서 아버지 되기」, 『문학과 사회』, 1993. 가을.
   반경환, 「외디프스의 운명-이성복의『호랑가시나무의 기억』」, 『현대시』, 1993. 12.
2) 정효구, 「신화의 안과 바깥」, 『상상력의 모험』, 민음사, 1992, 167쪽.

인 언어에 대한 파괴 행위, 이 세 가지 점에 있어서는 실망감을 느끼게 하기에 전혀 부족함이 없다.

제4시집은 「높은 나무 흰 꽃들은 燈을 세우고」를 제목으로 한 연작시 36편이 제1부의 제목 '파리 시편' 아래, 「정물」 외 28편이 제2부의 제목 '천사의 눈' 아래 묶여 있다. 제1부의 제목은 이 시집의 반이 넘는 작품을 파리에서 썼거나 파리 유학 시절을 무대로 해서 썼음을 알게 한다. 즉, 송재학이 말한 '이성복 시의 변화'를 가져온 다섯 가지 이상의 큰 심리적 변화가 삼투된 시집이 『호랑가시나무의 기억』인데, 이 시집은 이전 시집, 특히 첫 시집이 보여준 엄청나게 낯설고 화려한 언어의 축제를 기억하고 있는 많은 독자의 기대에 부응하지 못한 것은 그 누구도 부인할 수 없는 사실이다. 다음과 같은 시들을 보라.

> 여기 오래 있다 보니 어머니 생각이 간절하다 거기 있을 때 나는 남편이며 아버지였지만 여기서 나는 다시 아들이 된다 여기 오래 있다 보니 어머니와 아내가 한 몸이 된다 내가 어머니라고 불렀더니 아내였고, 아내라고 불렀더니 어머니였다 확실히 혼동은 슬픔을 가져다준다
>
> ─「높은 나무 흰 꽃들은 燈을 세우고 17」 전문

> 나의 아이는 언제나 뭘 물어야 대답하고 그것도 그저 "응" "아니"라고만 한다 그때마다 나는 가슴이 답답하고 저 아이가 딴 아이들처럼 자기주장을 하고 억지도 썼으면 좋겠다는 생각을 한다 때로 나의 아이가 무작정 울면서 들어오지만 아무리 물어도 제가 왜 울었는지를 모른다
>
> ─「높은 나무 흰 꽃들은 燈을 세우고 19」 부분

여기 와서 제일 허전한 순간은 잠잘 때이다 아이들 이불을 덮어주
고 불도 꺼주어야 할 텐데…… 머리는 이내 잠자려 해도 발은 자꾸 아
이들 방으로 가고 손은 불 끄는 시늉을 한다
—「높은 나무 흰 꽃들은 燈을 세우고 20」부분

일기의 어느 대목이 시로 발표된 듯한 이런
평범하기 짝이 없는 시편이 「정든 유곽에서」
「꽃 피는 아버지」 「어떤 싸움의 기록」을 썼던
바로 그 시인의 작품이라니, 처음에는 어리둥
절해 하다가 나중에는 당혹감까지 느끼게 된
다. 아주 많은 시가 조금 쉬워진 정도가 아니라
질적 수준의 급락까지 초래했음에도 불구하고
앞서 나열한 논자들을 포함, 김정란·이희중·고
형진·김상환 등의 글3)에서도 『호랑가시나무
의 기억』에 대한 비판적인 접근은 찾아보기 어렵다. 아니, 유독 반경환만
이 거리낌 없이 비판을 가하였다. "『호랑가시나무』의 기억의 시들은 그
의 명성을 욕되게 하고 있는 것 같다.", "그 시집에는 무엇보다도 이글이
글 생살을 태우는 시적 화자의 고통도 없고, 한 뛰어난 시인의 사회학적
상상력의 깊이도 있을 수가 없는 것이다.", "이성복의 시적 목표는 한 편
한 편의 서정시로서 서사적 총체성을 완성해나가는 것이지만, 그것이 하
나의 두뇌 속의 기교에 불과할 때, 그것의 실패는 불을 보듯이 뻔한 일일

---

3) 김정란, 「엶과 당김-일상에 깃드는 신성함」, 『작가세계』, 1993. 가을.
　　이희중, 「욕망의 배후-이성복의 「파리 시편」 읽기」, 『시와 반시』, 1993. 가을.
　　고형진, 「갈망의 시와 발견의 시」, 『현대시사상』, 1993. 가을.
　　김상환, 「이성복의 「겨울 비가」로부터」, 『현대비평과 이론』, 1994. 봄.

것이다" 등 이성복에 대한 비판으로 일관하고 있는데 그것으로는 부족하
다고 생각했는지 "이제 이성복을 칭찬함으로써 그 자신들의 이익과 특정
집단의 이익을 챙기던 시대는 지나갔는지도 모른다."며 시인의 제4시집
을 좋게 평가한 사람들까지 싸잡아서 맹공격을 퍼붓는다. 이성복에 대한
지나친 상찬이든 정도 이상의 비판이든 시세계의 변모에 근거한 것일 터
인데, 그 변모의 길목에 '불교'가 있지 않을까 하는 짐작은 바로 송재학의
연대기에 연유한다. 하지만 불가의 언어가 등장하는 시편은 시집 전권을
통독해도 좀처럼 눈에 뜨이지 않는다. 딱 한 편, 「소풍」이라는 시만이 그
쪽의 언어를 다수 선보이고 있다.

1

　맞은편 산 꼭지점에서 활강해 사뿐히 착지한 그 자세로 절은 흘러내
리는 쪽빛 추녀 끝을 살짝 들었다 대적광전 앞 구경나온 사람들은 요즘
깎아도 돈이 안 된다는 동네 감처럼 얼굴이 붉고, 시름 있는 사람도 시
름없는 사람처럼 붉어 입술마다 미륵불이 미소 머금었다 문틈으로 손
짓하는 관음보살 천의 손바닥마다 버들붕어처럼 패인 눈, 안쓰러움이
깊어지면 비늘 같은 눈이 생기고 더 안쓰러워 병이 되면 비듬처럼 많은
눈 떨어지겠지 약수 흐르는 대나무 통에 쇠파이프가 숨어 있고, 절 따
라 내려오는 시냇물 위엔 녹슨 화두처럼 쇠펌프가 박혀 있다

2

　기나긴 가을날 나무들은 얼마 남지 않은 잎새로 지상을 쓸어 검은
대리석관 같은 세월 드러나기도 하였다 그 옛날 원효의 고향 선산, 옛
날의 늪지엔 고층 아파트 줄지어 서고 원효 생시에 보았을 자연 호수
는 검은 물결 출렁거려 고구마를 튀겨내는 기름 같았다 때로 물결 높
아 돋을새김한 부처의 검은 머리통 여럿 구불러 다니기도 했다 방둑

아래 말라가는 갈대 사이로 버려진 자전거 두 대, 하나는 바퀴가 빠졌
고 또 하나는 페달이 떨어져나갔다 천 년 전 어린 원효가 꺾었을 갈대
곁에서 나는 『영화 펀치』라는 도색 잡지 하나 주웠다 "최은수, 19세,
패션모델, 34-23-35" 비에 오래 젖어도 브래지어는 벗겨지지 않았다
천년의 검은 못물이 목구멍까지 차올라왔다

시 「소풍」의 전문이다. 시의 앞쪽에는 '대적광전' '미륵불' '관음보살'
'화두' 등이, 시의 뒤쪽에는 '원효의 고향 선산' '돋을새김한 부처의 검은
머리통' '원효가 꺾었을 갈대' 등이 시어로 자리 잡고 있다. 하지만 이 시
는 불교적 세계관에 입각해서 쓴 시, 즉 불교적 사유가 담겨 있는 시가 아
니다. 어느 절에 소풍을 갔다가 이것저것 보고 와서 쓴 일기 같은 시인지
라 불교에 관련된 이런 어휘들이 시를 위한 소도구의 역할을 하고 있을
뿐이다. 소풍을 가서 보았더니 산중 사찰이 세속의 인간들에 의해 많이
오염되어 있어 무척 놀랐고, "천년의 검은 못물이 목구멍까지 차올라왔"
을 정도로 절망스러웠다는 내용을 담고 있는 시이다. 약수가 흐르던 대나
무통엔 쇠파이프가 숨어 있고, 절을 따라 내려오는 시냇물 위엔 쇠펌프가
박혀 있어 그러한 자연에 대한 무지막지한 파괴 행위에 시인은 자못 비분
강개했던 모양이다. 비분강개와 절망이 불교의 세계일 리는 없다. 시인이
한때 프랑스에 가서 열심히 공부하는 과정에서 감명을 받았던 그 '불교'는
도대체 어느 시에 어떻게 숨어 있는 것일까. 필자는 죽음에 대한 시인의
몇 번의 명상에서 그 해답을 찾고자 한다. '몇 번', 그렇다, 이성복의 제4시
집 65편의 시 가운데 불교적 상상력에 입각해 쓴 시는 단지 몇 편에 지나
지 않는다. 그러나 그 몇 편의 시를 통해 독자는 시인의 변모를 이해해야
하고, 그렇게 하지 않고서 그의 제4시집에 대한 완전한 이해에 도달할 수

는 없을 것이다.

> 초가을 한낮에 소파 위에서 파리 두 마리 교미한다 처음엔 쌕쌕거
> 리며 서로 눈치를 보다가 급기야 올라타서는 할딱거리며 몸 구르는
> 파리들의 대낮 정사, 이따금 하느작거리는 날개는 얕은 신음 소리를
> 대신하고 털북숭이 다리의 꼼지락거림은 쾌락의 가는 경련 같은 것일
> 테지만 아무리 뜯어보아도 표정 없는 정사, 언제라도 손뼉 쳐 쫓아낼
> 수 있겠지만 그 작은 뿌리에서 좁은 구멍으로 쏟아져 들어가는 긴 생
> 명의 운하 앞에 아득히 눈이 부시고 만다
>
> —「파리」전문

시인은 소파 위에서 파리 두 마리가 할딱거리며 대낮 정사를 벌이고 있
는 장면을 유심히 관찰하고 나서 이 한 편의 시를 완성했을 것이다. 초가
을 한낮에 파리의 교미 장면을 목도한 시인은 손뼉을 쳐 다른 데로 날아
가게 하려다 수컷의 성기("작은 뿌리") 끝에서 암컷의 성기("좁은 구멍")
로 쏟아져 들어가는 액체가 "긴 생명의 운하"임을 순간적으로 파악하고
는 "아득히 눈이 부시고 만다". 이 표현, "아득히 눈이 부시고 만다"는 것
은 깨달음의 순간, 혹은 법열의 순간을 달리 표현한 것이 아닐까. 불교는
연기론緣起論의 토대 위에 서 있는 종교이다. 인연으로 말미암아 만유가
생성되기 때문에 인간과 뭇 생명체가, 삼라만상의 모든 현상과 우리 인간
이 얼마나 밀접하게 연결되어 있는가를 가르쳐주는 종교인 것이다. 육도
윤회설六道輪回說이니 생명체에 대한 자비심이니 하는 근본 교리도 죽음
을 절멸絕滅이나 단멸斷滅로 인식하지 않으려는 태도에서 나온 것이다. 죽
음이란 삶의 연장선상에 있는 하나의 추이推移일 뿐이며, 죽음에 대한 극
복도 이런 입장에서 사즉생死卽生으로 귀결된다.[4] 불교 교리상의 죽음에

대한 설명에 따르면 삶은 곧 죽음을 내포하고 있으므로[生卽死], 죽음을 내포하고 있는 이 삶의 진실을 이해하는 것이 곧 죽음을 극복하는 것이 된다[死卽生]고 한다.5)

파리 두 마리의 정사 장면을 치밀하게 묘사함으로써 이성복은 생명에 대한 불교적 외경심과, 생식生殖으로 죽음을 초월하려는 생명체의 고유 본능을 노래해본 것이리라. 현실세계에서 우리는 죽음으로써 소멸하는 것이 아니라 끊임없이 나고 죽는 존재인 것, 그 윤회의 바다에서는 파리도 인간도 동등한 하나의 생명체이다. 그리고 삶과 죽음은 완전히 단절된 별개의 세계가 아니라, "긴 생명의 운하"로 연결되어 있다. 「밤」의 "어디 외진 땅에 녹슨 성기를 박고 팥죽땀 흘리며 보고 싶다 땅속에서 빛나는 흰 고드름 성좌" 같은 부분도 「파리」와 비슷한 뜻으로 해석이 가능할 것이다. 삶과 죽음에 대한 비슷한 사유를 정리해 보여준 시가 또 한 편 있다.

　　나방이 한 마리 벽에 붙어 힘을 못 쓰네 방바닥으로 머리를 향하고 수직으로 붙어 숨 떨어지기를 기다리네
　　담배 한 대 피우러 나갔다 온 사이 벽에 나방이가 없네 그 몸뚱이 데불고 멀리 가지는 못했을 텐데 벽에도 방바닥에도
　　나방이는 없네 아직 죽음은 수직으로 오지 않았네 잘 살펴보면 벽과 책꽂이 사이 어두운 구석에서 제 몸집만큼 작고
　　노란 가루가 묻은 죽음이 오기를 기다리네 아무도 기억하지 않는 죽음은 슬프지 않아라, 슬프지 않아라
　　　　　　　　　　　　　　　　　　―「아무도 기억하지 않는 죽음」 전문

---

4) 정승석, 「죽음은 곧 삶이요 열반」, 『죽음이란 무엇인가』, 도서출판 창, 1990, 90쪽.
5) 위의 책, 100쪽.

우연히 눈에 뜨인 파리는 "쾌락의 가는 경련"을 하고 있었지만 나방이는 무슨 이유인가로 목숨이 경각에 다다라 있다. 벽에 붙어 힘을 영 못 쓰더니 시인이 담배 피우러 잠시 나갔다 온 사이에 눈앞에서 사라지고 없다. 자세히 살펴보니 벽과 책꽂이 사이의 어두운 구석에서 "노란 가루가 묻은 죽음"이 오기를 기다리고 있는 것이 아닌가. 이것은 노란 가루가 묻은 나방이가 거의 움직이지 않고 있는 모습을 시적으로 표현한 것이리라. 이성복은 나방이의 죽음을 목전에 두고 "아무도 기억하지 않는 죽음은 슬프지 않아 슬프지 않아라"라고 한다. 이 대목을 불교적으로 해석하면 이렇다. 생명체의 죽음은 우주적 순환 과정, 즉 윤회의 한 과정일 뿐이다. 윤회사상은 불교뿐만이 아니라 힌두교와 자이나교 우주관의 기본이 되는, 그 역사가 아주 긴 신앙이다. 윤회사상에 의하면 모든 생명은 그 유전인자 속에 반드시 죽음의 인자를 갖고 태어나는 것이고, 또한 모든 육신은 부모한테서 물려받은 것이기 때문에 언젠가 후대의 다른 생명체에게 물려주지 않으면 안 된다.

유기체에 있어서 사망 의식(death consciousness)이라는 마지막 행위는 새로운 유기체에 있어서의 다시 태어남의 의식(rebirth consciousness)이라는 최초의 행위로 이어진다. 윤회의 세계에서는 생명체의 죽음을 단멸斷滅로 인정하지 않는 대신 무상無常이라고 표현한다. 번뇌를 뜻하는 산스크리트어 '클레사'(klesa)는 원래 그릇된 고집이나 집착을 뜻하는 말이라 한다. 그것은 이기적 편견, 혹은 망집妄執 등 다양한 의미가 포함되어 있지만, 그 근원은 자신의 목숨이 무상하다는 것을 외면하는 데서 오는 번민이라는 뜻이다.[6] 영겁 회귀처럼 죽음에로의 여행이 귀착되는 곳이 바로

---

6) 김열규 외, 「삶과 죽음의 번뇌」, 『죽음의 思索』, 書堂, 1989, 139쪽.

삶의 터전이므로 죽음은 우리가 흔히 말하는 '무상한 인생'의 종결이 아니다. 무상한 종착역이 아니라 스스로에 의한 성취이며, 완성에의 행위이다. 그러니 나방이의 죽음을 눈앞에 두고 있어도 "아무도 기억하지 않는 죽음은 슬프지 않아라, 슬프지 않아라"라고 말할 수 있는 것이다. 북망산천은 결코 저 먼 곳에 있지 아니하며, 우리의 일상적 삶 가운데 엄존하는 것, 그래서 쥐도 새도 모르게 다가오는 죽음의 불안에 대한 초월과 올바른 생명에로의 전환을 위한 인격적 노력이 필요한 것이다. 죽음이라는 현상이 포함된 만유의 질서, 그 전체 현상의 진실을 철저히 이해하는 것이 곧 정각正覺이다. 불교에서 말하는 해탈이나 열반은 부단한 정근定根과 정신적 수련[禪定]을 통해 그런 실상을 체득함으로써 이루어진다. 이것이 불교도의 죽음관이다. 이성복 시의 몇몇 구절은 미미하지만 바로 이러한 불교적 성찰을 담고 있다. 시적 성취도는 이전 시집에 비해 현저히 떨어져 있지만, 이 점에서 그의 제4시집을 다시 읽지 않을 수 없다.

한겨울인데 뜰 앞 고목나무에선 붉은 싹이 폐병환자의 침처럼 돋아난다 어떤 아가씨는 그것이 꽃이라고 하지만 나는 믿기지 않는다 그러나 혼자 견디려면 어떻든 믿어야 한다, 믿어야 한다
          ―「높은 나무 흰 꽃들은 燈을 세우고 5」 부분

내게는 바람 외에 다른 살이 없다 꽉 찬 幻化여, 나는 이제 제정신이 들 것만 같다 육십 년 후 이맘때 플라스 디탈리 중국집 근처를 떠돌 幻化여, 지금 내가 울면 그대도 따라 울 것인가
          ―「높은 나무 흰 꽃들은 燈을 세우고 9」 부분

어제는 아무하고도 이야기하지 않았다 두 번 식당에 갔지만 우리말

을 아는 사람을 만날 수 없었기 때문이다 저녁때 책을 읽다가 갑자기
사라져버린 나를 부르며 소스라쳐 일어났다 그대여, 그대가 없다면
일찍이 나도 없는 것이다
—「높은 나무 흰 꽃들은 燈을 세우고 13」 전문

시인은 외친다. 한겨울 뜰 앞 고목나무에서 붉은 싹이 돋아나는 것을
두고 웬 아가씨는 꽃이라고 하고 나도 사실 믿기지는 않지만 "혼자 견디
려면 어떻든 믿어야 한다. 믿어야 한다"고. 유아독존하여 자성성불自性成
佛해야 한다고. 좀 무리가 있는 해석이긴 하지만, "내게는 바람 외에 다른
살이 없다"는 것은 어느 정도 '空'을 생각하고서 한 표현이 아닐까. 대승불
교에서 공의 사상은 무를 주장하는 것이 아니다. 연기緣起의 본래 모습을
달리 표현한 것이 공이다. 무명과 무지를 무심으로 극복하는 불교의 교리
를 접한 시인이기에 "꽉 찬 幻化" 같은 선적인 표현을 얻었다고 여겨진다.
세 번째 예시의 "갑자기 사라져버린 나를 부르며 소스라쳐 일어났다 그대
여, 그대가 없다면 일찍이 나도 없는 것이다"라는 표현은 사망 의식-다시
태어남의 의식이라는 연결고리가 설명해준다. 수억 조상의 인자가 내 몸
안에 흐르고 있듯이, 수억(?) 내 후손의 몸 안에 나의 인자가 흐를 것이다.
나는 어느 날 갑자기 사라질 테지만, 그대(조상)가 없었다면 "일찍이 나도
없는 것이다". 생자는 필멸이지만 생사는 일여—如인 것.

그런데 제4시집의 시편들은 쉬우면서도 어렵다. 「높은 나무 흰 꽃들은
燈을 세우고 9」를 보면 '환화'를 제외하고는 어려운 낱말도 없고 어려운
표현도 없다. 하지만 시의 함의를 정확히 파악해내기란 쉽지 않다. 불교
적 상상력에 의해 씌어졌다고 여기고서 시를 읽으면 쉽지 않은 내용이 비
교적 쉽게 파악된다. 시인의 불교적 사생관은 「봄밤」과 「죽음」에서 더욱

확연히 드러난다.

> 바깥의 밤은 하염없는 등불 하나
> 애인으로 삼아서
> 우리는 밤 깊어가도록 사랑한다
> 우리 몸속에 하염없는 등불 하나씩 빛나서
> 무르팍으로 기어 거기 가기 위해
> 무르팍 사이로 너는 온 힘을 모은다
> 등불을 떠받치는 무쇠 지주에 차가운 이슬이
> 맺힐 때 나는 너의 머리를 쓰다듬어
> 저승으로 넘겨준다 이제 안심하고 꺼지거라
> 천도복숭아 같은 밤의 등불이여

—「봄밤」 전문

　시의 첫 6행은 성적인 연상을 하게 한다. 밤 깊어가도록 사랑한다는 것이 "무르팍 사이로 너는 온 힘을 모은다"에 이르면 인간의 성교 장면을 연상하지 않을 수 없게 된다. 무쇠 지주에 차가운 이슬이 맺히는 때, 즉 새벽이 올 때 긴 사랑의 행위를 끝낸 나는 "너의 머리를 쓰다듬어 저승으로 넘겨준다". 암과 수의 역할은 바뀌었지만 마치 암사마귀가 교미를 끝낸 숫사마귀를 잡아먹듯이. 시인은 말한다. 그러니 "이제 안심하고 꺼지거라"고 천도복숭아 운운에 유가사상을 연상할 필요는 없다. 불교에서 흔히 사용하는 것으로 육체의 기능을 가리키는 용어에 '根'(indriya)이라는 것이 있다. 근은 힘 또는 육체력을 뜻하는 어원에서 파생된 것이라 하는데, 감각기관을 가리키는 의미로 쓰이는 것이 가장 일반적이라 한다.[7] 파리의

---

7) 정승석, 앞의 책, 94쪽.

수컷이 암컷에게 했던 것처럼 내가 여인의 몸 안에 뿌리[根]를 내려 또 하나의 생명을 만드는 봄, 이 봄에 "우리 몸속에 하염없는 등불 하나씩 빛나서 무르팍으로 기어 거기 가기 위해" "우리는 밤 깊어가도록 사랑한다". 사랑했기 때문에 생명을 만들었고, 생명을 만들었기에 죽어가야 하리라. 무르팍으로 기어가는 '거기'가 여인의 몸속일 수도 있지만 무덤 속일 수도 있을 것이다. 천도복숭아 같은 밤의 등불을 상갓집에 내걸린 조등弔燈으로 해석해도 무방할 테고 정작 '죽음'을 제목으로 한 시는 불교적 사생관과 약간의 거리가 있다.

> 비는 시멘트 바닥과 말라비틀어진 잔디
> 위에 왔다 질질 끄을리는 슬리퍼처럼
> 비는 왔다가 또 갔다 미망인의
>
> 뜯어진 옷고름처럼 슬픔은 꿰맬 수가 없다
> 미완성의 삶을 완성시키려 하지 마라
> 비는 웃자란 장다리 흉한 꽃머리에도 왔다
> 녹물처럼 비는 왔다가 황토 언덕
> 무너진 눈두덩만 남기고 갔다

「죽음」의 첫 번째 시는 키 큰 말 한 마리의 죽음을, 두 번째 시는 홍수 속에 떠내려간 '그대'의 익사를 그리고 있다. 인용한 세 번째 시는 익사한 자의 미망인의 꿰맬 수 없는 슬픔을 그리고 있는데, 네 번째 시에 가서도 그저 범상한 죽음일 뿐, 죽음과의 대결의식은 없다. 죽음에 대한 달관이라 할까, 시인은 타인의 죽음과 장례 절차 묘사를 통해 우리네 삶의 무상함을 스스로 깨닫고 생로병사의 허망함을 깨우치는 계기로 삼으려 한 것이 아닐는지.

가난한 죽음에는 화환도 음악도 없다
그저 장식되지 않은 슬픔이다

고인의 영정 위에 내리는 비는
웃고 있는 고인을 찡그리게 만든다.

음악도 화환도 없는 영결식에
아버지! 아버지! 라고 되뇌이는

목쉰 미망인의 탄식 위에도
비는 링거 방울처럼 천천히 떨어진다

하마, 이 어두운 날에 남녘 땅
형제들이 어떻게 알고 찾아오나

비 그치면 추녀 밑 거미줄에
사나흘 맑은 슬픔이 구르리라

하지만 이성복에게 내 개인의 생명을 우주의 생명과 일치시키려는 불교적 사생관이 아직은 확실히 자리 잡고 있지 않은 듯하다. 불가에서 한 명 인간의 죽음은 삶에의 환희를 새롭게 자각할 수 있는 계기가 될 따름이다. 내 생명을 연기緣起로 하여 끊임없이 이어지는 생명의 연속과 순환이 있을 뿐인데 내 무엇이 두렵고 슬프랴. 인간은 죽음으로써 비로소 우주라는 거대한 생명과 자신을 일치시킬 수 있지 않은가. 한 생명체의 목숨은 죽음으로써 자연과 동근同根이 되기 때문에 사라지는 것이 아니고, 영원히 전체 속의 일부로 남을 수 있다. 나와 모든 생명이 동체대비同體大悲라는 이러한 불교적 사생관에 시인은 아직 도달하지 못한 것이다. 그래서 주검을 맞이한 사람의 마음을 "꿰맬 수 없는 슬픔" 이나 "장식되지 않은 슬픔", "맑은 슬픔"으로 표현한 것이 아니겠는가, 화환과 음악이 없더라도 속인의 마음속에 죽음은 단지 소멸일 뿐이다.

석가모니는 보리수 밑에서 큰 깨달음[大覺]을 얻어 부처가 되었다. 그는 무엇을 깨달았던 것일까. 생사의 피안을 넘어서 생로병사에 대한 불안을 초월해버린 것이 첫 번째 깨달음이요, 이는 자력으로 가능한 것이다. 두 번째 깨달음은 생명체의 평화로운 공존에 대한 해탈인데, 우주의 생명이 조화롭게 공존할 수 있는 데 대한 실천적 자각이기도 하다. 이는 타력으로 가능한 것이기에 불교는 자·타력이 함께 요구되는 깨달음과 실천의 종교이다. 이성복은 유식불교의 사상을 연구했음에도 그의 불교적 상상력은 대승불교보다는 소승불교에 가깝다고 여겨진다. 유식불교는 공空사상을 표방하면서도 공을 무로 받아들이지 않는 것, 바로 허무주의에 대한 극복이 대승불교 내 유식불교 사상의 핵심이다. "生死는 大事요 夢中生死라더니 역시 꿈은 서럽고 삶은 폭력적이다"(「높은 나무 흰 꽃들은 燈을 세우고 10」), "삶은 치유 받을 대상이 아니었다 치유 받아야 할 것은 나였다"(「높은 나무 흰 꽃들은 燈을 세우고 35」), "나는 누구를 버리는가 내가 저를 기억하지 못하매 저가 어찌 나를 기억할까(「화장실에서」) 등의 시구를 보라. 이성복의 제4시집은 이와 같이 전반적으로 허무주의의 혐의가 짙다. 이성복의 시가 보다 심원한 정신세계를 구축하기 위해서는 죽음에 대한 철저한 인식에서 재출발해야 할 것이다. 불교에 천착하든 그렇지 않든 그것은 또 다른 문제이다.

슬픔을 달래는 노래, 고통을 넘어서는 시

박금성 시집 『웃는 연습』에 부침

　시인 박금성은 다른 이름을 갖고 있으니 도신 스님이다. 8세에 예산 수덕사에 입산했다. 1976년 춘성 큰스님을 계사戒師로, 법장 스님을 은사恩師로 수계했고, 1979년 수덕사에서 대교과를 수료했다. 1979년 3월 수덕사 원담 노스님을 모시고 비구계를 수계했다. 수덕사 부주지와 수덕사 박물관장, 서광사 주지, 제16대 조계종 중앙종회의원, 조계종 호계위원을 거쳐 지금 수덕사 주지로 있다. 수덕사는 대한불교 조계종 제7교구 본사로 충남 일원의 36개 말사를 관장하고 있다.

　이런 이력 외에 도신 스님은 1979년 12월 중광 스님과의 인연으로 선적 예술세계를 접하고 전수받은 제자가 되었고 1981년 가수 이남이와의 인연으로 대중음악계에 발을 들여놓게 되었다. 1989년 범패와 민요의 종합적 소리에서 독창적 창법을 개발, '하늘소리'라는 칭호를 받았다. 1990년 2월 세종문화회관에서 국악실내악단 슬기둥과 '슬기둥과 스님들의 만남'이라는 타이틀로 국악가요를 공연하였고 1990년 4월 부산 시민회관에서 같은 내용으로 공연하였다. 1991년 KBS '한의 소리'에 특별출연하였다. 1996년 국립극장 대극장에서 국립국악 관현악단과 부모은중송 2회 공연을 했으며 그간 총 다섯 장의 음반을 냈다. 2008년부터 해마다 서광

노래하는 도신 스님

사에서 산사음악회를 개최하여 전국적으로 산사음악회 유행을 가져오게 하였다. 코로나 사태 때 2년을 건너뛰었고, 작년 2023년에는 수덕사에서 '전쟁 씻는 기도'라는 타이틀로 산사음악회를 성대하게 개최했다.

정태춘이라는 가수가 있다. 박은옥과 부부 가수다. 이들의 노래 중에 「시인의 마을」이라는 것이 있었다. 1978년 데뷔곡이니 어느덧 45년 넘게 가수 생활을 하고 있다. "나는 고독의 친구 방황의 친구 상념 끊기지 않는 번민의 시인이라도 좋겠소. 나는 일몰의 고갯길을 넘어가는 고행의 방랑자처럼 하늘에 비낀 노을 바라보며 시인의 마을에 밤이 오는 소릴 들을 테요." 박금성 시인의 시집 원고를 읽으면서 왜 이 노래의 가사가 계속해서 생각나는 것일까. 번민의 시인 박금성과 고행의 방랑자 도신 스님은 동일인이다. 하지만 세간에 알려져 있는 것은 '노래하는 스님'이다. 그런데 시집 원고를 보니 베테랑 가수도 수덕사 주지 스님도 잘 보이지 않는다. 고독의 친구요 방황의 친구인 박금성 시인의 모습만 주로 보인다. 게다가 이 땅의 불자 시인이었던 한용운·조종현·오현 같은 대선사와는 다른, 지극히 인간적인 면모를 보게 된다.

어느 절에 동자승이 한 명 있다. 초겨울 아침, 노스님이 동자승을 부른다. "장독대에 가서/ 제일 큰 항아리 깨끗이 부수거라" 하고 명을 내리는데 동자승은 깨끗이 씻으라고 한 그 말을 산산이 깨뜨리라는 말로 알아듣는다.

겨울 한낮의 덕숭산 정혜사
길 끊긴 장독대에 눈 쌓이던 날

오래도록 자신의 몸에 주름을 내는
항아리가 있었네

동자야 동자야! 금 간 그놈 깨끗이 부숴라
자갈처럼 깨끗이 부수었네

바랑 내려놓고 쉴 때쯤에야
깨끗이 부수라는 말이
부시라는 말인 줄 알았네

애지중지의
노스님의 항아리
그때 아주 부수어야 했어

어차피 공인 것을
어차피 공인 것을
허공에 한숨만 던지시던 노스님

이제 중년이 되어보니
아주 부수어야 할 일이 항아리만이 아니네
　　　　　　　　　　　　　　　　　―「동자와 항아리」 전문

노스님의 말을 잘못 알아들어 동자승은 금 간 항아리를 깨끗이 부수고 만다. 노스님의 반응이 재미있다. 허공을 보고 한숨만 던진 것이다. "어차피 공인 것을"은 이 시의 주제이기도 하다. '공수래공수거空手來空手去'는 고려 후기 나옹화상의 「승원가僧元歌」에 나오는 말로, 불교에서 진리로 삼는 잠언이다. 색즉시공 공즉시색色卽是空 空卽是色이 선불교의 대표적인 교리임을 모르는 사람이 있으랴. "어차피 공인 것을"에서 허무의식을 읽어낸다면 단견이다. 허무함을 딛고 일어서려는 초월의지가 시집 전체를 관통하고 있다. 그 과정을 추적해본다.

이 시에 등장하는 동자승은 사월초파일에 절 마당에서 왔다 갔다 하는 귀여운 마스코트 같은 존재가 아니다. 어떤 인연으로 인해 절에서 살아가는 동자승이다. 어떻게 해서 부모님 슬하를 떠나 절에서 살게 되었을까? 몇 편의 시를 통해 짐작할 수 있을 뿐, 정확한 이유는 알 수 없다. 퍼즐 맞추듯이 맞춰본다.

> 그때 아버지의 등은 비린내를 업고 다녔다 썩은 물비린내 같은, 아버지가 나를 업고 병원으로 뛸 때 등에서 오래되고 포근한 슬픔이 올라왔다
>
> 아버지가 나를 업고 집으로 올 때는 등에서 엄마의 얼굴 비린내가 났다 아버지는 말이 없었다 집 앞에 날 내려놓고 가는 아버지가 어둠에 먹혔다 어둠에 이빨이 있다는 걸 알게 됐고 어둠이 사람의 피를 먹는다는 것도 알았다
>
> ─「어둠의 비린내」 전반부

이 시에서 비린내는 젖비린내를 뜻한다. 어린 화자는 아버지의 등에 업

혀 병원에 갔다 온다. 아버지는 가장인데 왜 집에 들어오지 않고 어린 나를 집 앞에다 내려놓고 가버린 것일까. 참 이상한 가족 관계다.

아버지는 집에 오지 않았다 집에 있던 엄마는 못 보던 양복을 다리고 동생들은 딱지처럼 접혀 있었다 그리고 내가 안 보이기 시작했다 엄마가 보이지 않고서야 나는 알았다 모든 게 어둠의 건너편으로 넘어가고 있었다

요즘은 내 등에서 비린내가 난다 난 뛰지 않는다 밤에 걷지도 않는다 아버진 밤을 넘지 못했지만 아버지를 닮은 비린내가 슬프다 그렇지만 나를 닮지 않은 비린내가 싫은 건 아니다 난 밤을 넘지 않는 것이다

―「어둠의 비린내」 후반부

화자를 내려놓고 간 아버지가 왜 집에 들어가지 않았는지, 시에 명확히 밝혀져 있지는 않다. 밤에 일터로 간 것일까? 부부가 별거하여 한집에 살지 않는가? "집에 있는 엄마는 못 보던 양복을 다리고 동생들은 딱지처럼 접혀 있었다"가 의문을 증폭시킨다. 어디서 연유한 것인지는 모르겠지만 가족의 이산離散이 결국은 여덟 살 때의 입산으로 이어진 것이 아닐까 짐작해본다. 슬픈 가족사는 다른 시에서도 엿볼 수 있다.

아이와 아버지가 마당에서 달을 본다
아이가 엄마 없이 달을 바라본다

아이가 말한다
엄마가 어떤 아저씨와

달 있는 날 떠났다고

깨진 술병 같은 아버지가 집을 나가며
말한다
네 엄마 찾아오마

막내의 기저귀를 어른처럼 가는 아이

엄마 없는 달이 아이를 바라본다

　　　　　　　　　　　　　　　　　　　　　　　－「엄마 없는 달」 전문

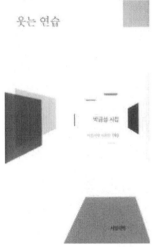

앞에 인용한 시에서는 아버지의 부재가 문제였는데 이 시에서는 어머니의 부재가 아이의 가슴을 아프게 한다. 엄마는 집을 나가고 없고 아버지는 술독에 빠져 산다. 어린 화자가 동생의 기저귀를 갈아준다. 아주 어린 나이인데 달을 비통한, 혹은 서러운 마음으로 바라보게 되었으니 이 정황이 참으로 안타깝다. "젖먹이 놓아두고 아침에 / 나간 엄마/ 하루해 저물도록 들어오지 않는 엄마"(「등에 밤이 있는 아이」), "아침에 나간 엄마를 찾아 젖먹이 막내를 업고 집을 나선 소년"(「잠글 수 없는 문」) 같은 구절을 봐도 어머니의 부재는 여러 시에서 중요한 모티브로 작용한다. 어린아이에게 어머니의 부재는 크나큰 상처를 주었을 것이다. 다음 시도 어머니의 부재가 중요한 내용이다.

한 생애만으로 닿을 수 없는 거리에
동생들은 제기차기 한창인데
밑창 떨어진 울음으로는
아무리 눈 비벼도 끼어들 수 없다

나는 나를 잡고 있지만 나는 나를 느낄 수 없는
열하나 열둘 열셋……
어머니를 반복해서 세다가 날이 새어버린
그리움의 나이를 누가 갈라놓았나

밤마다 찰나의 숲에서
한시름이 계속되는 매일 밤
희미하게 길을 잃어갈수록 선명하게
또 만난다.

—「술래의 어머니」후반부

어머니의 부재는 확실하고 아버지도 별달리 역할을 하지 못한다. 부모 중 한 명은 없고 한 명은 일하러 나갔다면 집만 덩그러니 있을 뿐, 아이들 은 온종일 고아나 마찬가지다. 이 시의 전반부에 나오는 말, "찾지 마라, 곧 돌아올 것이니"가 정말이었다면 어머니 이야기가 이렇게 지속적으로 나 오지 않았을 것이다. 등단작 3편 중 1편인 이 시 「술래의 어머니」에는 화 자의 슬픔이 비장미를 동반해 참으로 아름답게 승화되고 있다. 화자는 어 찌 보면 한평생 어머니와 술래잡기를 하고 있다. 어렸을 때이므로 아버지 혹은 어머니의 부재가 잘 이해되지 않았을 것이다. 그런데 놀랍게도 그 두 존재가 세월이 흐르고 보니 '그리움'의 대상이 된다. 또렷하게 남아 있는 추억 속의 인물이 아니라 희미한 기억 속의 아련한 인물이 되고 만다.

젖먹이 놓아두고 아침에
나간 엄마
하루해 저물도록 들어오지 않는 엄마
젖먹이 막내 금순이
울다가 숨이 멎네

아기를 업고 보니
아이가 애 업었네
아는 집
다니면서 젖동냥하는데
한 여자 웬일이냐 가슴을 풀어주네

―「등에 밤이 있는 아이」 부분

독자의 가슴을 후벼 파는, 처절하고 기막힌 사연이 아닐 수 없다. 화자가 배가 고파 울며 보채는 막내 금순이를 업고 보니 아이가 아기를 업은 격이다. 다행히도 한 여자가 가슴을 풀어 젖을 먹여준다. 이 시 속의 '엄마'라는 존재는 자기 자식이 젖을 못 먹어 울며 보채도 아랑곳하지 않고 어떻게 된 일인지 "말없이 또 나간다". 거의 원초적인 본성이라고 할 만한 모성애마저 없는 엄마라는 존재, 어떻게 이런 경우가 다 있을까. 아버지는 일찍 돌아가신 것이 아닌가, 짐작 가게 하는 시가 있다.

비석을 세우는 사람들의 군말
이 무덤 오늘이 마지막이야
비석에 돌을 던져 맞추는 아이

소복을 입은 젊은 여자
상복 입은 아이의 손을 잡고

휘적휘적 하산을 한다

　　　　　　　　　　—「상복 입은 아이」 종반부

　그렇다면 어머니의 부재는 생활전선에 몸을 던졌기 때문이었을까? 분명한 것은 아버지가 없는 상황에서 아이들을 키울 형편이 못 되었다는 것이다. '금자'는 바로 밑의 동생인가? 금성이, 금자, 금순이. 굳세어라 금순아.

　　어두운 골목에 있었어요, 금자가
　　거미줄을 먹고 있었죠
　　눈을 크게 뜨고 있었어요

　　집에 가자는 말에
　　먹던 거미줄을 내게 주었어요
　　한입 베어 물자

　　내 입술에 매달렸어요, 금자가
　　내 입술을 떼어 골목으로 사라졌어요, 금자가

　　거미줄에 돈이 붙어 있었어요

　　　　　　　　　　—「판자촌 금자」 부분

　화자가 어린 시절에 겪은 가난과 기아와 외로움이 뼈저리게 느껴져 눈물이 솟구칠 정도다. 이렇게 나날을 보내던 한 아이가 보육원이 아닌 절에 맡겨진다. 아이는 머리가 빡빡 깎여진 채 어머니가 해주는 밥이 아닌 절밥을 먹게 된다. 여덟 살 때부터 가정과 가족을 떠나 절에서 노스님과 함께 지내게 된 동자승은 "뒤집어보면 동그랗게 젖어 있는/ 유년의 뺨/ 떠

도는 구름처럼 마를 날이 없다"(「유년의 뺨」)에 잘 나타나 있듯이 울지 않
는 날이 없었다. 하지만 유년기를 마감하고 10대에 들어서고부터는 울며
지내지 않는다. 산에 조금씩 동화되고 수도 생활에 조금씩 적응한다. 동
자승은 일을 해야 한다. 지게 지는 일에 익숙해진다.

> 높은 하늘 작아지는 구름에 눈 시린 한낮
> 삭정이 다발보다 무거운 햇볕 짙어지고 산을 오르는 아이
>
> 발에 밟혀 소스라치는 낙엽 소리
> 지게 밑뼈를 당긴다
>
> 여름을 벗고 가을을 입은 눈앞 나지막한 모정산
> 나무할 일을 잊은 아이
> 주먹밥 먹으려다 바위에 잠들고
> 다람쥐 두 마리 눈알이 나오도록 주먹밥을 먹는다
>
> 햇볕이 내려간 뒤, 아이 잠에서 깨어나고
> 덤불에 꼬리 물린 다람쥐 모퉁이를 돌아갈 때
>
> 두 개 남은 주먹밥 덤불에 놓아두고
> 붉어진 지게 하산을 서두른다
>
> ─「바위 누나」전문

　이제 소년은 산에서 살면서 나무가 된다. 새와 친해진다. 바람을 알게
되고 구름을 벗삼는다. 스스로 낙엽이 되어 뒹굴고 바위를 누나로 삼는
다. 자연에 동화되어 마음의 화폭에 그림을 그리기 시작한다. "두 개 남은
주먹밥 덤불에 놓아두고/ 붉어진 지게 하산을 서두른다"는 결구는 산에

살면서 점차 산에 동화되어 갔다는 뜻으로 이해된다. 산의 꽃과 나무들, 산에서 보는 새와 구름이 다 친구가 된다.

노스님이 부처님오신날 쓰일 단감 숫자를 세시는데
하나라도 없어지는 날엔 야단이다

법당 처마만큼 기울어져 가는 늦가을
까치 떼 단감나무에 앉아 법석인다

달려가 몰아내도 힐끗거릴 뿐

까치 떼 날아간 뒤
노스님이 단감을 세시다가
말을 건네신다
동자야 너니?
매 맞을 엉덩이가 없는 까치
말 못하고 서 있으니 내가 범인이다

노스님 첫 기일
제사상 두 번째 행렬에 차려진 단감이
나를 잡고 가슴을 쫀다
　　　　　　　　　　　　　—「단감을 세시던 노스님」 전문

　졸지에 단감을 몰래 따 먹은 도둑으로 몰리게 되었다. 까치 짓인데 가만히 있으니 범인으로 지목된 것이다. 노스님의 첫 기일, 제사상에 올라가 있는 단감을 보니 동자승은 가슴이 미어진다. 노스님이 어머니이자 아버지였고 형이었고 누나였을 터, 부모 형제의 부재를 메워주었던 노스님과의 이별은 스님 도신을 시인 박금성으로 다시 탄생케 하는 계기가 되지 않았을까. 도신은 중생 제도를 위한 염불과 득도를 위한 참선의 세월을 보내면서 가슴에 맺혀 있는 그 무엇을 풀어내고 싶었던 것이리라. 그래서 '시의 집'을 짓기로 한다. 그 집, "사람들 서성이다 다듬이 소리도 잃어버리는/ 문 없는 집"(「시의 집」)은 산문에 있는 고찰이 아니다. 저잣거리의 집, 장삼이사의 거처다. 언어의 집, 시의 방이다.

시집에는 개가 등장하는 시가 여러 편 나온다. 들개인지 유기견인지 어미 개가 새끼들을 낳았는데 빼빼 말랐다. 젖이 안 나와 새끼들 부양이 거의 불가능하다. 화자가 이들 버려진 강아지들을 거두어 키우는 이야기가 연작시처럼 전개된다.

눈발은 날리고
개밥그릇에 눈은 쌓이고
어미 개는 어제부터 안 보이고

강아지들은 강아지들은
흙 색깔 같은 강아지들은
돌 색깔 같은 강아지들은
밀가루 반죽 같은 강아지들은

강아지 주먹만 한 눈이 내리고
사료를 쥔 내 양손이 꽁꽁 얼어붙고
양다리가 마비된 듯 움직이지 않고
멀리 개 짖는 소리 들리고

눈발은 날리고

개밥그릇에 눈은 쌓이고
어미 개는 돌아오지 않고

금순아, 마리아야, 금자야
흙이 되고 돌이 되고 눈곱이 되어도
눈발은 눈발을 싣고

　　　　　　　　　　　　　　　―「눈발은 눈발을」 전문

　화자는 이 불쌍한 개 가족을 자신의 어린 날의 가족과 연결시킨 것이
아닐까. 새끼들을 키울 여력이 없었던 어미 개는 사라지고 시의 화자는
버려진 강아지들을 돌보면서 한겨울에 시를 쓴다. 강아지들의 이름이 헤
어진 누이들의 이름이 아닐까.

　　　어미 개가 자신의 머리만 한 뼈다귀를 물고
　　　나타났다
　　　이틀 만이었다

　　　(……)

　　　뼈다귀에 입이 붙은 강아지들
　　　어미가 두고 간 시린 모정을 뱃속에 밀어 넣는다

　　　　　　　　　　　　　　　　　　―「뼈다귀」 부분

　　　입춘을 하루 앞둔 밤
　　　눈 쌓이는 밭둑 위를
　　　강아지 다섯 마리 꼬물꼬물
　　　서로의 몸에 머리를 묻고 동그라미를 만든다
　　　어미 개는 보이지 않고

강아지 등 위에 소복이 쌓인 어둠이 걸어간다
오들오들 몸을 떨며 단단하게 동그라미를 빚는다
— 「하얗게 젖은 밤」 부분

불가에서는 인간이 죽으면 다른 생명으로 다시 태어난다는 윤회설을 믿는다. 이 윤회의 업보를 청산해야만 비로소 열반의 경지에 도달하게 된다고 불가에서는 말한다. 어미 잃은 강아지들을 화자가 돌보게 되었으니, 이것이 인연이 아니고 무엇인가. 박금성 시인은 여러 편의 시에서 생명에 대한 연민의 정이나 측은지심 같은 것을 주제로 삼는다. 하지만 스님이 쓴 거라고 여겨지는 시편은 거의 없다. 즉, 선시풍의 시는 별로 없다. 한 명 장삼이사의 입장에서 시를 쓰고 있다. 喜怒哀樂愛惡慾을 그 누구보다 뜨겁게 느끼는.

스님은 중생을 구제하는 성직자의 길을 걸어가면서도 그것에 만족하지 못하고 시인 박금성으로 거듭나 인간 영혼의 구제를 꿈꾸면서 시인의 길을 걸어가기로 한다. 한국 불교계에서 승려와 시인의 길을 함께 가면서 불철주야 노력하는 이가 있으니 바로 박금성 시인이다. 하지만 이제 긴 시적 행로에서 첫발을 내디뎠을 뿐이다. 옛날에 양반들은 시·서·화를 했는데 박금성 시인은 작사·작곡·노래를 함께 할 수 있는 예술인이다. 예술인 성직자가 탄생한 것이다. 시는 애당초 노래였다. 노래는 허공에서 사라지지만 음반에 담기면 영원히 남는다. 노랫말은 사람들의 가슴에 남는다. 시는 인구에 회자되고 세월이 흘러도 애송된다. 그의 절친이 있으니 기타(guitar)다.

깊은 산골 암자의 앳된 사미승

엄마 얼굴 그리다가
한 호흡은 연주가 되고
한 호흡은 노래가 된다.

노래를 허락하지 않는 스님
언덕 넘어 울음 바위 밑에서
숨죽여 '정든 배'를 부르며 만나는 동생들

낙엽 쓸리는 소리에 취해
얼마나 부르고 불렀을까
스님이 언제 와 노래를 듣는다

사미와 떨어지지 않으려는 기타를
하늘 멀리 던져버리는 스님

산문 밖을 나간 적 없는 사미
노래가 왜 허물인 것인지
목이 꺾인 기타가 사미의 품 안에서 정든 배를 연주한다.

—「사미와 기타」 전문

키보이스가 1970년대에 부른 「정든 배」는 가사가 처량하기 짝이 없는
데 사문 밖을 나간 적 없는 사미가 기타 치며 이 노래를 부르다 동생들 생
각이 나 울기도 했으리라. 절에서 웬 청승이냐고 스님은 기타를 멀리 던
져버린다. 목이 꺾인 기타, 즉 동강이 난 기타를 끌어안고 사미는 「정든
배」를 부른다. 달그림자에 어리면서 정든 배는 떠나간다, 보내는 내 마음
이 야속하드냐 멀어져 가네 사라져 가네, 쌍고동 울리면서 떠나간다…….
코로나 사태가 발발하기 전인 2019년 5월 25일에 제12회 산사음악제

를 거행하였다. 유명한 가수들이 대거 출연한 이 음악제에 스님도 「님은 먼 곳에」와 「목탁새」를 불렀다. 스님이 부른 노래는 끼의 발산이 아니라 한의 폭발이라고 할까, 유튜브에 수십 곡이 올라가 있는데 다 애간장을 녹인다. 노래에 의지해 시름을 잊고 아픔을 달래 온 그 세월을 이제부터는 시에 담아내고자 한다.

인간이라는 존재는 욕심이 끝이 없다. 내려놓을 줄 모르고 비울 줄 모른다. 그러나 생각해보라. 화무십일홍이고 권불십년이다. 권력이 하늘을 찌르고 재산이 바다를 살 정도라 해도 죽음 이후에는 먼지와 다를 바 없다. Dust in the Wind. 죽기 전에 내 생의 족적을 어떻게 남길 것인가.

시를 제대로 써보겠다고 중앙대 대학원에 들어왔다. 괄목상대할 정도로 실력을 키워 『서정시학』을 통해 등단하였고, 시집을 내기에 이르렀으니 인간승리의 한 표본이라고 하지 않을 수 없다. 등단 이후 박금성 시인은 한편으로는 석사논문 쓰기에 매진하였고 틈틈이 시를 썼다. 경허 스님과 오현 스님의 선시를 연구하여 「한국 현대 선시 연구」라는 논문으로 석사학위를 받았다. 여기에 만족하지 않고 동국대 박사과정에 들어갔다. 하지만 서광사와 수덕사를 오가면서 주지로서의 책무도 소홀히 할 수 없고 종단에서도 중요한 역할을 하고 있다. 산사음악회의 기획도 하고 있다. 불교계에서 예술인 성직자가 탄생했으니 그의 앞날에 큰 기대를 걸고 발표되는 시를 살펴보기로 하겠다.

인연의 사슬에 묶여 몸부림치는 사람들

유응오의 첫 소설집을 읽고

2022년의 여름 나기가 쉽지 않다. 코로나19 바이러스의 기세가 전혀 꺾이지 않고 있는데 아프리카에서 시작된 또 다른 질병이 인류를 위협하고 있는 중이다. 윤석열 대통령의 지지율은 하염없이 떨어지고 있고 나라의 권위도 동반 추락하고 있다. 법조인들이 살판 난 세상은 결코 바람직한 세상이 아닐 터이다. 이런 내우內憂를 보고 북한의 지도자가 먼 나라의 전쟁을 흉내 내지 않을까 염려스럽다. 이런 어지러운 시국에 해설자는 유응오 작가의 단편소설 9편에 푹 빠져서 며칠을 피서하였다.

소설가 유응오는 대학 시절에 3대 대학문학상, 즉 중앙대 의혈창작문학상, 숙명여대 범대학문학상, 영남대 천마문화상에서 시가 당선된 예비 시인이었다. 그런 그가 서사에 대한 갈망이 컸는지 2001년에 불교신문 신춘문예에, 2007년 한국일보 신춘문예에 단편소설이 당선되어 등단하였다. 소설집 나올 때가 되었는데…… 하고 생각하고 있던 터에 책이 나왔으니 장편소설 『하루코의 봄』이었다. 2017년 실천문학사를 통해서였다. 세월은 덧없이 흘러 소설로 등단한 지 어언 21년이 되었다. 소설가를 직업으로 삼을 수 없는 세상이다. 주간불교신문사에 취업한 뒤 그는 계속해서 불교계에서 몸담고서 일을 했다. 그래서 스님들의 출가기와 구도기 같은 것을 다수 책으로 묶어냈다. 기자정신을 발휘하여 『10·27법난의 진실』 같은 책을 펴내기도 했고, 비승비속의 마음으로 영화관에 다니면서 『영화, 불교와 만나다』 같은 책을 쓰기도 했다. 이래선 안 되겠다고 뒤늦게 정신을 차리고서 여기저기 발표했던 소설을 찾아내 모아보니 십수 편, 그 중에서 골라낸 것이 이번에 묶고자 하는 소설집 『검은 입 흰 귀』이다.

　제일 앞쪽의 소설 「하나인가? 둘인가?」는 아내와, 아내와 사통한 친구를 현장에서 살해한 죄로 옥살이를 하게 된 사내가 모친상을 당해 귀휴歸休를 가서 겪는 일이 기둥 줄거리다. 이럴 경우에는 대체로 교도관이 동행하는데, 이 소설에서는 혼자 장례식장에 갔다 온다. 종합병원의 장례식장에서 사내를 맞은 이들은 "갓난애였던 사내를 버리고 어머니가 재가해서 낳은 동생들이었고, 피 한 방울 안 섞인 전처소생의 누나들"이었다. 사내는 어머니 영정을 모신 곳으로 가서 향을 피워 사르고 절을 올린 뒤 어쩔 줄 몰라 하는 배다른 동생들과는 맞절을 한다. 그리고는 황급히 장례식장을 빠져나온다.
　이 소설에서 가장 비중 있게 다뤄지는 인물은 사내가 아니라 사내를 손님으로 맞이하는 유곽의 여성이다. 기구한 운명은 사내에게만 덮친 것이 아니다. 창녀의 이름은 가을이요 그녀의 어머니는 무녀였다. 강신무와 세습무는 많이 다른데, 가을은 신이 내린 강신무인 듯한데 어머니 이상의 무당기가 있다. 그래서 딸은 어머니에게 이런 말을 한다. "대문 밖을 나서면 횡액이 기다리고 있다." "쯧쯧, 사방팔방이 모두 막혔다. 독 안에 든 쥐로다. 모녀지간 인연도 이제 끝을 볼 차례이니 굳이 붙잡지는 않겠다. 가고 싶거든 가거라."라고.

가을의 아버지는 유부남이었다. 무녀가 아이를 배자 남자는 낙태를 종용한다. 어머니는 말을 듣지 않고 가을을 낳는다. 화가 난 남자는 어머니를 패기 시작한다. 살해까지 하기에 이른다. 죽일 생각은 없었을 테지만 결과는 살인이었다. 생부와 생모가 다 눈앞에서 사라진 세상에서 가을은 살아갈 길이 막막했다. 산전수전을 일찍 겪은 뒤에 그만 전락하여 유곽으로 흘러든다.

그렇게 만난 사내와 가을은 바닷가에서 저녁과 밤을 같이 보낸다. 상처투성이의 두 사람이 하룻밤에 만리장성을 쌓는 것이 이 소설의 핵심이다. 상처받은 사람이 상처받은 사람의 아픔을 아는 법이다. 그래서 동병상련이라는 말이 있는 것이고.

> 어느새 사내는 고개를 숙이고 있었다. 나는 사내의 앞으로 가서 섰다. 그리고 사내의 어깨를 감싸 안았다. 어머니가 집을 나서기 전에 했던 말이 떠올랐다. 제 혼이 빠져나가 제 몸에 들었으니…… (중략) 어머니의 말을 되새기다 보니 사내가 마치 내 혼이라도 된 것처럼 느껴졌다. 내가 사내를 끌어안자 사내도 드세게 나를 껴안았다. 그렁그렁 차오른 만조의 바닷물 위에 몇 척의 배들이 흔들리고 있었다. 물이 출렁일 때마다 선착장에 묶인 배들이 선체가 부딪치면서 소리를 냈다.

단 몇 시간이었지만 두 사람은 육체의 결합과 함께 정신적으로도 교감하는 것이다. 사내는 처용 설화를 몰랐던 것이리라. 사련邪戀의 장면을 보고 덩실덩실 춤을 춘 처용 이야기를 알았더라면 좋았을 것을. 자수를 했기에 정상참작이 되었을까. 그래도 사내는 출소할 무렵이면 호호백발이 되어 있을 것이다. 가을도 사랑한 사람이 있었다. 꼭 1주일, 밤낮없이 뼈가 으스러질 정도로 서로 몸을 탐했지만 노름꾼인 젊은 그는 창녀를 한때의 애인으로 삼았을 따름이다.

처음으로 마음이 통한 사내를 가을은 날이 밝으면 보내야 한다. 청춘이 가버린 남자는 감옥으로, 여자는 유곽으로 다시 가야 한다. 두 사람의 남은 인생이란 것이 백석의 시 구절처럼 가난하고 외롭고 쓸쓸할 것이다.

이 소설의 제목은 '하나인가? 둘인가?'이고 부제가 '천녀이혼倩女離魂'이다. '倩'은 예쁠 천이다. 예쁜 여자의 몸이 혼과 분리된다? 이탈한다? 소설의 첫 대목이 암시하는바, 인간의 영과 육은 죽어서야 분리되는 것인지 모른다.

> 미명이다. 빛과 어둠이 공존하는 시간, 어미의 배꼽처럼 큼지막한 것부터 큰아이의 보조개 같은 것, 작은아이의 손톱자국 같은 조막손이 별자리까지 모두 스러지고 나면, 바다의 끝에 뜨거운 불덩이 하나가 세상을 붉게 물들이며 올라올 것이다. 사위는 물안개 오르는 새벽바다의 풍경처럼 온통 회부옇다. 보이는 모든 것들이 가면을 쓰고 있는 것만 같다. 나는 사지 굳은 시체처럼 반듯이 누워 있다. 어둠이 물러가면서 남긴 한기가 뼛속 깊이 파고든다. 누군가 나를 내려다보고 있는 게 느껴진다. 또 다른 나이다. 육신 밖으로 빠져나간 내 영혼이 자기가 깃들어 살던 거푸집을 보고 있는 것이다.

이와 같이 시적인 문장으로 소설은 시작하지만 실제의 시작은 서정주의 신춘문예 당선작 「벽」의 일부이다. "덧없이 바라보던 벽에 지치어/ 불과 시계를 나란히 죽이고// 어제도 내일도 오늘도 아닌// 꺼져드는 어둠 속 반딧불처럼 까물거려"를 인용하면서 시작되는 소설은 영과 육의 분리를 제목으로 삼았다. 시간의 일치, 공간의 일치, 사건의 일치를 꾀해야 한다는 서구 고전주의의 3일치와는 아무 상관이 없다. 남녀가 참으로 큰 기쁨

소설가 유응오

으로 한 몸이 된 것도 잠시, 그들은 다시 만날 수 없는 사이다. 인생이란 1회요 한순간이요 일장춘몽인 것을.

유응오 작가는 김동리의 「무녀도」「역마」「까치 소리」를 읽었을 것이다. 작가의 말에서 "만약 미당의 시나 동리의 소설을 접하지 않았다면 나는 여전히 아픈 몸과 설운 마음으로 살고 있을지도 모르겠다"고 한 이유가 여기에 있지 않을까. 「하나인가? 둘인가?」와 이

세 편의 소설과 묘하게도 일맥상통하는 부분이 있다. 운명론과 인연설, 그리고 무속적인 분위기가 짙은 소설은 이 한 편만이 아니다. 유응오의 소설은 불교의 교리 중에서도 인연에 대해서 계속해서 쓰고 있다. 이 두 사람은 뜨거운 하룻밤이 인연일까, 영원한 이별이 인연일까.

「검은 입 흰 귀」는 보육원에서 함께 자란 '검은 입'(말 못하는 소년)과 '흰 귀'(들리지 않는 소녀)의 성장을 그린 일종의 성장소설이다. 소년원에서 만난 육손이 형제한테 소매치기 수법을 배운 이들은 어른이 되어서도 소매치기를 하면서 살아가는 신세가 된다. 네 사람은 부지런히(?) 도둑질을 하지만 생계가 되기는 어려웠다. 그래서 조직폭력배 두목인 '빠른 손'의 보호와 비호 아래 살아가게 된다. 네 사람은 일생일대의 모험을 하는데, 빠른 손의 돈가방을 바꿔치기해 다른 도시로 튀는 것이었다. 작전은 성공하지만 마작판에서 돈을 흥청망청 쓰던 흰 귀가 빠른 손의 부하가 도박장의 주인인 것을 몰랐던 것이 문제였다. 빠른 손이 부하들과 이들을 덮쳤을

때 검은 입은 흰 귀를 달아나게 해주고 대신 체포된다.

흰 귀가 검은 입을 면회 가는 것으로 소설은 끝난다. 「검은 입 흰 귀」는 서두에 아담과 하와의 낙원 추방을 묘사한 16세기 목판화를 게재해서인지 기독교적 상상력에 의한 알레고리 소설로 읽힌다. 말 못하는 검은 입과 듣지 못하는 흰 귀가 나누는 대화는 현실에서는 불가능한 '아담의 언어'라고 할 수 있다. 발터 벤야민이 역설한 '아담의 언어'는 선종禪宗에서 강조하는 이심전심以心傳心의 말후구未後句와 다르지 않을 것이다. 부처가 꽃을 들자 마하 가섭존자만이 슬며시 웃은 염화미소拈華微笑의 일화에서 알 수 있듯이 선적 언어는 말 못하는 이와 듣지 못하는 이가 나누는 성전 일구聲前一句의 대화라고 할 수 있다.

창녀들의 엄마, 즉 여자 포주를 화자로 삼은 「선홍빛 나무도마」도 인상적인 작품이다. 애당초 미군 보병사단의 헌병대가 있던 이곳으로부터 미군이 물러가자 고객이 한국군으로 바뀐다. 군인들은 욕정을 채우고자 유곽으로 왔고 나는 '딸년들'을 데리고 장사를 한다. 또한 그녀들을 돌보는 어미 노릇도 해야만 한다. 목구멍이 포도청이라고, 군인들 포켓의 돈을 노려 가게를 운영하였지만 유곽의 포주가 떳떳한 직업일 수는 없다.

나는 출산을 한 계집애에게는 가물치를 끓여주고, 낙태를 한 계집애에게는 소고기를 넣은 미역국을 끓여줬다. 미역국은 계절마다 끓이지만, 가물치를 끓여준 것은 손에 꼽을 만큼 적었다. 언젠가는 딸년 둘이 낙태수술을 해서 미역국을 한 솥 끓인 적이 있었다. 밥상을 받자 한 년은 수저를 들지 못하고 국그릇에 눈물을 떨어뜨렸지만, 다른 한 년은 허겁지겁 국에 밥을 말아 먹었다. 제 신세가 처량해서 우는 년이나 그럴수록 더 마음을 다잡고 살아야 한다고 밥을 먹는 년이나 배 아래를 손바닥으로 쓰다듬었다. 딸년들의 자궁은 새 생명을 잉태한 공간이기도 하지만 그 새 생명이 세상의 빛을 보기도 전에 죽인 공간이기도 했다. 그래서 딸년들은 새 생명을 낳은 뒤가 아니라 죽인 뒤에 미역국을 받았다. 딸년들에게 생명은 축복이 아니라 저주였다.

낙태는 잦은 일이어서 계절마다 미역국을 끓였지만 출산까지 한 경우는 손에 꼽을 만큼 적었다. 그래도 가물치를 사 와서 직접 도마질을 해서 먹이는 이유는 딸년들과의 끈끈한 정 때문이었다. 비록 동두천에서 포주로 연명하고 있지만 해마다 초파일에는 연등을 달았고 우란분절(盂蘭盆節, 중국에서 지키는 불교 명절)에는 죽은 이 영혼의 극락왕생을 빌면서 영가등(靈駕燈)을 달기도 한다.

오랫동안 시를 써서 그런지 유응오의 소설은 함축적인 문장이 많다. 아주 사실적이면서도 시적인 문장이라 자꾸만 음미하게 된다. 즉, 소설을 읽는 속도가 빠를 수 없다. 시를 계속 썼더라도 아주 뛰어난 시인이 되었을 터인데, 재능이 아깝다. 아무튼 가물치를 잡는 장면 묘사가 다음과 같이 시적이면서도 치밀하다. 서정적이면서도 서사적이다. 사실적이면서도 상징적이다. 이런 문체의 탄력성은 자주 대할 수 있는 게 아니다.

가물치의 대가리 아래를 움켜준 뒤 나무도마 위에 올렸다. 곧추세운 대가리가 발기한 성기 같았다. 게다가 미끌미끌한 점액이 묻어 있어 손아귀에 전해지는 느낌이 성기를 움켜쥔 것만 같았다. 살기 위해서 가물치는 더 많은 점액을 내뿜고 있었다. 살고 싶겠지, 혼잣말을 중얼거리면서 손에 힘을 줘 가물치의 배가 보이도록 했다. 꼬리 부분이 나무도마에 부딪히면서 둔탁한 소리가 울려 퍼졌다. 손아귀에 더욱 힘을 쥐면서 다른 한 손으로는 칼을 들었다. 벼린 칼끝으로 단번에 배를 갈랐다. 시커멓고 길쭉한 구멍이 생기고 그 구멍 사이로 내장이 쏟

아졌다. 칼등으로 내장을 싱크대 수챗구멍으로 밀어버렸다. 피비린내
가 코끝을 찔렀다. 가물치의 움직임이 둔해지는 게 느껴졌다. 다시 칼
을 들어서 아가미부터 꼬리까지 균일하게 갈랐다. 구멍 사이로 등뼈
에 묻은 선홍빛 피가 보였다. 천천히 등뼈에 고인 핏물을 걷어낼 때까
지 가물치의 아가미가 펄떡였다.

몸이 재산인 두 명 여성의 인생행로가 완전히 다르다. 여성의 행복과
불행이 남성에 의해 좌우되는 사실이 안타깝지만 말이다. 숙이는 군인 동
혁과 연애를 했고 아기를 가진다. 동혁은 제대하자마자 숙이를 산부인과
에 데리고 가 아이를 출산하고선 방을 구한 뒤에 모자를 데리러 온다. 하
지만 가을이의 몸을 탐한 헌병은 책임질 생각이 없는 무정한 사내였다.
가을이는 아이를 지우고 온 뒤에 화자가 끓여준 미역국을 먹다 말고 주
르륵 눈물을 흘린다. 말없이 가을이의 어깨를 쓰다듬자 가을이는 눈물을
훔치고 국에 밥을 말아 먹는다. 소설의 후반부에는 이곳에 와서 이런 직
업을 갖게 된 화자의 사연이 펼쳐지는데, 운명의 신의 장난 같은 기막힌
사연이다. 자기 자신도 모르는 사이에 뱃속의 아기가 지워진 사연이 펼쳐
진다.

> 손바닥으로 배를 만졌다. 배가 움푹 꺼져 있었고, 손바닥으로 전해
> 지던 아이의 움직임도 느낄 수 없었다. 당숙모는 미역국을 끓인 밥상
> 을 들고 와서 내 눈치를 살폈다.
> "어떻게 된 거예요?"
> "잊어라. 다 잊어라."
> "뭘 잊으라는 말예요. 뱃속의 우리 아이는 어떻게 된 거예요."
> "어젯밤에 뗐다. 간호원을 시켜서 전신마취를 하고 너 정신 잃은 사
> 이에 말끔하게 뗐다."

가슴이 벌렁거리고 눈시울이 뜨거워서 나는 차마 말을 이을 수 없었다.

"그 아이는, 우리 아이예요. 그 사람이, 나오면, 가장 먼저 찾을, 우리 아이예요."

더 많이 인용하거나 자세하게 이야기하면 독자들의 소설 읽을 흥미를 반감시킬 테니 이 정도에서 멈추기로 하자. 이 소설도 불교의 인연설에 대한 작가의 탐구가 아닐까. 만남과 헤어짐이, 탄생과 죽음이, 죄다 인연인 것을.

'명정'이라는 이름의 스님 일대기를 그린 소설 「금어록」은 모델이 있는 것도 같다. 1931년생이라고 출생연도까지 밝혔기 때문이다. 명정은 딱 한 번 파계를 한다. 은사恩師의 친척이자 화주 보살의 딸인 명주를 사찰 행사 때마다 보면서 둘은 친해진다. 어릴 때부터 살갑게 지낸 친구인 명주가 "가슴께가 봉긋 솟은, 하여 가슴이 이제 막 영근 꽃봉오리처럼 보이는 명주"가 뛰어오는 것을 보고 10대 말의 명정이 명정明靜의 마음을 유지했다면 그것은 거짓말이다. 1950년 6월 25일에 한국전쟁이 일어난다. 사흘 만에 서울이 공산치하가 되고 많은 사람이 피난을 가고 서울이 9월 28일에 수복되고, 중공군의 남침으로 1월 4일에 전면 후퇴가 이뤄지고……. 그 와중에 두 사람은 한 사람이 된다.

"놀랍지 않아요? 벚꽃 아래 이렇게 살아 있다는 게."

명정이 듣기에 뜻 모를 말이었다. 이미 벚꽃이 진 지 오래였다. 여름도 다 가고 있었다. 머지않아서 단풍 물이 내려올 텐데 난데없이 벚꽃 타령이란 말인가? 명주가 명정의 속내를 훤히 꿰뚫어보는지 말을 이었다.

"하이쿠예요. 일본의 이싸가 지은."

그만 가봐야겠다며 명주가 자리에서 일어났다. 명정은 명주를 배웅하기 위해 마당으로 나갔다. 앞서 걷던 명주가 문득 뒤돌아보더니 잠긴 목소리로 말했다.

"피난을 내려갈 때가 엊그제 같은데 벌써 가을이라니…… 스님, 올봄에는 피지도 못하고 지는 꽃이 많았어요."

그 말을 듣는 순간 명정은 피가 거꾸로 솟구치는 것 같았다. 눈앞에 하얀 화선지가 펼쳐졌다. 저도 모르게 명정은 명주의 손을 거칠게 움켜잡았다. 명정은 명주를 이끌고 어딘가로 향해 걸었다. 둘의 발길이 멎은 곳은 비로전. 비로전에 들어서자마자 둘은 누가 먼저랄 것도 없이 서로의 몸을 끌어안았다. 손에 느껴지던 명주의 농밀한 육체. 웃는지 우는지 아니면 신음하는지 정체를 알 수 없는 이명耳鳴이 귓바퀴에 파고들었다.

명주는 '피지도 못하고 지는 것'을 꽃이라고 했지만 명정은 그 말을 다르게 해석한다. 그래서 스님은 딱 한 번 파계하게 되는 것인데, 해설자는 참으로 많은 소설에서 남녀의 정사 장면을 보았지만 "비로전에 들어서자마자 둘은 누가 먼저랄 것도 없이 서로의 몸을 끌어안았다. 손에 느껴지던 명주의 농밀한 육체. 웃는지 우는지 아니면 신음하는지 정체를 알 수 없는 이명이 귓바퀴에 파고들었다."란 세 문장만으로 끝내는 소설은 처음 보았다. 짧은 게 문제가 아니라 생략이어서 더욱더 아름답다. 그래서인지 성직자의 이 파계 장면이 조금도 추하거나 역겹게 느껴지지 않는다. (하일지의 소설 『경마장 가는 길』의 정사 장면은 얼마나 긴가!)

그런데 서울 수복 이후 명정이 명주의 천도재를 지내주게 된다. 시체로 발견되자 연고가 있는 이 절로 누가 운구해 온 것이다. 명주라는 처녀가 누구는 빨갱이 물이 들어서 국군한테 처형되었다고 했고 누구는 미군들

백조 소설선 003

검은 입 흰 귀

유솔호 소설집

에게 겁탈을 당한 뒤 자결했다고 하지만 시체는 말을 하지 않는다. 세월이 흘러 명정도 죽는다. 자신의 49재가 열리는 동안 경내를 한 바퀴 돌아본다. "이제, 삶은 죽음에, 죽음은 삶에, 환귀본처還歸本處하는 봄, 머지않아 한 뿌리에서 피어오른 가지마다 꽃물이 환하려니, 생각하면서 명정은 다시 걸음을 재촉했다."가 끝 문장이다. 명정과 명주, 두 사람은 어떤 인연으로 만난 것이며 어떤 인연으로 결합한 것인지, 어떤 인연으로 헤어진 것인지 가슴이 먹먹할 따름이다.

「비로자나, 비로자나」도 '슬픔의 핵'을 다루고 있다. 기자 생활을 한 지 5년이 지난 '나'는 4박 5일 일정의 앙코르와트 여행을 마치고 귀국하자마자 곧바로 해인사로 간다. 쌍둥이 비로자나불을 보기 위해서였다.

나는 한 불행한 여성의 잔상을 더듬는다. 그녀 이정이는 중학생 시절, 교회 합창단에서 만난 동네 후배였다. 그녀의 아버지는 전형적인 폭력 가장인데 노름빚 때문에 소주에 쥐약을 타 먹고 자살한다. 그렇지 않아도 궁핍하기 짝이 없는 집인데 아버지는 난봉꾼이었고 어머니는 재취였고 딸들밖에 없는 집이었다. 가장이 그 지경이 되어 죽자 동네에서 정이는 약자의 표상이 되고 만다. 낯선 방에서 처음 보는 남자들에게 능욕을 당하고 이튿날 수면제를 한주먹이나 먹는다. 그 뒤로 작은 회사의 경리를 했는데 캐나다로 갔다는 소문도 들리고……. 그러더니 목을 매달아 자살을 한 것이었다. 화자가 지껄이는 혼잣말은 이 소설집 전체의 주제를 축약한 대목이 아닐까. 우리들 모든 인간의 탄생의 인연, 관계의 인연, 삶과 죽음에 따른 인연을 생각하지 않을 수 없다.

> 당신이 올 줄 알았습니다. 어떻게 지냈는가요? 핏줄마다 바늘 끝이 떠도는 듯, 열 손가락의 손톱이 빠진 듯 아린 세월이 흘러갔는데 당신은 어떻게 지냈는지요? 먼저 살던 산동네보다도 높은 곳, 멀리 이사 가서는 소식조차 없더니 이제야 찾아오는군요. 당신 목에 감겨 있던 끈처럼 굵은 인연이 있어서, 아무래도 끊을 수 없는 인연이 있어서 돌아오는군요. 벽제 하늘가 뿌여니 흩어지던 당신이, 허연 살갗이 형체도 없이 사라져버리던 당신이 이제는 만 가지 말들을 속닥거리면서 내 가슴으로 달려와 안기는군요.

대학 시절에는 시를 쓴 작가이기에 이렇게 문장이 유려한 것일까. 인연설에 대한 말이 선사의 법어나 설법처럼 고차원적이지 않아서 좋다. 비로자나불은 보통 사람의 육안으로 볼 수 없는 광명의 부처를 의미하는 신앙대상으로, 법신불이라고도 한다. 비로자나불은 항상 여러 가지 몸, 여러 가지 명호, 여러 가지 삶의 방편을 나타내어 잠시도 쉬지 않고 진리를 설함으로써 우리가 살아가는 삶의 현장에서 일체중생을 제도하는 것이다. 비로자나불에 의해서 정화되고 장엄되어 있는 세계는 특별한 부처님의 세계가 아니라 바로 우리들 자신이 살고 있는 현실세계를 의미한다는 특징을 갖는다. (이상은 『한국민족문화대백과사전』에서 가져온 것.) 이 사바세계에서 중생이 겪는 온갖 고통 중에 도저히 이겨낼 수 없는 고통을 헤아려 중생제도의 길을 열고자 한 이가 있었지만 이 나라에서만 해도 2021년 한 해에 1만 3,195명이 자살했다. 해마다 이 정도의 숫자를 유지하고 있다고 한다. 기독교로 치면 성령 혹은 성신이라고 할 수 있을 텐데, 우리는 비로자나불을 만나지 못하고 온갖 죄를 다 짓는다. 하지만 환자가 없으면 의사가 필요 없듯이, 중생이 없으면 부처도 필요 없을 것이다. 작가가 통일신라시대의 쌍둥이 비로자나불을 이 시대에 소환한 이유도 부처는 중생의 아픔을 함께 해야 한다는 것을 역설하기 위함이 아닐까?

일종의 세태풍자소설이라고 할 수 있는 「요요」는 붕괴된 가정의 참상, 젊은이들의 성 풍속도, 원조교제 등을 다루고 있다. 하드보일드 문체에 성적인 타부의 타파, 일상적 매춘 등을 다룬 다분히 충격적인 작품이다. 흑인 미군과 한국인 여성과의 사이에서 태어난 비보이의 명수 킹콩은 인간의 인연에 대해 다시 한번 생각하게 한다. 전쟁이 혼혈아들을 낳은 것이므로.

「태초부터 자비가 충만했으니」는 3명의 동자승에 대한 이야기다. '멧돼지 말고는 오를 수 없는 북막골 독은암'이라는 곳에 2년 동안 세 사람이 찾아와 예닐곱 살의 코흘리개 남자애를 맡긴다. 주지는 이 세 아이에게 천지, 현황, 우주라고 이름을 붙여준다. 사춘기를 맞고 또 성인이 되자 이들은 주지 스님이 자주 가는 탄광촌 니나노 색싯집의 비밀을 알고 싶어한다. 천지는 사하촌의 유일한 교회 목사의 딸과 눈이 맞아 수도 생활을 그만두고 속세로 가서 농사를 짓고 염소를 키우며 살아간다. 현황과 우주가 이 소식을 듣고 천지의 살림집에 놀러 가서 며칠 내내 술판을 벌인다. 수도를 하는 두 사람이 이 집에서 키우는 염소를 천지의 만류에도 불구하고 잡아 죽여서 푹 고아 먹는다. 현황은 큰 절 강원의 강사가 되고 학승으로 이름을 떨친다. 우주는 주지가 아예 하산해 버리자 절을 물려받아 수행에 들어 큰 깨달음을 얻는다.

「신 반장의 쿠데타 진압 사건」도 풍자소설이기는 하지만 앞의 소설이 불유쾌한 느낌을 주는 데 반해 유쾌한 기분을 제공한다. 화자의 어머니는 여걸풍으로 또순이 스타일이다. 목 뒤에 생긴 혹이 신경을 눌러 수술을 받는다. 어머니는 '반장'이라는 감투를 쓰고 있는데 잔디 심는 아주머니들을 모아서 일터에 데려가는 일이 주된 임무이다. 반장이 무슨 감투라고 병원에 입원하고 수술을 받게 되었다니까 조경회사에 전화해 반장을 하겠다고 두 사람이 나타난다. 어머니가 쿠데타 세력을 잠재우려고 두 사람을 찾아가는데 작은아들의 차를 이용한다. 이 소설의 묘미는 감투를 좋아하는 우리 사회의 병폐를 꼬집어본 비판의식에 있을까? 아니다. 대학 시절에 쓴 것이라 짐작되는 시 2편에 있다. 그래서 더더욱 작가의 자선적인 이야기가 아닐까, 짐작이 간다.

「태초부터 자비가 충만했으니」와 「신 반장의 쿠데타 진압 사건」은 머시(mercy)라는 부제가 붙은 연작 장편掌篇 소설이다. 작가가 전혀 다른 제재의 서사인 두 작품을 연작으로 묶은 이유가 무엇일까? 두 작품은 삶에서 만남보다 헤어짐이 더 중요하다는 것을 주제로 하고 있다는 점에서 동일하다.

유응오는 충남 부여 태생의 소설가이다. 이 소설집에서 유일하게 고향 이야기를 하니, 「연화와운문양」이다. 부여가 낳은 시인 신동엽의 시도 인용이 되고 그의 부인 인병선 여사의 시도 인용된다. 부여의 유적지를 화자의 이모와 함께 배로 둘러보는 길에 만난 두 여성, 영한과 명운의 딸인 연주와 순하에게 이모는 돈을 몇 푼 쥐어준다.

> "두 년 다 일찌감치 학교 공부는 때려치우고 저렇게 읍내 다방을 전전한다는구나. 어린것들이 집 나와서 저게 무슨 고생이라니. 이웃사

촌이라고 생판 모르는 남도 아닌데 보고서 어찌 그냥 지나친다니. 해
서 얼마 쥐어줬다."

소설은 순하의 어머니에게로 초점이 이동한다. 참으로 기구한 사연을
갖고 있는 그 여인의 경우도 가슴을 저리게 한다. 화자의 부모가 조개를
잡으러 갔다가 급류에 휩쓸려 차례로 죽은 사연도 인간의 운명에 대해 골
똘히 생각하게 한다. 꼽추 소년과 옥련 소녀에 대한 설화도 가슴 아픈 사
연이다. 나이 마흔에 간질환으로 죽은 신동엽 시인도 그렇고. '패한 고도'
인 부여는 또 얼마나 많은 비극을 지닌 곳인가. 소설을 읽다 보니 이 세상
은 온통 비극이 미만해 있는 무간지옥 같은 곳이라는 생각이 든다. 하지
만 이 혼탁한 흙탕물에서 연꽃을 피워내고자 분투하는 존재가 또한 인간
이다.

허리에 손을 얹고 숨을 고르던 이모는 바닥에서 뭔가를 발견한 모
양이었다. 이모의 입에서 탄식이 흘러나왔다.
"바닥에 온통 연꽃이 피었구나. 연화밭이로구나."
이모의 말에 바닥을 내려다보았다. 바닥에는 블록마다 연화무늬가
새겨져 있었다. 수백의 연화가 흐드러져 있는 바닥. 그 무늬는 부여박
물관에서 봤던 것이었다. 기와나 전돌 등 산 사람들의 집에는 물론이
고, 죽은 사람들의 집인 무덤에도 새겨 놓았던 연화와운문양蓮花渦雲紋
樣이었다. 움푹 파인 연꽃무늬 사이로 빗방울이 떨어지고 있었다. 흙
탕물이 고인 그 모습을 보고 있으려니 관솔처럼 한 데 엉켜 있는 것 같
았던 심란함이 온데간데없이 사라졌다. 나는 혀끝에 맴도는 말들을
삼켰다. 그렇다. 우리는 제각기 한 송이의 연꽃을 피우기 위해 살고 있
는지도 모르겠다. 살아서는 외등에 새겨두고, 죽어서는 무덤의 천장
에 그려뒀던 백제인의 연화와운문양. 우리는 죽음까지 가져가야 할

영원의 꽃을 품고 있었다. 언젠가 이모가 되뇌었던 말이 떠올랐다.

"참, 곱다. 쓰러질 듯 흔들리다가 다시 일어나고, 고꾸라질 듯 휘청거리다가 다시 일어나고…… 예전에는 왜 몰랐을까? 왜 허투루 보았을까? 저 얄팍한 허리로도 너끈히 큰 꽃잎들을 지탱하고 있으니……."

길게 인용했지만 이 소설의 주제가 집약되어 있는 대목이고 유응오의 작가의식이 십분 발휘되고 있는 대목이라서 인용해보았다. 기와나 전돌 등 산 사람들의 집에는 물론이고 죽은 사람들의 집인 무덤에도 새겨 놓았던 연화와운문양……. 그렇다. 우리는 제각기 한 송이 연꽃을 피우기 위해 이득바득 살아가고 있는 것이 아닌가. 지금으로부터 2500년 전에 일국의 왕자 고타마 싯다르타가 왜 부귀와 영화를 누릴 수 있는 궁궐을 박차고 나와 고행의 수도승이 되었을까. 그때도 이 세상은 비극이 철철 넘쳐나고 있었기 때문이다. 그가 붓다로 거듭나 불교를 전파한 이래 이 세상 천지에는 연꽃을 피우고자 하는 사람들이 있었다. 면벽 참선한 불자가 어디 한둘이었으랴. 소설가도 그중 한 부류일 것이다. 인간의 허다한 아픔을 보듬어, 위안의 말을 들려주려는 사람 중 우리는 유응오라는 이름을 기억해야 한다. 2001년에 등단하여 21년 만에 첫 소설집을 묶는 우리 시대의 참된 소설가의 이름을.

왕유와 한산자의
시를 논하다

저잣거리에서도 도를 닦을 수 있다

왕유의 시

　　중국 청나라의 현군 강희제는 문학 애호가였다. 중국 당나라 때의 시집 수만 권 중에 옥석을 가려내어 전집을 만들라는 칙령을 내린다. 팽정구彭 定求 등 열 명의 학자가 달라붙어 가리고 가려 펴낸 책이 900권짜리 『전당 시全唐詩』다. 이 전집에는 당나라 때의 유명 시인 2,900명의 대표시 4만 8,900여 수가 실려 있다. 가히 시의 시대였다. 후세에 남을 만한 수작을 남긴 시인의 수가 무려 2,900명! 이 많은 시인 가운데 지금의 중국인들이 가장 사랑하는 시인을 네 명 가려 '당시사걸唐詩四傑'이라고 일컫는다. 4명 은 모두 별칭이 있다. 이백은 '시신詩仙', 두보는 '시성詩聖', 이하는 '시귀詩 鬼', 왕유는 '시불詩佛'이다. 그 유명한 맹호연·백거이·유종원·두목·이상은 도 여기에 끼지 못했다.

　　국내에 이백·두보·이하에 비해선 덜 알려진 이가 왕유다. 왕유는 시인 으로서보다는 남종화南宗畵의 시조로 더 알려져 있다. 즉, 화단에서는 대 단히 높게 평가받고 있지만 학자나 시인들 사이에서는 존재감이 덜한 시 인이다. 왕유의 시에 매력을 흠씬 느끼고 있는 필자는 그의 시를 나름대 로 감상하는 시간을 갖고자 한다.

　　왕유王維는 701년에 태어나 761년에 졸했으니 정확히 지상에 60년을 살다 갔다. 도연명의 「귀거래사歸去來辭」는 벼슬을 그만두고 자연에 귀의하여 농사도 지어보면서 쓴 작품이지만 왕유의 시는 대체로 몸은 세속에 있지만 마음은 산천경개를 그리워하는 내용이다. 특히 소박한 생활 태도, 고요한 전원생활에 대한 동경, 초월적인 심상, 타인에 대한 배려나 헌신적인 도움 같은 것은 불교의 자리이타사상自利利他思想과 유사한 부분이 많다. 본인 스스로 일찌감치 자字를 마힐摩詰로 지을 정도로 재가불자在家佛子라고 생각하며 살았다. 이름이 '유'이므로 붙이면 유마힐, 자신을 불경 『유마경』의 주인공으로 생각하며 살았음을 알 수 있다.

10대 때 시를 쓴 조숙한 천재

유마힐은 인도 비야리 국의 맏아들로서 속세에 살면서 불법을 착실히 닦았고, 석가모니의 사랑을 많이 받아 후세인들에게 재가불자의 이상형이 되었다. 유마힐은 세속에 있으면서도 불도를 얼마든지 닦을 수 있으며, 불교적 완성을 이룰 수 있는 모범사례가 되는 인물이다. 유마힐을 자신의 사표로 생각했던 왕유는 그를 일평생 본받으려고 자를 마힐로 지었던 것이다. 중국인들이 그에게 '시불詩佛', 즉 시의 부처라는 애칭을 붙여 부르게 된 것은 일단 그의 자가 마힐이었기 때문이다.

왕유는 중국 산수화의 전통에 있어서 남종화의 시조로 꼽히고 있다고 앞에서 말하였다. 남종화란 학문과 교양을 갖춘 문인들이 비직업적으로, 또 여기적餘技的으로 수묵과 옅은 담채를 써서 내면세계의 표출에 치중하는 화풍을 일컫는다. 그림이 시정적詩情的이라고 할까, 산수와 화가가 주객일체를 이루는, 격조 높은 산수화를 가리킨다. 색깔이 들어가는 화려한

화조화나 현실에 바탕을 둔 민화, 또는 사군자와는 정반대되는 그림이다.

왕유는 산서성의 태원太原 태생이다. 일찍이 시적 재능을 떨쳐「우인운 모장자시友人雲母障子詩」,「과시황묘過始皇墓」같은 시를 열다섯 살 때,「낙양여아행洛陽女兒行」을 열여섯 살 때,「구월구일억산동형제九月九日憶山東兄弟」를 열일곱 살 때 썼다고 한다.「도원행桃園行」과「이능영李陵詠」은 열아홉 살 때 쓴 것으로 알려져 있다. 현대로 치면 중학생과 고등학생 때 쓴 시인데 그의 생애를 살펴보기 전에 이들 시의 수준이 어느 정도인지 확인해보자.

古墓成蒼嶺 幽宮象紫臺
옛 무덤은 우거진 고개가 되었고 깊숙한 궁전은 자대1)와도 같구나
星辰七曜隔 河漢九泉開
별들은 칠요2)로 막히고 은하수는 구천에 펼쳐지네
有海人寧渡 無春雁不廻
큰 강3)이 있어도 사람들 편히 건너고 봄이 없어 기러기도 돌아오지 않네
更聞松韻切 疑是大夫哀
나 또한 들나니 소나무의 처절한 소리여 이는 대부의 슬픈 울음이 아닌가?
　　　　　　　　　　　　　　　　　　　―「진시황묘를 지나며過始皇墓」전문(천현경 역)

진시황의 묘를 보고는 옛 왕조의 흥망성쇠가 덧없음을 절감하여 써본 시다. 이 시는 지금 진시황릉에 전시되어 있다. (전시된 시는 몇 자를 약자로 썼다.) 진시황의 묘를 직접 와서 본 열다섯 살 소년 왕유는 시간이 많이

---

1) 진나라의 서울. 지금의 섬서성 함양현에 있다.
2) 일(日)·월(月)·목(木)·화(火)·토(土)·금(金)·수(水)의 일월성신을 말함.
3) 무덤에 수은을 대서 만든 '사독백천四瀆百川'의 강.

대만의 만화가 어부는 이 시를 썼을 때의 왕유 나이를 모르고 이렇게 그렸다.

흐렸지만 지금도 화려하기 이를 데 없어 그 옛날 함양궁이 눈앞에 재연되는 듯하다고 운을 뗀다. 그리고는 예전의 별자리가 지금은 비문碑文 위의 일월성신이 되었고 은하수가 황천에서 번쩍거린다고 표현하였다. 묘역을 이렇게 으리으리하게 조성했으니 그 당시 왕조의 번영과 진시황의 권력이 어땠을까 짐작이 간다는 말을 하고 있다. 그런데 끝 행은 반전이다. 갑자기 소나무가 슬프게 우는 소리가 들리는 것 같다고 하더니 이것은 진시황을 모시던 대부들, 즉 신하들의 애통해하는 울음소리가 아닌가 하고 끝맺는다. 진시황묘가 외양은 화려하지만 덧없는 시간의 모상模像을 다루고 있는 시다. 부하들을 시켜 불로초를 구해 오라고 했다는 진시황이 장수한 것도 아니었고, 천하통일을 이루고 나서도 그의 사후에 금방 쇠퇴하고 말았으니 말이다. 열다섯 살 소년이 쓴 시치고는 지나칠 정도로 노련하다.

열일곱 살 때 쓴 시를 보자.

> 獨在異鄕爲異客　　나 홀로 타향에서 나그네 되니
> 每逢佳節倍思親　　명절 되면 육친이 더욱더 그립구나
> 遙知兄弟登高處　　내 형제들 지금쯤 높은 곳에 올라가
> 遍揷茱萸少一人　　수유 머리에 꽂으며 나만 없다 하겠네
> ―「9월 9일 산동의 형제들을 생각하며」 전문(황병국 역)

객지에서 명절의 하나인 9월 9일 중양절4)을 맞고 보니 마음이 몹시 서글퍼져 써본 시이다. 다른 식구들은 오늘 다들 풍습대로 산에 올라가서 머리에 수유를 꽂고 술도 마실 텐데 멀리 있는 나는 홀로 고향 산동5)이 그립고 부모 형제가 보고 싶다고 하소연하고 있다. 이 시는 왕유의 감성이 남달랐음을 알 수 있게 한다. 「낙양여아행」이나 「도원행」은 김달진이 번역·해석한 『전당전서唐詩全書』(민음사, 1987)에도 실려 있고 어부魚夫가 짓고 그린 고전만화 시리즈 『王維』(도서출판 눈, 1989)에도 실려 있으므로 찾아보아도 좋겠다. 그런데 시가 꽤 길고(전자는 140자, 후자는 224자로 되어 있음) 너무나 진지해서 10대 소년이 쓴 시라고는 도저히 믿어지지 않는다. 이제 60년 그의 생애를 살펴보도록 하자.

왕유의 간추린 생애

왕유의 아버지 왕처렴王處廉은 산서성의 분주汾州라는 곳에서 벼슬 사

---

4) 음력 9월 9일은 중양절이라고 하며, 이날 높은 곳에 올라가서 머리에 수유를 꽂고 술을 마시면 재액을 피할 수 있다고 한다.
5) 효산殽山의 동쪽. 바로 왕유의 고향인 태원.

마司馬를 하였다. 자식들이 자라자 좀 더 문물이 발달한 곳인 산서성의 영제永濟로 이사를 가서 서당에서 공부하게 했다. 스물한 살 때 왕유는 진사시에 급제하였다. 음악에 조예가 있다는 것이 알려져 태악승太樂丞에 임명되었다. 그가 다음해 가을에 좌천되는 이유가 재미있다. 음악을 다루는 벼슬을 하다 보니 음악과 춤의 대중 보급을 위해 고심하게 되었다. 음악에 맞춰 무희가 대중 앞에서 '황사자춤'을 춘 것도 문제였는데 대중이 그 춤을 따라 추게 했으니 더 큰 문제였다. 누군가 고발을 했다.

"폐하, 아뢰옵니다. 황사자춤은 폐하께만 보여드리는 춤인데 이 춤을 태악승 왕유란 자가 무희더러 일반인들 앞에서 추라고 했고 심지어 사람들이 그 무희를 따라 추게 했습니다."

왕유는 사조참군사司曹參軍事라는 벼슬로 강등이 되어 산동성의 제주라는 궁벽한 곳으로 보내진다. 이러한 좌천의 벌을 받은 것은 개원6) 10년(722), 스물두 살 때였다. 그러나 왕유는 에라, 엎어진 김에 쉬어나 가자는 생각으로 4년 동안 묵묵히 강등된 벼슬을 하면서 시 쓰기에 열중한다. 타고난 기질을 숨길 수는 없었다.

그의 시는 당시의 작곡가들이 좋아해서 대부분 노래로 만들어졌다. 「송원이사안서宋元二使安西」 같은 시는 노래로 만들어지면서 제목이 「양관삼첩陽關三疊」으로 바뀌어 대유행을 하기도 했다. 기왕岐王의 소개로 공주 앞에서 시 「울륜포鬱輪袍」를 노래로 만들어 직접 부르기도 했다. 왕유는 시와 회화와 노래를 함께 잘한 당대의 거의 유일한 사람이었다. 그런데 전란을 겪으면서 목숨을 잃을 위기에 빠진 뒤에는 인생의 무상함을 느껴

---

6) 개원開元은 당나라 현종 때의 연호로 713년부터 741년까지다. 천보天寶도 당 현종 때의 연호로 742년부터 756년 7월까지 사용되었다.

불가에 귀의한다.

아무튼 그는 벼슬을 그만하고 세상 구경을 하고 싶어 개원 14년에 사직서를 제출하고는 하남·섬서·기수·숭산 등지를 유람한다. 나그네로 살아가던 개원 20년, 왕유의 나이 서른두 살 때였다. 아내 최씨가 아프다는 소식을 듣고 급거 귀향했으나 그만 임종을 보게 된다. 왕유는 아내의 임종 머리맡에서 재혼하지 않겠다고 약속하고 그 약속을 지킨다.

왕유는 이후 문부낭중文部郎中을 거쳐 천보 11년(752)에는 급사중給事中이 된다. 동생 왕진王縉도 시어사侍御史란 벼슬을 한다. 『구당서舊唐書』의 「본전本傳」에는 다음과 같이 기록되어 있다.

> 왕유 형제는 개원·천보 연간에 시로 이름을 날렸다. 형제가 장안과 낙양에서 여러 벼슬을 했으며, 많은 제후와 권세가들이 그들을 존경했다. 영왕寧王, 설왕薛王도 그 둘을 친구로 여겼다.

중년까지의 운은 비교적 순탄하다. 30대와 40대를 거쳐 50세가 될 때까지도 왕유의 삶은 큰 굴곡 없이 진행된다. 우습유, 감찰어사, 좌보궐, 고부낭중, 문부낭중, 급사중 같은 벼슬을 하면서 시도 쓰고 그림도 그리고 악기도 뜯으면서, 벼슬아치로서 유유자적 황제를 보필하면서 살아간다. 750년, 어언 50세에 이르렀을 때였다. 어머니 최씨가 세상을 뜨자 고부낭중 벼슬을 내놓고 그 당시 본가가 있던 별장 망천輞川으로 들어가 3년 상을 치르고 망천에 눌러앉아 지낼 때, 바로 그때였다.

놀랍게도 왕유는 페르시아와 돌궐의 혼혈인이다. 그 외모와 혼혈의 에너지를 상상하면서 여러 일화를 떠올리면 쏠쏠한 재미가 있다.

왕유의 초상화를 보면 귀가 유독 크다.

755년, 절도사 안녹산安祿山이 반란을 일으킨다. 그는 이민족 군사 8천 기를 중심으로 한족과 이민족 출신으로 구성된 군사 15만 명을 이끌고 장안과 낙양을 향해 진군한다. 그는 현종 주변의 부패를 척결하고 학정을 일삼는 양귀비의 사촌인 재상 양국충楊國忠을 토벌한다는 것을 명분으로 내세운다. 현종은 집권 초기에는 '개원의 치'라고

일컬을 정도로 정치를 잘해 당나라에 큰 번영을 가져온다. 이 시기에 당은 인구가 많이 증가했고, 경제적으로도 크게 번성했으며, 당의 세련된 문화가 주변국에 널리 전파되어 동아시아 문화권이 당을 중심으로 형성되었다. 또한 장안은 실크로드를 통한 서역과의 활발한 교역으로 국제도시의 모습을 갖춘다. 하지만 현종은 나이를 먹어가자 정치에 무관심해지고 향락만을 추구해 정치를 돌보지 않는다. 특히 745년에 절세의 미인 양귀비를 비로 맞이한 후부터 더더욱 무사안일과 나태에 빠진다. 752년, 재상 이임보가 세상을 뜨자 재상의 지위를 놓고 안녹산과 양국충 사이에 다툼이 벌어졌으나 양귀비의 입김으로 양국충이 재상이 된다. 그러자 안녹산이 가만히 보고만 있지는 않는다. 공을 많이 세운 자신을 대신해 무능한 양국충이 재상이 된 것을 양귀비 탓으로 돌리며 반란을 일으킨다. 반

란 기간 8년 동안 중국 인구가 890만 호에서 290만 호로 감소했으니, 얼마나 끔찍한 피비린내가 대륙을 휩쓸고 지나갔는지 짐작이 가고도 남는다.

전란에서 살아남기 위하여

756년, 왕유의 나이 56세 때였다. 안록산은 낙양성을 함락한다. 망천에 살던 왕유는 반란군에게 포로로 잡혀 낙양으로 압송된다. 안록산은 왕유의 명성을 익히 들어 알고 있었다. 보리사菩提寺라는 절에 가둬두고는 목숨을 살려줄 터이니 내 밑에서 일하라고 협박한다. 바로 그 무렵, 친구 배적裴迪이 면회를 와서 지금 궁궐에서는 반란군이 술판을 벌이며 놀고 있다고 소식을 전한다. 왕유는 분기탱천하여 이런 시를 써 배적에게 건넨다.

萬戶傷心生野煙	온 천지 백성들 상심하고 곳곳에 들불과 연기 치솟네
百官何日更朝天	언제 다시 모두 모여 천자를 뵈올 수 있을까
秋槐葉落空宮裡	가을이라 홰나무 단풍잎 텅 빈 궁전에 떨어지는데
凝碧池頭奏管弦	응벽지에서 들리는 풍악 소리 요란하구나

—「응벽시凝碧詩」 전문(황병국 역)

하지만 포로인 왕유는 선택의 여지가 없었다. 꼼짝없이 급사중이라는 벼슬을 하사받고는 눈치껏 일한다. 정부군이 8년의 긴 전쟁 끝에 낙양과 장안을 수복하자 당연히 왕유는 부역죄로 벌을 받게 되었다. 이때 왕유를 구해준 것이 바로 이 시였다. 목숨을 부지하려고 적 치하에서 벼슬을 하긴 했지만 이런 시를 썼고, 친구 배적은 다행히도 이 시를 간직하고 있었던 것이다. 증거물로 숙종(현종의 아들)에게 제출하자 이 시가 의도적인 부역이

안록산의 초상

아니었음을 입증해 주었다. 시 한 편이 사람 목숨을 구할 수도 있는 것이다.

응벽지凝碧池란 낙양성 안에 있는 큰 연못이다. 성을 함락시킨 뒤에 안록산은 병사들에게 연못가에서 연회를 베풀어 술 마시고 춤추고 놀면서 승리의 기쁨을 만끽하였고, 고향에 오래 못 간 회포를 풀도록 하였다. 풍악을 울리며 이렇게 노는 꼴을 전해 듣고 왕유는 눈꼴이 시어 견딜 수가 없었다. 분기탱천하여 쓴 이 시가 자기 목숨을 구해 줄 줄이야.

왕유가 안록산 밑에서 일할 때 일어난 일이다. 안록산은 왕실의 악사들을 협박해 자신을 위해 음악을 연주하라고 명령했다. 지금으로 치면 군악대의 지휘자가 왕유였다. 악공 중 한 사람이 반란군을 위해 연주할 수 없다고 악기를 내동댕이치고 현종이 피난 간 사천을 향해 무릎을 꿇고 슬피 울었다. 안록산은 이때 이렇게 외친다.

"저놈을 오마분시五馬分屍에 처해서 다른 놈들이 감히 연주하지 않겠다고 말하지 못하게 하라!"

악공들은 자신의 동료가 다섯 필의 말에 의해 사지와 머리가 찢어지는 광경을 공포에 질려 바라보고 있어야 했다. 이런 상황에서 왕유는 숨죽이고 일할 수밖에 없었다. 왕유를 구한 또 한 명은 동생 왕진이었다. 왕진은 태원에서 전공戰功을 세워 형부시랑이 되어 있었기에 영향력이 컸다. 형이 죽게 된 것을 알고는 배적을 만나 상의를 했더니 마침 왕유의 시를 간직하고 있는 것이었다. 숙종은 왕유의 필체가 틀림없는 이 시를 보고는

안록산의 초상화에 의거해 많이 닮은 배우가 안록산 역을 맡아 드라마에 출연하였다.

적 치하에서 마지못해 부역했음을 알고는 강등의 벌을 내리는 것으로 눈감아주기로 한다. 대개의 경우 반란군 밑에서 큰 벼슬을 했다면 사형을 면치 못한 것이 당시의 법도였다.

그때 상황을 좀 더 자세하게 알아보자. 숙종은 자기 아버지 얘기가 나오는 이 시를 읽고는 감복하였고, 처벌하지 않고 태자중윤(太子中允, 태자의 과외선생)으로 강등하고는 다시금 벼슬을 할 수 있게 해준다. 그 후로 왕유는 다시 벼슬을 회복, 관직을 이어갈 수 있게 된다. 지금으로 치면 사면·복권이 된 것이다. 왕유는 죽을 때는 상서우승尙書右丞이라는 높은 벼슬까지 올라간다. 그러나 말년에 겪은 일련의 사건은 그의 마음에 정치 현실에 대해 회의를 품게 한다.

'목숨을 연장하려고 반란군 밑에서 벼슬을 하고. 꼴좋다.'

세상사에 환멸을 느끼면서 도가적 인생철학을 갖게 되고 불교에 심취하게 된다. 55세 이전까지 그는 낭만주의자였지만 안록산과 사사명의 난 이후에는 평소에 갖고 있던 불교의 세계에 더욱 심취, 불도를 닦으며 생의 말년을 보낸다. 물론 그는 늘 붓을 들고 있었다. 형의 사후에 동생 왕진이 시를 잘 정리해『왕우승집王右丞集』10권을 펴낸다. 조정에서는 그의 사후에 평생의 공로를 기려 비서감秘書監으로 봉한다.

이제 그의 수많은 시 가운데 긴 시는 빼고 비교적 짧은 시 몇 편을 감상해 보도록 하자.

微官易得罪 謫去濟州陰

미천한 벼슬은 죄를 얻기 쉬우니 제주의 남쪽으로 귀양을 가노라

執政方持法 明君無比心

권력을 쥔 자는 법을 주무르고 총명한 임금님은 이 마음 몰라주네

閭閻河潤上 井邑海雲深

민가는 강가 습지대에 있고 제주 성은 바다구름 깊은 곳에 있구나

縱有歸來日 多愁年髮侵

설령 돌아올 날 있더라도 오랜 근심에 귀밑머리 새어지리라

　　—「제주로 처음 보내질 때 성 안의 친구들과 헤어지며」 문(천현경 역)

어느 시대나 예외가 없지만 지배자 곁에서 아첨하는 무리가 들끓어 정직한 관리는 공연히 화를 입는 경우가 많았다. '명군明君'이라고 하지만 실은 당 현종을 은근히 원망하는 내용이다. 권력을 쥐고 법을 주무르던 자는 당시의 재상 이임보였다. 이런 시가 재상의 손에 들어갔더라면 귀양 정도가 아니었을 텐데 용기백배하여 대놓고 비판하고 있다.

친구가 멀리 떠나는 것을 안타까워하며 쓴 시가 있다. 친구가 떠나는 이유는 시에 나와 있지 않은데 황제에게 밉보여 궁벽한 변방으로 가게 되었나 보다.

渭城朝雨浥輕塵　　위성7)의 아침 비는 가벼운 먼지를 적시고

客舍青青柳色新　　객사에는 파릇파릇 버드나무 빛 새로워라

勸君更盡一杯酒　　그대에게 권하노니 한 잔 더 드시게나

西出陽關無故人　　서쪽 양관8)으로 나가면 친구도 없을 텐데

　　　　　　　　　—「위성곡」 전문(황병국 역)

---

7) 지금의 산시성에 있는 함양.
8) 둔황의 서남쪽에 있는 실크로드의 관문.

원제는 '양관곡'인데 언제부터 제목이 '위성곡'으로 바뀌어 알려져 왔다. 이곳 위성이라는 곳은 비가 자주 오고, 비가 오면 버드나무도 푸른빛을 더욱 진하게 띠는데, 그대가 가는 곳은 아주 삭막한 국경 쪽이니 걱정이 많이 된다고 혀를 찬다. 게다가 그 건조한 지역에는 바람과 먼지뿐일 테고 친구 한 사람도 없지 않은가. 그러니 오늘 마시는 이 이별주를 한 잔 더 들라고 권유하는 내용이다. 친구 배적에게 준 시도 권주가다.

> 酌酒與君君自寬
> 술을 따라 그대에게 권하노니 그대여 마음 너그럽게 가지게
> 人情翻覆似波瀾
> 사람의 정이란 마치 저 물결처럼 뒤집히는 것이네
> 白首相知猶按劍
> 백발 되도록 친하던 친구도 그 또한 칼을 겨눌 때 있고
> 朱門先達笑彈冠
> 부귀 누리는 주문9)의 선배들도 탄관10)의 후배들을 도리어 비웃나니
> 草色全經細雨濕
> 저 잡초는 편히 살면서 보슬비에 젖는데
> 花枝欲動春風寒
> 꽃은 피고자 하나 봄바람은 차갑거니
> 世事浮雲何足問
> 세상일은 다 뜬구름이라 말해서 무엇하리
> 不知高臥生加餐
> 차라리 높직이 누워 맛난 것이나 먹으며 살게나
> ─「술을 따라 배적에게 권하면서」 전문(김달진 역)

---

9) 주문(朱門) : 붉은 칠을 한 문. 즉, 지위가 높은 사람이나 부호의 집.
10) 탄관(彈冠) : 손가락으로 관의 먼지를 튀겨 턺. 즉, 벼슬에 나아갈 준비를 함.

시의 내용이 꽤 허무적이다. 세상의 인심이 얼마나 야박한지 말하는 한편, 인생이 뭐 별거 있느냐 즐기면서 살자고 말하고 있다. 하지만 이런 시는 젊은 날, 좌천도 되고 전란도 겪으면서 갖게 된 생각일 뿐, 50대 후반에 들어서서 쓴 시는 불교적 세계관에 기울어진다. 이제 왜 그를 '시불'이라고 일컫는지 확인해보도록 하자.

清川帶長簿	맑은 냇물에 긴 숲이 번졌는데
車馬去閑閑	흔들거리며 수레는 달려간다
流水如有意	흘러오는 물은 무슨 뜻이 있는지
暮禽相與還	저녁 새와 더불어 돌아오나니
荒城臨古渡	황폐한 성은 옛 나루에 다다랐고
落日滿秋山	지는 햇빛은 가을 산에 가득하다
迢遞嵩高下	높고 멀어라 저 숭산 밑이여
歸來且閉關	돌아왔거니 우선 문을 잠그리

―「숭산으로 돌아가며歸嵩山作」 전문(김달진 역)

숭산嵩山은 중국 5대 명산11)의 하나로 산세가 깊고 높은 명산이기도 하지만 이 시에서는 정신의 안식처다. 벼슬을 그만두고 숭산의 품에 안기니 마음이 더없이 편하다는 뜻이다. 마지막 행의 문을 잠근다는 것은, 문을 닫고 사람을 만나지 않겠다, 은거 생활을 하겠다는 뜻이다. 벼슬을 할 때는 숭산이 멀기만 했는데 직접 와보니 맑은 냇물, 긴 숲, 흘러오는 물, 저녁의 새, 황폐한 성, 옛 나루, 지는 햇빛, 가을 산 같은 것을 보게 되었으니

---

11) 예로부터 중국에서는 5개 산을 '五嶽'이라고 부르며 숭배하였다. 동악인 산동성의 태산泰山, 서악인 섬서성의 화산華山, 중악인 하남성의 숭산嵩山, 남악인 호남성의 형산衡山, 북악인 산서성의 항산恒山을 가리킨다.

얼마나 다행이냐고 이야기하고 있다. 그런데 왕유의 경우 마음은 늘 귀거 래를 꿈꾸었지만 낙향해 있거나 유람을 하며 유유자적한 행적은 얼마 되 지 않는다. 공무에 시달리고 있었지만 늘 꿈은 숭산에 들어가 사는 것이 었음을 이 시가 말해주고 있다.

老來懶賦詩　　늙고 보니 시 쓰기도 게을러져
惟有老相隨　　따르는 건 거저 늙음뿐이라
宿世謬詞客　　전생에 시인으로 잘못 알려졌지만
前身應畵師　　나는 아마도 화가였으리

不能捨餘習　　하던 짓 버리지 못해 그저 하다 보니
偶被世人知　　어쩌다 사람들이 알아버린 것뿐
名字本皆是　　내 이름 본래 불경에서 땄거늘
此心還不知　　아직 그 뜻조차 알 수가 없네
　　　　　　　—「우연히 지은 시偶然作」 전문(황병국 역)

제목을 아주 겸손하게 붙였다. 앞서 왕유가 남종화의 시조라고 하였다. 그림을 워낙 잘 그려 그림을 부탁받고 청원사라는 절의 벽에 「망천도輞川 圖」를 그리게 되었다. 그림을 다 그리고 나서 시상이 떠올라 쓴 것이다. '하던 짓'이란 그림 그리는 것이다. 요즈음 들어 시를 안 쓰고 그림을 그리 고 있는데 그래서인지 사람들은 나를 시인이 아닌 화가로 안다. 그리하여 나 자신의 정체성은 무엇이냐고 스스로 묻고 있다. 나는 시인이지만 사람 들은 이를 모르고 있고 불자이지만 그 또한 모르고 있다. 비승비속이라 함은 이도 저도 아닌 것을 말하기도 하니 나는 도대체 누구냐고 자신에게 되묻고 있는 것이다. 몸은 궁궐에 있지만 마음은 숭산에 가 있던 「숭산으로 돌아가며」의 세계와 비슷하다.

不知香積寺	향적사 어디인지 알지 못하고
數里入雲峰	몇 걸음 걸어 구름 속에 드나니
古木無人徑	고목은 우거져 사람 다니는 길이 없는데
深山何處鍾	깊은 산 어디에서 종소리가 들린다
泉聲咽危石	샘물 소리는 높은 바위에서 흐느끼고
日色冷青松	햇빛은 푸른 솔잎에 차가운데
薄暮空潭曲	해질녘에 빈 못 굽이에 앉아
安禪制毒龍	선정에 들어 독룡12)을 제압한다

　　　　　　　　　 —「향적사를 지나며過香積寺」전문(김달진 역)

향적사는 협서성 장안현에 있는 절이다. 절이 숲속에 꼭꼭 숨어 있는 것
일까, 저잣거리와는 차단되어 있는 청정한 공간이다. 안개가 짙게 깔린 숲
길을 가다가 길을 잃어(길이 없어서?) 고생이 자심했던가 보다. 그런데 때마
침 절의 종소리가 들려오기에 근처에 절이 있음을 알고는 찾아간다. 깊은
산속에서는 자연도 때로 무섭다. 샘물 소리도 햇빛도 으스스한 느낌을 준
다. 그런데 다행히도 절에 당도해 노스님을 만난다. 스님이 이렇게 말한다.

"이보게 왕유! 사람의 망상은 깊은 물에 사는 독룡과 같아서 그것을 이
기고 싶거든 오로지 참선을 해야만 하네. 욕심을 비워내야만 마음이 편해
지네. 그럼 그 어떤 두려움도 다 사라진다네."

스님의 말을 듣고 참선을 하기 시작하자 어느덧 마음에서 공포감이 사
라지는 것이었다. 불교가 자신의 정신세계를 이루게 된 계기가 이 시에

─────────────────

12) 독룡毒龍 : 망령된 마음. 번뇌.

잘 나타나 있다.

송나라의 대문호 소동파는 "마힐의 시를 읽고 있으면 시 속에 그림이 있고, 마힐의 그림을 보고 있으면 그림 속에 시가 있다."는 유명한 말을 하였다. 그림 같은 시를 썼고 시 같은 그림을 그린 이가 왕유였던 것이다. 소동파의 말에 수긍이 가는 시가 있다.

不到東山向一年	1년이 되도록 동산에 가지 못하고
歸來纔及種春田	돌아오니 때마침 봄갈이를 하는구나
雨中草色綠堪染	빗속의 녹색 풀빛은 더욱 진하여 염색한 듯하고
水上桃花紅欲然	물 위의 복숭아꽃은 타는 듯 붉구나
優婁比丘經論學	비구들은 불경을 공부하고
傴僂丈人鄉里賢	어른을 공경하는 마을사람들이 어질구나
披衣倒屣且相見	급히 옷을 걸치고 신을 거꾸로 신고는 서로 마주보며
相歡語笑衡門前	누추한 문 앞에서 웃으며 이야기하네

　　　　　　　　　　　　　 ―「망천별장에서輞川別業」 전문(천현경 역)

왕유는 나이 마흔한 살 때 장안의 남쪽 교외에 있는 남전현藍田縣이라는 곳에다 별장을 하나 마련하였다. 당나라 초기의 시인인 송지문宋之問이 쓰던 별장이다. 이 별장을 리모델링해서 망천장輞川莊이라고 이름을 붙이고는 공무가 없을 때면 가서 시를 짓고는 했다. 지금으로 치면 글쓰기 좋은 오피스텔을 마련한 것이다. 경치가 좋은 이곳에다 어머니도 모셨다.

'동산'은 친구들과 모여 시 쓰기 모임을 갖곤 했던 '위씨산장韋氏山莊'을 가리킨다. 공무에 쫓겨 1년이 넘도록 그곳에 못 가봤는데 망천에 별장을 마련해놓고 가보니 때마침 봄이라 마을 사람들은 밭갈이가 한창이다. 시의 제 3, 4행은 봄 풍경에 대한 묘사인데 그림 같다. 이 마을에 큰 절이 있

왕유의 산수화 〈종남별업〉

는지 비구들은 불경을 공부하고 있고 마을 사람들은 어른을 깍듯이 공경한다. 얼마나 사람들이 정다운지 누가 찾아오면 급히 옷을 걸치고 나가는데 신을 거꾸로 신고 나가 마주보며 이야기를 나눈다. 집으로 들어오라고 차마 말하지 못하는 것은 집이 너무 누추하기 때문이다. 즉, 사람들은 다들 가난하지만 인심이 푸근하여 서로 정답게 사는 고장임을 알 수 있다. 이런 시를 보면 '장면'이 떠오르기에 소동파는 왕유의 시가 그림 같다고 했던 것이다.

망천장을 떠나야 하는 순간이 왔다. 안록산의 난이 일어났기 때문이다. 그 당시 그가 벼슬을 하고 있었더라면 황제를 따라 피난 갔을 텐데 망천에 있었기 때문에 포로로 잡혔던 것이다. 겨우 마음의 안정을 얻고 시 쓰기에 열중하고 있었는데 이곳을 떠나게 되었으니 아쉬움이 이만저만이 아니었다. 짧은 시 한 편으로 심정을 고백하였다.

依遲動車馬　　　느릿느릿 움직이는 수레와 말에 기대어
惆悵出松蘿　　　슬픔 속에 소나무와 이끼 낀 숲을 나오노라
忍別青山去　　　차마 청산을 떠나지 못하겠는데
其如綠水何　　　푸른 물이야 오죽하리오?
　　　　　　　　—「망천별장을 떠나며別輞川別業」전문(천현경 역)

청산과의 이별을 가슴 아파한다. 이후 반란군의 수하에서 참모의 역할을 하면서 목숨을 부지했던 일은 두고두고 큰 상처로 남았다. 만년에 쓴 글 가운데 「내 녹봉을 털어 가난한 사람들에게 나누어줄 것을 약속하는 글」이라는 것도 있었다. 절을 지어 운영하는 것에 대해서는 세금을 감면해주어야 한다는 상소문을 쓰기도 했다. 벼슬을 내놓고 머리 깎고 절에

들어가 살고 싶다고 여러 사람에게 말했지만 성사가 되지는 못했다. 말년에 쓴 편지나 산문을 보면 참회와 속죄의 내용이 아니면 보은과 감사의 내용이 가득했다. 죄를 지은 이 사람을 용서해준 데 대해 고마워하는 내용도 있었고 자신이 계속 국가를 위해 일할 수 있도록 배려해준 이들에 대해 고마워하는 내용도 있었다. 불가에 완전히 귀의했더라면 마힐이라는 자를 다른 것으로 고쳤을 것이다. 그는 늘 마음으로는 수양하며, 혹은 참선하며 살았기 때문에 생활은 불자와 크게 다를 바 없었다. 젊었을 때 상처한 이후로 재혼도 하지 않은 채 독신으로 살아서 그런지 그의 생활은 늘 소박하였다. 부모도 돌아가시고 서른두 살 이후로 딸린 식구도 없는 상태로 살아가면서 이런 도통한 듯한 내용으로 시를 썼기에 후대인들은 그를 가리켜 '詩佛'이라고 일컫는다.

왕유가 전란을 겪은 것이 결과적으로는 깊이와 넓이를 가져온 셈이다. 전기의 시들이 도회지의 삶을 소재로 하고 있는데 비해 후기의 시들은 전원생활과 자연의 정취들을 나타내는 작품들이 주를 이룬다. 그 가운데 자연의 청아한 정취를 소재로 한 후기의 작품들이 특히 높은 예술적 성취를 나타내고 있는 것으로 평가를 받는다. 특히 만년에 남전藍田의 망천장輞川莊에 은거하면서 지은 작품들이 널리 알려져 있다. 그는 자연을 소재로 한 오언율시와 절구에 뛰어난 성취를 보여 육조시대부터 내려온 자연시를 완성시켰다는 평가를 받는다. 시가 그를 구원해 주었기에 그는 삶의 현장은 물론 전장에서도 시로 마음을 표현하였다. 도를 닦듯이 쓴 시는 아주 깨끗한 마음의 평정 상태를 보여주었는데 그림에도 그대로 자리이타自利利他를 꾀하는 그의 불교적인 사상이 투영된다. 고난과 상처가 시인의 마음을 성장케 해준 셈이다.

인간됨의 뜻을 탐구한 천태산의 은자

한산자의 시

안개에 휩싸여 있는 시인의 생애

한산자寒山子의 시집 『한산시寒山詩』(세계사, 1991)를 역주譯註한 이는 고 김달진 선생이요, 그 책에 해설을 붙여 쓴 이는 최동호 교수다. 최 교수는 한산자가 당나라 중기 때(中唐)의 사람이었으리라 추정하면서, 시의 내용으로 미루어보건대 벼슬길에 못 오른 불우한 선비였을 것이라고 상정하고 있다. 최 교수는 여기에 덧붙여 『한산시』의 주된 내용을 불우한 선비를 노래한 것, 도교에 흥취를 느낀 것, 허식의 불교를 비판한 것, 서민의 생활을 노래한 것, 불교적인 교훈을 내용으로 한 것, 그리고 백미라고 할 수 있는 한산의 자연을 노래한 것 등이라고 해설문에 말하고 있다. 최 교수는 또 『한산시』의 가치를 "풍부한 인생 체험을 기초로 하여 세태인정을 교묘히 노래하여 모르는 사이에 독자를 깊은 깨달음으로 유도하는 데 있다", "물질의 풍요 속에서 속박 당하는 정신의 가치", "다양한 내용과 깊은 철학성" 등에 있다고 설명하면서 『한산시』에 대한 일반인의 이해를 돕고 있다.

시집 『한산시』에는 한산자의 시 314수, 습득拾得의 시 58수, 풍간豊干의 시 2수가 수록되어 있다. 한산자의 인간 됨됨이와 한산자 · 습득 · 풍간 세 사람의 관계는 여구윤閭丘胤이 쓴 「한산자시집서寒山子詩集序」에 비교적 소상히 기록되어 있다.

한산자는 어떤 사람인지 상세하지 않다. 고로古老들이 보아온 이래 모두 가난하고 광기 있는 사람이라 이야기되고 있다. 천태산天台山 당 홍현唐興縣 서쪽 칠십 리에 있는 한암寒巖이라는 곳에 은거하고 있었다. 대개 그곳에 살았지만 때로는 국청사國淸寺에 가기도 했다. 국청사에 는 습득이 절 부엌에서 일을 하고 있었는데, 평상시에 음식 찌꺼기를 대나무통에 담아 두었다가 한산이 오면 그것을 짊어지게 해서 보냈 다. 한산은 혹 국청사의 긴 낭하를 천천히 걸으면서 유쾌한 듯이 큰소 리로 외치기도 하고 혼잣말을 하기도 하고 혼자 웃기도 하였다. 그러 다가 때로는 절의 중들에게 붙잡혀서 욕설을 듣고 매질을 당한 후 가 만히 멈추어 서서 손뼉을 치며 껄껄 크게 웃다가 돌아가기도 했다.
한산의 비참한 꼴은 거지와 같고 얼굴을 여월 대로 여위었지만, 그 의 일언일구一言一句는 모두 진리를 담고 있어서 깊이 생각해보면 이치 에 합당한 것이었다. 대략 그의 말이 나타내는 것은 빈틈없이 현묘하 고 깊은 뜻이었다. 한산은 자작나무 껍질을 머리에 쓰고 너덜너덜하 게 해진 옷을 입고 나막신을 질질 끌고 다녔다. 이것은 진리를 체득 한 사람이 짐짓 그 모습을 감추고 사람들을 교화시키려 함이다.1)

최 교수는 여구윤이라는 인물이 다른 문헌에는 전혀 나타나지 않아 그 실재가 의심스럽다고 했다. 또한 여구윤이 태주자사台州刺史라는 높은 관 직에 있었다고 하지만 원문의 문장이 매우 거친 것으로 미루어 가공의 인 물이 아닐까 의심하였다. 최 교수는 한산자라는 인물의 실재를 시사하는 신빙성 있는 전기적 증거는 거의 없다고 잘라 말했다. 아닌 게 아니라 중

---

1) 김달진 역주·최동호 해설, 『寒山詩』, 도서출판 세계사, 1991, 15쪽.

국에서도 한산자의 정확한 생몰년을 몰라 "한산, 부지기하허인, 위정관중 천태광흥현승(寒山, 不知其何許人, 爲貞觀中天台廣興縣僧)[2]"이니 "한산자부지 하허인, 거천태광흥현한암(寒山子 不知何許人, 居天台廣興縣寒岩)[3]"이니 하면 서 당나라 어느 왕 때의 사람인지 정확히 밝혀내지 못하고 있다. 왕범지王 梵志의 일파로 본 유대걸劉大杰과 호적胡適의 견해[4]를 따른다면 초성당 (618~765) 시대에, 최 교수의 견해를 따른다면 중당(766~835) 시대에 살았 던 사람이다.

　문학적 업적이 녹록치 않은 이로서 생애의 족적이 이렇게 불투명한 사 람도 흔치 않을 것이다. 분명한 것은 한산자라는 이가 세상에 모습을 드 러내지 않고 절강성 시풍현 한암寒巖이라는 곳에 있는 천태산 국청사 부 근에 은둔했던 시인이라는 것, 대략 잡아 중국 당나라 7~8세기 때의 사 람이라는 것 정도이다. 습득이란 자와 모종의 관계에 있었던[5] 한산자는 몰락한 양반 출신으로, 경제적 능력이 전무해 국청사의 불목하니 습득으 로부터 밥을 얻어먹는 신세가 아니었나 짐작해볼 수 있다. 여구윤의 글에 따르면 풍간은 국청사의 선사이다. 300편이 넘게 남아 있는 한산시 가운 데 내가 특히 애독하는 것은 아래 소개할 일곱 편이다.

　김달진 선생의 번역에 도무지 흠을 찾아볼 수 없으므로 그대로 옮겨놓 았다. 다행스럽게도 최 교수가 시마다 해설과 각주를 붙여놓아 독자는 큰

---

2) 楊蔭深,『中國文學家列傳』, 中華, 147쪽.
3) 譚嘉定,『中國文學家大辭典』, 세계, No. 1259.
4) 柳晟俊,『中國唐詩研究』, 국학자료원, 286쪽.
5) 습득은 풍간이 적성赤城을 지나다 발견하고 국청사에 길렀다고 전해 오며, 부엌에 서 밥 짓는 일을 맡아 하였고, 한산이 오면 찌꺼기를 모았다가 먹이고는 하였다 한 다.『한국민족문화대백과사전 24』, 한국정신문화연구원, 1996(12쇄), 228쪽.

어려움 없이 시 전편을 감상할 수 있다. 몇 개의 짧은 문장으로 명쾌하게 시의 진의를 짚어낸 최 교수의 해설을 넘어설 자신이 솔직히 없다. 나는 다만 내 느낌대로 몇 마디씩 해설을 붙여볼 따름이다.

인간됨의 뜻을 찾아서

넓고 넓어라 황화 물이여,　　　　浩浩黃河水
동으로 길이 흘러 쉬지 않으며　　東流長不息
유유히 흘러 맑아질 때 없거니,　　悠悠不見淸
어이 사람 목숨은 끝이 있는가!　　人人壽有極
진실로 흰 구름 타고자 한들　　　苟欲乘白雲
무엇으로써 날개를 나게 하리.　　葛由生羽翼
오직 머리털 검을 때에 있어서　　唯當鬒髮時
모름지기 밤낮을 쉼 없이 노력하라　行住須努力

—「한산시 63」전문

중국 소주의 한산사 도량 벽에
새겨진 한산과 습득

제아무리 혈기왕성한 나이일지라도 자신의 젊음을 과신하지 말고 주경야독 하라는 경구의 의미를 담은 시이다. 황화 는 예나 지금이나 변함이 없이 흐르고 있 지만 인간은 태어나, 살다가, 죽는다. 자 연의 유구함에 미칠 수 없는 인간들이 영 원을 살 듯이 자신만만해 한 것은 그 시 대에도 지금과 다를 바가 없었던가 보다. 젊은 시절일수록 더욱 열심히 자신을 갈고 닦아야 한다는 가르침이 담겨 있다.

젊음도 한순간이니 젊었을 때 부단히 노력하라는 것이 이 시의 주제이다. 거지 몰골을 하고 살았던 한산자의 삶의 궤적을 떠올리면 가슴을 뭉클하게 하는 바가 있다. 정신일도하사불성精神一到何事不成은 만고불변의 진리일 터.

내 보니 세상에 지혜 많다는 사람	我見多知漢
온종일 머리 짜며 마음을 괴롭히네.	終日用心神
갈림길에 다다라 많은 말로 지껄여	岐路逞嘍囉
이리저리 뭇 사람 속이나니.	欺慢一切人
다만 지옥 들어갈 재료를 장만할 뿐	唯作地獄滓
바르고 곧은 인(因)은 닦지 않는구나.	不修正直因
하루아침에 죽음에 닥쳐서야	忽然無常至
비로소 어지러이 허둥대는 꼴을 보라.	定知亂紛紛

—「한산시 218」 전문

지식인은 동시대의 사람들에게 어떤 부채감을 느끼고 살아야 하는가. 한산자는 이 시에서는 책임 수행을 위한 인간의 노력을 문제 삼는 대신 인간됨의 뜻, 그것을 찾아서 가는 길의 진실을 이야기하고 있다. 머리에 든 것이 많은 사람은 자기 과신 때문에 스스로 무덤을 파고 들어가기 쉬운 존재임을 그는 그 옛날에 이미 알고 있었던 것이다. 화려한 수사로 진실을 호도하는 지식인의 무리에 들지 말라고 한산자는 시를 통해 당대와 후대의 사람들에게 간곡히 충고하였고, 나는 한산자의 이 시 앞에서 부끄러움에 몸 둘 바 몰라 한다. 진실이 들어 있지 않은 허황된 말을 많이 하면 즉, 기어綺語의 죄를 지으면 무간지옥無間地獄에 가서 혀가 만발이 빠지는 고통을 겪는다는 불가의 가르침이 문득 생각난다.

내 이 세상에 난 지 삼십 년 그동안에	出生三十年
헤매어 돌기 천만리로 놀았다.	常游千萬里
강으로 나갔더니 푸른 풀 우거지고	行江青草合
국경에 이르매 붉은 티끌 아득했다.	入塞紅塵起
헛되이 약 만들어 신선도 구해보고	鍊藥空求仙
책도 읽고 역사도 읊었다	讀書兼咏史
이제 비로소 좋이 한산으로 돌아와	今日歸寒山
개울을 베고 누워 귀를 씻노라.	枕流兼洗耳

—「한산시 218」 전문

중국 송나라의 이공린이 그린
〈한산습득도〉

한산자는 남을 엄하게 꾸짖기도 했지만 평소 자기반성을 게을리하지 않았던 시인이다. 그는 서른이 될 때까지 천만리를 떠돌며 자연 경개를 즐기고 전란의 현장에도 가본 모양이다. 젊은 날에는 도교에 몰입하여 신선이 되기 위해 약도 만들어보았고, 부질없이(즉, 과거시험을 칠 것도 아니면서) 책도 읽고 시도 지어 보았다. 하지만 오늘은 한산으로 돌아와 흐르는 물에 누워 귀를 씻는 수도자의 자세를 취하고 있다. 세속의 때를 벗기고 먼지를 터는 행위를 '침류겸세이沈流兼洗耳'로 표현한 것은 참으로 적절했다고 본다. 부귀영화는 물론이거니와 장생불사와 입신양명을 꿈꾸는 것도 다 헛된 일이고, 오직 자신을 만나 마음을 갈고 닦는 일에서 기쁨을 얻고자 한 한산자의 자세는 오늘을 사는 우리에게 큰 가르침을 준다. 그의 시를 읽고서 작은 깨달음이라도 얻지 못한다면 우리는 욕심에 가득 찬 돼지에 지나지 않는 것이다. 마침 돼지에 인간을 빗댄 시가 있다.

돼지는 죽은 사람의 살을 먹고	豬喫死人肉
사람은 죽은 돼지 창자 먹는다	人喫死豬腸
돼지는 죽은 냄새 꺼리지 않고	豬不嫌人臭
사람은 돼지 냄새 구수하다 하네	人返道豬香
돼지가 죽으면 물에 던져버리고	豬死抛水內
사람이 죽으면 흙 속에 파묻는다.	人死掘土藏
사람과 돼지 서로 먹지 않으면	彼此莫相啖
끓는 물 속에서 연꽃이 피어나리.	蓮花生沸湯

―「한산시 69」 전문

욕망의 극한상황에서 사람은 돼지와 다를 바 없는 존재가 된다. "돼지는 죽은 사람의 살을 먹고"라는 첫 행이 무엇을 뜻하는지 알 수 없지만, 사람이 돼지와 동격으로 취급되지 않을 수 없는 경우가 있음을 말하기 위한 상징적인 장치임은 짐작하기 어렵지 않다. 사람이 약육강식의 질서에 의존하면 돼지의 모습과 다를 바 없이 되고, 그 질서에서 벗어날 수만 있다면 끓는 물 속에서도 연꽃을 피울 수 있다고 한다. 끓는 물 속에서 연꽃을 피울 수 있다는 표현을 두고 과장이 심하다고 보면 그만일까. 이 시는 전체가 색다른 은유와 상징으로 충만해 있는데 특히 마지막 행은 기막힌 표현이다. 유협劉勰의 말을 빌자면 팔체八體 중 '신기神奇'에 가깝고, 최자崔滋의 말을 빌자면 34품목品目 중 '절묘絶妙'에 가깝다. '탁하게 고여 있는 연못에서 화사한 꽃을 피워내는 연꽃이라는 존재'라는 때 묻은 표현 대신 한산자는 끓는 물 속에서 연꽃이 피어나는 기적을 우리가 우리 마음으로 이룩할 수 있다고 말하고 있다. 최 교수는 이 시에 대한 해설에서 '오욕'이란 낱말을 사용하였다. 사람도 동물인지라 해탈을 한 고승이 아닌 다음에야 물욕·색욕·식욕·명예욕·수면욕에서 사실상 하루도 헤어나기가 어렵다. 그런 오욕에 사로잡혀 사는 한 돼지의 나날을 살고 있을 뿐이라는 메시지를 전하기 위해 한산자는 이 시를 썼을 것이다.

이처럼 많은 보물을 싣고	如許多寶貝
부서진 배를 타고 바다로 간다.	海中乘壞舸
앞에는 돛대로 잃어버렸고	前頭失却
뒤에는 또 키도 없나니,	後頭又無柂
바람이 불면 바람 따라 맡기고	宛轉任風吹
물결이 일면 물결 따라 떠도네.	高低隨浪簸
어떻게 저 언덕에 이를 수 있으리	如何得到岸
부지런히 힘써 앉아 있지 말라.	努力莫端坐

—「한산시 212」 전문

늙고 앓고 괴로운 평생 백년 남짓해	老病殘年百有餘
누른 얼굴 흰 머리에 산중을 좋아하여	面黃頭白好山居
베옷으로 몸을 싼 채 인연 따라 지내거니	布裘擁質隨緣過
어찌 인간들의 꾸민 꼴을 부러워하리.	豈羨人間巧樣模
다만 명리 위해 마음을 괴롭히고	心神用盡爲名利
몸을 돌보느라 온갖 탐욕 일으키네.	百種貪婪進己體
인생은 덧없어라 등불 심지 같나니	浮生幻化如燈燼
무덤에 들고 나면 있는 건가? 없는 건가?	塚內埋身是有無

—「한산시 294」 전문

소재나 비유법은 다르지만 위의 두 시도 비슷한 가르침을 주는 좋은 시다. 한산자는 앞의 시에서 노동의 가치를, 뒤의 시에서 욕망과의 단절을 말하고 있다. 돈을 많이 가진 이를 우리는 부자라고 하는데, 부자의 속성은 만족하지 못하는 데 있다고 한다. 보통사람이라도 뭔가를 가지면 더 많이 가지려고 하고, 그래서 이 세속도시는 욕망과 욕망이 부딪혀 아비규환의 지옥이 된다. 무덤에 들고 나면 그 많은 재물이, 그 높다란 명리가 무슨 소용이 있으리. 한산자는 명리를 위해 힘쓰는 과정에서 제 스스로 괴로워하는 우리에게, 또 자기 몸을 돌보느라 온갖 탐욕을 일삼는 우리에게 이런 시들로 '사람됨의 뜻'을 일깨워주었다.

세상 일등 간다는 사람들 보니	世間一等流
세상 사람 웃음감 되기에 넉넉하네.	誠堪與人笑
집을 떠나와 제 몸을 괴롭히며	出家弊己身
세상을 속여 도 닦는다 하는 구나	誑俗將爲道
버젓이 가사와 장삼 입었다 해도	雖著離塵衣
그 속에는 벼룩이 들끓고 있네.	衣中多養蚤
차라리 모든 것 버리고 돌아와	不如歸去來
바로 마음의 왕 알아 가져라.	識取心王好

—「한산시 265」전문(이상 김달진 역)

「한산시 265」는 도를 닦는답시고 절에 들어와 신자들의 공양으로 생활하되 실제로는 욕심을 버리지 못한 당시 승려들의 허위의식을 통렬히 비판한 시이다. 가사와 장삼 속의 벼룩은 스멀스멀 기어 나오는 욕망을 상징한 것이다. '마음의 왕心王'은 모든 것을 버린 자가 취할 수 있는, 그야말로 가장 평화로운 마음의 평정 상태이다. 지위가 아무리 높이 올라간들 자신의 마음을 지배할 수 있는 왕이 되지 못하는 한 말짱 헛것이라는 교훈이 이 시에 들어 있다. 이와 같이 한산자는 자기가 살던 곳의 대나무 · 나무판자 · 바위 · 촌가의 벽 등에 3백 편이 넘는 시를 써두었기 때문에 만고에 이름을 전할 수 있게 되었다.

한국 불교문학의 기둥을 찾아서

초판 1쇄 인쇄일	2024년 5월 16일
초판 1쇄 발행일	2024년 5월 20일

지은이	이승하
펴낸이	한선희
편집/디자인	정구형 이보은
마케팅	정찬용 김형철
영업관리	한선희 정진이
책임편집	이보은
인쇄처	으뜸사
펴낸곳	국학자료원 새미(주)
	등록일 2005 03 15 제25100-2005-000008호
	경기도 고양시 권율대로 656 클래시아 더 퍼스트 1519, 1520호
	Tel 02)442-4623 Fax 02)6499-3082
	www.kookhak.co.kr
	kookhak2010@hanmail.net

ISBN	979-11-6797-159-3 *93810
가격	29,000원